Diogenes Taschenbuch 22950

H. G. Wells

Meister-erzählungen

Ausgewählt von Antje Stählin

Diogenes

Die Erzählungen sind den im
Paul Zsolnay Verlag erschienenen Bänden
Das Kristall-Ei, Der Apfel vom Baum der Erkenntnis
und *Die Perle der Liebe* entnommen

Lizenzausgabe mit freundlicher Genehmigung
Nachweis am Schluß des Bandes
Umschlagbild von
Heinz Ita

Veröffentlicht als Diogenes Taschenbuch, 1996

Diogenes Verlag AG Zürich
www.diogenes.ch
30/02/52/2
ISBN 3 257 22950 X

Inhalt

Die seltsame Orchidee

Beim Kauf von Orchideen spielt immer ein gewisser spekulativer Reiz mit. Man hat das braune, geschrumpfte Knollengewebe vor sich, und im übrigen muß man auf sein Urteil vertrauen, auf den Auktionator oder auf sein Glück, je nach Neigung und Geschmack. Die Pflanze kann am Absterben oder schon verdorrt oder einfach ein vorteilhafter Kauf sein, vielleicht aber – denn dies ist wiederholt geschehen – entfaltet sich vor den entzückten Augen des glücklichen Besitzers langsam, Tag um Tag, eine neue Art, eine ungewohnte Fülle, eine seltsame Biegung der Blütenlippe, die zartere Färbung oder eine unerwartete Mimikry. Stolz, Schönheit und Gewinn blühen zusammen an einem feinen grünen Trieb, manchmal sogar Unsterblichkeit. Und wenn das neue Naturwunder einen eigenen Namen braucht, was wäre da so naheliegend wie der Name seines Entdeckers? »Johnsmithia«! Es gibt schlechtere Namen.

Es war vielleicht die Hoffnung auf eine glückliche Entdeckung, die Winter-Wedderburn zu einem so häufigen Besucher dieser Auktionen machte – die Hoffnung und auch die Tatsache, daß er auf dieser Welt nicht irgendeiner nützlichen Beschäftigung nachging. Er war ein schüchterner, einsamer, eher erfolgloser Mann, sein Einkommen reichte gerade aus, um ihm das Notwendigste zu beschaffen, aber er besaß nicht genug geistige Energie, um sich eine anspruchsvolle Tätigkeit zu suchen. Er hätte Briefmarken oder Münzen sammeln, Horaz übersetzen oder Bücher binden oder eine neue Art von Kieselalgen erfinden können. Doch wie es sich traf, züchtete er Orchideen, und sein Ehrgeiz war ein kleines Gewächshaus.

»Ich habe das Gefühl«, sagte er beim Kaffee, »daß mir heute etwas zustoßen wird.« Er sprach – so wie er sich bewegte und dachte – langsam.

»Oh, sag *das* nicht!« sagte seine Haushälterin, die auch seine entfernte Kusine war. Denn »etwas zustoßen« war eine Beschönigung, die für sie nur *eine* Bedeutung hatte.

»Du verstehst mich falsch. Ich meine nichts Unangenehmes ... obschon ich kaum weiß, was ich meine. Heute«, fuhr er nach einer Pause fort, »verkaufen Peters eine Anzahl Pflanzen von den Andamanen und aus Indien. Ich werde hingehen und schauen, was sie haben.« Er reichte ihr seine Tasse zum zweitenmal.

»Sind das die Sachen, die jener bedauernswerte junge Mann sammelte, von dem du mir kürzlich erzählt hast?« fragte seine Kusine, als sie den Kaffee eingoß.

»Ja«, sagte er, in Gedanken verloren über einer Scheibe Toast.

»Mir passiert nie etwas«, bemerkte er kurz darauf und begann laut zu denken. »Ich möchte wissen, warum? Anderen Leuten passiert immer etwas. Zum Beispiel Harvey. Erst letzte Woche am Montag hob er ein Sixpencestück auf, am Mittwoch hatten alle seine Küken den Hühnerwurm, am Freitag kehrte seine Kusine von Australien zurück, und am Samstag brach er sich das Bein. Was für ein aufregender Wirbel! – verglichen mit mir.«

»Ich glaube, ich wäre lieber ohne so viel Aufregung«, sagte seine Haushälterin. »Es kann nicht gut sein für dich.«

»Ich denke auch, es ist mühsam. Doch ... siehst du, mir passiert nie etwas. Als kleiner Junge hatte ich nie Unfälle. Ich verliebte mich nie, als ich größer wurde. Heiratete nie ... Ich möchte wissen, wie einem Menschen zumute ist, dem etwas zustößt, etwas wirklich Außergewöhnliches.

Dieser Orchideen-Sammler war erst sechsunddreißig – zwanzig Jahre jünger als ich –, als er starb. Und er war zweimal verheiratet und einmal geschieden gewesen; er hatte viermal die Malaria, und einmal brach er sich den Oberschenkel. Er brachte einmal einen Malaien um, und einmal wurde er von einem vergifteten Pfeil verwundet. Und am Schluß wurde er im Dschungel von Blutegeln getötet. Es muß sehr beschwerlich gewesen sein, aber auch sehr interessant, weißt du – mit Ausnahme vielleicht der Blutegel.«

»Ich bin sicher, daß es für ihn nicht gut war«, sagte sie mit Überzeugung.

»Vielleicht nicht.« Und dann schaute Wedderburn auf seine Uhr. »Dreiundzwanzig Minuten nach acht. Ich nehme den Viertel-vor-zwölf-Zug, damit ich genügend Zeit habe. Ich glaube, ich werde meine Alpaca-Jacke anziehen – es ist warm genug – und meinen grauen Filzhut und die braunen Schuhe. Ich vermute –«

Er blickte durch das Fenster zum heiteren Himmel und zum sonnenbeschienenen Garten und dann nervös auf das Gesicht seiner Kusine.

»Ich glaube, du nimmst besser einen Schirm mit, wenn du nach London fährst«, sagte sie mit einer Stimme, die keine abschlägige Antwort duldete. »Da ist der ganze lange Heimweg von der Station bis hierher.«

Als er zurückkehrte, befand er sich in einem Zustand milder Erregung. Er hatte einen Kauf getätigt. Es geschah selten, daß er sich schnell genug dazu entschließen konnte, etwas zu erwerben, aber diesmal hatte er es getan.

»Es sind Vanda«, sagte er, »und ein Dendrobium und einige Palaeonophis.« Er musterte seine Einkäufe liebevoll, während er seine Suppe aß. Sie waren auf dem makellosen Tischtuch vor ihm ausgebreitet, und er erzählte seiner Kusine alles über sie, als er sich langsam durch sein Abendessen aß. Er hatte die Gewohnheit, alle seine Londoner Besuche am Abend ein zweites Mal zu erleben, zu ihrer und seiner eigenen Unterhaltung.

»Ich wußte, daß heute etwas geschehen würde. Und ich habe all diese gekauft. Einige von ihnen – einige von ihnen –, ich habe das sichere Gefühl, weißt du, daß einige von ihnen außergewöhnlich sein werden. Ich kann es nicht erklären, aber ich habe ein genauso sicheres Gefühl, als wenn mir jemand *gesagt* hätte, daß einige von diesen Pflanzen sich als etwas Besonderes erweisen werden.«

»Diese« – er zeigte auf einen zusammengeschrumpften Wurzelstock – »ist nicht identifiziert. Es kann eine Palaeonophis sein – oder auch nicht. Es kann eine neue Art sein oder sogar eine neue Gattung. Und es war die letzte, die der arme Batten gesammelt hat.«

»Ihr Aussehen gefällt mir nicht«, sagte seine Haushälterin. »Sie hat eine so häßliche Form.«

»Für mich scheint sie kaum eine Form zu besitzen.«

»Ich kann diese Dinger nicht leiden, die vorstehen«, sagte seine Haushälterin.

»Sie wird morgen in einem Topf versorgt werden.«

»Sie sieht aus«, sagte die Haushälterin, »wie eine Spinne, die sich totstellt.«

Wedderburn lächelte und betrachtete die Wurzel, indem er den Kopf zur Seite neigte. »Es ist bestimmt kein schönes Knollengewächs. Aber man kann diese Sachen nie in ihrem trockenen Zustand beurteilen. Vielleicht entwickelt sich eine wirklich schöne Orchidee daraus. Wieviel ich morgen zu tun haben werde! Ich muß mir heute abend genau überlegen, was ich mit diesen Dingen anfangen will, und morgen werde ich mich an die Arbeit machen.

Sie fanden den armen Batten, wie er tot oder sterbend in einem Mangrovensumpf lag – ich habe vergessen, ob er bereits tot war oder nicht«, begann er nach kurzer Zeit von neuem, »wobei ausgerechnet eine dieser Orchideen von seinem Körper zusammengedrückt wurde. Er hatte einige Tage unter einer Art Tropenfieber gelitten, und ich glaube, daß er in Ohnmacht fiel. Diese Mangrovensümpfe sind sehr ungesund. Jeder Blutstropfen, hieß es, wurde ihm von den Blutegeln des Dschungels ausgesaugt. Vielleicht war es gerade diese Pflanze hier, deren Gewinn ihm das Leben kostete.«

»Ich mache mir deshalb nicht mehr aus ihr.«

»Männer müssen arbeiten, Frauen dürfen weinen«, sprach Wedderburn in tiefem Ernst.

»Stell dir vor, entfernt von jeder Annehmlichkeit in einem scheußlichen Sumpf zu sterben! Stell dir vor, an einem Fieber erkrankt zu sein, ohne ein anderes Mittel als Chlorodyn und Chinin zur Verfügung zu haben – wenn man die Männer sich selbst überließe, würden sie von Chlorodyn und Chinin leben –, umgeben von gräßlichen Eingeborenen! Man sagt, die Andaman-Insulaner seien ganz abscheuliche Kerle – und auf jeden Fall können sie kaum gute Krankenpfleger sein, ohne die nötige Ausbildung. Und all das, damit die Leute in England Orchideen haben!«

»Ich glaube nicht, daß es angenehm war, aber manchen Männern gefällt das«, sagte Wedderburn. »Jedenfalls waren die Eingeborenen seiner Gruppe zivilisiert genug, um für seine ganze Sammlung Sorge zu tragen, bis sein Kollege, ein Ornithologe, wieder aus dem Innern des Landes zurückkehrte; obschon sie die Art der Orchidee nicht bestimmen konnten und sie welken ließen. Und es macht diese Dinge interessanter.«

»Es macht sie widerlich. Ich hätte Angst, daß Malaria daran haften könnte. Und stell dir nur vor, daß eine Leiche über diesem häßlichen Gebilde lag! Ich habe bis jetzt gar nicht daran gedacht. So! Wahrhaftig, ich weigere mich, noch einen Bissen von diesem Nachtessen anzurühren.«

»Ich werde sie vom Tisch entfernen, wenn du es wünschest, und sie auf die Fensterbank legen.«

Während der nächsten paar Tage war er in der Tat außerordentlich beschäftigt in seinem feuchten kleinen Gewächshaus, hantierte mit Holzkohle, Stücken von Teakholz, Moos und all den anderen Geheimnissen des Orchideenzüchters. Er fand, er habe eine wundervoll ereignisreiche Zeit. Am Abend pflegte er seinen Freunden von den neuen Orchideen zu erzählen, und immer wieder gab er seiner Erwartung auf etwas Seltsames Ausdruck.

Verschiedene der Vandas und das Dendrobium gingen unter seiner Pflege ein, aber bald darauf begann die merkwürdige Orchidee Zeichen von Leben zu zeigen. Er war erfreut und holte seine Haushälterin direkt vom Marmeladeeinkochen weg, damit sie es sehe, unmittelbar nachdem er die Entdeckung gemacht hatte.

»Das ist eine Knospe«, sagte er, »und bald werden da viele

Blätter sein, und diese kleinen Dinge, die hier herauswachsen, sind Luftwurzeln.«

»Sie kommen mir vor wie kleine weiße Finger, die aus dem Braunen herausragen«, sagte die Haushälterin. »Ich kann sie nicht leiden.«

»Warum nicht?«

»Ich weiß es nicht. Sie sehen aus wie Finger, die versuchen, an dich heranzukommen. Ich kann nichts für meine Zuneigungen und Abneigungen.«

»Ich bin nicht sicher, aber ich *glaube* nicht, daß mir irgendwelche Orchideen mit genau solchen Luftwurzeln bekannt sind. Mag sein, daß ich es mir einbilde. Du siehst, sie sind am Ende ein wenig abgeplattet.«

»Ich kann sie nicht ausstehen«, sagte seine Haushälterin, schauderte plötzlich und wandte sich ab. »Ich weiß, es ist sehr dumm von mir – und es tut mir sehr leid, besonders, da du die Dinger so gern hast. Aber ich muß immer an diese Leiche denken.«

»Aber vielleicht ist es nicht gerade diese Pflanze. Das war nur eine Mutmaßung von mir.«

Seine Haushälterin zuckte die Achseln. »Auf jeden Fall gefällt sie mir nicht«, sagte sie.

Wedderburn fühlte sich ein wenig verletzt durch ihre Abneigung gegen die Pflanze. Aber dies hinderte ihn nicht daran, mit ihr von Orchideen im allgemeinen und von dieser ganz besonderen Orchidee zu sprechen, wann immer er Lust dazu hatte.

»Es gibt so wunderliche Dinge bei Orchideen«, sagte er eines Tages, »solche Möglichkeiten von Überraschungen. Du weißt, Darwin stellte Untersuchungen über ihre Befruchtung an und zeigte, daß die ganze Struktur einer gewöhnlichen Orchideenblüte darauf angelegt ist, daß Falter den Blütenstaub von Pflanze zu Pflanze tragen. Nun, es scheint, daß viele Orchideen bekannt sind, deren Blüten unmöglich auf diese Art befruchtet werden können. Einige der Cypripedien zum Beispiel; man kennt keine Insekten, die eine Befruchtung bewirken könnten, und auf einigen von ihnen hat man nie Samen gefunden.«

»Aber wie bilden sie neue Pflanzen?«

»Durch Ausläufer und Knollen und diese Art von Ausstülpungen. Das läßt sich leicht erklären. Das Rätsel ist, wozu sind die Blüten da?

Sehr wahrscheinlich«, fügte er hinzu, »ist *meine* Orchidee etwas Besonderes in dieser Art. Wenn dem so ist, werde ich sie studieren. Ich habe oft daran gedacht, Forschungen zu betreiben, wie Darwin es tat. Aber bis jetzt habe ich keine Zeit dafür gefunden, oder etwas anderes ist dazwischengekommen. Nun beginnen sich die Blätter zu entfalten. Ich wünschte sehr, daß du sie dir ansehen würdest!«

Doch sie sagte, im Orchideenhaus sei es so heiß, daß sie Kopfschmerzen bekomme. Sie hatte die Pflanze nochmals gesehen, und die Luftwurzeln, von denen jetzt einige mehr als einen Fuß lang waren, hatten sie unglücklicherweise an Fühler erinnert, die nach etwas tasten, und sie drangen in ihre Träume ein, wuchsen mit unglaublicher Schnelligkeit auf sie zu, so daß sie sich zu ihrer eigenen restlosen Zufriedenheit dazu entschlossen hatte, die Pflanze nicht mehr zu sehen, und Wedderburn ihre Blätter allein bewundern mußte. Sie besaßen die gewöhnliche breite Form und glänzten in dunklem Grün mit tiefroten Flecken und Punkten gegen den Stengel hin. Er kannte keine anderen Blätter, die genau gleich waren. Die Pflanze befand sich auf einer niedrigen Bank nahe beim Thermometer, und daneben sorgte eine einfache Vorrichtung, die darin bestand, daß Wasser auf die Heißwasserleitung tropfte, für feuchte Luft. Und er verbrachte seine Nachmittage nun mit einiger Regelmäßigkeit damit, über das bevorstehende Erblühen seiner seltsamen Pflanze nachzusinnen.

Und schließlich geschah das große Ereignis. Kaum hatte er das kleine Glashaus betreten, wußte er, daß die Knospe aufgebrochen war, obschon seine große Palaeonophis Lowii die Ecke verdeckte, wo sein neuer Liebling stand. Ein fremder Geruch erfüllte die Luft, ein köstlicher, durchdringend süßer Duft, der jeden anderen in diesem vollgestopften, dampfenden Gewächshaus übertönte.

Sobald er dies bemerkt hatte, eilte er zu der seltsamen Orchidee. Und siehe! Die herabhängenden grünen Triebe trugen nun drei große Blütenstände, von denen diese überwältigende Süße herkam. Er stellte sich vor sie hin, in einem Taumel der Bewunderung. Die Blüten waren weiß, mit goldorangefarbenen Streifen auf den Blütenblättern; auf der schweren Blütenlippe, einem kompliziert gewundenen, vorstehenden Gebilde, mischte sich ein wundervoll bläuliches Purpur mit Gold. Er erkannte sogleich, daß es sich um eine ganz neue Gattung handelte. Und der unerträgliche Duft! Wie heiß es hier drinnen war! Die Blüten verschwammen vor seinen Augen.

Er wollte nachsehen, ob die Temperatur stimmte. Er tat einen Schritt gegen das Thermometer. Plötzlich schien alles ins Wanken zu geraten. Die Klinkerplatten auf dem Boden tanzten auf und ab. Dann die weißen Blüten, die grünen Blätter hinter ihnen, das ganze Gewächshaus schien sich zur Seite zu neigen, und dann in einem Schwung nach oben.

Um halb fünf bereitete seine Kusine den Tee, nach ihrer unverrückbaren Gewohnheit. Aber Wedderburn kam nicht.

»Er betet diese schreckliche Orchidee an«, sagte sie zu sich selbst und wartete zehn Minuten. »Seine Uhr muß stillgestanden sein. Ich will ihn rufen.«

Sie ging zum Treibhaus, öffnete die Tür und rief seinen Namen. Es kam keine Antwort. Sie bemerkte, daß die Luft sehr stickig war und erfüllt von einem starken Duft. Dann sah sie, daß etwas auf den Steinplatten zwischen den Heißwasserröhren lag.

Ungefähr eine Minute lang stand sie bewegungslos.

Er lag mit dem Gesicht nach oben zu Füßen der seltsamen Orchidee. Die fühlerähnlichen Luftwurzeln schwebten nicht mehr frei in der Luft, sondern waren zu einem Bündel von grauen angespannten Seilen vereint, die mit ihren Enden sein Kinn, seinen Hals und seine Hände berührten.

Sie wurde nicht klug daraus. Dann sah sie, daß unter einer der Luftwurzeln auf seiner Wange ein kleines Blutbächlein floß.

Mit einem dumpfen Schrei stürzte sie auf ihn zu und versuchte, ihn von den blutegelartigen Saugern zu befreien. Sie knipste zwei der Fühler ab, und ihr Saft tropfte rot heraus.

Dann begann der überwältigende Duft der Blüte ihren Kopf schwindlig zu machen. Wie sie sich an ihm festklammerten! Sie zerrte an den zähen Strängen, er und der weiße Blütenstand verschwammen vor ihr. Sie fühlte, daß sie in Ohnmacht fallen würde, wußte, daß sie es nicht durfte. Sie verließ ihn und öffnete hastig die nächste Tür, und nachdem sie einen Augenblick lang nach frischer Luft geschnappt hatte, kam ihr ein glänzender Einfall. Sie hob einen Blumentopf auf und zerschlug die Scheiben am Ende des Gewächshauses. Dann trat sie wieder ein. Nun zerrte sie mit neuer Kraft an Wedderburns bewegungslosem Körper, wobei die seltsame Orchidee zu Boden stürzte. Sie hielt sich noch immer mit der grimmigen Hartnäckigkeit an ihrem Opfer fest. Halb von Sinnen schleifte sie ihn zusammen mit der Pflanze ins Freie.

Dann beschloß sie, die Saugwurzeln einzeln wegzureißen, und eine Minute später hatte sie ihn befreit und zog ihn weg von dem Ungeheuer.

Er war weiß und blutete aus einem Dutzend runder Flecken.

Der Mann, der in Haus und Garten allerlei Arbeiten ausführte, kam herbei, erstaunt darüber, daß Glas in Brüche ging, und sah, wie sie auftauchte und den bewußtlosen Körper mit rotbeschmierten Händen wegschleppte. Einen Moment dachte er unmögliche Dinge.

»Bring ein wenig Wasser!« schrie sie, und ihre Stimme vertrieb seine Hirngespinste. Als er mit ungewöhnlicher Schnelligkeit mit dem Wasser zurückkehrte, fand er sie vor Aufregung weinend, wie sie, Wedderburns Kopf auf ihr Knie gebettet, Blut von seinem Gesicht wischte.

»Was ist los?« sagte Wedderburn, seine Augen halb öffnend, um sie sogleich wieder zu schließen.

»Geh und bitte Annie, zu mir herauszukommen, und dann rufe sofort Dr. Haddon«, sagte sie zu dem Mann mit dem Wasser. Und als sie sah, daß er zögerte, fügte sie hinzu: »Ich werde dir alles erzählen, wenn du zurück bist.«

Nach kurzer Zeit öffnete Wedderburn die Augen zum zweitenmal, und als sie sah, daß ihn das Rätsel seiner Lage verwirrte, erklärte sie ihm: »Du bist im Gewächshaus ohnmächtig geworden.«

»Und die Orchidee?«

»Ich werde mich um sie kümmern«, sagte sie.

Wedderburn hatte eine ziemliche Menge Blut verloren, doch im übrigen keine bedeutende Verletzung erlitten. Sie gaben ihm Weinbrand mit Fleischbrühe vermischt und trugen ihn hinauf in sein Schlafzimmer. Seine Haushälterin erzählte die unglaubwürdige Geschichte in Bruchstücken Dr. Haddon. »Kommen Sie zum Orchideenhaus und überzeugen Sie sich«, sagte sie.

Die kalte Luft blies von außen durch die offene Tür, und der überschwengliche Duft hatte sich fast verflüchtigt. Die meisten der abgerissenen Luftwurzeln lagen schon zusammengeschrumpft mitten auf einer Anzahl dunkler Flecken auf den Klinkerplatten. Der Blütenstengel war beim Herunterfallen der Pflanze gebrochen, und die Blütenblätter wurden welk und braun an den Rändern. Der Arzt beugte sich herab, bemerkte dann, daß sich eine Luftwurzel noch immer schwach bewegte, und zögerte.

Am nächsten Morgen lag die seltsame Orchidee noch immer dort, nun schwarz und von Fäulnis bedroht. Die Tür schlug im Morgenwind auf und zu, und die stattliche Reihe von Wedderburns Orchideen lag zusammengeschrumpft am Boden verstreut. Wedderburn selbst aber, heiter und gesprächig oben in seinem Schlafzimmer, sonnte sich im Glanz seines merkwürdigen Abenteuers.

Die Tür in der Mauer

I

Eines Abends, vor knapp drei Monaten, erzählte mir Lionel Wallace im vertraulichen Gespräch diese Geschichte von der Tür in der Mauer. Und damals glaubte ich, daß es – zumindest für ihn – eine wahre Geschichte sei.

Er erzählte sie mir so schlicht und voll innerer Gewißheit, daß ich nicht anders konnte, als ihm zu glauben. Aber am Morgen darauf, als ich in meiner eigenen Wohnung aufwachte, umgab mich eine andere Atmosphäre; und wie ich mir so im Bett liegend den Inhalt seiner Erzählung ins Gedächtnis zurückrief, diesmal des Zaubers seiner ernsten, bedächtigen Stimme beraubt, entblößt vom begrenzten Lichtkreis der abgedunkelten Tischlampe, von der schattenreichen Umgebung, die ihn und mich eingehüllt hatte, und den angenehm schimmernden Dingen des Desserts und der Gläser und des Tafeltuchs von der Mahlzeit, die wir zusammen eingenommen hatten, was alles zu der Zeit eine kleine lichte Welt schuf, die von den Realitäten des Alltags ziemlich entfernt war, kam mir das Ganze offen gestanden unglaubhaft vor. »Er war mysteriös!« sagte ich, und dann: »Wie gut er es machte!... Ich hätte eigentlich nicht erwartet, daß ausgerechnet er so etwas gut konnte.«

Später, als ich im Bett saß und meinen morgendlichen Tee schlürfte, ertappte ich mich bei dem Versuch, mir den Anschein von Realität, der mich bei seinen unmöglichen Erinnerungen so erstaunte, mit der Annahme zu erklären, daß er damit irgendwie Erlebnisse andeuten, darstellen, übermitteln wollte – ich weiß kaum, welches Wort ich wählen soll –, Erlebnisse, die anders nicht wiederzugeben waren.

Nun nehme ich aber nicht länger Zuflucht zu dieser Erklärung.

Ich habe meine dazwischen auftretenden Zweifel überwunden. Ich glaube jetzt, was ich während seiner Erzählung glaubte, daß Wallace mir nach bestem Vermögen die Wahrheit seines Geheimnisses entdeckte. Doch ob er wirklich sah oder nur glaubte zu sehen, ob er ein unschätzbares Privileg genoß oder das Opfer eines phantastischen Traumes war, darüber kann ich mir kein Urteil anmaßen. Selbst die Umstände seines Todes, die meine Zweifel für immer beseitigten, erhellen nichts.

Der Leser muß sich also sein eigenes Urteil bilden.

Ich habe anzumerken vergessen, welche zufällige Bemerkung oder welche Kritik meinerseits einen so zurückhaltenden Mann dazu veranlassen konnte, sich mir anzuvertrauen. Ich glaube jedoch, er verteidigte sich gegen einen Vorwurf, den ich ihm gemacht hatte, den Vorwurf mangelnden Engagements und der Unzuverlässigkeit im Hinblick auf eine große öffentliche Bewegung, wodurch er mich enttäuscht hatte. Ganz plötzlich begann er. »Meine Gedanken sind völlig von einer Sache in Anspruch genommen…«, sagte er.

»Ich weiß«, fuhr er nach einer Pause fort, »ich habe anderes vernachlässigt. Es ist nämlich so – es handelt sich nicht um Geistererscheinungen und doch – es hört sich merkwürdig an, Redmond – ich bin heimgesucht. Ich bin durch etwas heimgesucht – das alles andere verblassen läßt, das mich mit Sehnsucht erfüllt…«

Er hielt inne, gehemmt durch jene englische Schüchternheit, die uns so oft überkommt, wenn wir von etwas Bewegendem, Ernstem oder Schönem sprechen wollen. »Du warst doch auch auf Saint Althelstan«, sagte er, und in dem Augenblick erschien mir das völlig irrelevant. »Nun« – und wieder verstummte er. Dann fing er an, zunächst sehr stockend, doch allmählich fließender, von einem Geheimnis in seinem Leben zu berichten, von der ihn heimsuchenden Erinnerung an eine Schönheit und ein Glück, die sein Herz mit unstillbarer Sehnsucht erfüllten und ihm alle Interessen und das Schauspiel des irdischen Lebens trist und ermüdend und sinnlos erscheinen ließen.

Nun, da ich den Schlüssel dazu habe, scheint es seinem Gesicht sichtbar aufgeprägt. Ich besitze ein Foto, auf dem dieser abwesende Blick eingefangen und verstärkt ist. Es erinnert mich an den Ausspruch einer Frau – einer Frau, die ihn sehr geliebt hatte. »Plötzlich«, sagte sie, »verliert er das Interesse. Er vergißt dich. Er macht sich keinen Deut aus dir – während du ihm direkt vor der Nase sitzt...«

Aber Wallace war nicht ständig so teilnahmslos, und wenn er sich auf eine Sache konzentrierte, konnte er äußerst erfolgreich sein. Seine Karriere war in der Tat voller Erfolge. Er ließ mich schon früh hinter sich zurück; er schwang sich weit über mich und machte sich einen Namen in der Welt, den ich mir jedenfalls nicht machen konnte. Ein Jahr fehlte ihm noch zur Vollendung seines vierten Lebensjahrzehnts, und es heißt nun, daß er gewählt worden wäre und sehr wahrscheinlich dem neuen Kabinett angehören würde, wäre er noch am Leben. Auf der Schule stach er mich stets mühelos aus – als wäre das ganz natürlich. Wir gingen fast die ganze Schulzeit zusammen auf das Saint Althelstan College in West Kensington. Er wurde in dieselbe Klasse wie ich aufgenommen, aber er verließ das College viel früher, in einer Aureole von Stipendien und ausgezeichneten Leistungen. Und ich glaube doch, daß ich ein recht guter Schüler war. Auf der Schule war es auch, daß ich zum erstenmal von der »Tür in der Mauer« hörte – von der ich ein zweites Mal erst einen Monat vor seinem Tode hören sollte.

Für ihn wenigstens war die Tür in der Mauer eine wirkliche Tür, die durch eine wirkliche Mauer zu einer unvergänglichen, wirklichen Welt führte. Davon bin ich jetzt überzeugt.

Und sie trat frühzeitig in sein Leben, als er ein kleiner Junge zwischen fünf und sechs Jahren war. Ich weiß noch, wie er den Zeitpunkt festzustellen versuchte, als er langsam und feierlich sein Bekenntnis ablegte. »Es gab da eine rote Weinranke«, sagte er, »von leuchtendem Uniformrot, in bernsteinklarem Sonnenschein vor einer weißen Mauer.« Das gehörte irgendwie zum Bild, obwohl ich nicht mehr deutlich weiß, wieso, und Blätter der

Roßkastanie lagen auf dem sauberen Bürgersteig vor der grünen Tür. Die Blätter waren gelbgrün gefleckt, sie waren nicht braun oder schmutzig, so daß sie frisch gefallen sein mußten. Ich nehme an, das bedeutet Oktober. Ich halte jedes Jahr nach Roßkastanienblättern Ausschau, und ich sollte es also wissen.

»Wenn ich mich hierin nicht irre, war ich demnach ungefähr fünf Jahre und vier Monate alt.«

Er sei, meinte er, ein ziemlich frühreifes Kind gewesen – in einem außergewöhnlich frühen Alter lernte er sprechen, und er war so vernünftig und »altklug«, wie man es nennt, daß er eine Freiheit genoß, die anderen Kindern meist erst mit sieben oder acht Jahren zugebilligt wird. Seine Mutter war gestorben, als er zwei Jahre alt war, und er stand unter der weniger wachsamen und autoritären Obhut einer Kinderfrau. Sein Vater war ein strenger, stark beschäftigter Rechtsanwalt, der ihm wenig Aufmerksamkeit schenkte und Großes von ihm erwartete. Trotz seiner Aufgewecktheit erschien ihm das Leben grau und öde, glaube ich. Und eines Tages lief er fort. Er wußte nicht mehr, infolge welcher Unachtsamkeit er damals entwischen konnte, und auch nicht mehr, welchen Weg er auf den Straßen West Kensingtons einschlug. All das war im undurchdringlichen Nebel der Erinnerung verschwunden. Aber die weiße Mauer und die grüne Tür leuchteten deutlich hervor.

Die Erinnerung an das kindliche Erlebnis ließ den Schluß zu, daß er beim allerersten Anblick jener Tür ein eigenartiges Gefühl verspürte, eine Anziehungskraft, ein Verlangen, zur Tür zu gehen, sie zu öffnen und einzutreten. Und gleichzeitig war er fest davon überzeugt, daß es entweder unklug oder nicht recht von ihm war – er wußte nicht, welches von beiden –, dieser Anziehungskraft nachzugehen. Er versicherte, es sei merkwürdig, daß er von Anfang an – wenn das Gedächtnis ihm nicht einen seltsamen Streich spielte – wußte, daß die Tür unverschlossen war und daß er nach Belieben eintreten konnte.

Ich sehe die Gestalt des kleinen Jungen vor mir, gleichzeitig angezogen und abgestoßen. Und ihm war auch ganz klar, daß sein

Vater sehr ärgerlich wäre, wenn er durch diese Tür ginge, obwohl der Grund dafür nie zur Sprache kam.

Wallace beschrieb mir diese Augenblicke des Zögerns mit äußerster Präzision. Er ging dicht an der Tür vorbei, und dann schlenderte er mit den Händen in den Taschen und dem kindlichen Versuch zu pfeifen weiter, bis die Mauer zu Ende war. Dort befanden sich seiner Erinnerung nach eine Anzahl ärmlicher, schmutziger Läden und insbesondere ein Installateur- und Tapetengeschäft mit einem staubigen Durcheinander von Tonröhren, Bleiblechen, Wasserhähnen, Tapetenmusterheften und Farbbüchsen. Er stand davor und tat so, als ob er diese Dinge betrachtete, und verspürte ein *begieriges*, leidenschaftliches Verlangen nach der grünen Tür.

Dann, so erzählte er, hatte er einen Gefühlsausbruch. Er rannte auf sie zu, damit ihn nicht wieder Zögern überkäme; er stürzte mit ausgestreckter Hand durch die grüne Tür und ließ sie hinter sich zuschlagen. So kam er im Handumdrehen in den Garten, der ihn sein ganzes Leben lang nicht mehr losließ.

Es fiel Wallace sehr schwer, mir eine Vorstellung von jenem Garten, in den er gelangte, zu vermitteln.

Es lag dort etwas in der Luft, das freudig erregte, das einem ein Gefühl der Leichtigkeit und des Wohlbefindens verlieh und frohe Ereignisse erwarten ließ; es war etwas an dem Anblick, der alle Farben klar und rein und zart leuchten ließ. Sobald man eintrat, war man unsagbar glücklich – wie man nur in seltenen Augenblicken, und wenn man jung und fröhlich ist, auf dieser Welt glücklich sein kann. Und alles dort war schön…

Wallace dachte nach, ehe er weitersprach. »Siehst du«, sagte er mit dem zweifelnden Tonfall eines Mannes, der vor unglaublichen Dingen innehält, »es gab dort zwei große Leoparden… Ja, gefleckte Leoparden. Und ich hatte keine Angst. Da war ein langer, breiter Weg mit marmorgefaßten Blumenbeeten zu beiden Seiten, und diese zwei großen samtigen Raubtiere spielten dort mit einem Ball. Eins der Tiere sah hoch und kam auf mich zu, ein wenig neugierig, wie es schien. Es kam ganz dicht an mich heran, rieb sein weiches, rundes Ohr sehr sanft an der kleinen Hand, die ich ausstreckte, und schnurrte. Es war wahrhaftig ein verwunschener Garten. Jawohl. Wie groß er war? Oh, er erstreckte sich weithin, nach allen Richtungen. Ich glaube, in der Ferne sah man Hügel. Der Himmel mag wissen, wo West Kensington plötzlich geblieben war. Und irgendwie war es ganz so, als käme man nach Hause.

Weißt du, als die Tür hinter mir zufiel, vergaß ich sogleich die Straße mit ihren herabgefallenen Kastanienblättern, ihren Droschken und den Karren der Händler, ich vergaß die gravitationsähnliche Kraft, die mich zu Disziplin und Gehorsam nach Hause zurückzog, ich vergaß alles Zögern und alle Furcht, vergaß, was ich meinem Vater schuldig war, vergaß alle vertrauten Dinge dieses Lebens. Ich wurde im Handumdrehen ein sehr glücklicher und wunderseliger kleiner Junge – in einer anderen Welt. Es war eine Welt von anderer Beschaffenheit, das Licht war dort wärmer, klarer und milder, es lag ein Hauch von Frohsinn in der Luft, und in der Himmelsbläue schwammen sonnenbestrahlte Wölkchen. Und vor mir lag einladend dieser lange, breite Weg, gesäumt von unkrautfreien Beeten, auf denen Blumen üppig wucherten, und dann diese zwei großen Leoparden. Ich legte ihnen meine beiden kleinen Hände furchtlos auf das weiche Fell und liebkoste ihre runden Ohren und die empfindsamen Stellen unter den Ohren und spielte mit ihnen, und es war, als ob sie einen nach Hause Gekommenen begrüßten. Ich fühlte mich ganz wie ein Heimgekehrter, und als dann ein großes, hübsches Mädchen auf dem Weg erschien und lächelnd auf mich zukam und ›Nun?‹ zu mir sagte, mich hochhob und küßte und dann wieder niedersetzte und bei der Hand nahm, gab es kein Verwundern, sondern nur das herrliche Gefühl, daß alles in Ordnung war, und Heiteres fiel mir ein, das seltsamerweise irgendwie außerhalb meines Gesichtskreises geraten war. Zwischen Rittersporntrauben kamen breite, rote Stufen in Sicht, so erinnere ich mich, und da hinauf gingen wir zu einer großen Allee zwischen uralten, dunkelschattigen Bäumen. Die ganze Allee entlang aber, zwischen den rotrissigen Stämmen, befanden sich marmorne Ehrensitze und Statuen und ganz zahme und zutrauliche weiße Tauben...

Auf dieser kühlen Allee führte mich meine Freundin dahin, sie blickte zu mir herab – ich sehe die anmutigen Linien, das feinmodellierte Kinn ihres lieblich freundlichen Antlitzes noch vor mir – und stellte mir mit sanfter, angenehmer Stimme Fragen und erzählte mir etwas. Ich weiß, es war etwas Angenehmes, obwohl mir später nie einfallen wollte, worum es sich handelte... Dann kam ein Kapuzineräffchen, sehr sauber, mit rostbraunem Fell und Haselnußaugen, von einem Baum herab zu uns, lief neben mir her und sah freundlich grinsend zu mir auf und sprang dann auf meine Schulter. So gingen wir sehr glücklich auf unserem Weg dahin.«

Er machte eine Pause.

»Erzähl weiter«, bat ich.

»Ich erinnere mich an Kleinigkeiten. Wir kamen an einem Alten vorüber, der sinnend zwischen Lorbeerbüschen saß, und an einem Platz voll lustiger Papageien, und wir gelangten durch eine breite schattige Kolonnade zu einem großen kühlen Palast voller heiterer Brunnen, voll von schönen Dingen und allem, was das Herz begehrt. Und es gab da so viele Dinge und so viele Menschen; einige stehen noch deutlich vor mir, andere erscheinen undeutlicher; aber diese Menschen waren allesamt schön und freundlich. Auf irgendeine Weise – ich weiß nicht wie – wurde mir klar, daß sie mir alle wohlgesinnt waren und froh darüber, mich bei sich zu haben, und sie machten mich glücklich durch ihre Gesten, durch die Berührung ihrer Hände, durch das Willkommen und die Liebe in ihren Augen. Ja –«

Er sann eine Weile. »Ich fand dort Gespielen. Das bedeutete mir sehr viel, denn ich war ein einsamer, kleiner Junge. Sie spielten wunderbare Spiele in einem rasenbewachsenen Hof, wo es eine Sonnenuhr aus Blumen gab. Und wir spielten voll Zuneigung miteinander...

Aber merkwürdig, es gibt da eine Lücke in meiner Erinnerung. Ich kann mich nicht auf unsere Spiele besinnen. Niemals konnte ich das. Hinterher, als Kind, verbrachte ich lange Stunden mit dem Versuch, auch unter Tränen, mich zu erinnern, welche Formen jenes Glück hatte. Ich wollte alles noch einmal spielen – in meinem Kinderzimmer – für mich. Nein! Alles, woran ich mich erinnern kann, ist, daß ich glücklich war und zwei liebe Spielkameraden hatte, die die meiste Zeit mit mir zusammen waren... Dann kam eine schwermütige, dunkelhaarige Frau mit ernstem, blassem Gesicht und träumerischen Augen, eine schwermütige Frau, die ein weiches langes Gewand von zartpurpurner Farbe trug und ein Buch in der Hand hielt; sie winkte mich zu sich und führte mich zu einer Galerie in einem Saal – obwohl meine Spielkameraden mich nicht gehen lassen wollten, ihr Spiel unterbrachen und mich nicht aus den Augen ließen, während ich fortgeführt wurde. ›Komm wieder zu uns!‹ riefen sie. ›Komm bald wieder zu uns!‹ Ich sah zu ihr auf, aber sie beachtete sie überhaupt nicht. Ihr Gesicht war sehr gütig und feierlich. Sie führte mich zu einem Sitzplatz auf der Galerie, ich stand neben ihr und wollte in ihr Buch sehen, als sie es auf ihrem Schoß öffnete. Es klappte auf. Sie zeigte darauf, und ich sah es mir staunend an, denn in den lebenden Seiten des Buches sah ich mich; die Geschichte handelte von mir, und alles kam darin vor, was mir seit meiner Geburt zugestoßen war...

Es war wunderbar für mich, denn die Seiten jenes Buches enthielten keine Bilder, sondern wirkliches Geschehen.«

Wallace machte eine feierliche Pause – er sah mich zweifelnd an.

»Erzähl weiter«, sagte ich. »Ich verstehe.«

»Es war wirkliches Geschehen – ja, es muß wirklich gewesen sein; die Menschen bewegten sich, und Dinge tauchten auf und verschwanden; meine liebe Mutter, die ich fast vergessen hatte; dann mein Vater, streng und aufrecht, die Diener, das Kinderzimmer, all die vertrauten Dinge daheim. Dann die Haustür und die belebten Straßen mit dem hin und her fließenden Verkehr. Ich sah mir das an und staunte und blickte dann wieder halb zweifelnd in das Gesicht der Frau und wendete die Seiten um, hier und da etwas überspringend, um mehr und immer mehr von dem Buch zu sehen. So kam ich schließlich bis dahin, wo ich unschlüssig draußen vor der grünen Tür in der langen weißen Mauer stand, und durchlebte den Konflikt und die Furcht noch einmal.

›Und weiter?‹ rief ich und hätte umgeblättert, aber die kühle Hand der ernsten Frau hielt mich zurück.

›Weiter?‹ sagte ich hartnäckig und kämpfte sanft mit ihrer Hand, zog mit meiner ganzen kindlichen Kraft ihre Finger hoch, und als sie nachgab und die nächste Seite erschien, beugte sie sich wie ein Schatten über mich und küßte mich auf die Stirn.

Aber die Seite zeigte nicht den verwunschenen Garten, die Leoparden nicht und auch nicht das Mädchen, das mich bei der Hand geführt hatte, und nicht die Spielkameraden, die mich nicht gehen lassen wollten. Sie zeigte eine lange, graue Straße in West Kensington zu der frostigen nachmittäglichen Stunde, bevor die Lampen angezündet werden; und dort stand ich, ein unglückliches kleines Wesen, laut schluchzend, obwohl ich mich mit aller Kraft zu beherrschen versuchte, und ich weinte, weil ich nicht zu meinen lieben Spielkameraden zurückkehren konnte, die mir nachgerufen hatten: ›Komm bald wieder zu uns! Komm bald wieder zu uns!‹ Da stand ich. Das war keine Buchseite, sondern rauhe Wirklichkeit; der verwunschene Garten und die mir wehrende Hand der ernsten Mutter, an deren Knien ich gestanden hatte, waren entschwunden – wohin waren sie entschwunden?«

Er hielt inne und starrte eine Zeitlang in das Feuer.

»O wie schmerzlich diese Rückkehr war!« murmelte er.

»Nun?« sagte ich, nachdem etwa eine Minute verstrichen sein mochte.

»Ich bedauernswertes Kerlchen! – wieder in diese graue Welt versetzt! Als ich so recht begriff, was mit mir geschehen war, gab ich mich meinem untröstlichen Kummer hin. Und die Beschämung und Demütigung, in aller Öffentlichkeit zu weinen, und meine schmachvolle Heimkehr sind mir noch heute gegenwärtig. Ich sehe wieder den wohlwollenden alten Herrn mit Goldbrille vor mir, der stehengeblieben war und mich ansprach, nachdem er mich zunächst mit seinem Schirm angetippt hatte. ›Armer Kleiner‹, sagte er; ›du hast dich wohl verlaufen?‹ – und ich war ein Londoner Junge von über fünf Jahren! Und er konnte es nicht lassen, einen freundlichen jungen Polizisten zu alarmieren, und eine Menschenmenge versammelte sich um mich, und so wurde ich nach Hause gebracht. Schluchzend, unter neugierigen Blicken und ängstlich kam ich aus dem verwunschenen Garten zurück zu den Stufen meines Vaterhauses.

Das ist, so gut ich mich daran erinnern kann, meine Vision von jenem Garten – dem Garten, dessen Bild mich immer noch verfolgt. Natürlich vermag ich nichts von jener unbeschreiblichen, durchscheinenden Unwirklichkeit zu vermitteln, jener Abweichung von der gewöhnlichen Erfahrungswelt, die über allem lag; aber das – das ist es, was sich ereignete. Wenn es ein Traum gewesen war, bin ich sicher, daß es ein Wachtraum und ein ganz und gar außergewöhnlicher Traum war … Hm! – natürlich folgte nun ein schreckliches Ausfragen von seiten meiner Tante, meines Vaters, der Kinderfrau, der Gouvernante – von allen …

Ich versuchte es ihnen zu erzählen, und mein Vater verabreichte mir meine erste Tracht Prügel für meine Lügen. Als ich es später meiner Tante erzählen wollte, bestrafte sie mich erneut wegen meiner bösartigen Verstocktheit. Dann wurde, wie gesagt, allen verboten, mir zuzuhören, auch nur ein Wort davon anzuhören. Man entzog mir sogar für eine Zeit meine Märchenbücher – weil ich eine zu ›lebhafte Phantasie‹ hätte. Wie? Ja, das taten sie! Mein Vater war von der alten Schule … Und ich mußte mit meiner Geschichte ganz allein fertig werden. Ich erzählte sie flüsternd meinem Kissen – meinem Kissen, das oft feucht und salzig war von meinen Kindertränen. Und zu meinen förmlichen und weniger leidenschaftlichen Gebeten fügte ich stets die eine, von Herzen kommende Bitte: ›Lieber Gott, laß mich bitte von dem Garten träumen. O bring mich wieder in meinen Garten! Bring mich wieder in meinen Garten!‹ Ich träumte oft von dem Garten. Vielleicht habe ich einiges hinzugefügt oder auch manches verändert; ich weiß es nicht... Das alles stellt ja einen Versuch dar, aus bruchstückhaften Erinnerungen ein sehr frühes Erlebnis zu rekonstruieren. Zwischen dieser Erinnerung und den späteren Kindheitserinnerungen tut sich eine Kluft auf. Es kam eine Zeit, in der es unmöglich schien, daß ich je wieder von diesem wunderbaren Erlebnis sprechen sollte.«

Ich stellte eine naheliegende Frage.

»Nein«, sagte er. »Ich kann mich nicht entsinnen, daß ich in jenen frühen Jahren jemals versucht hätte, den Weg zum Garten wiederzufinden. Das erscheint mir jetzt seltsam, aber ich glaube, daß ich sehr wahrscheinlich nach diesem unglücklichen Abenteuer strenger beaufsichtigt wurde, damit ich nicht noch einmal wegliefe. Nein, bevor wir uns kennenlernten, versuchte ich nicht wieder, den Garten zu finden. Und ich glaube, es gab eine Zeit – so unglaublich mir das jetzt erscheint –, da vergaß ich den Garten vollkommen – mit acht oder neun Jahren mag das gewesen sein. Kannst du dich an mich als kleinen Jungen auf Saint Althelstan erinnern?«

»Ganz gut!«

»In jener Zeit gab es doch nichts an mir, was einen geheimen Traum vermuten ließ?«

2

Er sah plötzlich mit einem Lächeln hoch.

»Hast du einmal Nordwestpassage mit mir gespielt?... Nein, du hattest ja natürlich einen anderen Schulweg!«

»Es war ein Spiel von der Art«, fuhr er fort, »wie sie jedes phantasiebegabte Kind den ganzen Tag lang spielt. Die Idee war die Entdeckung einer Nordwestpassage zur Schule. Der Schulweg war unkompliziert; das Spiel bestand in der Suche nach einem Weg, der nicht so unkompliziert war. Ich ging zehn Minuten früher weg, wandte mich in eine fast hoffnungslose Richtung und arbeitete mich dann durch ungewohnte Straßen bis zu meinem Ziel. Und eines Tages steckte ich plötzlich in einem Gewirr ziemlich ärmlicher Straßen jenseits von Campden Hill, und ich begann schon zu glauben, das Spiel diesmal verloren zu haben und zu spät zur Schule zu kommen. Ziemlich verzweifelt versuchte ich eine Straße, die eine *Sackgasse* zu sein schien, und stieß an ihrem Ende auf eine Passage. Mit neuer Hoffnung eilte ich hindurch. ›Ich schaffe es noch‹, sagte ich und ging an einer Reihe schmutziger, kleiner Läden vorbei, die mir merkwürdig bekannt vorkamen, und sieh da, ich stand vor meiner langen, weißen Mauer und der grünen Tür, die in den verwunschenen Garten führte!

Es durchzuckte mich. Dann war also jener Garten, jener wunderbare Garten, doch kein Traum!«

Er hielt inne.

»Ich nehme an, mein zweites Erlebnis mit der grünen Tür ist bezeichnend für den weltweiten Unterschied, der zwischen dem geschäftigen Leben eines Schuljungen und der unbegrenzten Muße eines Kindes besteht. Jedenfalls dachte ich bei diesem zweiten Mal nicht einen Augenblick daran, sofort einzutreten. Weißt du... Zunächst einmal hatte ich den Kopf damit voll, rechtzeitig zur Schule zu kommen – war bedacht, meinen Pünktlichkeitsrekord nicht zu brechen. Sicher muß ich wenigstens ein *kleines* Verlangen gespürt haben... Aber ich scheine mich der Anziehungskraft der Tür hauptsächlich zu erinnern als ein weiteres Hindernis für mein vordringlichstes Ziel, zur Schule zu gelangen. Die Entdeckung, die ich da gemacht hatte, interessierte mich natürlich ungeheuer – beim Weitergehen dachte ich nur daran –, aber ich ging weiter. Es hielt mich nicht auf. Im Vorbeilaufen zog ich meine Uhr heraus und sah, daß mir noch zehn Minuten blieben, und dann lief ich bergab in vertraute Umgebung. Ich erreichte die Schule, atemlos allerdings und in Schweiß gebadet, doch pünktlich. Ich kann mich noch erinnern, wie ich Mantel und Hut aufhängte... Ging geradewegs daran vorbei und ließ sie hinter mir. Verrückt, was?«

Er sah mich nachdenklich an. »Natürlich wußte ich damals

noch nicht, daß sie nicht immer dasein würde. Schuljungen haben eine begrenzte Vorstellungskraft. Vermutlich dachte ich, es sei prima, daß sie dort war, und ich würde mich schon wieder einfinden; aber die Schule zog an mir. Wahrscheinlich war ich an jenem Vormittag ziemlich zerfahren und unaufmerksam, weil ich mir, soviel ich konnte, von den schönen, seltsamen Menschen ins Gedächtnis zurückrief, die ich unmittelbar darauf wiedersehen sollte. Seltsam genug hegte ich keinen Zweifel, daß sie erfreut sein würden, mich zu sehen... Ja, an jenem Morgen muß mir der Garten als ein lustiger Ort erschienen sein, zu dem man in den Pausen einer anstrengenden Schulkarriere Zuflucht nehmen könnte.

An dem Tag ging ich überhaupt nicht hin. Der nächste Tag war zur Hälfte frei, und das mag mich dazu bewogen haben. Vielleicht brachte mir auch meine Unaufmerksamkeit Strafen ein, die die für den *Umweg* nötige Zeit in Anspruch nahmen. Ich weiß nicht. Ich weiß aber, daß mich in der Zwischenzeit der verwunschene Garten so beschäftigte, daß ich es nicht für mich behalten konnte.

Ich erzählte es – wie hieß er doch? – einem Jungen, der wie ein Frettchen aussah und den wir Squiff nannten.«

»Hopkins«, sagte ich.

»Ja, Hopkins war es. Ich habe es ihm nicht gern erzählt. Ich hatte ein Gefühl, als sei es irgendwie gegen die Spielregeln, aber ich tat es doch. Wir hatten ein Stück gemeinsamen Heimwegs; er war gesprächig, und wenn wir uns nicht über den verwunschenen Garten unterhalten hätten, wäre ein anderes Thema daran gewesen, und es war mir unerträglich, an etwas anderes zu denken. So plauderte ich es aus.

Nun, er verriet mein Geheimnis. Am nächsten Tag wurde ich in der Spielpause von einem halben Dutzend größerer Jungen umringt, die mich ein bißchen aufzogen und begierig waren, mehr von dem verwunschenen Garten zu hören. Da war der große Fawcett – kannst du dich noch an ihn erinnern? – und Carnaby und Morley Reynolds. Du warst wohl nicht zufällig dabei? Nein, ich glaube, daran hätte ich mich erinnert...

Ein Junge ist ein Wesen mit merkwürdigen Gefühlen. Trotzdem ich mich insgeheim dafür verachtete, war ich ein wenig geschmeichelt, daß ich die Aufmerksamkeit dieser großen Jungen erregte. Ich entsinne mich besonders eines freudigen Augenblicks, den mir ein Lob von Crawshaw bereitete – du erinnerst dich wohl noch an Crawshaw den Älteren, den Sohn des Komponisten Crawshaw? –, der sagte, es sei die beste Lüge, die er jemals gehört habe. Aber gleichzeitig empfand ich beim Erzählen dessen, was in Wirklichkeit ein heiliges Geheimnis war, im Innern sehr schmerzlich die Scham. Der brutale Fawcett machte einen Witz über das Mädchen in Grün...«

Wallace's Stimme sank bei der noch lebendigen, beschämenden Erinnerung. »Ich tat so, als hätte ich es überhört«, sagte er. »Nun, dann nannte mich Carnaby plötzlich einen kleinen Lügner und stritt mit mir, als ich sagte, es sei wahr gewesen. Ich sagte, ich wisse, wo die grüne Tür zu finden sei, ich könnte sie alle in zehn Minuten hinführen. Carnaby wurde zum regelrechten Tugendwächter und sagte, das müßte ich auch – und hätte meine Worte zu beweisen oder dafür zu büßen. Hat dir Carnaby mal den Arm umgedreht? Dann kannst du vielleicht nachfühlen, wie es mir erging. Ich schwor, daß meine Geschichte wahr sei. Damals gab es keinen in der ganzen Schule, der einen vor Carnaby in Schutz nehmen konnte, obwohl Crawshaw ein gutes Wort einlegte. Carnaby hatte sein Opfer. Ich wurde aufgeregt und bekam rote Ohren und hatte auch etwas Angst. Ich benahm mich insgesamt wie ein dummer Junge, und das Ergebnis war schließlich, daß ich, statt allein meinen verwunschenen Garten zu suchen, mit erhitzten Wangen, heißen Ohren, Tränen in den Augen und in der Seele brennende Scham und Jammer einem Trupp von sechs spöttelnden, neugierigen und mir drohenden Mitschülern den Weg zeigte.

Wir haben die weiße Mauer und die grüne Tür nicht gefunden...«

»Du willst sagen –?«

»Ich will sagen, daß ich sie nicht finden konnte. Ich hätte sie gefunden, wenn es mir möglich gewesen wäre.

Auch später, als ich allein gehen konnte, vermochte ich sie nicht zu finden. Ich habe sie nie gefunden. Es scheint mir jetzt, als wäre ich meine ganze Schulzeit lang nach ihr auf der Suche gewesen, aber ich bin nie mehr auf sie gestoßen – nie.«

»Die Jungs – waren sie sehr widerlich?«

»Höllisch... Carnaby hielt Gericht über mich wegen böswilligen Lügens. Ich weiß noch, wie ich mich nach Hause und in mein Zimmer stahl, um die Spuren meiner Tränen zu verbergen. Aber als ich mich schließlich in den Schlaf weinte, war es nicht wegen Carnaby, sondern wegen des Gartens, wegen des schönen Nachmittags, auf den ich gehofft hatte, wegen der anmutigen, freundlichen Frau und der wartenden Spielkameraden und des Spiels, das ich neu zu lernen gehofft hatte, jenes wunderbare vergessene Spiel...

Ich glaubte fest, daß ich – wenn ich nichts verraten hätte... Danach ging es mir schlecht – ich weinte nachts und blies tagsüber Trübsal. Zwei Semester lang fiel ich zurück und bekam schlechte Zeugnisse. Erinnerst du dich daran? Doch, sicherlich! *Du* warst es ja, der mich wieder zum Büffeln brachte, weil du mich in Mathematik überholt hattest.«

3

Eine Weile starrte mein Freund schweigend in die Glut. Dann sagte er: »Ich habe sie nicht eher wieder zu Gesicht bekommen, als bis ich siebzehn war.

Sie kam mir zum drittenmal vor Augen – als ich auf dem Weg nach Paddington war, um wegen eines Stipendiums nach Oxford zu fahren. Ich konnte nur einen ganz kurzen Blick darauf werfen. Ich lehnte mich über die Tür meines Hansoms, rauchte eine Zigarette und kam mir zweifellos sehr wie ein Mann von Welt vor, und plötzlich war da die Tür, die Mauer, die teure Erinnerung an unvergeßliche und noch erreichbare Dinge.

Wir klapperten vorüber – ich war zu überrascht, um meinen

Wagen anzuhalten, bis wir schon ein gutes Stück vorbei und um eine Ecke waren. Dann hatte ich einen seltsamen Moment, eine zweifache, sich widersprechende Willensregung: Ich pochte an die kleine Tür im Verdeck meiner Droschke und nahm den Arm herunter, um die Uhr zu ziehen. ›Ja, Sir!‹ sagte der Kutscher forsch. ›Hm – ja – es hat nichts zu bedeuten‹, rief ich. ›Entschuldigen Sie! Wir haben nicht mehr viel Zeit! Fahren Sie weiter!‹ Und er fuhr weiter...

Ich erhielt das Stipendium. Und am Abend, nachdem mir das mitgeteilt wurde, saß ich am Feuer in meinem kleinen Oberstübchen, meinem Studierzimmer, im Haus meines Vaters, und sein Lob – sein seltenes Lob – und seine vernünftigen Ratschläge klangen mir in den Ohren, und ich rauchte meine Lieblingspfeife – die gewaltige Bulldogge der Jugend – und dachte an die Tür in der langen weißen Mauer. ›Wenn ich angehalten hätte‹, dachte ich, ›wäre ich um mein Stipendium gekommen, mit Oxford wäre es vorbei gewesen – die großartige Karriere, die vor mir lag, ruiniert! Ich fange an, die Dinge im richtigen Licht zu sehen!‹ Ich versank in tiefes Nachdenken, aber ich zweifelte damals nicht daran, daß meine Karriere ein Opfer wohl wert war.

Jene teuren Freunde und die reine Atmosphäre erschienen mir lieblich und wunderbar, aber weit weg. Mein Trachten war jetzt auf die Welt gerichtet. Ich sah eine andere Tür sich auftun – die Tür meiner Karriere.«

Er starrte wieder ins Feuer. Sein roter Widerschein hob flackernd einen Augenblick lang einen Zug von Hartnäckigkeit in seinem Gesicht hervor, der dann wieder verschwand.

»Nun ja«, sagte er und seufzte, »ich habe dieser Karriere gedient. Ich habe gearbeitet – viel und hart. Aber ich habe von dem verwunschenen Garten tausend Träume geträumt und seine Tür seitdem viermal gesehen oder zumindest einen Blick von ihr erhascht. Ja – viermal. Eine Zeitlang war diese Welt so licht und interessant, schien so bedeutungsvoll und chancenreich, daß der halbverblichene Zauber des Gartens vergleichsweise sanft und fern war. Wer möchte schon auf dem Weg zum Dinner mit schönen Frauen und bedeutenden Männern Leoparden tätscheln? Von Oxford kam ich nach London, ein hoffnungsvoller junger Mann, der etwas dafür tat, daß diese Hoffnungen sich erfüllten. Und doch hat es auch Enttäuschungen gegeben…

Zweimal liebte ich – ich will mich nicht dabei aufhalten –, aber als ich einst auf dem Weg zu jemandem war, der – wie ich wußte – bezweifelte, ob ich zu kommen wagte, versuchte ich auf gut Glück eine Abkürzung durch eine einsame Straße von Earl's Court und stieß so auf eine weiße Mauer und eine wohlbekannte grüne Tür. ›Merkwürdig‹, sagte ich zu mir, ›ich habe doch geglaubt, daß dieser Ort sich auf Campden Hill befände. Das ist also der Ort, den ich aus irgendeinem Grund nie finden konnte – es war so aussichtslos, wie die Steine von Stonehenge zu zählen –, der Ort meines seltsamen Wachtraumes von damals.‹ Und ich schritt daran vorüber, gewillt, das zu tun, was ich vorhatte. An jenem Nachmittag übte er keine Anziehungskraft auf mich aus.

Ich verspürte nur einen flüchtigen Impuls, die Klinke niederzudrücken, ich hätte höchstens drei Schritte zur Seite zu machen brauchen – obwohl ich im Innersten sehr sicher war, daß die Tür sich mir öffnen würde –, und dann fiel mir ein, wenn ich es täte, könnte ich zu spät zu der Verabredung kommen, bei der es um meine Ehre ging. Hinterher tat mir meine Pünktlichkeit leid – ich hätte wenigstens einen Blick hineinwerfen und den Leoparden zuwinken können, aber diesmal wußte ich genug, um nicht verspätet zu suchen, was durch Suchen nicht zu finden ist. Ja, dieses Mal war ich sehr unglücklich…

Jahre voll harter Arbeit folgten, und niemals zeigte sich die Tür. Erst vor kurzem ist sie mir wieder erschienen. Mit ihr hat sich ein Gefühl eingestellt, als ob ein Schleier sich über meine Welt gebreitet hätte. Ich hatte angefangen, es für traurig und bitter zu halten, daß ich die Tür nicht wieder erblicken sollte. Vielleicht hatte ich mich etwas überarbeitet – vielleicht war es Ausdruck dessen, was ich das Lebensgefühl mit vierzig habe nennen hören. Ich weiß es nicht. Aber ganz sicher haben die Dinge kürzlich ihren Glanz verloren, der Mühen leicht werden läßt, und das gerade zu einer Zeit, in der so viele politische Veränderungen vor sich gehen und ich arbeiten müßte. Seltsam, nicht wahr? Aber ich beginne wirklich, das Leben als Mühe zu empfinden, seinen Lohn, wenn ich ihm nahe bin, als enttäuschend. Vor kurzem fing ich an, mich recht nach dem Garten zu sehnen. Ja – und ich erblickte ihn dreimal.«

»Den Garten?«

»Nein – nur die Tür! Und ich bin nicht hineingegangen!«

Er beugte sich über den Tisch zu mir und sprach mit ungeheurem Bedauern in der Stimme: »Dreimal hatte ich Gelegenheit – *dreimal!* Wenn sich mir jemals wieder die Tür darbietet, so schwor ich, werde ich eintreten, diesem Staub und dieser Hitze entfliehen, diesem kalten Geglitzer der Eitelkeit, diesen vergeblichen Mühen. Ich werde gehen und nie mehr zurückkehren. Diesmal will ich bleiben... So schwor ich mir, und als die Zeit da war – *ging ich nicht.*

Dreimal in einem Jahr bin ich an der Tür vorübergegangen und bin nicht eingetreten. Dreimal letztes Jahr.

Das erste Mal geschah es am Abend der Abstimmung über den Gesetzentwurf zur Mieterleichterung, bei der die Regierung durch eine knappe Mehrheit von drei Stimmen gerettet wurde. Du erinnerst dich doch? Niemand auf unserer Seite – vielleicht nur sehr wenige auf der Gegenseite – erwartete an jenem Abend diesen Ausgang: dann brach die Debatte wie ein Kartenhaus zusammen. Ich speiste mit Hotchkiss und seinem Cousin bei Brentford zu Abend; wir hatten beide keine Damen bei uns, und wir wurden per Telefon einberufen und machten uns sofort im Wagen seines Cousins auf den Weg. Unterwegs fuhren wir an meiner Mauer und der Tür vorüber – fahl im Mondlicht und von den gelben Lichtkegeln unserer Lampen gefleckt, aber unverkennbar. ›Mein Gott!‹ rief ich aus. ›Was ist?‹ fragte Hotchkiss. ›Nichts!‹ antwortete ich, und der Moment war vorbei.

›Ich habe ein großes Opfer gebracht‹, sagte ich zum Whip, als wir eintrafen. ›Alle haben Opfer gebracht‹, sagte er und eilte weiter.

Ich sehe nicht, wie ich mich damals anders hätte verhalten sollen. Und die nächste Gelegenheit kam, als ich an meines Vaters Bett eilte, um von dem strengen, alten Mann Abschied zu nehmen. Auch da waren die Forderungen, die das Leben an mich stellte, unerbittlich. Aber das dritte Mal war anders: Es war vor einer Woche. Bittere Reue erfüllt mich, wenn ich daran denke. Ich war mit Gurker und Ralphs zusammen – es ist kein Geheimnis mehr, daß ich eine Aussprache mit Gurker hatte. Wir hatten bei Frobisher zu Abend gegessen, und wir waren in ein vertrauliches Gespräch gekommen. Die Frage, welchen Platz ich in der umgebildeten Regierung einnehmen sollte, lag immer sehr nahe. Ja – ja. Das ist beschlossene Sache. Man sollte noch nicht darüber reden, aber es gibt keinen Grund, es dir zu verheimlichen... Ja – besten Dank! Danke! Aber laß mich meine Geschichte weitererzählen.

Damals, an jenem Abend, lag alles fast greifbar in der Luft. Meine Lage war recht prekär. Ich war sehr bedacht darauf, ein definitives Wort von Gurker zu erhalten, wurde aber durch Ralphs' Anwesenheit gestört. Ich strengte alle meine Geisteskräfte an, um das leichte und sorglose Gespräch nicht zu offenkundig auf die Frage kommen zu lassen, die mich bewegte. Ich mußte das. Ralphs' Verhalten seither hat meine Vorsicht mehr als gerechtfertigt... Ich wußte, daß Ralphs uns nach der Kensington High Street verlassen würde, und dann könnte ich Gurker mit plötzlicher Freimütigkeit überrumpeln. Man muß manchmal zu diesen kleinen Tricks greifen... Und da nahm ich am Rand meines Blickfeldes wieder die weiße Mauer, die grüne Tür vor uns auf der Straße wahr.

Wir gingen im Gespräch daran vorüber. Ich ging daran vorüber. Ich sehe noch jetzt Gurkers markantes Schattenprofil – den Opernhut, der über seiner prominenten Nase nach vorn gebogen war, die vielen Falten seines Schals –, der sich vor meinem und Ralphs' Schatten bewegte, als wir vorüberschlenderten.

Ich ging im Abstand von einem halben Meter an der Tür vorbei. ›Wenn ich ihnen gute Nacht wünsche und eintrete‹, fragte ich mich, ›was wird dann geschehen?‹ Und ich war ganz begierig auf jenes Wort mit Gurker.

Ich konnte diese Frage im Gewirr meiner anderen Probleme nicht beantworten. ›Sie werden mich für verrückt halten‹, dachte ich. ›Und angenommen, ich verschwände jetzt! – Rätselhaftes Verschwinden eines prominenten Politikers!‹ Das zählte. Tausend unbegreiflich unwichtige weltliche Belange waren in dieser Krise für mich ausschlaggebend.«

Dann wandte er sich mir mit traurigem Lächeln zu, und langsam sagte er: »Hier bin ich!«

»Hier bin ich!« wiederholte er. »Und ich habe meine Chance verpaßt. Dreimal in einem Jahr ist mir die Tür angeboten worden – die Tür, die zu Frieden und Freude führt, zu einer Schönheit, wie man sie nicht erträumen kann, zu einer Freundlichkeit, die kein Mensch auf Erden kennt. Und ich habe sie zurückgewiesen, Redmond, und sie ist auf ewig entschwunden –«

»Woher weißt du das?«

»Ich weiß es. Ich weiß es. Mir bleibt jetzt nur noch, es durchzustehen, den Aufgaben treu zu bleiben, die mich so sehr beschäftigten, als meine Augenblicke kamen. Du sagst, ich habe Erfolg – diese gewöhnliche, wertlose, lästige, beneidete Sache. Ich habe ihn, diesen Erfolg.« Er hielt eine Walnuß in seiner großen Hand. »Wenn das mein Erfolg wäre«, sagte er und zerdrückte sie und hielt sie mir hin, damit ich sie betrachten konnte.

»Ich will dir etwas sagen, Redmond. Dieser Verlust zerstört mich. Seit zwei Monaten, es werden nun bald zehn Wochen, habe ich überhaupt nicht gearbeitet, nur die wichtigsten und dringlichsten Angelegenheiten erledigt. Meine Seele ist voller Reue, die nicht zum Schweigen gebracht werden kann. Nachts – wenn es weniger wahrscheinlich ist, daß ich erkannt werde – gehe ich hinaus. Ich streife umher. Ja. Ich möchte wissen, was die Leute davon halten würden, wenn sie das erführen. Ein Minister des Kabinetts, das verantwortungstragende Oberhaupt dieser wichtigsten Abteilung, allein umherstreifend – voll Kummer – manchmal fast hörbar in Klagen ausbrechend – um einer Tür, eines Gartens willen!«

4

Ich sehe noch sein bleiches Gesicht vor mir und das ungewohnt düstere Feuer, das in seinen Augen glomm. Heute abend sehe ich ihn sehr deutlich vor mir. Ich sitze da und erinnere mich seiner Worte, seines Tonfalls, und die *Westminster Gazette* vom gestrigen Abend liegt noch immer auf dem Sofa. In ihr steht die Nachricht von seinem Tod. Heute beim Lunch sprach man im Klub nur von seinem Tod. Es kam kein anderes Gesprächsthema auf.

Sie haben ihn gestern in den frühen Morgenstunden in einer tiefen Ausschachtung in der Nähe der East Kensington Station gefunden. Es ist einer von zwei Schächten, die im Zusammenhang mit einer Streckenerweiterung nach Süden hin angelegt wurden. Eine Bretterwand schützt sie nach der Straße vor unbefugtem Betreten. Man hatte zur Bequemlichkeit einiger Arbeiter, die in dieser Richtung wohnen, eine kleine Tür darin angebracht. Durch ein Mißverständnis zwischen zwei Vorarbeitern war diese Tür unverschlossen geblieben; durch sie ging er.

Fragen und Rätsel verdüstern meine Gedanken. Es scheint, als sei er gestern nacht den ganzen Weg vom Parlament nach Hause gelaufen – während der letzten Sitzungsperiode hatte er das häufig getan –, und so stelle ich mir vor, wie seine dunkle Gestalt die späten, menschenleeren Straßen entlangkam, vermummt, in Gedanken versunken. Und täuschte dann das fahle Licht der elektrischen Straßenbeleuchtung am Bahnhof bei der rohen Bretterwand Weiß vor? Erinnerte ihn die fatale unverschlossene Tür an etwas? Hatte es schließlich überhaupt jemals eine grüne Tür in der Mauer gegeben?

Ich weiß es nicht. Ich habe seine Geschichte so erzählt, wie er sie mir erzählte. Zuzeiten glaube ich, daß Wallace lediglich das Opfer einer seltenen, aber nicht einmaligen Art von Halluzination war, die zufällig mit dieser durch Fahrlässigkeit verursachten Unfallquelle korrespondierte, aber in Wirklichkeit ist es mir nicht ernst damit. Man mag mich für abergläubisch halten oder für närrisch; doch ich bin in der Tat fast davon überzeugt, daß er wirklich eine ungewöhnliche Gabe und ein Gespür, irgend etwas besaß, das ihm in Gestalt einer Mauer und einer Tür einen Ausweg bot, einen geheimen und besonderen Fluchtweg in eine andere und unsagbar schönere Welt. Wie dem auch sei, wird man sagen, sie führte letztlich in die Irre. Aber war dem so? Da ist man beim innersten Geheimnis dieser Träumer, dieser Seher und Phantasten angelangt. Wir sehen unsere leidliche Alltagswelt, die Bretterwand und den Schacht. Mit unserem Maßstab des Tageslichtes gemessen ging er aus der Sicherheit in das Dunkel, in die Gefahr und den Tod. Ob er aber das so sah?

Das Land der Blinden

Mehr als dreihundert Meilen vom Chimborasso und über hundert vom Schneegipfel des Cotopaxi entfernt, in der wilden Einöde der Anden von Ecuador, liegt abgeschnitten von der Menschenwelt ein geheimnisvolles Hochtal, das Land der Blinden. Vor grauen Jahren war das Tal wenigstens soweit von der Welt aus zugänglich, daß man durch gefährliche Schluchten und über einen vereisten Paß endlich seine immergrünen Wiesen erreichen konnte; und tatsächlich kamen Menschen hin, peruanische Mischlinge, die vor der Gier und Willkür eines bösen spanischen Tyrannen hatten flüchten müssen. Dann kam der überwältigende Ausbruch des Mindobamba, siebzehn Tage lang war es in Quito Nacht, in Yagachi kochte das Wasser, und bis hinauf nach Guayaquil starben alle Fische; an der ganzen pazifischen Küste rutschten die Berghänge ab, gab es vorzeitige Schneeschmelze und plötzliche Überschwemmungen. Eine ganze Seite des Araucamassivs fuhr donnernd nieder und versperrte das Land der Blinden für alle Zeiten dem Forschergeist der Menschen. Einer der frühen Ansiedler war während dieser furchtbaren Erschütterung der Erde zufällig diesseits der Schluchten gewesen; er mußte Weib und Kind vergessen wie auch alle seine Freunde und Besitzungen dort oben und im Tiefland ein neues Leben anfangen. Er begann neu, aber ohne Glück, er wurde blind und starb, als er als Sträfling im Bergwerk arbeitete; aber die Geschichte, die er erzählte, wurde der Ursprung einer Legende, die bis zum heutigen Tage in den Kordilleren nicht vergessen ist.

Ein Lama hatte ihn, noch als Kind, in diese Felsenfestung getragen; auf dessen Rücken war er neben einem großen Ballen Stoffs festgebunden worden, und er erzählte nun, was ihn veranlaßt hatte, den Rückweg aus dieser Abgeschlossenheit zu wagen. In dem Tal, so sagte er, gab es alles, was des Menschen Herz begehrt: süßes Wasser, Weideland, gleichmäßiges Klima, fruchtbare, braune Halden, bedeckt mit Büschen, die wohlschmekkende Früchte trugen, und dichte Fichtenwälder auf den Berghängen schützten das Tal vor Lawinen. Hoch oben krönten Gletscher die gewaltigen graugrünen Felsen; aber der Eisstrom erreichte die Menschen nicht, sondern wanderte über die jenseitigen Abhänge, und nur hie und da stürzten gewaltige Eismassen ins Tal hinab. Dort gab es weder Regen noch Schnee, aber rund um die ergiebigen Quellen erstreckte sich reiches, grünes Weidegras, und sie versorgten das ganze Tal mit Wasser. Es ging den Ansiedlern dort wirklich gut. Ihre Herden gediehen und vermehrten sich, nur ein Umstand beeinträchtigte ihr Glück, dies aber in hohem Maße. Eine seltsame Krankheit war ausgebrochen und hatte alle neugeborenen Kinder, und sogar auch einige ältere, mit Blindheit geschlagen. Er war nun unter großen Anstrengungen und Gefahren durch die Schluchten in die bewohnte Welt zurückgekehrt, um einen Zaubertrank oder ein anderes Mittel gegen diese Seuche zu beschaffen. In jenen Tagen dachten die Leute in solchen Fällen nicht an Bazillen und Ansteckung, sondern an Strafe für ihre Sünden. Er sah die Ursache dieser Heimsuchung darin, daß die priesterlosen Einwanderer es verabsäumt hatten, als allererstes einen Altar zu errichten. Er verlangte einen Altar, billig, aber doch würdevoll und gültig, ferner brauchte er Reliquien, heilkräftige Amulette, geweihte Gegenstände und geheimnisvolle Denkmünzen und Gebete. In seinem Sack trug er einen Barren gediegenen Silbers, über dessen Herkunft er keine Rechenschaft geben wollte; er behauptete mit der Beharrlichkeit eines ungeübten Lügners, daß es kein Silber im Tal gäbe. Sie hatten alle ihr Geld und ihren Schmuck zusammengetan, dort oben hatten sie solche Schätze kaum nötig, wie er sagte, um heilige Hilfe gegen ihre Krankheit zu erkaufen. Ich kann mir diesen trübäugigen jungen Bergbewohner vorstellen: fieberhaft zerknüllte er seine Hutkrempe, sonnverbrannt, hager und angsterfüllt, ein Mensch, dem das Leben im Tiefland ganz ungewohnt war, erzählte er, bevor die große Umwälzung kam, seine Geschichte einem scharfäugigen, aufmerksamen Priester. Ich kann mir ein Bild von ihm machen, wie er dann zurückzukehren versuchte, mit frommen und wirksamen Mitteln gegen das Übel versehen, kann mir auch seine grenzenlose Bestürzung vorstellen, mit der er vor dem wirren Durcheinander stand, das er an Stelle der Schlucht vorfand. Aber was ihm sonst noch an Mißgeschicken zugestoßen ist, blieb mir unbekannt, ich weiß nur noch, daß er nach einigen Jahren eines traurigen Todes starb. Armes verirrtes Menschenkind! Der Strom, der einst die Schlucht geschaffen hatte, stürzt jetzt aus der Öffnung einer Felsenhöhle hervor, und die Legende, seine armselige, von der Überlieferung veränderte Geschichte, lebte fort, wuchs zur Sage von einer blinden Menschenrasse, irgendwo »dort drüben«, und man kann sie heute noch hören.

Unter der spärlichen Bevölkerung dieses jetzt abgeschnittenen und vergessenen Tales griff die Krankheit um sich. Die Sehkraft der Alten wurde schwächer, bis sie halbblind waren und sich nur mehr tastend vorwärts bewegen konnten, die Jungen sahen nur mehr schlecht, deren Kinder sahen überhaupt nichts mehr. Aber das Leben war sehr leicht in dieser schneeumkränzten, weltabgeschiedenen Mulde. Es gab keine Dornen und kein Gestrüpp, keine bösen Insekten und keine Tiere, nur die sanften Lamas, die einst von den Talbewohnern mitgebracht worden waren, die sie durch die ausgetrockneten Flußbette der Schluchten getrieben und gestoßen hatten und denen sie gefolgt waren. Die Sehkraft der Leute hatte so allmählich nachgelassen, daß sie ihren Verlust kaum merkten. Sie führten die blinden Kinder überall herum, bis diese das ganze Tal erstaunlich genau kannten, und als endlich das Sehvermögen bei ihnen ganz ausgestorben war, lebte die Rasse trotzdem weiter. Dieser Prozeß vollzog sich so langsam, daß sie Zeit hatten, das Feuer in den steinernen Öfen hüten zu lernen, auch ohne es zu sehen. Sie waren vor allem ein schlichtes Volk, ohne großes Wissen, waren nur oberflächlich von der spanischen Kultur beleckt, hatten aber etwas von der künstlerischen Tradition des alten Peru und von seiner verlorengegangenen Philosophie in ihrem Bewußtsein erhalten. Generation folgte auf Generation. Sie vergaßen vieles, sie erfanden viele Dinge neu. Die Überlieferung der anderen Welt, aus der sie gekommen waren, wurde sagenhaft und ungenau. In allen Fähigkeiten, außer im Sehen, waren sie stark und begabt; und bald sandte der Zufall der Geburt und Vererbung ihnen einen Mann, dessen schöpferischer Geist neue Wege ging. Er war redegewandt und wußte zu überzeugen, und nach ihm kam wieder einer. Diese beiden Männer gingen dahin, doch nicht spurlos. Die kleine Gemeinschaft wuchs an Zahl, gewann an Einsicht und setzte sich allein mit den auftauchenden sozialen und wirtschaftlichen Problemen auseinander. Generation folgte auf Generation, Generation auf Generation. Fünfzehn Generationen nach jenem Vorfahren, der einst mit einem Silberbarren das Tal verlassen hatte, um Gottes Hilfe zu suchen, und der nie zurückgekommen war, wurde ein Kind geboren. Damals geschah es, daß ein Mensch aus der Außenwelt in diese Gemeinschaft kam. Und hier folgt die Geschichte jenes Mannes:

Er war ein Bergbewohner aus der Gegend von Quito, ein Mann, der unten am Meer gewesen war, der die Welt gesehen hatte und der sich über Bücher, die er las, eigene Gedanken machte, ein scharfsinniger, unternehmungslustiger Mensch. Er war von englischen Bergsteigern mitgenommen worden, die die Kordilleren besteigen wollten. Er sollte einen ihrer drei Schweizer Führer ersetzen, der krank geworden war. Er kletterte hier und dort, und dann kam der Versuch, den Parascotopetl zu besteigen, dieses »Matterhorn der Anden«; dabei verschwand er für die äußere Welt. Sein Unfall wurde schon oft beschrieben, am besten von Pointer. Der erzählt, wie die Gesellschaft sich ihren schwierigen Weg gebahnt hatte, fast senkrecht hinauf bis ganz an den Fuß der letzten und größten Felswand, und wie sie mitten im Schnee auf einem kleinen Felsvorsprung ein Biwak für die Nacht baute. Plötzlich bemerkten sie – das erzählt er wirklich dramatisch –, daß Nunez fehlte. Sie riefen, doch es kam keine Antwort, sie riefen und pfiffen, und den Rest der Nacht schliefen sie nicht mehr.

Als der Tag anbrach, sahen sie die Spuren seines Sturzes. Da begriffen sie, daß er nicht mehr hatte rufen können. Er war ostwärts abgestürzt, über die unbekannte Seite des Berges; tief unten war er auf einen steilen Schneeabhang gefallen und hatte als der Kern einer Schneelawine seinen weiteren Weg gepflügt. Seine Spur führte direkt zum Rand eines fürchterlichen Abgrunds, und jenseits davon lag alles im Verborgenen. Weit, weit unten, verschwommen in der Ferne, stiegen Bäume aus einem engen, eingeschlossenen Tal auf – es war das verlorene Land der Blinden. Aber sie kannten das verlorene Land der Blinden nicht, sie konnten es in keiner Weise von den anderen schmalen Streifen der Hochtäler unterscheiden. Durch das Unglück entmutigt, brachen sie ihre Expedition am Nachmittag ab, und Pointer wurde zum Kriegsdienst einberufen, ehe er einen neuen Aufstieg unternehmen konnte. Bis zum heutigen Tag ist der Parascotopetl unbezwungen, und Pointers Biwak zerfällt unbenützt im Schnee.

Der Mann aber, der abstürzte, lebte weiter.

Am Ende des Abhanges fiel er tausend Fuß tief und landete mitten in einer Schneewolke wieder auf einem Schneeabhang, der sogar noch steiler war als der erste. Dort wurde er hinuntergerissen, betäubt und bewußtlos, aber nicht ein Knochen in seinem Körper war gebrochen; und dann kam er endlich auf sanftere Hänge, rollte immer langsamer und lag schließlich still, begraben unter einem weichen Berg der weißen Massen, die ihn begleitet und gerettet hatten. Als er zu sich kam, hatte er die unklare Vorstellung, krank im Bett zu liegen; dann erfaßte er mit der Intelligenz des Bergbewohners die Situation, verschaffte sich Bewegungsfreiheit und arbeitete sich nach einer kleinen Ruhepause ganz heraus, bis er die Sterne sehen konnte. Er blieb eine Weile flach auf dem Bauch liegen, begierig zu erfahren, wo er wäre und was ihm zugestoßen sei. Er bewegte prüfend seine Glieder und entdeckte, daß er einige Knöpfe verloren hatte und daß sein Rock über den Kopf gezogen war. Das Messer war aus der Tasche gefallen, und den Hut hatte er verloren, obwohl er ihn mit Bändern unterm Kinn festgebunden hatte. Er erinnerte sich, daß er lose

Steine gesucht hatte, um die Schutzmauer um seinen Lagerplatz zu erhöhen. Auch sein Eispickel war verschwunden.

Er stellte fest, daß er wohl abgestürzt sei, blickte empor und sah – gewaltig vergrößert durch das gespenstische Licht des aufsteigenden Mondes – die ungeheure Strecke, die er zurückgelegt hatte. Er lag eine Weile still und schaute verwirrt auf dieses mächtige, blasse Geklüft, das sich über ihm auftürmte und immer klarer aus der zurückweichenden Flut der Finsternis auftauchte. Die gespenstische, geheimnisvolle Schönheit hielt ihn eine Zeitlang gefangen, dann brach er in irres Lachen und Schluchzen aus.

Nach geraumer Zeit bemerkte er, daß er sich nahe der unteren Schneegrenze befand. Tiefer unten, unterhalb eines jetzt mondbeschienenen gangbaren Abhangs, sah er dunkel und zerklüftet einen felsbesäten Wiesengrund auftauchen. Mühsam kam er auf die Beine, jedes Gelenk, jedes Glied schmerzte ihn, mit Anstrengung befreite er sich vom losen Schnee. Er ging bergab, bis er den Wiesengrund erreichte, und dort sank er, mehr als er sich legte, neben einem Felsblock nieder. Er nahm einen tiefen Schluck aus der Flasche, die den Sturz in seiner Innentasche überstanden hatte, und schlief im nächsten Augenblick ein...

Vogelgezwitscher in den Bäumen tief unter ihm weckte ihn.

Er setzte sich auf und fand sich auf einer kleinen Alm am Fuße eines mächtigen Absturzes, in den die Rinne tief eingeschnitten war, durch die er in seiner Lawine gestürzt war. Ihm gegenüber ragte eine andere Felsmauer hoch auf. Die Schlucht zwischen diesen Wänden lief von Osten nach Westen und war ganz vom Schein der Morgensonne erfüllt. Nach Westen beleuchtete die Sonne das Massiv des abgestürzten Berges, das die Schlucht abschloß. Zu seinen Füßen, so schien es, lag auch ein steiler Abgrund, doch hinter dem Schnee in der Rinne fand er eine Art Kamin, der zwar von Schmelzwasser troff, einem Verzweifelten aber den Abstieg ermöglichte. Dieser erwies sich leichter, als Nunez befürchtete, er kam schließlich wieder zu einer verlassenen Alm und dann, nach einer nicht sonderlich schweren Felsenkletterei, zu einem steilen, baumbestandenen Abhang. Er orientierte sich und wandte sich schluchtaufwärts, denn er sah, daß auf der Höhe grüne Wiesen lagen, zwischen denen er nun deutlich eine Menge ganz ungewöhnlich aussehender Steinhütten wahrnahm. Zeitweise kam er nur sehr langsam weiter, der Aufstieg war wie eine steile, glatte Mauer, und nach einer Weile schien die Sonne nicht mehr in die Schlucht, die Stimmen der singenden Vögel erstarben, und um ihn wurde es kalt und dunkel. Doch um so leuchtender wurde das entfernte Tal mit seinen Häusern. Er erreichte jetzt eine Böschung, und zwischen den Felsen bemerkte er – denn er war ein guter Beobachter – ein ihm unbekanntes Farnkraut, das aus den Spalten mit gierigen, grünen Händen hervorzulangen schien. Er brach einige Farnwedel ab, kaute die Stengel und fühlte sich erfrischt.

Gegen Mittag kam er endlich zum Ausgang der Schlucht, in die Ebene und ins Sonnenlicht. Er war steif und müde; er ließ sich im Schatten eines Felsens nieder, füllte seine Flasche mit Wasser aus einer Quelle, trank es aus und rastete eine Weile, ehe er weiter zu den Häusern ging.

Sie erschienen ihm sehr sonderbar, ja das ganze Aussehen des Tales wurde um so seltsamer und ungewohnter, je länger er es betrachtete. Der Boden war zum größten Teil mit saftig grünen Wiesen bedeckt, aus denen viele schöne Blumen wie Sterne hervorleuchteten. Die Wiesen waren mit größter Sorgfalt bewässert und gaben deutlich Zeugnis davon, daß sie planmäßig der Reihe nach abgeweidet wurden. Hoch oben, das Tal ringförmig umschließend, war eine Mauer und anscheinend ein ringsumlaufender Wasserkanal, aus dem die kleinen Gerinnsel kamen, die die Wiesen versorgten, und auf den höheren Abhängen darüber weideten Lamaherden im kargen Gras. An die Ringmauer gelehnt standen hie und da Schuppen, wohl Schutzhütten oder Futterplätze für die Lamas. Die Bewässerungsadern vereinigten sich in einem Hauptkanal, der durch die Mitte des Tales floß, an beiden Seiten von einer brusthohen Mauer umschlossen. Das verlieh diesem weltentrückten Ort ein merkwürdig städtisches Gepräge, das noch gesteigert wurde durch den Umstand, daß eine ganze

Anzahl von Wegen, mit weißen und schwarzen Steinen gepflastert, sehr geordnet nach allen Richtungen liefen. Jeder dieser Wege hatte einen eigentümlichen, erhöhten kleinen Randstein. Die Häuser des Mitteldorfes waren ganz anders angeordnet als die zufälligen und wie Kraut und Rüben durcheinandergehäuften Siedlungen in den ihm bekannten Bergdörfern. Sie standen in fortlaufender Reihe zu beiden Seiten einer Hauptstraße von erstaunlicher Sauberkeit; da und dort war ihre nur teilweise bunt gefärbte Fassade von einer Tür unterbrochen, aber kein einziges Fenster lockerte ihre Gleichförmigkeit auf. Die Häuser waren außerordentlich unregelmäßig angestrichen, mit einer Art Tünche beschmiert, die bald grau war, bald gelblich, bald schieferfarben, bald dunkelbraun; und der Anblick dieses wilden Anstrichs ließ in dem Entdecker zum ersten Mal den Gedanken »blind« auftauchen. »Der gute Mann, der das gemacht hat, muß so blind gewesen sein wie eine Fledermaus«, dachte er.

Er stieg noch einen steilen Hang hinunter und kam so zu der Mauer und zu dem Kanal, die das Tal durchschnitten, nahe der Stelle, wo dieser sein überschüssiges Wasser als dünnen, zitternden Katarakt in die Tiefe der Schlucht ergoß. Er konnte jetzt auf dem entfernteren Teil der Wiese viele Männer und Frauen sehen, die auf Grashaufen lagen, wie um Siesta zu halten; näher zum Dorf erblickte er eine ganze Anzahl ruhender Kinder, und dann, nahe bei ihm, drei Männer, die Eimer an Stangen über die Schultern trugen und einen kleinen Pfad herunterkamen, der von der Umfassungsmauer zu den Häusern hinlief. Diese Männer trugen Gewänder aus Lamafell, Schuhe und Gürtel waren aus Leder, und sie hatten Fellmützen mit Nacken- und Ohrenklappen auf dem Kopf. Sie gingen im Gänsemarsch, langsam und gähnend, wie Leute, die die ganze Nacht gewacht haben. Es war etwas so vertrauenerweckend Wohlhabendes und Anständiges in ihrem Gehaben, daß sich Nunez nach einem Augenblick des Zögerns auf seinem Felsen aufrichtete, so deutlich sichtbar wie nur möglich, und einen gewaltigen Ruf ausstieß, der im ganzen Tal widerhallte.

Die drei Männer hielten an und bewegten die Köpfe, als ob sie sich umblickten. Sie drehten das Gesicht nach allen Seiten, und Nunez machte lebhafte Gebärden. Aber trotz all seiner Gesten schienen sie ihn nicht zu sehen, und nach einer Weile, sich weit gegen die Berge nach rechts wendend, riefen sie, gleichsam als Antwort. Nunez schrie wieder und dann noch einmal, und wie er so ohne Erfolg gestikulierte, kam ihm abermals das Wort »blind« in den Sinn. »Die Kerle müssen blind sein«, sagte er.

Als er sich ihnen endlich nach viel Geschrei und Aufregung näherte, nachdem er den Strom auf einer kleinen Brücke überschritten hatte und die Stadt durch ein Tor in der Mauer betreten hatte, wußte er, daß sie blind waren. Nun wußte er auch, daß er im Land der Blinden war, von dem die Legenden erzählten. Diese Überzeugung hatte ihn plötzlich durchdrungen, ebenso wie das Gefühl, ein großartiges und ungewöhnliches Abenteuer zu erleben. Die drei standen Seite an Seite, sie blickten ihn nicht an, sondern wandten ihm ihre Ohren zu, als wollten sie sich aus seinen fremdartigen Schritten ein Urteil über ihn bilden. Sie standen dicht beisammen, als ob sie ein wenig Angst hätten, und er konnte sehen, daß ihre Augenlider geschlossen und eingesunken waren, als wären selbst die Augäpfel darunter eingeschrumpft. Fast lag es wie heilige Scheu auf ihren Gesichtern.

»Ein Mensch«, sagte einer in kaum verständlichem Spanisch, »es ist ein Mensch – ein Mensch oder ein Geist –, er kommt aus den Felsen herunter.«

Aber Nunez ging vorwärts, mit den sicheren Schritten eines Jünglings, der vom Leben Besitz ergreift. Alle alten Geschichten über das versunkene Tal und über das Land der Blinden waren ihm wieder eingefallen, und durch seine Gedanken ging wie ein Kehrreim das alte Sprichwort:

»Unter den Blinden ist der Einäugige König.«

Er begrüßte sie sehr höflich, er sprach mit ihnen und ließ seine Blicke schweifen.

»Woher kommt er, Bruder Pedro?« fragte einer.

»Aus den Felsen herunter.«

»Ich komme über die Berge«, sagte Nunez, »aus dem Lande,

das jenseits liegt – wo die Menschen sehen können. Aus der Nähe von Bogota, wo es Hunderttausende Menschen gibt und wo die Stadt weiter reicht als der Blick.«

»Der Blick?« murmelte Pedro. »Der Blick?«

»Er kommt aus den Felsen«, sagte der zweite Blinde.

Ihre Kleider schienen Nunez seltsam zusammengefügt, unregelmäßig und jedes mit einer anderen Stichart.

Sie erschreckten ihn durch eine gleichzeitige Bewegung, jeder streckte die Hand gegen ihn aus. Vor der Annäherung dieser gespreizten Finger wich er zurück.

»Komm hierher«, sagte der dritte Blinde, der seiner Bewegung gefolgt war und ihn mit festem Griff packte. Und sie hielten Nunez fest, betasteten ihn und sagten kein weiteres Wort, ehe sie damit fertig waren.

»Vorsicht!« schrie er, als sich ein Finger in sein Auge bohren wollte, und er bemerkte, daß ihnen dieses Organ mit seinen flatternden Lidern merkwürdig erschien. Sie befühlten es noch einmal.

»Ein seltsames Geschöpf, Correa«, sagte der, den sie Pedro nannten. »Fühl nur, wie grob sein Haar ist!«

»Es ist rauh wie die Felsen, die ihn erzeugt haben«, sagte Correa und untersuchte Nunez' unrasiertes Kinn mit seiner zarten, etwas feuchten Hand. »Vielleicht wird er weicher werden.« Nunez wehrte sich ein wenig gegen ihre Untersuchung, aber sie hielten ihn fest.

»Vorsicht«, sagte er wieder.

»Er spricht«, sagte der dritte Blinde, »er ist bestimmt ein Mensch.«

»Uff!« sagte Pedro, als er den rauhen Stoff seines Rockes fühlte. »Und du bist in die Welt gekommen?« fragte Pedro.

»*Aus* der Welt. Über Berge und Gletscher; gerade da oben herüber, halb so hoch wie die Sonne. Aus der großen, weiten Welt, die sich zwölf Tagereisen weit bis zum Meer erstreckt.«

Sie schienen ihn kaum zu beachten. »Unsere Väter haben uns erzählt, daß Menschen von Naturkräften erzeugt werden können«, sagte Correa. »Durch die Wärme der Dinge und Feuchtigkeit, und Fäulnis – Fäulnis.«

»Laßt uns ihn zu den Ältesten führen«, sagte Pedro.

»Ruft erst«, sagte Correa, »sonst werden die Kinder erschrecken; welch wunderbares Ereignis!«

Sie riefen also, und Pedro ging voraus und nahm Nunez bei der Hand, um ihn zu den Häusern zu führen.

Er zog seine Hand fort. »Ich kann sehen«, sagte er.

»Sehen?« fragte Correa.

»Ja, sehen«, sagte Nunez, wandte sich ihm zu und stolperte über Pedros Eimer.

»Seine Sinne sind noch unvollkommen«, sagte der dritte Blinde. »Er stolpert und spricht sinnlose Worte. Führt ihn an der Hand.«

»Wie ihr wollt«, sagte Nunez und ließ sich lachend weiterführen.

Es schien, daß sie nichts vom Sehen wußten. Nun, mit der Zeit würde er es ihnen schon beibringen. Er hörte Leute rufen und sah, daß sich einige Gestalten auf dem Mittelweg des Dorfes versammelten.

Er fand, daß diese erste Begegnung mit der Bevölkerung des Landes der Blinden seine Nerven und seine Geduld stärker in Anspruch nahm als er erwartet hatte. Der Ort erschien größer, die verschmierte Tünche seltsamer, je näher er kam. Eine Menge Kinder, Männer und Frauen (er sah mit Vergnügen, daß einige Frauen und Mädchen trotz der geschlossenen und eingesunkenen Augen lieblich anzusehen waren) kamen auf ihn zu, klammerten sich an ihn, berührten ihn mit weichen, empfindsamen Händen, berochen ihn und lauschten auf jedes seiner Worte. Einige junge Mädchen und Kinder hielten sich jedoch abseits, als ob sie Angst hätten, und wirklich war seine Stimme rauh und heiser, verglichen mit ihren sanften Lauten. Sie drängten sich um ihn. Seine drei Führer blieben nahe bei ihm, mit einer Art von Besitzrecht, und sagten immer wieder: »Ein wilder Mann aus den Felsen.«

»Aus Bogota«, sagte er, »Bogota, über dem Kamm des Gebirges.«

»Ein wilder Mann, der wilde Worte gebraucht«, sagte Pedro. »Habt ihr das gehört? Bogota. Sein Geist ist noch ungebildet, er beginnt gerade erst zu sprechen.«

Ein kleiner Knabe zwickte ihn in die Hand. »Bogota!« spottete er.

»Ah! Eine Stadt, im Vergleich zu eurem Dorf. Ich komme aus der großen Welt, wo die Leute Augen haben und sehen.«

»Er heißt Bogota«, sagten sie.

»Er ist gestolpert«, sagte Correa, »er ist auf dem Wege hierher zweimal gestolpert.«

»Bringt ihn zu den Ältesten.«

Plötzlich schoben sie ihn durch einen Torweg in ein stockfinsteres Zimmer, nur ein schwaches Feuer glühte am anderen Ende. Die Menge drängte ihm nach, selbst der schwächste Schimmer von Tageslicht wurde ausgeschlossen, und bevor er sich orientieren konnte, war er der Länge nach über die Füße eines sitzenden Mannes hingefallen. Als er niederfiel, schlug sein ausgestreckter Arm in das Gesicht eines anderen, er fühlte etwas Weiches und hörte einen ärgerlichen Ausruf. Einen Augenblick lang kämpfte er gegen eine Menge Hände, die ihn packten. Es war ein einseitiger Kampf, dann erfaßte er seine Situation und lag still.

»Ich bin gefallen«, sagte er, »in dieser pechschwarzen Finsternis konnte ich nichts sehen.«

Es entstand eine Pause, als ob die unsichtbaren Leute um ihn herum versuchten, seine Worte zu verstehen. Dann sagte Correas Stimme: »Er ist noch ganz unfertig. Er stolpert, wenn er geht, und mengt Worte, die nichts bedeuten, in seine Rede.« Auch andere sagten Dinge über ihn, die er nur ungenau hörte oder verstand.

»Darf ich mich aufsetzen?« fragte er nach einer Pause. »Ich werde nicht wieder mit euch kämpfen.« Sie berieten und ließen ihn aufstehen.

Ein älterer Mann begann ihn zu befragen, und Nunez versuchte, diesen Ältesten, die da in der ewigen Finsternis im Land der Blinden saßen, die große Welt draußen zu erklären, aus der er heruntergefallen war: den Himmel und die Berge, das Sehen und ähnliche Wunder. Aber sie glaubten und verstanden nichts von all seinen Erzählungen, was ihm ganz unmöglich vorkam. Sie verstanden auch viele seiner Worte nicht. Vierzehn Generationen lang waren diese Leute blind gewesen und von der ganzen sehenden Welt abgeschnitten; die Namen für alle Dinge des Gesichts waren vergessen, die Geschichte der Außenwelt war in ein Kindermärchen verwandelt. Sie hatten aufgehört, sich mit irgend etwas zu beschäftigen, das jenseits der felsigen Abhänge lag, die an ihre Umfassungsmauer grenzten. Geniale Männer waren unter den Blinden erstanden und hatten alle Überreste von Glauben und Überlieferung untersucht, die sie aus ihren sehenden Tagen mitgebracht hatten. Alle diese Dinge wurden als müßige Phantasien verabschiedet, man setzte neue, gesündere Symbole an deren Stelle. Sehr viel von ihrer Vorstellungskraft war mit ihrem Augenlicht geschwunden, sie hatten sich aber mit ihren empfindsameren Ohren und Fingerspitzen neue Begriffe geschaffen. Nunez mußte erkennen, daß von der erhofften Bewunderung und Verehrung für seine Herkunft und seine Begabung nichts zu hören war. Nachdem sein armseliger Versuch, ihnen das Sehen zu erklären, abgetan worden war wie die verwirrte Darstellung eines neugeformten Wesens, das die Wunder seiner unzusammenhängenden Eindrücke beschreiben will, fügte er sich darein, ein wenig bedrückt ihren Belehrungen zu lauschen. Und der älteste Blinde erklärte ihm das Leben und die Philosophie und die Religion, er erzählte, wie die Welt (das war ihr Tal) zuerst eine leere Felsenhöhle gewesen war, wie dann unbelebte Dinge kamen, ohne die Gabe des Tastsinns, dann Lamas und einige andere Geschöpfe mit wenig Verstand, dann erst die Menschen und zum Schluß die Engel. Die könnte man singen und flattern hören, aber niemand konnte sie berühren. Darüber war Nunez sehr erstaunt, bis ihm die Vögel einfielen.

Der Älteste fuhr fort, Nunez zu erklären, daß die Zeit in warm und kalt geschieden wurde – das war den Blinden gleichbedeutend mit Tag und Nacht – und daß es gut sei, in der Wärme zu schlafen und in der Kälte zu arbeiten, so daß jetzt, wenn er nicht gekommen wäre, die ganze Stadt der Blinden im Schlafe liegen würde. Er sagte, Nunez sei gewiß eigens erschaffen worden, um die Weisheit, die sie erworben hatten, zu erfassen und ihr zu dienen. Er solle den Mut nicht verlieren, trotz seines ungeschulten Geistes und seines tölpelhaften Benehmens, er solle nur nach besten Kräften lernen – bei diesen Worten murmelten alle Leute im Torweg ermutigend. Der alte Mann sagte dann noch, daß die Nacht – die Blinden nennen den Tag Nacht – weit vorgeschritten sei, es gezieme sich nun für alle, wieder schlafen zu gehen. Er fragte Nunez, ob er schlafen könnte. Nunez sagte, er könnte es, aber vor dem Schlafen wolle er essen.

Sie brachten ihm Essen – Lamamilch in einem Napf und grobes, gesalzenes Brot – und führten ihn an einen abgelegenen Platz, damit er außer Hörweite essen könne, nachher sollte er schlafen, bis die Kühle des Gebirgsabends alle zu neuem Tagewerk erwecken würde. Aber Nunez konnte nicht schlafen.

Er saß statt dessen auf dem Platz, wo sie ihn verlassen hatten, ruhte sich aus und überdachte immer wieder die unerwarteten Ereignisse nach seiner Ankunft. Immer wieder lachte er auf, manchmal belustigt, manchmal empört.

»Ungebildeter Geist!« sagte er. »Hat noch keinen Verstand! Sie wissen nicht,daß sie ihren gottgesandten Herrn und König beleidigt haben. Ich sehe schon, ich muß sie zur Vernunft bringen. Ich muß nachdenken, nachdenken.« Als die Sonne unterging, grübelte er noch immer.

Nunez hatte ein Auge für alles Schöne, und es erschien ihm das Glühen auf den Schneefeldern und Gletschern, die rings um das Tal aufstiegen, als das Schönste, was er je gesehen hatte. Seine Augen wanderten von dieser unerreichbaren Kraft zum Dorf und zu den bewässerten Feldern, die rasch in der Dämmerung versanken, da durchströmte ihn eine Woge von Ergriffenheit, und er dankte Gott aus Herzensgrund, daß er die Gabe des Sehens hatte.

Er hörte eine Stimme, die ihn vom Dorf her rief. »Hallo, Bogota! Komm hierher!«

Er stand lächelnd auf. Er wollte diesen Leuten ein für allemal zeigen, was das Sehen für den Menschen bedeutete.

»Du bewegst dich ja nicht, Bogota«, sagte die Stimme.

Er lachte lautlos und machte zwei verstohlene Schritte weg vom Wege.

»Trample nicht ins Gras, Bogota, das ist nicht erlaubt.«

Nunez hatte kaum selbst das Geräusch gehört, das er machte. Er blieb erstaunt stehen. Der Besitzer der Stimme lief über den buntgepflasterten Pfad auf ihn zu.

Er trat auf den Weg zurück. »Hier bin ich«, sagte er.

»Warum bist du nicht gekommen, als ich rief?« fragte der Blinde. »Mußt du geführt werden wie ein Kind? Kannst du den Weg nicht hören, den du gehst?«

Nunez lachte. »Ich kann ihn sehen«, sagte er.

»Es gibt kein Wort sehen«, sagte der Blinde nach einer Pause. »Gib diese Narrheit auf und folge dem Klang meiner Schritte.«

Nunez folgte ihm, nun ein wenig ärgerlich. »Meine Zeit wird kommen«, sagte er.

»Du wirst lernen«, sagte der Blinde, »es gibt viel zu lernen auf der Welt.«

»Hat dir noch nie jemand gesagt: unter den Blinden ist der Einäugige König?«

»Was ist das: blind?« fragte der Blinde nachlässig über die Schulter zurück.

Vier Tage vergingen, und der fünfte fand den König der Blinden noch immer inkognito, als ungeschickten und nutzlosen Fremdling unter seinen Untertanen.

Es war doch schwerer, sich zum König zu proklamieren, als er gedacht hatte. In der Zwischenzeit, während er seinen Staatsstreich erwog, tat er, was man ihm befahl, und er lernte die Sitten und Gebräuche des Landes der Blinden. Er fand das Arbeiten und Herumgehen bei Nacht besonders beschwerlich und beschloß, dies zuallererst zu ändern.

Sie führten ein einfaches, arbeitsames Leben, diese Menschen, alle Bedingungen für Tugend und Glück waren nach unseren Begriffen gegeben. Sie arbeiteten, aber nicht übermäßig viel, sie hatten Nahrung und Kleidung, die ihren Bedürfnissen entsprachen, sie hatten Ruhetage und Ruhezeiten; sie legten großen Wert auf Musik und Gesang, sie kannten auch die Liebe, und es gab kleine Kinder.

Es war wunderbar, mit welcher Sicherheit und Genauigkeit sie in ihrer geordneten Welt herumgingen. Alles und jedes war nämlich ihren Bedürfnissen angepaßt; jeder der strahlenförmig angeordneten Wege im Tal schnitt die anderen im gleichen Winkel und war an einer besonderen Kerbe an seinem Randstein erkennbar; alle Hindernisse oder Unebenheiten auf Wegen und Wiesen waren vor langer Zeit entfernt worden, all ihr Tun und Handeln entsprang naturgemäß ihren besonderen Bedürfnissen. Ihre Sinne waren erstaunlich scharf geworden; sie konnten auf zwölf Schritte Entfernung die leichteste Bewegung eines Menschen hören und beurteilen – sie konnten sogar sein Herz schlagen hören. Längst hatte bei ihnen der Ton den Blick, die Berührung die Gebärde ersetzt, und ihre Arbeit mit Hacke, Spaten und Heugabel war so frei und sicher, wie Gartenarbeit nur sein kann. Ihr Geruchsinn war außerordentlich fein; sie konnten so genau wie ein Hund individuelle Verschiedenheiten wahrnehmen, und sie hüteten die Lamas, die oben in den Felsen lebten und in die Nähe der Mauer nur um Futter und Unterschlupf kamen, mit Ruhe und Sicherheit. Erst als Nunez endlich seine Herrschaft aufzurichten versuchte, bemerkte er, wie ruhig und sicher ihre Bewegungen sein konnten.

Er rebellierte erst, nachdem er versucht hatte, sie zu überzeugen.

Zuerst versuchte er bei mehreren Gelegenheiten, ihnen vom Sehen zu erzählen. »Schaut nur, ihr Leute«, sagte er, »es gibt Dinge an mir, die ihr nicht verstehen könnt.«

Ein- oder zweimal schenkten ihm ein paar Leute Gehör; sie saßen mit abwärts geneigtem Gesicht, wandten ihm die Ohren aufmerksam zu, und er erklärte ihnen, so gut er konnte, was das sei: sehen. Unter seinen Zuhörern saß ein Mädchen, dessen Lider weniger rot und eingesunken waren als die der anderen, so daß man fast glauben konnte, daß dahinter Augen lägen; sie trachtete er besonders zu überzeugen. Er sprach von den Schönheiten des Schauens, von der Form der Berge, vom Himmel und vom Sonnenaufgang, und sie hörten ihm mit lächelndem Unglauben zu, gelangten aber bald zu einem ablehnenden Urteil. Sie sagten, daß es überhaupt keine Berge gebe, sondern daß das Ende der Felsen, wo die Lamas grasten, auch das Ende der Welt sei, dort begann das höhlenartige Weltdach, aus dem der Tau fiel und die Lawinen; und wenn er hartnäckig behauptete, daß die Welt kein Ende und kein Dach hätte, wie sie sich's vorstellten, sagten sie, seine Gedanken seien böse. Seine Beschreibung von Himmel, Wolken und Sternen erweckte in ihnen die Vorstellung von gräßlicher Leere und schreckhafter Öde an Stelle des glatten Daches, an das sie glaubten – es war einer ihrer Glaubensartikel, daß das Höhlendach sich vollkommen glatt anfühle. Er sah, daß er sie in gewisser Hinsicht erschreckte, und gab es auf, der Sache von dieser Seite beizukommen. Er versuchte nun, ihnen den praktischen Wert des Sehens klarzumachen. Eines Morgens sah er Pedro, der sich auf dem Weg Siebzehn der Dorfmitte näherte, aber er war noch zu weit entfernt, um gehört oder gerochen zu werden, und Nunez sagte es den anderen. »In kurzer Zeit«, prophezeite er, »wird Pedro hier sein.« Ein alter Mann bemerkte, daß Pedro auf Weg Siebzehn nichts zu suchen hätte, und gleichsam als Bestätigung wandte sich der Genannte um, als er näher kam, ging quer hinüber zum Weg Zehn und dann hurtigen Schrittes zurück zur Außenmauer. Sie verspotteten Nunez, als Pedro nicht kam, und später, als er Pedro befragte, um sich zu rechtfertigen, leugnete dieser und strafte ihn Lügen, und von dieser Zeit an war er Nunez feindlich gesinnt.

Dann veranlaßte er sie, ihn die ansteigenden Wiesen weit hinaufgehen zu lassen, der Mauer zu, einer sollte ihn freiwillig begleiten und er würde ihm alles beschreiben, was sich zwischen den Häusern ereignete. Er bemerkte ein gewisses Hin und Hergehen, aber die Dinge, die diesen Leuten wirklich wichtig erschienen, ereigneten sich innerhalb der fensterlosen Häuser oder dahinter – nur durch diese Dinge wollten sie ihn erproben, und gerade von diesen konnte er nichts sehen und berichten. Und es geschah erst nach dem Fehlschlag dieses Versuchs und dem Spott, den sie nicht unterdrücken konnten, daß er Gewalt anwendete. Er dachte daran, einen Spaten zu ergreifen, einen oder zwei von ihnen zu Boden zu schmettern, und so, in offenem Kampfe, wollte er ihnen den Vorteil des Sehens zeigen. Er führte diesen Entschluß so weit aus, daß er den Spaten ergriff – und dann entdeckte er etwas Neues in sich: Es war ihm unmöglich, einen Blinden kaltblütig niederzuschlagen.

Er zögerte und sah, daß sie alle bemerkt hatten, daß er den Spaten erhob. Sie standen wachsam da, neigten den Kopf zur Seite und spitzten die Ohren, begierig, was er zunächst tun würde.

»Leg den Spaten nieder«, sagte einer, und er empfand eine Art hilflosen Grauens. Er war nahe daran, sich zu unterwerfen. Dann schleuderte er einen Mann rücklings gegen eine Hausmauer und floh an ihm vorbei aus dem Dorf hinaus.

Er lief quer über eine Wiese, seine Füße hinterließen eine niedergetrampelte Spur im Gras, und setzte sich dann am Rande eines ihrer Wege nieder. Er fühlte etwas von der Spannkraft, die alle Menschen zu Beginn eines Kampfes haben, empfand aber noch mehr Verwirrung. Es wurde ihm langsam klar, daß man gegen Geschöpfe, die auf einer anderen geistigen Basis stehen, nicht einmal freudig kämpfen kann. In weiter Ferne sah er eine Anzahl Männer, mit Spaten und Stöcken bewaffnet, aus der Straße zwischen den Häusern hervorkommen; in aufgelöster Linie näherten sie sich ihm auf den verschiedenen Wegen. Sie rückten langsam vor, sprachen häufig miteinander, und immer wieder hielt die ganze Reihe an, zog die Luft durch die Nase ein und lauschte.

Als sie dies zum erstenmal taten, lachte Nunez. Aber später lachte er nicht mehr. Einer fand seine Fährte im Wiesengras, beugte sich darüber und tastete sich daran vorwärts.

Fünf Minuten lang beobachtete er die langsame Entwicklung der Linie, dann wurde sein unklares Verlangen, etwas zu beginnen, übermächtig. Er stand auf, machte einige Schritte zur Umfassungsmauer, drehte sich um und ging ein kleines Stück zurück. Da standen sie alle still im Halbkreis und lauschten.

Er stand auch still und hielt seinen Spaten sehr fest in beiden Händen. Sollte er sie angreifen?

In seinen Ohren pochte sein Herzschlag den Rhythmus: »Unter den Blinden ist der Einäugige König.«

Sollte er sie angreifen?

Er warf einen Blick zurück auf die hohe Mauer – unbesteigbar wegen ihres glatten Bewurfs, aber zugleich von vielen kleinen Türen durchbrochen –, dann blickte er auf die herannahende Linie der Verfolger. Hinter diesen rückten nun auch neue an.

Sollte er sie angreifen?

»Bogota!« rief einer. »Bogota, wo bist du?«

Er faßte seinen Spaten noch fester und ging vor, über die Wiese hinunter, auf die Wohnstätten zu; sobald er sich bewegte, kamen sie von allen Seiten auf ihn zu. »Ich werde sie erschlagen, wenn sie mich berühren«, schwor er, »beim Himmel, das werde ich tun. Ich werde sie erschlagen.« Er rief ihnen laut zu: »Gebt acht, von nun an werde ich in diesem Tal tun, was ich will. Hört ihr? Ich werde tun, was ich will, und gehen, wohin ich will!«

Sie bewegten sich auf ihn zu, indem sie sich schnell vorwärts tasteten. Es war wie ein Blindekuhspiel, bei dem alle verbundene Augen hatten, bis auf einen. »Haltet ihn!« schrie einer. Er befand sich in der Sehne eines Bogens von Verfolgern. Er fühlte auf einmal, daß er tapfer und beherzt sein müsse. »Ihr versteht mich nicht«, schrie er mit einer Stimme, die gewaltig und entschlossen hätte klingen sollen, die aber kläglich versagte. »Ihr seid blind, ich aber kann sehen. Laßt mich in Ruhe!«

»Bogota! Leg diesen Spaten weg und geh aus dem Gras!«

Dieser letzte Befehl, der in seiner alltäglichen Vertraulichkeit grotesk wirkte, erzeugte einen Wutausbruch bei ihm. »Ich werde euch weh tun«, rief er, vor Aufregung stöhnend. »Beim Himmel, ich werde euch weh tun. Laßt mich in Ruhe!«

Er begann zu laufen, ohne genau zu wissen, wohin. Er lief vor dem ihm nächsten Blinden davon, weil er es nicht fertigbrachte, ihn zu schlagen. Er stand still und machte dann einen Vorstoß, um ihren sich schließenden Reihen zu entkommen. Er wollte eine Lücke erreichen, aber die Männer stürzten von beiden Seiten dorthin, sie hatten das Herannahen seiner Schritte sofort wahrgenommen. Er sprang vor, sah, daß sie ihn fangen mußten, und der Spaten sauste durch die Luft. Er fühlte den dumpfen Aufschlag in Hand und Arm, der Blinde fiel mit einem schrillen Schmerzensschrei nieder – und er war frei.

Frei! Und dann war er wieder ganz nahe der Dorfstraße, und die Blinden, Spaten und Stöcke schwingend, liefen mit irgendwie planmäßiger Geschwindigkeit hin und her.

Er vernahm Schritte hinter sich und sah gerade noch rechtzeitig einen riesigen Menschen heranstürmen, der gegen ihn zum Schlage ausholte. Seine Nerven ließen ihn im Stich, er schleuderte den Spaten seinem Gegner entgegen, drehte sich in rasender Eile um, lief davon – und schrie gellend auf, als er einem anderen mit knapper Not auswich.

Panik erfaßte ihn; er rannte wild hin und her, wich aus, wo es gar nicht nötig war, und da er angstvoll nach allen Seiten zugleich sehen wollte, strauchelte er. Einen Augenblick lang lag er auf dem Boden, und sie hörten ihn fallen. Weit weg von ihm sah er eine kleine Tür in der Umfassungsmauer, die ihm als der Himmel erschien, und er stürzte wild auf sie zu. Er sah sich gar nicht nach seinen Verfolgern um, ehe er die Tür erreicht hatte und über die Brücke getaumelt war. Er erklomm einen kleinen Pfad zwischen den Felsen (zur großen Überraschung und Bestürzung eines jungen Lamas, das davonsprang) und warf sich nieder, heftig nach Atem ringend.

Das war das Ende seines Staatsstreiches.

Er blieb zwei Tage und zwei Nächte außerhalb der Mauer, die das Tal der Blinden einschloß, ohne Nahrung und Obdach, und dachte über die überraschenden Ereignisse nach. Während er grübelte, sagte er sich immer wieder und mit immer wachsendem Hohn das Sprichwort vor, das seinen Sinn verloren hatte: »Unter den Blinden ist der Einäugige König.« Er dachte hauptsächlich darüber nach, auf welchem Wege er diese Leute bekämpfen und besiegen könnte, und es wurde ihm klar, daß es für ihn keinen gangbaren Weg gab. Er hatte keine Waffen, und jetzt würde er sich keine mehr verschaffen können.

Das Krebsgeschwür der Zivilisation hatte ihn schon in Bogota angefressen, und er konnte sich nicht überwinden, hinunterzugehen und einen Blinden meuchlings zu ermorden. Gewiß, wenn er das täte, könnte er dann seine Bedingungen stellen, unter der Drohung, sie alle zu ermorden. Aber – früher oder später würde er doch schlafen müssen!

Er versuchte, unter den Fichten etwas Eßbares zu finden und sich unter Fichtenzweigen gegen den Nachtfrost behaglich einzurichten. Er plante auch, mit List ein Lama zu fangen und es mit einem Stein zu töten, um sich auf diese Weise Nahrung zu verschaffen. Doch hegte er wenig Zuversicht in das Gelingen dieses Planes, denn die Lamas trauten ihm nicht, sahen ihn mit mißtrauischen braunen Augen an und spuckten, sobald er sich näherte. Am zweiten Tag überfielen ihn Furcht und Fieberschauer. Endlich kroch er hinunter zur Mauer des Blindenlandes und versuchte zu verhandeln. Er kroch am Fluß entlang und rief, bis zwei Blinde ans Tor kamen und mit ihm sprachen.

»Ich war verrückt«, sagte er. »Aber ich war ja erst neu auf die Welt gekommen.«

Sie sagten, das ließe sich schon hören.

Er erzählte ihnen, daß er jetzt klüger sei, und daß er alles bereue, was er getan hatte.

Dann weinte er, ohne es zu wollen, denn er war jetzt sehr schwach und krank, und das nahmen sie als günstiges Zeichen. Sie fragten ihn, ob er noch glaubte, daß er »sehen« könne.

»Nein«, sagte er, »das war eine Tollheit, das Wort bedeutet nichts, weniger als nichts.«

Sie fragten ihn, was zu ihren Häupten wäre.

»Ungefähr in der Höhe von hundert Mann liegt ein Dach über der Welt, aus Felsen, und es ist sehr, sehr glatt.« Er brach wieder in hysterisches Weinen aus. »Bevor ihr mich noch irgend etwas fragt, gebt mir zu essen, oder ich sterbe.«

Er erwartete schreckliche Strafen, aber die Blinden waren der Nachsicht fähig. Sie sahen seine Rebellion als einen neuen Beweis für seine allgemeine Geistesschwäche und Minderwertigkeit an, und nachdem sie ihn gezüchtigt hatten, verwendeten sie ihn zur niedrigsten und schwersten Arbeit, und er tat gehorsam, was ihm befohlen wurde, da er keine andere Lebensmöglichkeit sah.

Er war einige Tage krank, und sie pflegten ihn freundlich. Dies besiegelte seine Unterwerfung. Aber sie bestanden darauf, daß er im Dunkeln läge, und das war sehr trübselig. Blinde Philosophen kamen zu ihm, sprachen über die verruchte Leichtfertigkeit seines Geistes und tadelten ihn so eindringlich wegen seiner Zweifel an dem Felsendeckel, der ihre kosmische Kasserolle bedeckte, daß er ganz unsicher wurde, ob er nicht wirklich das Opfer von Halluzinationen war, wenn er ihn nicht über sich sah.

So wurde Nunez Bürger des Blindenlandes, und dessen Bewohner hörten auf, ganz allgemein »Leute« zu sein, er begann sie zu unterscheiden, und sie wurden ihm vertraut, während die Welt jenseits der Berge immer ferner und unwirklicher erschien. Da war Yacob, sein Herr, ein gütiger Mann, wenn er nicht gerade ärgerlich war; da war Pedro, Yacobs Neffe; und da war Medina-saroté, Yacobs jüngste Tochter. Sie wurde in der Welt der Blinden wenig geschätzt, weil sie ein scharfgeschnittenes Gesicht hatte und ihr jene glatte Weichheit fehlte, die bei den Blinden das weibliche Schönheitsideal ist; aber Nunez hatte sie gleich gefallen, und jetzt schien sie ihm das Allerschönste auf der Welt. Ihre geschlossenen Augenlider waren nicht eingesunken und rot wie bei den andern, sie lagen so da, als ob sie sich jeden Augenblick wieder öffnen könnten; und sie hatte lange Augenwimpern, die als schwerer Schönheitsfehler galten. Ihre Stimme war kräftig und beleidigte das empfindliche Gehör der Burschen im Tal. So kam es, daß sie keinen Liebhaber hatte.

Es kam der Zeitpunkt, zu dem Nunez dachte, er werde, wenn er sie gewinnen könnte, sich damit abfinden, bis ans Ende seiner Tage in diesem Tal zu leben.

Er beobachtete sie; er suchte die Gelegenheit, ihr kleine Dienste zu erweisen, und bald fand er, daß sie es bemerkte. Einmal, bei einer Zusammenkunft an einem Ruhetag, saßen sie Seite an Seite im matten Licht der Sterne, und süße Musik ertönte. Seine Hand berührte die ihre, er wagte, sie zu ergreifen. Sie erwiderte ganz zart seinen Druck. Und eines Tages, als sie im Finstern ihre Mahlzeit einnahmen, fühlte er, wie ihre Hand ihn zaghaft suchte, und als durch Zufall gerade das Feuer aufflackerte, sah er, daß ihr Antlitz voll Zärtlichkeit war.

Er suchte eine Gelegenheit, mit ihr zu sprechen.

Eines Tages ging er zu ihr, als sie im Sommermondlicht saß und spann. Das Licht ließ sie silbern und geheimnisvoll erscheinen. Er ließ sich zu ihren Füßen nieder und sagte, daß er sie liebe und wie schön sie ihm erscheine. Er hatte die Stimme eines Liebenden, er sprach zu ihr, die nie zuvor Anbetung erfahren hatte, mit einer zarten Verehrung, die an Ehrfurcht grenzte. Sie gab ihm keine endgültige Antwort, aber es war klar, daß seine Worte ihr gefielen.

Von nun an sprach er zu ihr, so oft es ihm nur möglich war. Das Tal wurde für ihn die Welt, und die Welt jenseits der Berge, wo Menschen im Sonnenschein lebten, war nur mehr ein Märchen, das er ihr eines Tages ins Ohr flüstern würde. Sehr zögernd und zaghaft erzählte er ihr vom Sehen.

Das Sehen schien ihr die poetischste aller Phantasien zu sein, sie lauschte seiner Beschreibung der Sterne, der Berge und ihrer eigenen süßen, hellbeleuchteten Schönheit mit schuldbewußter Nachsicht. Sie glaubte ihm nicht, sie konnte ihn nur halb verstehen, aber sie war geheimnisvoll entzückt, und er glaubte, daß sie ihn voll und ganz verstehe.

Seine Liebe verlor an Ehrfurcht und gewann Mut. Er wollte die Liebste von Yacob und den Ältesten zur Frau erbitten, aber sie wurde ängstlich und bat ihn, noch zu warten. Eine ihrer älteren Schwestern erzählte Yacob zuerst, daß Medina-saroté und Nunez ein Liebespaar waren.

Von Anfang an gab es heftigen Widerstand gegen die Vermählung Nunez' mit Medina-saroté; nicht daß man sie so hoch geschätzt hätte, aber er galt als ein absonderliches Wesen, ein schwachsinniges, unzulängliches Geschöpf, weit unter dem Durchschnitt. Ihre Schwestern widersetzten sich heftig, weil diese Verbindung für sie alle entehrend wäre; und der alte Yacob, der seinen ungeschickten, gehorsamen Knecht ganz gut leiden konnte, schüttelte den Kopf und sagte, es dürfe nicht sein. Die jungen Männer waren alle aufgebracht bei dem Gedanken, daß die Rasse verdorben werden sollte, und einer ging so weit, Nunez zu schmähen und zu schlagen. Der schlug zurück und fand zum erstenmal einen Vorteil im Sehen, sogar bei Zwielicht, und nach diesem Kampf war keiner mehr geneigt, die Hand gegen ihn zu erheben. Die Heirat aber fanden sie immer noch unmöglich.

Der alte Yacob liebte seine jüngste Tochter zärtlich und war bekümmert, als sie an seiner Schulter weinte.

»Du weißt, mein Kind, daß er schwachsinnig ist. Er hat Wahnvorstellungen, er kann nichts ordentlich machen.«

»Das weiß ich«, weinte Medina-saroté. »Aber es ist schon besser, als es war. Es wird immer besser. Und er ist so stark, lieber Vater, und gütig – stärker und gütiger als alle anderen Männer auf der Welt. Und er liebt mich – und, Vater, ich liebe ihn.«

Der alte Yacob war sehr traurig, weil sie untröstlich war, außerdem – und das erschwerte die Sache – hatte er Nunez aus verschiedenen Gründen wirklich sehr gern. Er ging also hin und saß mit den anderen Ältesten im fensterlosen Ratszimmer und wartete auf den geeigneten Moment in der Beratung. Dann sagte er: »Er hat sich gebessert. Höchstwahrscheinlich werden wir ihn eines Tages so vernünftig finden wie uns selbst.«

Später hatte einer der Ältesten, der viel nachdachte, eine Idee. Er war der berühmteste Arzt unter diesen Leuten, ihr Medizinmann, und überdies war er ein großer Philosoph und Denker. Die

Idee, Nunez von seinen Absonderlichkeiten zu heilen, lockte ihn. Eines Tages, als Yacob anwesend war, kam er auf das Thema »Nunez« zurück.

»Ich habe Bogota untersucht«, sagte er, »und sein Fall ist mir verständlicher geworden. Ich halte es für sehr wahrscheinlich, daß er geheilt werden kann.«

»Das habe ich immer gehofft«, sagte der alte Yacob.

»Sein Gehirn ist angegriffen«, sagte der blinde Doktor.

Die Ältesten murmelten beifällig.

»Ah!« sagte der alte Yacob.

»Nun, was greift es an? Das hier«, beantwortete der Doktor seine eigene Frage. »Diese seltsamen Dinge, die man Augen nennt und die dazu da sind, um eine angenehme, weiche Vertiefung im Gesicht zu bilden, sind bei Bogota krank, so krank, daß sein Gehirn dadurch leidet. Sie sind stark vergrößert, er hat Wimpern, seine Lider bewegen sich, und infolgedessen ist sein Gehirn ständig überreizt und verwirrt.«

»Ja«, sagte der alte Yacob, »wirklich?«

»Und ich glaube mit ziemlicher Gewißheit sagen zu können, daß wir, um ihn vollständig zu heilen, nur eine einfache Operation durchführen müssen – wir müssen diese Reizkörper entfernen.«

»Und dann wird er vernünftig sein?«

»Dann wird er vollkommen vernünftig sein und ein ganz vortrefflicher Bürger.«

»Dem Himmel sei Dank für die Wissenschaft!« sagte der alte Yacob und eilte zu Nunez, um ihm von seinen wunderbaren Aussichten zu berichten.

Aber die Kälte, mit der Nunez die freudige Botschaft aufnahm, enttäuschte den Alten.

»Man könnte glauben«, sagte er, »daß dir an meiner Tochter nichts liegt, so einen Ton schlägst du an.«

Erst Medina-saroté bestimmte Nunez, sich den blinden Ärzten zu stellen.

»Du willst doch nicht«, sagte er, »daß ich die Gabe des Sehens verliere?«

Sie schüttelte den Kopf.

»Meine Welt ist das Sehen.«

Ihr Kopf sank tiefer.

»Es gibt so schöne Dinge, schöne, kleine Dinge – die Blumen, das Moos an den Felsen, Licht und Schatten auf einem Stückchen Fell, der hohe Himmel mit seinen treibenden Wolken, Sonnenuntergang und die Sterne. Und dann bist doch du da! Dich sehen zu können, ist allein schon Glück; dein süßes, heiteres Antlitz, deine sanften Lippen, deine lieben schönen Hände, die du faltest... Und diese meine Augen, die du erobert hast, diese Augen, die mich an dich fesseln, wollen diese Idioten haben. Ich soll dich nur berühren, nur hören, nie wieder sehen können! Ich soll unter dieses Dach aus Felsen, Stein und Finsternis, dieses Dach, unter das eure Phantasie sich beugt... Nein, du kannst nicht wollen, daß ich das tue?«

Ein unangenehmer Zweifel war in ihm aufgestiegen. Er unterbrach sich und ließ die Frage offen.

»Ich wünsche mir«, sagte sie, »manchmal –« Sie schwieg.

»Ja?« sagte er, ein wenig ängstlich.

»Ich wünsche mir manchmal, daß du nicht so sprächest. Ich weiß, daß es hübsch ist – es ist deine Einbildung. Ich liebe sie, aber jetzt –«

Er fröstelte. »Jetzt?« sagte er tonlos.

Sie saß ganz still da.

»Du glaubst – du denkst – ich sollte lieber, lieber, vielleicht –«

Er verstand sehr rasch. Er empfand Zorn, wirklichen Zorn gegen den sinnlosen Lauf des Schicksals, aber er hatte auch Mitgefühl für ihren Mangel an Verständnis, Mitgefühl, das dem Mitleid sehr nahe verwandt ist.

»Mein Liebling«, sagte er und konnte an ihrer Blässe erkennen, wie schwer die Dinge, die sie nicht ausdrücken konnte, auf ihrer Seele lagen. Er legte den Arm um sie, er küßte sie aufs Ohr, und sie saßen eine Weile schweigend nebeneinander.

»Und wenn ich zustimmte?« sagte er endlich.

Sie warf ihre Arme um seinen Hals, hemmungslos weinend.

»Ach, wenn du das tätest«, schluchzte sie, »wenn du das nur tätest!«

Schon eine Woche vor der Operation, die ihn aus seiner Knechtschaft und Minderwertigkeit zur Höhe eines blinden Bürgers erheben sollte, fand Nunez keinen Schlaf. Die warmen, sonnenhellen Stunden hindurch, während die andern sorglos schlummerten, saß er brütend da oder wanderte ziellos umher und suchte nach einem Ausweg aus seiner Bedrängnis. Er hatte seine Antwort, seine Zustimmung gegeben, und doch war er nicht wirklich entschlossen. Wieder war eine Arbeitsnacht vorbei, die Sonne ging in voller Pracht über den goldenen Zinnen auf, und für ihn begann der letzte Tag des Sehens. Er verbrachte einige Minuten mit Medina-saroté, bevor sie ihn verließ, um zu Bett zu gehen.

»Morgen«, sagte er, «werde ich nicht mehr sehen.«

»Mein liebes Herz«, antwortete sie und drückte seine Hände mit aller Kraft.

»Sie werden dir nicht sehr weh tun, bedenke, du erduldest alles für mich, Liebster. Geliebter, wenn das Herz und das Leben einer Frau genügten, so will ich dir's vergelten. Mein Allerliebster, mein Liebster, mit der zärtlichen Stimme, ich werde dir's vergelten.«

Mitleid mit sich selbst und mit ihr übermannte ihn. Er hielt sie in den Armen, preßte seine Lippen auf die ihren und sah zum letztenmal in ihr süßes Antlitz. »Leb wohl!« flüsterte er bei diesem geliebten Anblick, »leb wohl!« Und dann wandte er sich schweigend von ihr ab.

Sie konnte seine Schritte hören, die sich langsam entfernten, und ihr Rhythmus ließ sie verzweifelt aufschluchzen.

Es war seine feste Absicht gewesen, dorthin zu gehen, wo weiße Narzissen einsame Wiesen schmückten. Dort wollte er bis zur Opferstunde bleiben. Aber auf dem Weg erhob er den Blick und sah den Morgen, den jungen Morgen wie einen Engel in goldener Rüstung über die Berghänge herabschreiten.

Es schien ihm, daß gegen diesen Glanz alles, er selbst und diese blinde Welt im Tal und seine Liebe nichtig wären und sündhaft.

Er wandte sich nicht zur Seite, wie er es vorgehabt hatte, er ging geradeaus, er ging durch eine Tür in der Umfassungsmauer hinaus auf die Felsen, und sein Auge hing an den sonnenbeschienenen Eis- und Schneegipfeln.

Er sah ihre unendliche Schönheit, und seine Gedanken flogen weit darüber hinweg, zu den Dingen, die jenseits lagen, auf die er nun für immer verzichten sollte.

Er dachte an die große freie Welt, aus der er gekommen war, an seine wahre, eigene Welt. Wie eine Vision erschienen ihm jene fernen Abhänge, weit, weit fort, und er sah Bogota herrlich in ihrer Mitte liegen, diesen Ort von vielfältiger, aufregender Schönheit, prachtvoll bei Tag, ein leuchtendes Geheimnis bei Nacht, mit Palästen und Brunnen, Denkmälern und weißen Häusern. Er dachte daran, wie man einen Tag oder noch länger über Paßhöhen wandern mußte, um sich Bogotas geschäftigen Straßen und Gassen zu nähern. Er dachte an die Reise flußabwärts, die tagelang dauerte, von dem großen Bogota zu der noch gewaltigeren Welt draußen, durch Städte und Dörfer, Wälder und Einöden, auf dem brausenden Fluß, tagelang, bis die Ufer zurückwichen, große Dampfer vorüberzogen und das Meer erreicht war – das unendliche Meer mit seinen tausend Inseln, seinen Tausenden von Inseln und seinen Schiffen. Undeutlich, in weiter Ferne, zogen sie rastlos ihren Weg rund um diese größere Welt. Und dort, nicht von Bergen eingeengt, sah man den Himmel – doch nicht als flache Scheibe wie hier, sondern als Wölbung von unermeßlichem Blau, die Tiefe der Tiefen, in der die kreisenden Sterne schwebten.

Sein Blick schweifte sorgfältig forschend über die riesige Felswand.

Wenn man zum Beispiel so hinaufstiege, durch dieses Bachbett und dann durch den Kamin dort, würde man hoch oben zwischen den verkümmerten Fichten herauskommen, die einen Felsvorsprung bedeckten, der über die Schlucht hing. Und dann? Der Abhang könnte bezwungen werden. Dann wäre vielleicht ein Klettersteig zu finden, der bis zum Absturz unterhalb des

Schnees führte; und wenn dieser Kamin unpassierbar war, würde vielleicht ein anderer, weiter östlich, gangbar sein. Und dann? Dann wäre man dort oben auf dem bernsteinfarbenen Schnee, und der halbe Weg bis zum Kamm dieser wundervollen Einöde wäre zurückgelegt.

Er warf einen Blick ins Dorf zurück, dann drehte er sich ganz um und betrachtete es unverwandt. Er dachte an Medina-saroté, und sie erschien ihm klein und fern.

Er wandte sich wieder der Bergwand zu, über der die Sonne aufgegangen war. Dann begann er sehr vorsichtig zu klettern.

Als die Sonne unterging, ruhte er sich aus. Er war schon sehr hoch und weit geklettert. Seine Kleider waren zerrissen, seine Glieder blutbefleckt, sein Körper war an vielen Stellen zerschunden, aber er lag voll Wohlbehagen da, und ein Lächeln spielte auf seinen Zügen.

Von seinem Rastplatz aus schien es, als läge das Tal in einer Grube, fast eine Meile unter ihm. Unten dunkelte es schon, es wurde neblig und schattig, während die Bergspitzen rund um ihn noch glühten und leuchteten. Noch die kleinsten Zacken der nahen Felsen schienen ihm von zarter Schönheit. Eine grüne Steinader durchbrach das Grau, da und dort erglänzte eingesprengter Kristall, dicht neben ihm wucherte eine orangefarbene Flechte. Tiefe, geheimnisvolle Schatten lagen über der Schlucht, ihr Blau vertiefte sich zu Violett, das Violett wurde zur leuchtenden Dunkelheit, und über ihm wölbte sich die unbegrenzte Weite des Himmels. Aber er betrachtete all dies nicht lange, sondern lag ganz müßig da und lächelte, beglückt, aus dem Tal der Blinden geflohen zu sein, wo er doch hatte König sein wollen.

Die Glut des Sonnenuntergangs erlosch, die Nacht kam, und noch immer lag er glücklich und zufrieden unter den kalten Sternen.

»Und dies hier«, sagte der Bakteriologe und schob ein Glasplättchen unter das Mikroskop, »ist das Präparat des berühmten Cholerabazillus – der Krankheitskeim der Cholera.«

Der bleichgesichtige Mann schaute ins Mikroskop. Er war offensichtlich an derartige Dinge nicht gewöhnt und hielt eine schlaffe weiße Hand über sein freies Auge. – »Ich sehe recht wenig«, sagte er.

»Drehen Sie an dieser Schraube«, riet der Bakteriologe. – »Vielleicht hat das Mikroskop nicht die richtige Einstellung für Sie. Da gibt es große individuelle Unterschiede. Nur die Spur einer Drehung in die eine oder andere Richtung.«

»Ah! Jetzt sehe ich etwas!« sagte der Besucher. »Nicht besonders viel allerdings. Kleine Striche und Flecken in Rosa. Und diese kleinen Partikeln, diese bloßen Atömchen, könnten sich vervielfachen und eine ganze Stadt ausrotten! Grandios!«

Er richtete sich auf, löste das Glasplättchen vom Mikroskop und hielt es gegen das Fenster. – »Kaum sichtbar«, sagte er, das Präparat prüfend. Er zögerte. »Und sind sie – lebendig? Sind sie jetzt, in diesem Augenblick, gefährlich?«

»Diese hier wurden getötet und eingefärbt«, sagte der Bakteriologe.

»Ich für meinen Teil wünschte, wir könnten alle dieser Art auf der ganzen Welt töten und einfärben.«

»Ich vermute«, sagte der Bleichgesichtige mit einem leichten Lächeln, »daß es Sie nicht gerade reizen würde, solche Dinger im lebenden – ich meine, im aktiven Zustand um sich zu haben.«

»Im Gegenteil, wir sind dazu gezwungen«, erwiderte der Bakteriologe. »Hier zum Beispiel.« Er ging durchs Zimmer und nahm eines von mehreren versiegelten Proberöhrchen. – »Das ist das lebende Exemplar. Eine Kultur von tatsächlich lebenden Seuchenbazillen.« Er zögerte. – »In Flaschen abgefüllte Cholera, gewissermaßen.«

Ein schwaches Aufleuchten der Befriedigung zeigte sich sekundenlang im Gesicht des blassen Mannes. »Eine mörderische Angelegenheit, so etwas um sich zu haben!« sagte er, das Röhrchen mit den Augen beinahe verschlingend. Der Bakteriologe beobachtete den Ausdruck morbiden Vergnügens in der Miene seines Besuchers. Dieser Mann, der ihn heute nachmittag mit einem kurzen Empfehlungsschreiben eines alten Freundes aufgesucht hatte, interessierte ihn schon allein wegen der Verschiedenheit ihrer beiden Naturen. Das glatte schwarze Haar und die hintergründigen grauen Augen, der verhärmte Ausdruck und das zerfahrene Wesen, das sprunghafte, aber doch brennende Interesse seines Besuchers bildeten eine ungewohnte Abwechslung gemessen an den gleichmütigen Bemerkungen der gewöhnlichen wissenschaftlichen Arbeitskräfte, mit denen es der Bakteriologe sonst hauptsächlich zu tun hatte. Es war wohl nur zu verständlich, angesichts eines Zuhörers, der sich offensichtlich so stark vom lebensgefährlichen Aspekt des Gegenstandes beeindrucken ließ, daß sich der Bakteriologe bemühte, das Ganze ins wirkungsvollste Licht zu rücken.

Er wog nachdenklich das Proberöhrchen in der Hand. »Ja, hier drin ist die Seuche verwahrt. Man zerbricht einfach eines dieser Röhrchen über einem Trinkwasserreservoir, befiehlt diesen winzigen Teilchen Leben, die man zuerst einfärben und unter dem schärfsten Mikroskop betrachten muß, um sie überhaupt zu sehen; die man weder riechen noch schmecken kann – man befiehlt ihnen: Geht hin, gedeiht und vermehrt euch, füllt die Brunnen – und der Tod – ein rätselhafter, unergründlicher Tod, ein Tod, plötzlich und schrecklich, voller Qual und Erbärmlichkeit käme über diese Stadt, würde umherziehen und seine Opfer suchen. Der Ehefrau würde er den Mann rauben, der Mutter das Kind, den Staatsmann würde er mitten aus seinen Pflichten reißen, den Arbeiter aus seinen Plagen. Er würde den Wasserleitungen folgen, die Straßen entlangschleichen, da ein Haus auswählen und heimsuchen, dort ein anderes, wo sie ihr Trinkwasser nicht abkochten, er würde in die Brunnen der Mineralwassererzeugung schleichen, auf Salatblättern und in Gefrorenem lauern. Er würde in Pferdetrögen schlummern und in öffentlichen Brunnen darauf warten, von arglosen Kindern getrunken zu werden. Er würde in die Erde sickern, um an tausend unvermuteten Orten in Brunnen und Quellen wieder aufzutauchen. Einmal in der Wasserversorgungsanlage, würde er, noch ehe man ihn ankündigen oder aufhalten könnte, die gesamte Hauptstadt entvölkert haben.«

Er brach plötzlich ab. Man hatte ihm schon öfters gesagt, daß Rhetorik seine schwache Seite sei.

»Aber hier ist er sicher verwahrt, müssen Sie wissen, ganz sicher!« Der bleichgesichtige Mann nickte. Seine Augen glänzten. Er räusperte sich. »Die Anarchisten, diese Schufte«, sagte er, »sind Narren, völlige Narren! Bomben zu werfen, wenn Mittel dieser Art zur Verfügung stehen! Ich glaube...«

An der Tür war ein leises Klopfen zu vernehmen. Der Bakteriologe öffnete. »Eine Minute, Liebling!« flüsterte seine Frau.

Als er das Laboratorium wieder betrat, blickte sein Besucher gerade auf die Uhr. »Ich hatte keine Ahnung, daß ich Ihre Zeit eine ganze Stunde lang in Anspruch genommen habe!« sagte er. »Zwölf Minuten vor vier. Um halb vier hätte ich gehen sollen. Aber es war einfach zu interessant. Jetzt darf ich wirklich keine Minute mehr bleiben. Ich habe um vier eine Verabredung.«

Sich mehrmals bedankend, verließ er den Raum. Der Bakteriologe begleitete ihn zur Tür und ging dann gedankenverloren durch den Korridor in sein Laboratorium zurück. Er sann über die Herkunft seines Besuchers nach. Der Mann war jedenfalls weder von germanischer noch von typisch romanischer Art. – »Ein unheimlicher Kauz, scheint mir!« sagte der Bakteriologe bei sich. »Wie er sich am Anblick der Bakterienkulturen geweidet hat!« Plötzlich durchfuhr ihn ein beunruhigender Gedanke. Er wandte sich zur Bank neben dem Wasserbad und darauf schnell zum Schreibtisch. Dann nestelte er hastig in seinen Taschen und stürzte schließlich zur Tür.

»Vielleicht habe ich es auf den Korridortisch gelegt!« sagte er.

»Minnie!« rief er heiser durch den Korridor.

»Ja, Liebling«, kam es aus einiger Entfernung.

»Habe ich irgendwas in der Hand gehabt, als ich vorhin mit dir sprach?«

Pause.

»Nichts, Liebling. Ich weiß noch…«

»Verdammt!« schrie der Bakteriologe, schoß zur Haustür und die Treppe hinunter auf die Straße.

Minnie, als sie die Tür zuschlagen hörte, lief erschrocken ans Fenster. Unten auf der Straße stieg eben ein schlanker Mann in eine Droschke. Der Bakteriologe rannte wild gestikulierend, ohne Hut und in Hausschuhen, auf die Gruppe zu. Er verlor einen Pantoffel, achtete aber nicht darauf. »Er ist verrückt geworden!« murmelte Minnie. – »Das macht seine entsetzliche Wissenschaft!« Sie öffnete das Fenster und wollte ihm etwas nachrufen. Dem schlanken Mann, der sich plötzlich umsah, schien ebenfalls der Gedanke an zerrüttete Geistesverfassung zu kommen. Er zeigte hastig auf den Bakteriologen, sagte irgend etwas zum Kutscher, die Tür der Droschke flog zu, die Peitsche knallte, die Hufe der Pferde klapperten, und im nächsten Augenblick hatte die Droschke, mit dem aufgeregten Bakteriologen dicht in ihrem Gefolge, das Ende der Straße erreicht und war um die Ecke verschwunden.

Minnie starrte noch minutenlang regungslos aus dem Fenster. Sie war wie betäubt. »Natürlich ist er exzentrisch«, überlegte sie. »Aber so durch London zu stürzen – mitten in der Saison – und das in Socken!« Ein glücklicher Einfall kam ihr. Hastig setzte sie ihren Hut auf, griff nach den Schuhen ihres Mannes, ging in den Korridor, nahm seinen Hut und den leichten Überzieher vom Kleiderständer, trat aus dem Haus und rief eine Droschke, die glücklicherweise gerade vorbeikam. »Fahren Sie mich die Straße hinauf und rund um Havelock Crescent, und passen Sie auf, ob dort irgendwo ein Herr in Samtjacke und ohne Hut herumläuft!«

»Samtjacke und ohne Hut. Sehr wohl, gnädige Frau.« Und der

Kutscher trieb auch sofort ganz ungerührt sein Pferd an, so als erledige er solche Aufträge jeden Tag.

Wenige Minuten später wurde die kleine Gruppe von Kutschern und Herumtreibern an der Haltestelle bei Haverstock Hill vom wilden Vorüberrattern einer Droschke mit einer rötlichen Schindmähre von einem Pferd aufgeschreckt.

Alles verstummte, als sie vorüberfuhr. Nachdem sie verschwunden war, sagte ein untersetzter Gentleman mit dem Spitznamen Old Tootles: »Harry Hicks war das. Was hat denn der für Fuhre?«

»Der knallt aber die Peitsche!« rief der Laufbursche von der nächsten Kneipe.

»Holla!« entfuhr es dem armen, alten Tommy Byles. »Da kommt der nächste Wahnsinnige! Hol's der Teufel!«

»Das ist der alte George«, sagte Old Tootles. »Hat auch einen Verrückten dabei, genau wie du sagst! Was? Klettert der Kerl etwa aus der Kutsche? Vielleicht ist er hinter Harry Hicks her!«

Das Grüppchen belebte sich. Chor: »Weiter, George!« »Volle Fahrt!« »Du kriegst ihn!« »Schneller!«

»Feiner Renner!« sagte der Laufbursche.

»Da soll mich ja gleich…« schrie Old Tootles. »Achtung! Da ist noch einer! Wenn die nicht alle übergeschnappt sind!«

»Was Weibliches, diesmal!« sagte der Laufbursche.

»Sie ist hinter *ihm* her«, sagte Old Tootles. »Sonst ist's immer umgekehrt.«

»Was hat sie denn in der Hand?«

»Sieht aus wie ein Hut.«

»So was Verrücktes! Drei gegen einen – alle hinter George her!« sagte der Laufbursche. »Da!«

Unter stürmischem Applaus fuhr Minnie vorüber. Es war ihr nicht gerade angenehm, aber sie hielt es für ihre Pflicht, und so raste sie weiter, Haverstock Hill hinunter und Camdem Town High Street hinauf, die Augen unbeirrt auf die ausdruckslose Rückfront des alten George gerichtet, der ihren streunenden Ehemann unbegreiflicherweise entführte.

Der Mann in der vordersten Droschke saß zusammengekauert in einer Ecke, seine Arme fest verschränkt, die kleine Röhre, die Möglichkeiten für ein unübersehbares Vernichtungswerk barg, fest in der Hand. Seine Gemütsverfassung war eine Mischung aus Furcht und Frohlocken. Zunächst befürchtete er einmal, eingeholt zu werden, bevor er noch sein Vorhaben ausführen konnte; dahinter jedoch lauerte ein unbestimmtes, aber um so bangeres Entsetzen über die Grauenhaftigkeit seines Verbrechens. Dennoch übertraf das Frohlocken bei weitem alle Furcht. Kein Anarchist vor ihm hatte sich je an so etwas gewagt. Ravachol, Vaillant, all diese hervorragenden Männer, die er um ihren Ruhm beneidet hatte, verschwanden neben ihm in Bedeutungslosigkeit. Er mußte nur an die Wasserversorgungsanlage kommen und über dem Reservoir die Röhre aufbrechen. Wie brillant er alles geplant hatte: das gefälschte Empfehlungsschreiben, mit dem er sich Zugang zum Laboratorium verschafft hatte, und wie geschickt er die Gelegenheit genutzt hatte! Die Welt würde noch von ihm hören! All die Leute, die ihn verhöhnt, verachtet, die Gesellschaft anderer der seinen vorgezogen hatten, sie mußten ihn nun endlich beachten. Tod, Tod, Tod! Immer hatten sie ihn behandelt wie eine Null. Die ganze Welt hatte sich verschworen, ihn im Hintergrund zu halten. Nun würde er ihnen zeigen, was es hieß, einen Mann einfach abzudrängen! Was war denn das für eine bekannte Straße? Great St. Andrews Street natürlich. Und wie stand es eigentlich? Er lugte vorsichtig aus dem Fenster. Der Bakteriologe befand sich kaum fünfzig Schritt hinter ihm. Das war bedenklich. Zum Schluß holte man ihn noch ein! Er suchte in seiner Tasche nach Geld und fand eine Münze. Die reichte er durch die Luke dem Kutscher. »Schneller!« rief er. »Bloß weiter – fort!« Das Geldstück wurde blitzschnell ergriffen. »Jawohl!« sagte der Kutscher, das Fenster flog zu, und die Peitsche sauste über die schweißglänzenden Flanken des Pferdes. Die Droschke schwankte, und der Anarchist, halb aufgerichtet, stemmte die Hand mit der Glasröhre auf das Spritzleder, um das Gleichgewicht zu halten. Da spürte er, wie das spröde Ding zersprang.

Die Stücke klirrten auf den Boden. Mit einem Fluch fiel er auf den Sitz und stierte verzweifelt auf die zwei, drei Tropfen, die auf dem Leder hingen.

Es schauderte ihn.

»Nun ja. Ich werde also der erste sein! Gleichviel – ein Märtyrer immerhin. Trotzdem ein miserables Ende. Ob es wirklich so weh tut, wie man sagt?«

Gleich darauf kam ihm ein Gedanke. Er tastete zwischen seinen Füßen herum. Ein Tropfen befand sich noch im Bodenstück der Röhre; den trank er, um sicherzugehen. Es war besser, sicherzugehen. Jedenfalls würde er sich treu bleiben.

Dann fiel ihm ein, daß nun keine Notwendigkeit mehr bestand, vor dem Bakteriologen zu flüchten. Auf der Wellington Street befahl er dem Kutscher zu halten. Er stieg aus. Auf dem Trittbrett glitt er aus. Ihm war merkwürdig zumute. Dieses Choleragift wirkte schnell. Er winkte den Kutscher davon. Die Arme über der Brust verschränkt, wartete er auf den Bakteriologen. Etwas Tragisches lag in seiner Haltung. Das Bewußtsein des nahen Todes verlieh ihm eine gewisse Würde. Er begrüßte seinen Verfolger mit herausforderndem Lachen.

»Vive l'anarchie! Sie kommen zu spät, mein Freund! Ich habe es getrunken! Die Cholera nimmt ihren Lauf!«

Der Bakteriologe blinzelte ihn durch seine Brille hindurch neugierig an. »Sie haben es getrunken. Ein Anarchist! Nun verstehe ich.« Er wollte noch etwas sagen, hielt aber plötzlich inne. Ein Lächeln spielte um seine Mundwinkel. Er öffnete die Tür der Kutsche, wie um auszusteigen. Da hob der Anarchist mit weitausholender Gebärde die Hand zum Abschied und ging in Richtung Waterloo Bridge davon, sorgsam darauf bedacht, so viele Leute wie möglich mit seinem verseuchten Körper zu streifen. Der Bakteriologe war von diesem Anblick so gefangen, daß er kaum Erstaunen über das Auftauchen Minnies, die nun mit Hut, Schuhen und Überzieher herankam, zeigte. »Gut, daß du mir meine Sachen bringst«, murmelte er, immer noch in die Betrachtung der entschwindenden Gestalt versunken.

»Setz dich lieber in die Droschke«, sagte er, dem anderen nachstarrend. Minnie war nun vollkommen davon überzeugt, daß er verrückt geworden war und gab dem Kutscher eigenmächtig die Anweisung, sie nach Hause zu fahren. »Meine Schuhe anziehen? Natürlich, Liebling!« sagte ihr Mann, als die Kutsche wendete und die davoneilende dunkle Gestalt, nun winzig in weiter Entfernung, seinem Blick entzog. Ein grotesker Gedanke schoß ihm durch den Kopf, und er lachte auf. »Trotzdem, es ist wirklich äußerst ernst!« bemerkte er. »Weißt du, der Mann ist zu mir auf Besuch gekommen. Er ist Anarchist. Nein – bitte fall nicht gleich in Ohnmacht, sonst kann ich dir nicht weiter erzählen. Ich wollte ihn beeindrucken – ich hatte natürlich keine Ahnung, daß er Anarchist war –, nahm eine Kultur jener neuen Spezies von Bakterien, von der ich dir erzählt habe, daß sie bei diversen Affenarten blaue Flecken erzeugt; in meiner Unvernunft gab ich vor, es handle sich um die Erreger der asiatischen Cholera. Sogleich machte er sich damit davon, um das Londoner Trinkwasser zu vergiften, möglicherweise hätte er eine schöne Bescherung angerichtet. Und jetzt hat er es selbst geschluckt. Natürlich kann ich nicht mit Sicherheit sagen, was passieren wird. Aber wie du weißt, hat sich damals die kleine Katze blau verfärbt – die Hunde und der Sperling – alle himmelblau. Das Ärgerliche an der ganzen Sache ist nur, daß es mich wieder Geld und Zeit kostet, neue Bakterien zu präparieren.

Den Mantel soll ich anziehen bei der Hitze? Warum denn, bitte schön? Weil wir Mrs. Japper begegnen könnten? Aber Liebling – Mrs. Japper ist doch kein kalter Luftzug. Warum soll ich denn an einem so heißen Tag einen Mantel tragen, nur wegen Mrs.... Mein Gott! Also gut!«

Der Diamantenmacher

Meine Geschäfte hatten mich bis neun Uhr abends in der Chancery Lane bei Gericht zurückgehalten, und da ich das Herannahen von Kopfschmerzen fühlte, hatte ich keine Lust, mich zu zerstreuen oder gar weiterzuarbeiten. Das Stückchen Himmel, das man zwischen den hohen Wänden dieser engen Verkehrsschlucht erblicken konnte, verriet eine heitere Nacht, und ich beschloß, hinunter zum Embankment zu gehen, die wechselnden Lichter auf dem Fluß zu beobachten und so meine Augen ausruhen zu lassen und meinen heißen Kopf zu kühlen. Ohne Zweifel ist die Nacht die beste Zeit für diesen Ort; barmherziges Dunkel verhüllt den Schmutz des Wassers, und die Lichter dieser Übergangszeit, rot, grellorange, gasgelb und elektrischweiß, erhalten schattenhafte Umrisse in jeder denkbaren Tönung zwischen Grau und einem tiefen Violett. Durch die Bogen der Waterloo Bridge kann man hundert Lichtpunkte sehen, die den Windungen des Embankment folgen, und über dem Brückengeländer erheben sich die Türme von Westminster warm und grau im Sternenlicht. Der schwarze Fluß zieht ruhig vorüber, wenige Wellen stören plätschernd die Stille und kräuseln den Widerschein der Lichter auf dem Wasser.

»Eine warme Nacht«, sagte eine Stimme dicht neben mir.

Ich wandte den Kopf und sah das Profil eines Mannes, der sich neben mir über das Geländer beugte. Ein vornehmes Gesicht, nicht unhübsch, obwohl es recht hager und blaß war; der Rockkragen war aufgestellt und vorne zusammengesteckt, und dies zeigte seine Stellung im Leben so eindeutig wie nur irgendeine Uniform. Ich fühlte, daß ich mich verpflichten würde, ihm ein Nachtlager und ein Frühstück zu bezahlen, wenn ich antwortete.

Ich sah ihn neugierig an. Würde er mir irgend etwas erzählen, das die Ausgabe lohnte, oder war er nichts Besonderes – unfähig, selbst seine eigene Geschichte zu erzählen? Die Intelligenz, die seine Stirne und seine Augen verrieten, und ein gewisses Zittern seiner Unterlippe gaben den Ausschlag.

»Sehr warm«, sagte ich, »aber nicht zu warm für uns hier.«

»Nein«, sagte er, noch immer übers Wasser blickend, »es ist ganz angenehm hier, gerade jetzt.«

»Es ist doch gut«, fuhr er nach einer Pause fort, »daß man in London etwas so Friedliches finden kann. Wenn man sich den ganzen Tag die Füße abgelaufen hat, um etwas zu erreichen, um Verpflichtungen zu erfüllen und Gefahren zu vermeiden, weiß ich nicht, was man täte, wenn es nicht solche friedlichen Ecken gäbe.« Er machte lange Pausen zwischen den Sätzen. »Sie müssen einiges von der beschwerlichen Mühsal des Lebens wissen, sonst wären Sie nicht hier. Aber ich zweifle, ob Ihr Hirn so müde ist, Ihre Füße so wund sind wie meine... Bah! Manchmal glaube ich, das Ganze ist nicht der Mühe wert. Ich möchte am liebsten alles über Bord werfen – Namen, Reichtum, Stellung – und mir einen bescheideneren Erwerb suchen. Aber ich weiß, wenn ich meinen Ehrgeiz aufgeben wollte – so hart er mir auch zusetzt –, nichts als Reue würde den Rest meiner Tage erfüllen.«

Er wurde still. Ich sah ihn überrascht an. Wenn ich je einen hoffnungslos armen Teufel gesehen habe, so war er es. Er war zerlumpt und schmutzig, unrasiert und ungekämmt; er sah aus, als ob er eine Woche lang in einem Kehrichtkasten gelegen wäre. Und er sprach zu *mir* über die beschwerliche Plackerei im großen Geschäft. Ich hätte ihm fast ins Gesicht gelacht. Er war entweder verrückt, oder er machte traurige Scherze über seine eigene Armut.

»Wenn es ohne harte Arbeit und Sorge kein Erreichen hoher Ziele gibt, so liegt doch eine Entschädigung dafür in dem Einfluß, den man gewinnt, in der Macht, Gutes zu tun und den Ärmeren und Schwächeren beizustehen; es gewährt sogar die Entfaltung eines gewissen Aufwandes eine Art von Befriedigung.«

Meine Ironie war unter den gegebenen Umständen höchst geschmacklos. Der Gegensatz seiner Rede zu seiner Erscheinung hatte mich gereizt. Ich bedauerte meine Worte schon während ich sprach.

Er wandte mir sein abgehärmtes, doch gelassenes Gesicht zu. Er sagte: »Ich vergesse mich. Sie können mich natürlich nicht verstehen.«

Er maß mich rasch mit einem Blick. »Es ist zweifellos absurd. Da Sie mir ohnedies nicht glauben werden, was ich Ihnen erzähle, kann ich's Ihnen ruhig erzählen. Und es wird mir ein Trost sein, daß ich mit einem Menschen davon gesprochen habe. Ich habe wirklich ein großes Geschäft in der Hand, ein sehr großes Geschäft. Aber gerade jetzt bin ich in Schwierigkeiten. Nämlich – ich stelle Diamanten her.«

»Ich nehme an«, sagte ich, »daß Sie gerade arbeitslos sind.«

»Ich ertrage es nicht mehr, daß man mir nicht glaubt«, sagte er ungeduldig, und plötzlich öffnete er seinen elenden Rock und zog ein kleines Leinensäckchen hervor, das er an einer Schnur um den Hals trug. Er nahm einen braunen Kieselstein heraus. »Ich bin neugierig, ob Sie über genügend Kenntnisse verfügen, um das zu erkennen.« Er gab ihn mir in die Hand.

Nun habe ich vor ungefähr einem Jahr meine Freizeit dazu verwendet, in London Naturwissenschaften zu studieren, und ich habe einige oberflächliche physikalische und mineralogische Kenntnisse. Das Ding war einem ungeschliffenen Diamanten von der dunkleren Spielart nicht unähnlich, es war nur viel zu groß, fast so groß wie das oberste Glied meines Daumens. Ich nahm es und sah, daß es die Form eines regelmäßigen Oktaeders hatte, mit der für das kostbarste aller Minerale charakteristischen Flächenbildung. Ich nahm mein Taschenmesser heraus und versuchte den Stein zu ritzen – vergeblich. Ich näherte mich der Gaslaterne, probierte es an meinem Uhrglas, und sofort erschien ein weißer Strich darauf.

Ich sah mein Gegenüber mit wachsender Neugierde an. »Es ist gewiß einem Diamanten sehr ähnlich. Aber wenn es einer ist, so ist es ein Koloß von einem Diamanten. Woher haben Sie ihn?«

»Ich sagte Ihnen doch, daß ich ihn gemacht habe«, sagte er. »Geben Sie ihn mir zurück.«

Er legte ihn hastig in das Säckchen zurück und schloß seinen Rock. »Ich verkaufe ihn Ihnen für hundert Pfund«, flüsterte er plötzlich gierig. Da kam mein Verdacht wieder. Schließlich konnte das Ding auch nur ein Klumpen Korund sein, der zufällig die Form eines Diamanten hatte: Korund ist fast ebenso hart wie Diamant. Aber wenn es ein Diamant war, wie kam der Mann dazu, und warum bot er ihn mir für hundert Pfund an?

Unsere Blicke kreuzten sich. Er schien wohl geldgierig, aber nicht unehrlich. In diesem Augenblick glaubte ich ihm, daß es ein Diamant war, den er verkaufen wollte. Aber ich bin nicht reich, hundert Pfund hätten eine empfindliche Bresche in mein Vermögen geschlagen, und welcher vernünftige Mensch würde bei Gaslicht von einem zerlumpten Vagabunden und nur auf dessen persönliche Bürgschaft hin einen Diamanten kaufen? Immerhin, ein Diamant von dieser Größe konnte eine Vision von vielen tausend Pfund heraufbeschwören. Dann fiel mir ein, daß so ein Stein auf jeden Fall in jedem Buch über Edelsteine erwähnt sein müßte, und ich rief mir die Geschichten in Erinnerung, die über Schmuggelei und langfingrige Kaffern in Kapland erzählt werden. Ich stellte den Gedanken an einen Kauf einstweilen zurück.

»Woher haben Sie ihn?« fragte ich.

»Ich habe ihn gemacht.«

Ich hatte schon von Moissan gehört, aber ich wußte, daß seine künstlichen Diamanten sehr klein waren. Ich schüttelte den Kopf.

»Sie scheinen etwas von derlei Dingen zu verstehen. Ich will Ihnen einiges über mich erzählen. Vielleicht werden Sie dann eher ans Kaufen denken.« Er drehte sich um, stand jetzt mit dem Rücken zum Fluß und steckte die Hände in die Taschen. Er seufzte. »Ich weiß, daß Sie mir nicht glauben werden.«

»Diamanten«, begann er, und im Sprechen verlor seine Stimme den schwachen Anklang an den Slang der Vagabunden, und er sprach fließend wie ein gebildeter Mensch, »Diamanten entstehen, wenn man Kohlenstoff in einer geeigneten, geschmolzenen Masse unter entsprechendem Druck zur Lösung bringt; der Kohlenstoff kristallisiert aus, weder als Graphit noch als Kohlenstaub, sondern als kleiner Diamant. Das ist den Chemikern seit Jahren bekannt, aber keiner hat noch genau die richtige Schmelzmasse und den richtigen Druck gefunden, um dadurch das bestmögliche Resultat zu erzielen. Infolgedessen sind die Diamanten, die von Chemikern gemacht werden, klein und dunkel und als Juwelen wertlos. Ich aber, wissen Sie, habe mein Leben diesem Problem geopfert! Mein Leben geopfert!

Ich habe mit siebzehn Jahren begonnen, die Bedingungen für die Herstellung von Diamanten zu studieren, jetzt bin ich zweiunddreißig. Meiner Meinung nach könnte ein Mensch zehn, ja zwanzig Jahre lang alle seine Gedanken und Energien daran verwenden, aber selbst das stünde noch dafür. Stellen Sie sich vor, daß man endlich den richtigen Trick gefunden hat. Bevor entdeckt wird, daß es künstliche Steine sind und daß Diamanten nun so gewöhnlich geworden sind wie Kohle, kann man Millionen verdient haben, Millionen!«

Er unterbrach sich und sah mich, um Verständnis werbend, an. Seine Augen leuchteten hungrig. »Bedenken Sie«, sagte er, »daß ich an der Schwelle stehe – und doch …«

»Als ich einundzwanzig Jahre alt war«, fuhr er fort, »besaß ich ungefähr tausend Pfund, und ich dachte, daß dieses Geld, vermehrt durch ein wenig Stundengeben, mir meine Forschungen ermöglichen würde. Ein oder zwei Jahre studierte ich, hauptsächlich in Berlin, und dann arbeitete ich auf eigene Faust weiter. Die größte Schwierigkeit war das Geheimhalten. Sie verstehen, wenn ich hätte verlauten lassen, was ich machen wollte, wären vielleicht andere Leute durch meinen Glauben an die Ausführbarkeit dieser Idee angeregt worden; und ich bilde mir gar nicht ein, ein solches Genie zu sein, daß ich im Falle eines Wettrennens um die Erfindung als erster ans Ziel gekommen wäre. Nicht wahr, wenn ich wirklich mein Glück machen wollte, so war es wichtig, daß niemand erfuhr, daß die Diamanten künstlich hergestellt wurden und daß man sie tonnenweise erzeugen konnte. Ich mußte also ganz allein arbeiten. Im Anfang hatte ich ein kleines Laboratorium, als aber meine Geldmittel spärlicher wurden, mußte ich meine Experimente in einem elenden, unmöblierten Zimmer in Kentish Town machen; zum Schluß schlief ich dort auf dem Fußboden auf einem Strohsack zwischen all meinen Apparaten. Das Geld lief mir nur so durch die Finger. Ich versagte mir alles, außer wissenschaftlichen Hilfsmitteln. Ich versuchte durch Stundengeben die Sache flott zu erhalten, aber ich bin kein sehr guter Lehrer, ich bin nicht akademisch gebildet, ich habe nicht viel anderes gelernt als Chemie, und ich fand, daß ich eine Menge Zeit und Mühe opfern mußte, um lächerlich wenig Geld zu verdienen. Aber ich kam der Sache näher und näher. Vor drei Jahren fand ich die richtige Zusammensetzung für die Schmelzmasse und fast auch den richtigen Druck. Ich gab meine Masse und Kohlenstoff in einer bestimmten Form in einen Gewehrlauf, füllte ihn mit Wasser, verschloß ihn ganz fest und erhitzte ihn.«

Er schwieg.

»Ziemlich gewagt«, sagte ich.

»Ja. Der Gewehrlauf zersprang und zertrümmerte alle meine Fenster und einen großen Teil meiner Apparate; aber trotzdem habe ich eine Art Diamantstaub gefunden. Ich verfolgte nun das Problem, einen großen Druck auf die Schmelzmasse auszuüben, aus der die Steine herauskristallisieren sollten und stieß auf einige Versuche von Daubré im Pariser *Laboratoire des Poudres et Salpêtres.* Daubré brachte Dynamit in einem festverschraubten Stahlzylinder zur Explosion; er war zu stark, um zu zerplatzen, und ich fand, daß er Gestein zu einer amorphen Masse zermalmen konnte, die dem Boden ähnlich war, darin in Südafrika die Diamanten eingebettet sind. Es war ein ungeheurer Angriff auf meine Mittel, aber ich ließ einen Stahlzylinder nach Daubrés Muster für meine Zwecke anfertigen. Ich habe meine Mischung und die Sprengstoffe hineingegeben, habe im Schmelzofen Feuer gemacht, habe die ganze Geschichte hineingesteckt – und bin spazierengegangen.«

Ich mußte über seine sachliche Art lachen. »Haben Sie nicht daran gedacht, daß das Haus in die Luft fliegen könnte? Es haben außer Ihnen doch noch andere Leute dort gewohnt?«

»Es geschah im Dienste der Wissenschaft«, sagte er abweisend. »Einen Stock tiefer hat eine Trödlerfamilie gewohnt, in dem Zimmer hinter meinem ein Bettelbriefschreiber, und oben waren noch zwei Blumenfrauen. Vielleicht war es ein wenig unvorsichtig. Aber vermutlich waren einige von den Leuten gar nicht zu Hause.

Als ich wiederkam, war die Sache genau so, wie ich sie zwischen den hochglühenden Kohlen verlassen hatte. Die Sprengstoffe hatten die Hülle nicht verletzt. Da stand ich vor einem neuen Problem. Sie wissen, daß die Zeit bei der Kristallisation eine wichtige Rolle spielt. Wenn man den Prozeß zu rasch beendet, sind die Kristalle klein, nur durch langes Stehen erreichen sie eine gewisse Größe. Ich entschloß mich, den Apparat zwei Jahre lang auskühlen zu lassen, langsam sollte die Temperatur in dieser Zeit hinuntergehen. Ich war jetzt ganz ohne Geld; ich hatte ein großes Feuer zu unterhalten, die Miete für mein Zimmer zu zahlen, meinen Hunger zu stillen, und besaß kaum einen Penny.

Ich kann Ihnen schwerlich erzählen, auf welch verschiedene Arten ich mich durchgebracht habe, während ich die Diamanten machte. Ich habe Zeitungen verkauft, Pferde versorgt, Wagentüren geöffnet. Viele Wochen lang habe ich Adressen geschrieben. Ich hatte eine Stelle als Gehilfe eines Straßenverkäufers, ich arbeitete auf einer Seite der Straße, er auf der anderen. Einmal hatte ich eine ganze Woche nichts zu tun und bettelte. Was war das für eine Woche! Einmal war das Feuer am Erlöschen, und ich hatte den ganzen Tag nichts gegessen, da gab mir ein junger Bursche, der sein Mädel ausführte, ein paar Groschen – um Eindruck zu machen. Gelobt sei die Eitelkeit! Wie gut die Fischgeschäfte rochen! Aber ich ging vorbei und gab das Ganze für Kohle aus, der Schmelzofen wurde wieder glühend rot, und dann – nun, Hunger kann einen Menschen zum Narren machen.

Endlich vor drei Wochen ließ ich das Feuer ausgehen. Ich nahm meinen Zylinder und schraubte ihn auseinander, während er noch so heiß war, daß meine Hände es büßen mußten. Ich kratzte die zerbröckelnde, lavaartige Masse mit einem Meißel heraus und zerhämmerte sie auf einer Eisenplatte zu Pulver. Ich fand drei große Diamanten und fünf kleine. Als ich am Boden saß und hämmerte, öffnete sich die Tür, und mein Nachbar, der Bettelbriefschreiber, trat ein. Er war betrunken wie gewöhnlich. ›Anarchist‹, sagte er. ›Sie sind betrunken‹, sagte ich. ›Roter Lump‹, sagte er. ›Scher dich zum Teufel, Lügner‹, sagte ich. ›Mach dir nichts draus‹, sagte er und blinzelte mir verschmitzt zu. Er rülpste und lehnte sich an den einen Türpfosten, starrte auf den anderen und begann lallend zu erzählen, daß er in meinem Zimmer herumspioniert hatte und daß er heute früh zur Polizei gegangen war und daß sie alles aufgeschrieben hatten, was er zu sagen wußte. ›Wie ein wirklicher Herr‹, sagte er. Da erkannte ich plötzlich, daß ich in einer Falle saß. Entweder mußte ich der Polizei mein kleines Geheimnis verraten, dann wäre die ganze Sache vereitelt gewesen, oder ich würde als Anarchist eingesperrt werden. Ich packte also meinen Nachbarn beim Kragen und beutelte ihn ordentlich, dann nahm ich meine Diamanten und machte mich davon. Die Abendblätter nannten meine Bude ›Die Bombenfabrik von Kentish Town‹. Und jetzt kann ich die Dinger da unmöglich anbringen.

Wenn ich zu einem anständigen Juwelier gehe, verlangt er, daß ich warte, dann flüstert er einem Angestellten zu, daß er einen Schutzmann holen soll, da sage ich dann, daß ich nicht warten kann. Einmal kam ich zu einem Hehler, der behielt einfach den einen Stein, den ich ihm gezeigt hatte, und forderte mich auf, ihn zu verklagen, wenn ich ihn zurückhaben wollte. So gehe ich jetzt herum, trage einige hunderttausend Pfund in Diamanten um den Hals und habe weder Essen noch Wohnung. Sie sind der erste Mensch, den ich eingeweiht habe. Aber Ihr Gesicht gefällt mir, und das Wasser reicht mir bis zum Hals.«

Er sah mir in die Augen.

»Es wäre Wahnsinn«, sagte ich, »unter diesen Umständen

einen Diamanten zu kaufen. Außerdem trage ich nicht ein paar hundert Pfund mit mir herum. Aber fast möchte ich Ihnen Ihre Geschichte glauben. Folgendes kann ich tun, wenn es Ihnen paßt: Kommen Sie morgen zu mir ins Büro.«

»Sie glauben, daß ich ein Dieb bin«, sagte er gereizt. »Sie werden die Polizei verständigen, ich gehe nicht in die Falle.«

»Irgend etwas sagt mir, daß Sie kein Dieb sind. Hier ist meine Karte. Nehmen Sie auf alle Fälle auch das. Sie müssen die Verabredung nicht einhalten, kommen Sie, wann Sie wollen.«

Er nahm die Karte und eine Anzahlung auf meine ehrlichen Absichten.

»Überlegen Sie sich's, und kommen Sie«, sagte ich.

Er schüttelte zweifelnd den Kopf. »Ich werde Ihnen Ihre zweieinhalb Schilling einmal mit Zinsen zurückzahlen, Sie werden staunen, was für Zinsen das sein werden«, sagte er. »Aber nicht wahr, Sie werden doch bestimmt nichts weitererzählen? Gehen Sie mir nicht nach!«

Er überquerte die Straße und verschwand in der Dunkelheit unter dem Torbogen, der zur Essex Street führt. Ich ließ ihn gehen. Seither habe ich ihn nie wieder gesehen.

Nach einiger Zeit bekam ich in kurzen Zwischenräumen zwei Briefe von ihm, er bat mich, ihm Banknoten, nicht Schecks, an bestimmte Adressen zu senden. Ich erwog die Sache und tat, was mir am klügsten schien. Einmal besuchte er mich, als ich gerade nicht im Büro war. Mein Diener beschrieb ihn als einen sehr mageren, schmutzigen und zerlumpten Menschen, der fürchterlich hustete. Er ließ keine Botschaft zurück. Weiter habe ich nichts mehr von ihm gehört. Manchmal möchte ich gerne wissen, was aus ihm geworden ist. War er ein genialer Monomane, ein betrügerischer Kieselsteinhändler, oder hat er wirklich Diamanten hergestellt, wie er behauptete? Das Letzte ist gerade glaubwürdig genug, um mich hie und da denken zu lassen, ich hätte die glänzendste Chance meines Lebens verpaßt. Er mag auch schon gestorben sein, seine Diamanten unbeachtet weggeworfen haben – einer, ich wiederhole es, war so groß wie das obere Glied meines

Daumens. Vielleicht wandert er auch noch immer herum und versucht, die Dinger zu verkaufen. Es wäre sogar auch möglich, daß er noch einmal plötzlich in der guten Gesellschaft auftaucht, meine niedrigeren Sphären verläßt und aus der heiteren Höhe, die den Reichen vorbehalten ist, mir stillschweigend meinen Mangel an Unternehmungslust vorwirft. Manchmal denke ich, ich hätte wenigstens fünf Pfund riskieren sollen.

Die Äpyornis-Insel

Der Mann mit dem Narbengesicht beugte sich über den Tisch und musterte mein Bündel.

»Orchideen?« fragte er.

»Ein paar«, sagte ich.

»Zypripedien?« fragte er.

»In der Hauptsache«, sagte ich.

»Irgendwas Neues? Nein? Das dachte ich mir. Ich hab die Inseln vor fünfundzwanzig – nein, siebenundzwanzig Jahren abgeklappert. Wenn Sie da irgendwas Neues finden – na ja, dann ist's wirklich funkelnagelneu! Viel hab ich nicht übriggelassen!«

»Ich bin kein Sammler«, sagte ich.

»Ich war damals noch jung«, fuhr er fort. »Herrgott! Wie bin ich herumgerast! Zwei Jahre war ich in Ostindien und sieben in Brasilien. Dann ging ich nach Madagaskar.«

»Ein paar Forscher kenn ich dem Namen nach«, sagte ich und machte mich auf eine weitschweifige Geschichte gefaßt. »Für wen haben Sie gesammelt?«

»Die Dawsons. Haben Sie je den Namen Butcher gehört?«

»Butcher? Butcher?« Irgendwo hatte ich den Namen schon gehört. Dann fiel es mir ein – der Fall Butcher gegen Dawsons. »Donnerwetter!« sagte ich, »Sie sind der Mann, der mit ihnen prozessiert hat – um vier Jahre Gehalt? – Der auf eine öde Insel verschlagen worden ist.«

»Zu dienen!« sagte der Mann mit der Narbe und verbeugte sich. »Komischer Fall, was? Auf der einen Seite ich, der ich auf besagter Insel ein kleines Vermögen machte und nicht einmal was leistete dafür, und auf der anderen Seite sie, einfach außerstande, mir zu kündigen! Der Gedanke hat mir, während ich dort war, oft Spaß gemacht! Ich stellte lange Rechnungen darüber auf – in riesigen ornamentalen Ziffern – rings über die ganze Insel.«

»Wie kam es denn dazu?« sagte ich. »So ganz genau kann ich mich nicht mehr auf den Fall besinnen.«

»Tja... Sie haben vom Äpyornis gehört?«

»Das will ich meinen! Erst vor ein oder zwei Monaten erzählte mir Andrews von einer neuen Spezies, an der er gerade arbeitete. Knapp bevor ich abreiste. Sie haben, wie es scheint, einen Schenkelknochen gefunden – fast eine Elle lang. Das Ding muß ein Ungetüm gewesen sein!«

»Da haben Sie schon recht«, sagte der Mann mit der Narbe. »Es war ein Ungetüm. Sindbads Vogel Rock war nichts als ein Abklatsch davon. Wann haben sie denn die Knochen gefunden?«

»Vor drei oder vier Jahren – 1891, glaub ich. Warum?«

»Warum? Weil ich sie gefunden hab – Herrgott, ja, das ist jetzt fast zwanzig Jahre her. Wenn die Dawsons sich nicht so blödsinnig angestellt hätten wegen des Gehalts, so hätten sie das schönste Monopol darauf haben können... Meine Schuld war's wahrhaftig nicht, daß das verdammte Boot sich losriß...«

Er machte eine Pause. »Ich vermute, es wird derselbe Platz sein. Eine Art Sumpf, ungefähr neunzig Meilen nördlich von Antananarivo. Kennen Sie vielleicht zufällig die Gegend? Man muß im Boot an der Küste entlangfahren. Sie erinnern sich nicht mehr daran?«

»Nein. Ich nicht. Aber ich glaube, Andrews sagte etwas von einem Sumpf.«

»Das muß es sein. An der Ostküste ist es. Und es ist irgendwas im Wasser, was die Dinge vor dem Vermodern bewahrt. Es riecht wie Kreosot, es erinnerte mich an Trinidad. Haben sie auch noch Eier gefunden? Ein paar von den Eiern, die ich fand, waren anderthalb Fuß lang. Der Sumpf geht rundherum, müssen Sie wissen, und schneidet gerade dieses Stückchen ab. Meist Salzwasser, übrigens... Na ja... War das ein Leben! Die Dinger selber fand ich ganz zufällig. Wir suchten Eier – ich und zwei Eingeborene, in einem von ihren drolligen, zusammengebundenen Kanus, und dabei fanden wir auch die Knochen. Wir hatten ein Zelt mit und Lebensmittel für vier Tage; und an einer von den festeren Stellen ließen wir uns häuslich nieder. Jetzt noch – wenn ich bloß daran denke – kommt mir der Teergeruch von damals in die Nase! Eine ganz eigene Art von Arbeit ist es. Man durchsucht den Schlamm mit eisernen Stangen, wissen Sie. Und gewöhnlich zerschlägt man dabei die Eier. Möcht wissen, wie lang es wohl her ist, daß diese Äpyornisse eigentlich lebten. Die Missionare behaupten, unter den Eingeborenen existieren noch Legenden aus der Zeit, als sie lebten; aber selber hab ich nie eine derartige Geschichte gehört. Eins ist sicher: Die Eier, die wir fanden, waren frisch, als wären sie eben erst gelegt worden. Frisch! Während wir sie zum Boot hinuntertrugen, ließ einer von meinen Schwarzen eines auf einen Stein fallen, und es zerbrach. Wie hab ich den Kerl angeschnauzt! Aber es war einfach himmlisch – als wär es eben erst gelegt worden – nicht eine Spur von Geruch – und dabei war die Mutter seit – wer weiß – vierhundert Jahren tot! Behauptete, ein Insekt hätte ihn gebissen. Übrigens – um wieder auf meine Geschichte zu kommen: Wir hatten den ganzen Tag damit verbracht, im Morast zu graben und die paar Eier unbeschädigt herauszukriegen, und wir waren alle ganz überzogen mit scheußlichem, schwarzem Schlamm, und ich war natürlich sehr übler Laune. Soviel ich weiß, waren es die einzigen Eier, die unzerbrochen, ohne auch nur einen Sprung, gefunden worden sind. Später sah ich mir einmal die an, die sie im Naturgeschichtlichen Museum in London haben; alle waren sie voller Sprünge und zusammengeleimt. Meine waren vollständig in Ordnung; und ich hatte vor, daheim ein ganz schönes Geschäft mit ihnen zu machen. Natürlich ärgerte ich mich über den blödsinnigen Kerl, der die Frucht einer Arbeit von drei Stunden einfach fallen ließ – wegen eines bloßen Insekts. Ich gab's ihm auch ziemlich deutlich zu verstehen.«

Der Mann mit der Narbe zog eine Tonpfeife heraus. Ich schob ihm meinen Tabakbeutel hin. Geistesabwesend stopfte er seine Pfeife.

»Und wie war's denn mit den anderen? Haben Sie die nach Hause gebracht? Ich erinnere mich nicht mehr…«

»Das ist eben das Merkwürdige an der Geschichte. Noch drei

andere hatte ich. Ganz frische Eier. Na schön! Wir legten sie ins Boot, und ich ging ins Zelt hinauf, um Kaffee zu kochen, und ließ meine beiden Schwarzen drunten am Strand. Der eine beschäftigte sich mit seinem Insektenstich, und der andere half ihm dabei. Der Gedanke, daß die Kerle sich die seltsame Lage, in der ich mich befand, zunutze machen und einen Streit vom Zaun brechen würden, kam mir überhaupt nicht. Aber ich denke mir, daß das Insektengift und die Hiebe, die ich ihm gegeben hatte, den einen wild machten – er war immer ein rachsüchtiger Kerl gewesen –, und der überredete den andern.

Ich weiß noch – ich saß da und rauchte und kochte Wasser auf einer Spiritusmaschine, die ich auf derartigen Expeditionen immer mitnahm. Dabei bewunderte ich den Sumpf im Sonnenuntergang. Ganz schwarz und blutigrot war er, lauter Streifen, ein wundervoller Anblick. Dahinter stieg die Hügellandschaft grau und dunstig auf, darüber lag ein Himmel, rot wie der Schlund eines Hochofens. Und fünfzig Meter hinter mir waren diese verfluchten Schwarzen und beschlossen ohne jede Rücksicht auf die friedvolle Stille, mit dem Boot durchzugehen und mich einfach zurückzulassen – mit Lebensmitteln für drei Tage, einem Leinenzelt und einem kleinen Krug Wasser! Ich hörte auf einmal eine Art Bellen hinter mir – und da waren sie auch schon in ihrem Kanu – ein miserables Boot – etwa zwanzig Meter vom Land entfernt. Mir wurde sofort klar, was los war. Mein Gewehr lag im Zelt, und außerdem hatte ich keine Kugeln, sondern bloß Vogelschrot. Das wußten sie. Aber ich hatte einen kleinen Revolver in der Tasche, und den riß ich heraus, während ich zum Strand hinunterrannte.

›He! Zurück!‹ rief ich, den Revolver schwingend.

Sie plapperten irgendwas, und der Mann, der das Ei zerbrochen hatte, rief ganz laut hurra! Ich zielte auf den andern, weil er unverwundet war und das Ruder führte, und verfehlte ihn. Sie lachten. Trotzdem, ich ließ mich nicht beirren. Ich wußte, daß ich ruhig bleiben mußte. Ich zielte wieder auf ihn, und diesmal sprang er mit dem Knall hoch! Er lachte diesmal auch nicht. Beim drittenmal traf ich ihn in den Kopf, er ging über Bord und mit ihm das Ruder. Es war ein ganz außergewöhnlich glücklicher Schuß für einen Revolver. Fünfzig Meter weit muß es immerhin gewesen sein. Er versank im Nu. Ob erschossen oder einfach betäubt und ertrunken, das weiß ich nicht. Dann fing ich an, hinter dem andern Kerl dreinzurufen, er möchte doch zurückkommen; aber er verkroch sich in dem Kanu und wollte nicht. So schoß ich denn schließlich mit dem Revolver auf ihn, traf ihn aber nicht.

Wie ein Narr bin ich mir vorgekommen – das kann ich Ihnen sagen! Da stand ich auf der verfluchten, öden Küste, hinter mir nichts als Sumpf und vor mir nichts als das flache Meer in seiner Nach-Sonnenuntergangs-Kälte und das schwarze Kanu, das langsam und sicher aufs Meer hinaustrieb. Ich kann Ihnen sagen, ich habe die Dawsons und Jamrachs und Museen und überhaupt alles zu allen Teufeln gewünscht! Ich brüllte hinter dem Nigger her, zurückzukommen, bis meine Stimme nur noch ein Kreischen war.

Es half nichts – ich mußte ihm nachschwimmen und sehen, wie ich mit den Haien fertig wurde. Ich öffnete mein Klappmesser und nahm es zwischen die Zähne, zog meine Kleider aus und watete hinein. Sobald ich im Wasser war, verlor ich das Kanu aus den Augen, aber ich hielt grade darauf zu, so gut ich konnte. Ich hoffte, der Mann drin würde zu dumm sein, ordentlich zu steuern, und es würde in derselben Richtung weitertreiben. Bald kam es auch so ungefähr gegen Südwest wieder über den Horizont herauf. Die Nachglut des Sonnenuntergangs war jetzt vollständig vorüber, und die Schatten der Nacht krochen herauf. Die Sterne schimmerten durch das Blau. Ich schwamm wie ein Preisschwimmer, so sehr auch bald meine Arme und Beine schmerzten.

Na, jedenfalls erreichte ich ihn, als die Sterne alle so nach und nach heraus waren. Als es dunkler wurde, fing ich an, allerhand glühende Körper im Wasser zu sehen, Phosphoreszenz, wissen Sie. Manchmal machte es mich ganz schwindlig. Ich wußte kaum, was Sterne waren und was Phosphoreszenz und ob ich auf dem Kopf schwamm oder auf den Beinen. Das Kanu war schwarz wie die Sünde und das Wellengekräusel unter seinem Bug wie flüssiges Feuer. Natürlich hütete ich mich, gleich hineinzuklettern. Erst mußte ich sehen, was er trieb. Er schien in einen Klumpen zusammengekauert hinten im Boot zu liegen, das Heck ragte ganz aus dem Wasser. Das Ding drehte sich, während es trieb, langsam um sich selber – so eine Art Walzer, wissen Sie. Ich schwamm zum Heck und zog es herunter – ich erwartete natürlich, er würde aufwachen. Dann fing ich an hineinzuklettern – immer mit dem Messer in der Hand und auf einen Überfall gefaßt. Aber er regte sich überhaupt nicht. Schließlich saß ich in dem Heck des kleinen Kanus und trieb über die stille, phosphoreszierende See, über mir das ganze Heer der Sterne, und wartete, daß irgend etwas geschehen würde.

Nach einer langen Weile rief ich ihn beim Namen, aber er antwortete nicht. Ich war zu müde, um mich der Gefahr auszusetzen, zu ihm hinzugehen. So saßen wir eben da. Ich vermute, ich bin ein- oder zweimal eingedöst. Als der Morgen dämmerte, sah ich, daß er mausetot war wie ein Türnagel, und ganz gedunsen und blaurot. Meine drei Eier und die Knochen lagen mitten im Kanu, die Wasserflasche und ein bißchen Kaffee und Biskuits in eine Zeitung eingewickelt zu seinen Füßen und eine Zinnflasche mit Methylspiritus unter ihm. Es war kein Ruder da oder überhaupt irgend etwas außer der Spiritusflasche, was man statt dessen hätte benützen können; ich beschloß also, mich treiben zu lassen, bis man mich auflesen würde. Ich nahm eine kurze Leichenschau vor, tippte auf irgendeinen Skorpion oder ein unbekanntes Insekt und warf ihn dann über Bord.

Darauf trank ich einen Schluck Wasser, aß ein paar Biskuits und sah mich um. Ein Mann, der so herunter ist, wie ich es damals war, sieht vermutlich überhaupt nicht weit; jedenfalls war keine Spur mehr von Madagaskar oder irgendeinem Festland mehr zu sichten. Ich sah ein Segel in südwestlicher Richtung gehen, das aussah wie ein Schoner, aber der Rumpf erschien überhaupt nicht über dem Horizont. Nach und nach stieg die Sonne immer höher und fing an, auf mich herunterzubrennen. Herrgott! Mir kochte fast das Gehirn! Ich versuchte, meinen Kopf ins Wasser zu stecken; aber nach einer Weile fiel mein Blick auf die Zeitung, und ich legte mich flach ins Kanu und breitete sie über mich. Wundervolle Erfindungen, die Zeitungen! Ich hatte noch nie vorher eine gründlich gelesen; aber es ist merkwürdig, auf was der Mensch alles verfallen kann, wenn er allein ist, wie ich's war. Ich glaube, ich hab diesen alten, famosen *Cap-Argus* wohl zwanzigmal gelesen. Der Teer, mit dem das Kanu verschmiert war, rauchte geradezu vor Hitze und warf große Blasen.

Zehn Tage lang trieb ich so«, sagte der Mann mit der Narbe. »Eine Kleinigkeit, wenn man's so erzählt, nicht? Jeder Tag glich dem vorhergehenden. Außer morgens und abends hielt ich nicht einmal Ausschau – die Hitze war zu höllisch! Nach den ersten drei Tagen sah ich überhaupt kein Segel mehr, und die paar, die ich sah, bemerkten mich gar nicht. Ungefähr in der sechsten Nacht fuhr ein Schiff an mir vorüber, kaum eine halbe Meile entfernt, alle Lichter waren angezündet und die Luken offen – wie eine große Feuerfliege sah es aus. An Bord war Musik. Ich stand auf und schrie und kreischte hinüber. Am zweiten Tag brach ich eins von den Äpyorniseiern an – kratzte an einem Ende die Schale weg, Stück für Stück, und versuchte es und freute mich, als ich fand, daß man es gut essen konnte. Es schmeckte ein bißchen herb – ich meine nicht schlecht, sondern so ähnlich wie Enteneier. Auf der einen Seite des Dotters war eine Art kreisrunder Fleck, ungefähr sechs Zoll im Durchmesser, mit blutigen Streifen drin und einer weißen, leiterartigen Stelle, die mir sonderbar vorkam; aber ich begriff damals nicht, was sie bedeutete, und war auch keineswegs geneigt, wählerisch zu sein. Mit Zwieback und einem Schluck Wasser reichte mir das Ei drei Tage lang. Daneben kaute ich Kaffeebohnen – recht erfrischend und belebend. Das zweite Ei öffnete ich ungefähr am achten Tag, und ich war ganz bestürzt.«

Der Mann mit der Narbe hielt einen Augenblick inne. »Ja«, sagte er dann, »es entwickelte sich. Ich kann mir vorstellen, daß

Sie das nur schwer glauben können. Mir ging es so, obwohl ich das Ding vor mir sah. Da war nun das Ei vielleicht dreihundert Jahre lang in dem kalten, schwarzen Schlamm versunken gelegen. Aber ein Irrtum war ausgeschlossen. Der – wie sagt man? – Embryo war da, mit seinem dicken Kopf und gekrümmtem Rücken und dem sichtbaren Herzschlag in der Kehle. Der Dotter war ganz verschrumpelt, und alles war mit großen dünnen Häuten bedeckt. Da saß ich und brütete die Eier des größten aller ausgestorbenen Vögel aus, in einem kleinen Kanu mitten im Indischen Ozean! Wenn der alte Dawson das gewußt hätte! Das war schon vier Jahre Gehalt wert! Was meinen Sie?

Na, einerlei – ich mußte das kostbare Zeug aufessen, bis auf den letzten Krümel, eh' ich das Riff erblickte; und ein paar von den Bissen waren scheußlich unangenehm. Das dritte ließ ich unbeschädigt. Ich hielt es gegen das Licht, aber die Schale war zu dick, als daß ich auch nur einen schwachen Schimmer hätte sehen können von dem, was drinnen vor sich ging. Und obgleich ich mir einbildete, Blut pulsieren zu hören, konnte das auch ein Saumen in meinen eigenen Ohren sein, wie wenn man an einer Muschel horcht.

Dann tauchte das Atoll auf. Es kam ganz plötzlich dicht neben mir aus dem Sonnenaufgang. Ich trieb geradewegs darauf zu, bis ich nur noch ungefähr eine halbe Meile vom Ufer entfernt war; dann wechselte die Strömung, und ich mußte mit den Händen und mit Stücken der Äpyorniseierschalen nach Leibeskräften rudern, um an Land zu kommen. Na, jedenfalls kam ich hin. Es war ein gewöhnliches Atoll, eine Koralleninsel im Umfang von ungefähr vier Meilen, mit ein paar Bäumen und einer Quelle, und die Lagune war voll von Papageifischen. Ich schaffte das Ei an Land und legte es an einen geschützten Ort, wo die Flut es nicht erreichen konnte und die Sonne drauf schien, um ihm jede Möglichkeit zu verschaffen; darauf zog ich das Kanu auf den Strand und ging auf Entdeckungsreisen. Merkwürdig, wie langweilig solch ein Atoll ist! Sobald ich eine Quelle gefunden hatte, schien alles Interesse erschöpft zu sein. Als ich ein Junge war, dachte ich, nichts könnte schöner und abenteuerlicher sein als so eine Robinson-Crusoe-Geschichte; aber das Ding war so eintönig wie ein Predigtbuch. Ich wanderte umher und suchte mir meine Nahrung und dachte dabei an allerhand; aber ich kann Ihnen sagen, ich langweilte mich fast zu Tode, noch ehe der erste Tag um war. Wissen Sie, ich hatte Glück gehabt – noch am selben Tag schlug das Wetter um. Gegen Norden zog ein Gewitter auf, das auch die Insel streifte; in der Nacht kam ein Platzregen, und der Sturm heulte und tobte über mich hin. Wissen Sie – viel hätte nicht dazu gehört, das Kanu umzukippen.

Ich schlief unter dem Kanu, und das Ei lag glücklicherweise weiter oben am Ufer im Sand. Das erste, woran ich mich erinnere, war ein Wasserguß über meinen Körper und ein Lärm, als ob hundert Kieselsteine gleichzeitig gegen das Boot prasselten. Ich hatte eben von Antananarivo geträumt, und ich richtete mich auf und rief nach Intoshi, um sie zu fragen, was zum Henker denn los sei, und tastete nach dem Stuhl, wo die Streichhölzer immer lagen. Dann fiel mir ein, wo ich war. Phosphoreszierende Wellen rollten heran, als wollten sie mich auffressen, sonst war die Nacht um mich her pechschwarz. Der Sturm heulte. Die Wolken waren ganz tief, und der Regen strömte herab, als ob der Himmel versänke und sie droben über dem Firmament das Wasser ausschöpften. Eine große Woge kam zischend, wie eine feurige Schlange, auf mich zugerollt; da riß ich aus. Gleich darauf fiel mir das Kanu ein, und als das Wasser fauchend zurückstürzte, lief ich wieder hinunter; aber das Ding war fort. Darauf kam mir der Gedanke an das Ei, und ich tappte in der Finsternis hin. Es war völlig in Ordnung und außer Reichweite selbst der höchsten Wellen; und ich setzte mich daneben und streichelte es wie einen guten Kameraden. Herrgott! War das eine Nacht!

Vor Tagesanbruch war der Sturm vorüber. Als es anfing zu dämmern, war kein Wolkenfetzchen mehr am Himmel, und am ganzen Strand lagen zersplitterte Bootsplanken – sozusagen das aufgelöste Skelett meines Kanus. Na, das gab mir jedenfalls was zu tun; ich baute daraus und aus zwei oder drei beieinanderstehenden Bäumen eine Hütte. Und just an diesem Tag war das Ei ausgebrütet.

Ausgebrütet, Verehrtester – während ich meinen Kopf darauf gebettet hatte und schlief! Ich hörte ein Krachen und fuhr auf – und da sah ich: das eine Ende des Eis war aufgepickt, und ein kleiner, brauner Kopf guckte mich draus an. – ›Donnerwetter!‹ sagte ich. ›Grüß Gott!‹ Und unter einiger Schwierigkeit kam er heraus.

Am Anfang war er ein netter, freundlicher, kleiner Kerl – so ungefähr von der Größe einer kleinen Henne –, ganz ähnlich wie die meisten jungen Vögel, bloß größer. Sein Gefieder war zuerst schmutzigbraun – mit einer Art grauer Kruste darauf, die sehr bald abfiel; eigentlich keine Federn, sondern eher flaumiges Haar. Ich kann gar nicht sagen, wie froh ich war, als ich ihn sah! Glauben Sie mir – Robinson Crusoe schildert seine Einsamkeit nicht annähernd schrecklich genug! Jedenfalls war es eine interessante Gesellschaft. Er guckte mich an, zwinkerte und rollte die Augen wie ein Huhn; er zirpte und fing an herumzupicken, als ob das rein gar nichts wäre, mit dreihundert Jahren Verspätung ausgebrütet zu werden. ›Freu mich, deine Bekanntschaft zu machen, Freitag!‹ sagte ich, denn natürlich war es für mich, sobald ich entdeckte, daß das Ei im Kanu sich weiterentwickelte, eine abgemachte Sache gewesen, daß er Freitag heißen würde, wenn er überhaupt auskröche. Seine Ernährung machte mir ein bißchen Sorge; ich gab ihm darum gleich ein tüchtiges Stück Papageifisch. Er nahm's und riß den Schnabel auf – wollte mehr! Das freute mich; denn so, wie die Umstände nun einmal lagen – wenn er besonders wählerisch gewesen wäre, hätte ich ihn schließlich eben doch selber aufessen müssen.

Sie können sich gar nicht denken, was für ein interessanter Vogel dieses Äpyorniskükenw war. Gleich von Anfang an lief es hinter mir drein. Er stand neben mir und wartete, während ich in der Lagune fischte, und nahm sich seinen Anteil von allem, was ich fing. Dabei war er auch ganz verständig. Es gab da gewisse eklige grüne, warzige Dinger, so ungefähr wie eingemachte Essiggurken, die am Strand herumlagen; einmal probierte er eins davon, und das warf ihn um. Von da ab würdigte er die Dinger keines Blickes mehr.

Und wie er wuchs! Man sah ihn förmlich wachsen! Da ich nie ein besonderer Gesellschaftsmensch gewesen war, behagte mir seine ruhige, freundliche Art ganz ausgezeichnet. Fast zwei Jahre lang waren wir beide miteinander so glücklich, wie man überhaupt sein konnte auf unserer Insel. Geschäftssorgen hatte ich nicht – ich wußte ja, mein Gehalt lag bei den Dawsons und brachte Zinsen. Ab und zu sahen wir ein Segel, aber in unsere Nähe kam nie eines. Ich schaffte mir einen Zeitvertreib, indem ich die Insel mit Ornamenten aus allerhand mannigfaltigen Seesternen und Muscheln dekorierte. Überall, auf dem ganzen Ort herum, schrieb ich ›Äpyornis-Insel‹ – in großen Buchstaben, so ungefähr wie man's drüben in der Heimat an Bahnhöfen in farbigen Steinen sieht, mit mathematischen Berechnungen und allerhand Zeichnungen. Wie oft lag ich da und beobachtete meinen geliebten Vogel, wie er herumstelzte und wuchs und wuchs; und dachte dabei, wie ich mir ein Vermögen verdienen würde, wenn ich ihn ausstellte – falls ich überhaupt je wieder von hier wegkäme. Nach der ersten Mauser wurde er schön: Er bekam einen Schopf und einen blauen Bart und einen ganzen Strauß grüner Federn hinten. Dann sann ich oft nach, ob eigentlich die Dawsons ein Recht auf ihn hätten oder nicht. In der Regenzeit und bei stürmischem Wetter lagen wir gemütlich in der Schutzhütte, die ich aus dem alten Kanu gezimmert hatte, und ich erzählte ihm allerhand Märchen über meine Leute daheim. Und nach dem Sturm wanderten wir miteinander um die Insel herum und sahen, ob irgendwas angetrieben war. Es war ein rechtes Idyll, das kann man wohl sagen. Hätt ich bloß ein bißchen Tabak gehabt – es wäre einfach ein Paradies gewesen!

Es ging ungefähr aufs Ende des zweiten Jahres zu, als die Sache nicht mehr so recht stimmte in unserem kleinen Paradies. Freitag war jetzt so ungefähr vierzehn Fuß hoch bis zum Schnabel, mit einem breiten, großen Kopf – etwa wie der Kopf einer Spitzhacke – und zwei riesigen braunen, gelbumränderten Augen, die nebeneinander standen wie Menschenaugen – nicht seitlich wie bei Hühnern. Sein Gefieder war prächtig, weniger im Halbtrauerstil des Straußes, sondern eher wie ein Kasuar, was Farbe und Feinheit anbelangt. Und dann – auf einmal – fing er an, den Kamm gegen mich aufzustellen und sich aufzuplustern und alle Anzeichen eines bösartigen Temperaments zu zeigen…

Schließlich kam dann eine Zeit, in der ich beim Fischen ziemliches Pech hatte; und da fing er an, mit einem seltsam nachdenklichen Ausdruck um mich herumzulaufen. Ich dachte erst, er hätte vielleicht Seegurken oder sonst was gefressen; aber tatsächlich war es die reine Unzufriedenheit, die ihn plagte. Ich war selber auch hungrig, und als ich schließlich einmal einen Fisch fing, wollte ich ihn für mich allein. Wir waren beide an jenem Morgen schlecht aufgelegt. Er pickte nach dem Fisch und packte ihn, und ich gab ihm einen kleinen Knuff an den Kopf, damit er ihn fahrenlassen sollte – da fuhr er auf mich los. Donnerwetter!«

Der Mann deutete auf seine Narbe. »Das da hat er mir ins Gesicht gehauen! Und dann schlug er nach mir aus. Wie ein Fußtritt von einem Pferd war es. Ich stand auf, und weil ich sah, daß er nicht aufhören würde, machte ich, daß ich fortkam. Ich hielt die Hände vors Gesicht, aber er rannte auf seinen langen, hageren Beinen schneller als ein Rennpferd und schlug immerzu wie ein Schmiedehammer auf mich ein und hämmerte mit seiner Spitzhacke unentwegt auf meinen Hinterkopf. Ich lief zur Lagune und watete schließlich bis an den Hals hinein. Als er ans Wasser kam, blieb er stehen – er konnte es nicht ausstehen, wenn seine Füße naß wurden – und fing an zu schreien, ungefähr wie ein Pfau, bloß noch unmelodischer. Dann stolzierte er am Ufer auf und ab. Ich muß gestehen – ich kam mir sehr klein vor, als ich sah, wie das liebe Fossil sich so aufspielte. Mein Kopf und Gesicht bluteten und – na ja, mein ganzer Körper war übersät mit Wunden und Schrammen.

Ich beschloß, über die Lagune zu schwimmen und ihn eine Weile allein zu lassen, bis die Sache wieder ins Gleichgewicht gekommen wäre. Ich kletterte auf die höchste Palme, und da saß ich und überlegte mir die Geschichte. Ich glaube, in meinem ganzen Leben hat mich nichts so gekränkt wie das. Einfach die brutale Undankbarkeit dieses Geschöpfs. Ich war ihm mehr als ein Bruder gewesen, hatte ihn ausgebrütet und aufgezogen. Ein großer, plumper, vorsintflutlicher Vogel! Und ich – ein menschliches Lebewesen – der Erbe von Jahrtausenden Zivilisation und wer weiß was alles!

Ich dachte, nach einer Weile würde er schon von selbst anfangen, die Dinge in diesem Licht zu sehen und sich wegen seines Benehmens ein bißchen zu schämen. Ich dachte, wenn ich vielleicht bald ein paar anständige Fische fangen und mich ihm dann so ganz beiläufig nähern und sie ihm anbieten würde, so würde er vernünftig werden. Es dauerte eine ganze Weile, bis ich lernte, wie rachsüchtig und unversöhnlich so ein vorsintflutlicher Vogel sein kann! Einfach aus Bosheit!

Ich will nichts weiter sagen von all den kleinen Anstrengungen, die ich machte, um den Vogel wieder freundlich zu stimmen. Ich kann's einfach nicht. Noch heute werde ich schamrot beim bloßen Gedanken an all die Demütigungen und Zurückweisungen, die diese verdammte Kuriosität mir zufügte. Ich versuchte es mit Gewalt. Ich warf von sicherer Entfernung aus mit Korallenstücken nach ihm; aber er verschlang sie bloß. Ich schleuderte mein offenes Messer nach ihm und verlor es fast, obwohl es zu groß war, als daß er es hätte verschlucken können. Ich versuchte ihn auszuhungern und hörte auf zu fischen; aber er pickte während der Ebbe den ganzen Strand nach Würmern ab und brachte sich auf die Art durch. Die Hälfte meiner Zeit verbrachte ich bis zum Hals im Wasser, die andere Hälfte auf irgendeiner Palme. Eine davon war nicht hoch genug, und als er mich darauf erwischte, feierte er wahre Orgien an meinen Waden. Es wurde ganz unerträglich. Ich weiß nicht, ob Sie je versucht haben, auf einer Palme zu schlafen. Es war ein Alptraum. Und dann – bedenken Sie doch – die Schande! Auf der einen Seite dieses ausgestorbene Biest, das wie ein ungnädiger Herzog auf der Insel herumstelzte – und auf der andern Seite ich, der nicht einmal den

Fuß auf die Erde setzen durfte! Ich habe oft geweint vor Ärger und Ermüdung! Ich schrie es ihm ins Gesicht, daß ich keine Lust hätte, mich von so einem verdammten Anachronismus auf einer öden Insel schikanieren zu lassen. Ich forderte ihn auf, sich doch einen Seefahrer aus seinem eigenen Zeitalter herauszupicken. Aber er riß bloß seinen Schnabel auf und bedrohte mich. Scheußlicher, riesiger Vogel – nichts als Beine und Hals!

Wie lang das so weiterging, möchte ich gar nicht sagen. Ich hätte ihn schon eher umgebracht, wenn ich bloß gewußt hätte wie. Na, jedenfalls fand ich schließlich ein Mittel, ihn unschädlich zu machen. Es ist ein südamerikanischer Trick. Ich band alle meine Angelschnüre zusammen – mit Seegras und ähnlichem – und machte so eine Art fester Leine, vielleicht zwölf Meter lang oder noch mehr; und an den Enden befestigte ich zwei Korallenklumpen. Ich brauchte eine ganze Weile dazu, denn dazwischen mußte ich immer wieder in die Lagune oder auf eine Palme flüchten – je nachdem. Schließlich schwang ich die Leine so schnell wie möglich über dem Kopf und warf sie nach ihm. Das erstemal verfehlte ich ihn; aber das zweitemal schlang sich der Strick prächtig um seine Beine, immer wieder und wieder... Plumps! Er fiel um. Ich stand dabei bis zur Hüfte in der Lagune; und sobald er am Boden lag, war ich auch schon aus dem Wasser und sägte mit meinem Messer an seinem Hals.

Noch jetzt mag ich gar nicht daran denken. Wie ein Mörder kam ich mir dabei vor, so zornig ich auch auf ihn war. Als ich so über ihn gebeugt stand und ihn auf dem weißen Sand bluten sah, und seine schönen, großen Beine zuckten und schlugen im letzten Todeskampf – es war nicht schön!

Mit dieser Tragödie kam die Einsamkeit wie ein Fluch über mich. Großer Gott! Sie können sich gar keinen Begriff davon machen, wie ich Heimweh hatte nach dem Vogel! Ich saß neben dem Kadaver und betrauerte ihn, und es fröstelte mich ordentlich, wenn ich über das öde, stumme Riff blickte! Ich dachte daran, was für ein lustiges, kleines Tier er gewesen war als frisch geschlüpftes Küken, und erinnerte mich an tausend heitere Streiche, die er mir gespielt hatte, ehe alles so schiefging. Ich dachte, wenn ich ihn bloß verwundet hätte, hätte ich ihm vielleicht so nach und nach ein besseres Verständnis beibringen können. Wenn ich irgendwie die Möglichkeit gehabt hätte, die Korallenfelsen aufzugraben, so hätte ich ihn gern beerdigt. Mir war ganz zumute, als wäre er menschlich gewesen. Ich konnte, so wie die Verhältnisse lagen, gar nicht daran denken, ihn aufzuessen; so warf ich ihn in die Lagune, und die kleinen Fische pickten ihn sauber ab. Nicht einmal die Federn behielt ich zurück. Dann kam eines Tages irgendein Kerl, der in einer Jacht draußen herumsegelte, auf den Gedanken nachzusehen, ob mein Atoll noch existierte.

Er kam wirklich keinen Augenblick zu früh. Ich war ganz krank vor lauter Einsamkeit und wußte bloß noch nicht, ob ich einfach ins Wasser gehen sollte, um der Sache auf die Art ein Ende zu machen, oder lieber an Land einen Weg suchen sollte.

Ich verkaufte dann die Knochen an einen Mann namens Winslow, einem Händler in der Nähe des Britischen Museums, der behauptet, er hätte sie an den alten Havers weiterverkauft. Havers scheint gar nicht begriffen zu haben, daß sie so besonders groß waren, und so wurde man erst nach seinem Tode auf sie aufmerksam. Man nannte sie dann Äpyornis – wie war es doch?«

»*Aepyornis vastus*«, sagte ich. »Komisch – vor kurzem noch hat einer meiner Freunde gerade davon gesprochen. Als sie einen Äpyornis mit einem drei Fuß langen Schenkelknochen fanden, glaubten sie, sie hätten das Höchste erreicht und nannten ihn *Aepyornis maximus.* Darauf brachte irgend jemand einen vier Fuß und sechs Zoll langen Schenkelknochen ans Licht, und den nannten sie *Aepyornis Titan.* Schließlich, nachdem der alte Havers gestorben war, fand man Ihren *vastus* in seiner Sammlung, und zuletzt tauchte noch ein *vastissimus* auf.«

»Ja, das hat mir Winslow erzählt«, sagte der Mann mit der Narbe. »Und wenn Sie noch mehr Äpyornisse finden«, meinte er, »wird sicher irgendeinen besonders schlauen Wissenschaftler der Schlag treffen. Immerhin – es war doch ein merkwürdiges Erlebnis, nicht wahr?«

Die merkwürdige Geschichte von Davidsons Augen

Die zeitweilige Verwirrung der Sinne Sidney Davidsons wäre an sich schon merkwürdig genug gewesen, schenkt man aber der Erklärung Wades Glauben, so wird sie noch viel merkwürdiger. Diese Erklärung eröffnet die seltsamsten Vorstellungen von zukünftigen Begegnungen, man erahnt die Möglichkeit, plötzlich fünf Minuten auf der anderen Seite der Welt zu verbringen oder selbst bei seinen geheimsten Unternehmungen von unsichtbaren Augen beobachtet zu werden. Durch Zufall war ich Augenzeuge von Davidsons plötzlichem Anfall, und so bin ich wohl der geeignete Mann, die Geschichte niederzuschreiben.

Wenn ich sage, daß ich Zeuge seines Anfalls war, so heißt das, daß ich als erster hinzukam. Es geschah im Harlow College. Davidson war allein im großen Laboratorium. Ich schrieb in dem kleineren Zimmer, wo die Waagen stehen, doch hatte mich das Gewitter ganz aus dem Konzept gebracht. Nach einem besonders lauten Donnerschlag schien es mir, als sei im Nebenraum etwas Gläsernes zerbrochen. Ich hörte zu schreiben auf und lauschte. Zuerst vernahm ich nur das Trommeln des Hagels auf dem Wellblechdach; dann ein neuerliches Krachen – diesmal gab es keinen Zweifel, etwas Schweres war zu Boden gefallen. Ich sprang auf und öffnete die Tür zum großen Laboratorium.

Zu meiner Überraschung hörte ich ein sonderbares Lachen. Davidson stand schwankend mitten im Zimmer. Er hatte einen verwirrten Gesichtsausdruck, und ich hielt ihn im ersten Moment für betrunken. Er bemerkte mich nicht, sondern versuchte offenbar, etwas zu ergreifen, das – unsichtbar – einen Meter vor ihm in Augenhöhe hing. Langsam, zögernd streckte er seine Hand aus und fuhr ins Leere. »Was ist denn da geschehen?« fragte er und hob die Hand mit gespreizten Fingern zum Gesicht. »Zum

Teufel«, rief er dann und begann seine Füße ungeschickt zu heben, so als glaubte er, sie an den Boden festgeleimt zu finden.

»Davidson!« schrie ich. »Was ist denn los mit dir?« Er wandte sich mir zu und suchte mich. Er schaute über mich hinweg, blickte mich direkt an, schaute nach rechts und links und schien mich doch nicht zu sehen. »Wellen«, sagte er, »und ein wirklich hübsches Schiff. Ich könnte schwören, daß das eben Bellows' Stimme war. Hallo!« schrie er dann plötzlich aus Leibeskräften.

Ich glaubte, daß er einen Spaß mache. Dann sah ich, daß auf dem Fußboden um ihn herum Bruchstücke von unserem besten Elektrometer lagen. »Was ist denn passiert? Du hast das Elektrometer zerbrochen!«

»Das war wieder Bellows«, sagte er. »Die Freunde sind also geblieben, wenn auch meine Hände verschwunden sind. Was war das mit dem Elektrometer? Wo bist du eigentlich, Bellows?« Er taumelte auf mich zu. »Das verfluchte Zeug ist wie Butter«, sagte er. Er rannte schnurstracks gegen den Arbeitstisch und schlug sich hart an. »Das ist nicht so butterweich«, meinte er und blieb schwankend stehen.

Ich bekam Angst. »Was ist, um Himmels willen, mit dir geschehen, Davidson?«

Er blickte suchend in alle Richtungen. »Ich könnte darauf schwören, daß das Bellows' Stimme ist. Warum zeigst du dich nicht, Bellows?«

Er mußte wohl plötzlich blind geworden sein. Ich ging auf ihn zu und legte ihm die Hand auf den Arm. Nie in meinem Leben habe ich einen Menschen so erschrecken sehen. Er sprang zurück und blieb mit angstverzerrtem Gesicht in Verteidigungsstellung stehen. »Großer Gott«, schrie er, »was war das?«

»Verdammt, ich bin's – Bellows!«

Er zuckte zusammen, als er meine Stimme hörte und starrte – wie soll ich das nur beschreiben? – mitten durch mich hindurch. Dann begann er zu sprechen, aber nicht zu mir, sondern zu sich selbst. »Hier, bei hellem Tageslicht, auf dem flachen Strand. Kein Plätzchen, um sich zu verstecken.« Er blickte gehetzt um sich.

»Ich laufe davon!« Er drehte sich plötzlich um und rannte Hals über Kopf in den großen Elektromagneten, so heftig, daß er sich an der Schulter und am Kiefer böse verletzte, wie wir später entdeckten. Er trat einen Schritt zurück und rief, nein, wimmerte beinahe: »Was ist denn um Gottes willen mit mir geschehen?« Dort stand er, schreckensbleich und zitternd, seine rechte Hand umklammerte die linke Schulter, mit der er an den Magneten geprallt war.

Ich war aufgeregt, und ich hatte Angst. Doch ich sagte: »Davidson, fürchte dich nicht!«

Wieder erschrak er beim Klang meiner Stimme, aber nicht mehr so heftig wie früher. Ich wiederholte meine Worte so deutlich, wie ich nur konnte. »Bellows, bist du's?« fragte er.

»Kannst du nicht sehen, daß ich's bin?«

Er lachte. »Ich kann mich nicht einmal selbst sehen. Wo sind wir denn, in des Teufels Namen?«

»Hier, im Laboratorium.«

»Im Laboratorium?« erwiderte er verblüfft und legte die Hand an die Stirn. »Ich war im Laboratorium – bis der Blitz kam, aber ich lasse mich aufhängen, wenn ich jetzt noch dort bin. Was ist das für ein Schiff?«

»Hier ist kein Schiff«, sagte ich. »Sei doch vernünftig!«

»Kein Schiff!« wiederholte er, schien aber meine Antwort sofort zu vergessen. »Ich nehme an«, fuhr er langsam fort, »daß wir beide tot sind. Das Komische ist nur, daß ich das Gefühl habe, daß mein Körper noch da ist. Wahrscheinlich gewöhnt man sich nicht so rasch an alles. Das Schiff ist sicher vom Blitz getroffen worden. Eine feine Sache, was, Bellows?«

»Sprich keinen Unsinn. Du bist sehr lebendig und stolperst da im Laboratorium herum. Soeben hast du das neue Elektrometer zerschlagen. Ich beneide dich nicht, wenn Boyce kommt.«

Er blickte starr auf die Diagramme an der Wand. »Ich muß taub sein«, sagte er. »Es wurde gerade eine Kanone abgefeuert, Rauch steigt auf, aber ich habe keinen Schuß gehört.«

Wieder legte ich meine Hand auf seinen Arm, und diesmal erschrak er weniger. »Wir scheinen unsichtbare Körper zu haben«, sagte er. »Ah, da kommt ein Boot um die Landzunge. Es scheint hier im großen und ganzen ähnlich zu sein wie im alten Leben, nur das Klima ist anders.«

Ich schüttelte seinen Arm und schrie ihn an. »Wach auf, Davidson!«

In diesem Augenblick trat Boyce ein. Sowie er zu sprechen begann, rief Davidson aus: »Der alte Boyce ist also auch tot! Ein guter Spaß!« Ich beeilte mich zu erklären, daß Davidson sich in einer Art somnambuler Trance befinde. Boyce interessierte sich sehr für die Sache, und wir taten beide unser möglichstes, um Davidson aus seinem merkwürdigen Zustand zu erwecken. Er beantwortete unsere Fragen, richtete selbst auch einige an uns, aber seine Aufmerksamkeit galt doch seiner Halluzination von einer Bucht und einem Schiff. Er machte immer wieder Bemerkungen über das Schiff, über Davits und windgeschwellte Segel. Es war recht unheimlich, ihn in dem dämmrigen Laboratorium so reden zu hören.

Er war blind und hilflos. Wir führten ihn zwischen uns durch den Korridor in Boyce's Privatzimmer, und während Boyce sich dort weiter mit ihm unterhielt und sich über diese Schiffsidee lustig machte, ging ich zu Professor Wade und bat ihn, sich Davidson einmal anzusehen. Die Stimme des Dekans beruhigte Davidson ein wenig. Er fragte, wo seine Hände wären und warum er denn bei jedem Schritt bis an die Hüften einsänke. Wade dachte lange über ihn nach – Sie wissen, wie er dabei die Stirn runzelt –, dann ließ er ihn das Sofa befühlen und führte dabei selbst seine Hand. »Das ist ein Sofa«, sagte Wade, »das Sofa in Professor Boyce's Privatzimmer. Mit Roßhaarfüllung.«

Davidson berührte das Sofa, ließ seine Finger darüber gleiten und sagte, daß er es zwar fühlen, aber nicht sehen könne.

»Was sehen Sie denn?« fragte Wade. Davidson sagte, daß er nichts sehen könne als Sand und Muschelschalen. Wade ließ ihn etwas anderes betasten, sagte ihm, was es sei, und beobachtete ihn scharf.

»Das Schiff ist fast unter dem Horizont verschwunden«, meinte Davidson plötzlich ohne Anlaß.

»Kümmern Sie sich jetzt nicht um das Schiff, Davidson, sondern hören Sie mich an«, sagte Wade. »Wissen Sie, was eine Halluzination ist?«

»O ja, so ziemlich.«

»Gut, also alles, was Sie sehen, ist eine Halluzination. Mißverstehen Sie mich nicht, Sie sind lebendig, Sie sind hier in Boyce's Zimmer. Aber irgend etwas ist mit Ihren Augen geschehen. Sie können nicht sehen. Sie fühlen und hören, aber Sie können nicht sehen. Verstehen Sie mich?«

»Mir scheint, ich sehe zuviel.« Davidson rieb sich die Augen. »Was weiter?« fragte er.

»Das ist alles, lassen Sie sich dadurch nicht verwirren. Wir werden Sie in einem Wagen nach Hause bringen.«

»Warten Sie ein wenig.« Davidson dachte nach. »Bitte helfen Sie mir, ich möchte mich setzen. Es tut mir leid, daß ich Sie belästigen muß, aber bitte, erzählen Sie mir die ganze Sache noch einmal.«

Wade fing geduldig noch einmal von vorne an. Davidson schloß die Augen und preßte die Hände gegen die Stirn. »Ja«, sagte er dann, »so ist es. Wenn ich die Augen schließe, weiß ich, daß Sie recht haben. Du, Bellows, sitzt hier auf dem Sofa neben mir, ich bin wieder in England, und wir sitzen in einem finsteren Zimmer.«

Er öffnete die Augen. »Und da geht gerade die Sonne auf. Ich sehe die Rahen des Schiffes, das Meer ist unruhig, ein paar Vögel fliegen vorbei. Nie in meinem Leben habe ich etwas so Wirkliches gesehen. Und ich bin bis zum Hals im Sand versunken.«

Er beugte sich vor und bedeckte das Gesicht mit den Händen. Dann öffnete er die Augen wieder. »Dunkle See und Sonnenaufgang! Und dabei sitze ich auf einem Sofa in Boyce's Zimmer!... Gott steh mir bei!«

So begann es. Diese sonderbare Erkrankung von Davidsons Augen dauerte drei Wochen unverändert an. Es war ärger, als wäre er blind geworden. Davidson war völlig hilflos, er mußte gefüttert werden wie ein Vogel, der eben aus dem Ei gekrochen ist, keinen Schritt konnte er tun, man mußte ihn aus- und ankleiden. Wenn er ohne Hilfe gehen wollte, stolperte er oder rannte gegen Mauern und Türen. Bald hatte er sich daran gewöhnt, unsere Stimmen zu hören, ohne uns zu sehen; er hatte auch eingesehen, daß Wade ihm die Wahrheit gesagt hatte und daß er zu Hause lebte. Seine Verlobte – meine Schwester – besuchte ihn täglich und saß stundenlang bei ihm, während er von seiner Bucht erzählte. Es schien ihm unendlich wohlzutun, ihre Hand zu halten. Er erzählte, daß er während der Fahrt nach Hampstead das Gefühl gehabt hätte, durch einen Sandhügel zu fahren – es war stockfinster drinnen – und durch Felsen und Bäume und andere massive Hindernisse. Als man ihn die Treppe zu seinem Zimmer hinaufgeführt hatte, war er ganz schwindlig geworden, und eine panische Angst vor dem Fallen hatte ihn ergriffen, denn er glaubte, dreißig oder vierzig Fuß hoch über den Klippen seiner eingebildeten Insel zu schweben. Er wiederholte immer von neuem, daß er alle Eier zerbrechen würde. Schließlich mußte man ihn in ein ebenerdiges Zimmer bringen und dort auf ein Sofa legen.

Nach Davidsons Schilderung war die Insel sehr öde, es gab fast keine Vegetation, nur kahle Felsen und eine Unzahl von Pinguinen. Das Meer war oft aufgewühlt, einmal ging ein heftiges Gewitter nieder, und Davidson schrie bei jedem Blitz auf. Einmal oder zweimal in den ersten Tagen krochen Seehunde an den Strand. Davidson erzählte, wie komisch es sei, wenn die Pinguine durch ihn hindurch watschelten, und daß er mitten unter ihnen liegen konnte, ohne sie zu stören.

An ein merkwürdiges Ereignis erinnere ich mich. Er hatte den dringenden Wunsch zu rauchen. Wir drückten ihm eine Pfeife in die Hand – fast hätte er sich die Augen damit ausgestochen – und steckten sie an. Aber er schmeckte nichts, gar nichts. Ich weiß nicht, ob das in der Regel so ist, mir jedenfalls geht es genauso – auch ich habe keine Freude am Tabak, wenn ich den Rauch nicht sehen kann.

Der sonderbarste Teil dieser Vision kam aber erst, als Davidson auf Wades Anordnung in einem Rollstuhl an die frische Luft gebracht wurde. Ein Rollstuhl wurde gemietet, und Widgery, das taube und eigensinnige Hausfaktotum, führte ihn. Widgery hatte ganz eigene Ansichten über diese Heilspaziergänge. Meine Schwester traf die beiden auf der Straße nach King's Cross, in einem tiefgelegenen Teil Londons; Widgery ging ganz gemütlich daher, während Davidson sich in höchster Verzweiflung bemühte, seine Aufmerksamkeit auf sich zu lenken.

Als meine Schwester ihn ansprach, begann er zu weinen. »Oh, hilf mir aus dieser entsetzlichen Finsternis!« rief er und suchte ihre Hand. »Hilf mir hinaus oder ich sterbe!« Er konnte nicht erklären, was geschehen war. Meine Schwester veranlaßte, daß er nach Hause geführt wurde, und als sie bergauf gegen Hampstead gingen, ließ sein Entsetzen nach. »Es tut wohl, die Sterne wieder zu sehen«, sagte er, obgleich es Mittag war und strahlend hell.

»Mir war, als hätte mich etwas unwiderstehlich zum Wasser gezogen«, erzählte er mir später. »Zuerst hat mich das nicht sehr beunruhigt. Natürlich war dort Nacht, eine herrliche Nacht.«

»Natürlich?« fragte ich, weil mir das sonderbar vorkam.

»Natürlich«, erwiderte er. »Dort ist immer Nacht, wenn hier Tag ist... Also, wir sind direkt ins Wasser gegangen, das still im Mondlicht glänzte – der Wellenschlag war kaum merklich. Die Oberfläche des Meeres glitzerte wie eine Haut, als wäre ein leerer Raum darunter. Sehr langsam, denn ich glitt wie auf einer schiefen Ebene hinein, stieg das Wasser bis zu meinen Augen. Dann ging ich unter, die Haut riß und legte sich um meine Augen. Der Mond machte oben am Himmel einen Sprung, er wurde grün und trüb; dunkel glühende Fische schossen wie Pfeile um mich herum, und andere Dinge, die aus leuchtendem Glas zu sein schienen. Ich kam durch ein Gewirr von ölig glänzendem Tang. Immer tiefer tauchte ich ins Wasser, ein Stern nach dem andern erlosch, der Mond wurde grüner und dunkler, und der Tang nahm glühendes Rot an. Alles war sehr undeutlich und geheimnisvoll und in zitternder Bewegung. Dabei hörte ich ununterbrochen das Kreischen der Räder des Rollstuhls, die Schritte der Vorübergehenden und die Rufe eines Zeitungsverkäufers.

Tiefer und tiefer sank ich ins Wasser. Es wurde schwarz wie Tinte um mich herum, nicht ein Strahl drang von oben in diese Finsternis, nur die phosphoreszierenden Dinge wurden immer heller. Die Schlangenäste der Wasserpflanzen flackerten wie die Flammen von Spirituslampen; aber nach einiger Zeit gab es keine Pflanzen mehr. Fische starrten mich mit offenen Mäulern an, sie schwammen um mich herum, in mich hinein, durch mich hindurch. Nie zuvor habe ich geahnt, daß es solche Fische gibt. Sie hatten feurige Linien an den Seiten, als wären sie mit einem Leuchtstift bemalt. Ein geisterhaftes Wesen mit einer Menge sich schlängelnder Arme schwamm träge vorbei. Dann sah ich durch die Düsternis ganz langsam eine nebelhafte, lichte Masse auf mich zukommen, die sich in der Nähe als eine Unzahl Fische entpuppte, die um etwas kämpften, das langsam dahintrieb. Ich fuhr gerade darauf zu und sah inmitten des Getümmels, vom Licht der Fische beleuchtet, zersplittertes Holz, Teile eines Schiffsrumpfes und glühende phosphoreszierende Formen, die hin- und hergeschüttelt und herumgezerrt wurden, wenn die Fische hineinbissen. Da versuchte ich, Widgerys Aufmerksamkeit zu erregen. Grauen packte mich. Uff! Ich wäre fast hineingefahren in diese halbzerfressenen – Dinge. Wenn deine Schwester nicht gekommen wäre – nicht auszudenken! Es waren große Löcher darin, Bellows, und … aber das kann ich dir nicht erzählen. Es war grauenhaft!«

Drei Wochen dauerte Davidsons merkwürdiger Zustand. Er sah, was wir damals für eine Phantomwelt hielten, und war stockblind für die wirkliche Welt rund um ihn. Dann, als ich ihn eines Dienstags besuchte, traf ich seinen Vater im Hausflur. »Er sieht seinen Daumen«, sagte der alte Herr mit Tränen des Glücks in den Augen, während er seinen Überrock anzog. »Er sieht seinen Daumen, Bellows! Er wird doch noch gesund werden.«

Ich stürzte in Davidsons Zimmer. Er hielt ein kleines Buch dicht vor sein Gesicht, sah es an und lachte unsicher.

»Es ist erstaunlich, da ist irgendein Fleck«, sagte er und zeigte mit dem Finger auf das Buch. »Ich bin wie gewöhnlich auf den Felsen, die Pinguine watscheln herum und schlagen wie immer mit den Flügeln. Da draußen ist ein Walfisch aufgetaucht, aber es ist schon zu finster, um ihn zu sehen. Aber wenn ich etwas da herhalte, so kann ich es sehen – ich sehe es wirklich! Es ist sehr ungenau und verschwommen, aber ich sehe es trotzdem, wie einen schwachen Widerschein seiner selbst. Heute früh, als man mich ankleidete, habe ich es bemerkt. Es ist wie ein Loch in dieser verteufelten Phantomwelt. Halte deine Hand neben meine! Nicht dort. Da! Ich sehe sie. Die Wurzel deines Daumens und ein Stückchen Manschette! Es sieht aus wie eine Geistererscheinung, ein Stück deiner Hand ragt aus dem dunklen Himmel hervor. Genau daneben geht eben eine Gruppe von Sternen auf wie ein Kreuz.«

Von diesem Tage an besserte sich Davidsons Befinden. Seine Berichte über die Veränderung, die mit ihm vorging, waren genauso überzeugend wie die Berichte über die Vision. Die Flecke in seinem Gesichtsfeld wurden häufiger, die Phantomwelt wurde undeutlicher, sozusagen durchscheinend, und wie durch Ritzen begann er die wirkliche Welt wieder zu sehen. Die Flecke wurden größer, zahlreicher, liefen ineinander, breiteten sich aus, bis nur vereinzelte blinde Stellen zurückblieben. Er war nun wieder imstande, sich allein fortzubewegen, ohne Hilfe zu essen, zu lesen, zu rauchen, sich wie ein gewöhnlicher Sterblicher zu benehmen. Zuerst war es sehr verwirrend für ihn, daß diese zwei Bilder übereinandergriffen wie die Wechselbilder einer Laterna magica. Aber nach kurzer Zeit schon konnte er Wirklichkeit und Illusion voneinander unterscheiden.

Anfangs war er restlos glücklich und nur darauf bedacht, seine Heilung durch Übungen in frischer Luft und durch Kräftigungsmittel zu beschleunigen. Aber als sein seltsames Eiland immer mehr verblaßte, begann er sich lebhaft dafür zu interessieren. Besonders wünschte er noch einmal auf den Meeresgrund zu gelangen, und er wanderte viele Stunden durch die tiefer liegenden Bezirke Londons und suchte das versunkene Wrack, das er dahintreiben gesehen hatte. Der Glanz des echten Tageslichtes ließ bald seine Schattenwelt verblassen, aber nachts in einem finsteren Zimmer konnte er immer noch die schaumbespritzten Felsen der Insel sehen und die drollig hin- und herwatschelnden Pinguine. Aber auch diese Bilder wurden immer matter, und bald nachdem er meine Schwester geheiratet hatte, sah er sie zum letztenmal.

Jetzt komme ich aber zum sonderbarsten Teil meiner Geschichte. Etwa zwei Jahre nach seiner Heilung speiste ich bei den Davidsons und traf dort einen Mann namens Atkins. Er ist Marineoffizier und ein angenehmer, gesprächiger Mensch. Er war mit meinem Schwager befreundet und gefiel auch mir bald ausgezeichnet. Er war mit Davidsons Kusine verlobt und zog ein Etui mit Photographien aus der Tasche, um uns eine neue Aufnahme seiner Braut zu zeigen. »Wenn es euch interessiert«, sagte er, »könnt ihr hier auch meine alte *Fulmar* sehen.«

Davidson warf einen flüchtigen Blick auf das Bild. »Mein Gott«, rief er dann, »ich könnte schwören –«

»Was denn?« fragte Atkins.

»Daß ich dieses Schiff schon gesehen habe.«

»Ich wüßte nicht wo. Seit sechs Jahren hat es die Südsee nicht verlassen, und vorher –«

Davidson unterbrach ihn. »Das ist das Schiff, von dem ich geträumt habe; ganz gewiß ist es das Schiff! Es lag in der Nähe einer Insel, die von Pinguinen bevölkert war, und einmal wurde eine Kanone abgefeuert.«

»Du lieber Himmel!« rief Atkins, nachdem er Einzelheiten von Davidsons Erkrankung gehört hatte, »wie konntest du das nur träumen?«

Und dann erzählte er, daß tatsächlich an dem Tage, an dem Davidson erkrankt war, H. M. S. *Fulmar* in der Nähe einer kleinen Felseninsel in der Südsee gelegen war. Einige Leute der Besatzung waren abends an Land gegangen, um Pinguineier zu suchen. Da sie sich aber zu lang aufhielten und außerdem ein Gewitter aufzog, hatten sie auf der Insel übernachtet und waren erst am nächsten Morgen auf das Schiff zurückgekehrt. Atkins war mit auf der Insel gewesen und bestätigte nun Wort für Wort die Schilderung, die Davidson von ihr und vom Schiff gegeben hatte. Keiner von uns hegt nur den leisesten Zweifel daran, daß Davidson wirklich alles gesehen hat. Während sein Körper in London war, sah sein geistiges Auge ganz genau, was auf jener fernen Insel geschah. Wie das möglich war, bleibt ein undurchdringliches Geheimnis.

Dies vollendet die merkwürdige Geschichte von Davidsons Augen. Es ist vielleicht der bestverbürgte Fall einer wirklichen Fernvision. Es gibt keine Erklärung dafür, nur eine Theorie von Professor Wade. Aber seine Erklärung greift in die vierte Dimension über und gibt wissenschaftliche Begründungen für theoretisch mögliche Spielarten von Entfernung. Mir scheint das alles bloßer Unsinn zu sein, allerdings bin ich kein Mathematiker. Mein Argument, daß nichts die Tatsache ändern kann, daß die Insel achttausend Meilen weit entfernt ist, beantwortete Wade damit, daß zwei Punkte auf einem Blatt Papier einen Meter weit voneinander entfernt sein können, sich einander aber nähern, wenn man das Papier zusammenbiegt. Vielleicht kann der Leser dieser Beweisführung folgen, ich verstehe sie nicht. Wade scheint zu glauben, daß Davidsons Netzhaut, als er sich zwischen den Polen des großen Elektromagneten befand, eine außerordentliche Verkrümmung erlitten haben müsse, als der Blitz das elektrische Kraftfeld plötzlich veränderte.

Wade glaubt beweisen zu können, daß der Gesichtssinn eines Menschen unabhängig vom Körper in einem beliebigen Teil der Welt leben kann. Er hat, um seine Theorie zu beweisen, sogar Tierversuche angestellt, bislang ist es ihm aber nur gelungen, einigen Hunden das Augenlicht zu rauben. Meines Wissens ist dies das einzige Resultat seiner Arbeit, allerdings habe ich ihn jetzt einige Wochen nicht gesehen. Ich war in letzter Zeit überaus beschäftigt, so daß ich ihn nicht besuchen konnte. Aber seine ganze Theorie erscheint mir phantastisch. Nur – die Sache mit Davidson hat sich tatsächlich ereignet, und ich stehe persönlich für die Richtigkeit jedes Details meiner Erzählung ein.

Der Herr der Dynamos

Der Oberaufseher der drei Dynamomaschinen, die in Camberwell dröhnten und ratterten und die elektrische Bahn in Gang hielten, stammte aus Yorkshire. Sein Name war James Holroyd. Er war ein tüchtiger Techniker, ein schwerer, rothaariger, roher Kerl mit unregelmäßigem Gebiß und einem ausgeprägten Hang zum Whisky. Er zweifelte an der Existenz Gottes, bekannte sich zum Carnotschen Zirkel und hatte Shakespeare zwar gelesen, ihn aber in Chemie recht schwach befunden. Sein Heizer stammte aus dem geheimnisvollen Osten und hieß Azuma-zi. Holroyd jedoch nannte ihn Pooh-bah. Holroyd hatte immer gern schwarze Heizer, weil sie sich Fußtritte gefallen ließen – Fußtritte gehörten zu Holroyds Gewohnheiten – und nicht an den Maschinen herumspionierten, um ihnen ihre Geheimnisse abzulauschen. Gewisse seltsame Möglichkeiten einer Negerseele, die in plötzliche Berührung mit der Krone unserer Zivilisation gerät, machte Holroyd sich niemals so ganz klar, obgleich ihm zum Schluß noch eine Ahnung davon aufdämmern mochte.

Azuma-zi läßt sich mit den Begriffen der Ethnologie nicht vollständig erfassen. Er war vielleicht mehr Neger als sonst etwas, obgleich sein Haar eher wellig als kraus war und seine Nase einen Sattel hatte. Dazu war seine Haut mehr braun als schwarz, und das Weiße seiner Augen war gelb. Seine breiten Backenknochen und das schmale Kinn gaben seinem Gesicht die Form eines Vipernkopfes. Auch war sein Hinterkopf breit, die Stirn hingegen niedrig und schmal, als ob sein Gehirn just umgekehrt wie das eines Europäers hineingedrechselt worden wäre. Seine Figur war schlecht, sein Englisch noch schlechter. Im Gespräch gab er zahlreiche eigentümliche Geräusche ohne feststellbare Bedeutung von sich, und seine gelegentlichen Worte hatten den Charakter grotesker Feierlichkeit. Holroyd versuchte, ihn in religiöser Beziehung aufzuklären und hielt ihm – besonders wenn er getrunken hatte – lange Brandreden gegen Aberglauben und Missionare. Azuma-zi jedoch wich jeglicher Unterhaltung über seine Götter aus, obgleich ihm das Fußtritte eintrug.

Azuma-zi war in einem weißen, aber recht schäbigen Gewand aus dem Maschinenraum der *Lord Clive* von den Straits Settlements und noch weiter her nach London gekommen. Schon als Kind hatte er von der Größe und den Reichtümern Londons erzählen hören, wo alle Frauen weiß und blond, ja wo selbst die Straßenbettler weiß wären; und so war er denn, die Taschen voll frisch verdienter Goldstücke, gekommen, um am Schrein der Zivilisation zu beten. Der Tag seiner Landung war trüb; der Himmel war grau, und der Wind jagte den Regen durch die schmutzigen Straßen herab. Aber Azuma-zi stürzte sich kühn in die Freuden von Shadwell, das ihn bald darauf wieder ausspie: mit zerrütteter Gesundheit, in zivilisierter Kleidung, ohne einen Pfennig Geld in der Tasche und – außer es war unumgänglich – stumm wie ein Tier. Seine Bestimmung war nun, in dem Maschinenhaus in Camberwell für James Holroyd zu arbeiten und sich von ihm mißhandeln zu lassen. Und für James Holroyd bedeutete Mißhandeln einen wahren Liebesdienst. In Camberwell gab es drei Dynamos mit ihren Motoren. Die beiden kleinen waren schon ältere Maschinen; der größere war neu. Die kleineren Maschinen machten einen vorschriftsmäßigen Lärm: ihre Riemen surrten über die Trommeln, ab und zu schleiften und zischten die Bürsten, und zwischen den Polen heulte – huh-huh-huh! – unablässig die Luft. Die eine war nicht ganz fest im Boden verankert, und die ganze Maschinenhalle erzitterte unter ihren Vibrationen. Aber all diese kleineren Geräusche übertönte die große Maschine vollständig mit dem Pochen ihres ehernen Herzschlags, unter dem die ganze stählerne Konstruktion erdröhnte. Jedem, der in die Halle trat, brummte der Kopf von dem Poch-poch-poch der Maschinen, der Rotation der ungeheuren Räder, den sausenden Zylindern, von dem fortwährend auszischenden Dampf und dem unablässigen donnernden Getöse der großen Maschine, das alles übertäubte. Dies letztere Geräusch war – vom Standpunkt der Maschinenkunde aus betrachtet – ein Fehler; aber Azuma-zi nahm es als eine Offenbarung der Macht und Größe des Ungetüms…

Wenn es nur möglich wäre, würden wir den Leser während seiner Lektüre mitten in die Geräusche der Maschinenhalle hineinversetzen und unsere Geschichte zu dieser Begleitmusik erzählen. Ein ununterbrochener brausender Strom war es, aus dem das Ohr bald die eine Note, bald die andere heraushörte: das abwechselnde Fauchen, Keuchen und Zischen der Dampfkessel, das Stöhnen und Heulen der Kolben, das dumpfe Brummen der Luft, wenn die Speichen der großen Triebräder herumgewirbelt wurden, ein Geräusch, das die ledernen Riemen von sich gaben, je nachdem, ob sie straffer oder loser gespannt waren, ein schrecklicher Tumult der Dynamos. Und über all dem schwebte, für das ermattete Ohr bisweilen unhörbar, zuletzt aber doch alles übertönend, der Posaunenton der großen Maschine. Nie fühlte man den Boden unter sich sicher, ruhig, fest; fortwährend bebte und schwankte er. Es war ein betäubender und unsteter Ort, an dem die Gedanken in seltsamen Zickzackblitzen umherfuhren. Und drei Monate – volle drei Monate, solange der Streik der Maschinenarbeiter dauerte – kamen Holroyd, der unter seinen Genossen als schwarzes Schaf galt, und Azuma-zi, der tatsächlich ein Schwarzer war, nicht eine Minute lang aus dem Tosen und Lärmen heraus, denn sie aßen und schliefen auch in dem kleinen hölzernen Werkzeugschuppen zwischen dem Maschinenhaus und dem großen Portal.

Bald nach Azuma-zis Ankunft hielt Holroyd ihm eine theologische Vorlesung über sein Lieblingsthema: die große Maschine. Er mußte brüllen, um sich in dem Getöse überhaupt verständlich zu machen. »Da schau her«, schrie Holroyd, »wo ist der heidnische Götze, der dem hier das Wasser reicht?«

Und Azuma-zi schaute. Einen Augenblick ging Holroyds Stimme unter; dann hörte Azuma-zi: »Hundert Menschen umbringen. Zwölf Prozent der allgemeinen Sterblichkeit!« sagte Holroyd. »Das nenn ich mir noch so was wie einen Gott!«

Holroyd war stolz auf seine große Maschine, und er erging sich Azuma-zi gegenüber so lange über ihre Größe und Kraft, bis seine Reden und das immerwährende Tosen und Wirbeln Gott weiß was für seltsame Gedankenströme unter der schwarzgelockten Hirnschale entfesselten. Er pflegte auf die deutlichste und ausführlichste Weise die Dutzend oder mehr Arten zu beschreiben, wie sie einen Menschen töten konnte. Einmal richtete er es so ein, daß Azuma-zi einen elektrischen Schlag erhielt, als Beispiel ihrer Leistungsfähigkeit. Von da ab konnte Azuma-zi in den Pausen zwischen seiner Arbeit – und es war schwere Arbeit, denn er mußte nicht nur seine eigene, sondern auch die Holroyds fast zur Gänze besorgen – oft dasitzen und die große Maschine beobachten. Manchmal sprühten die Bürsten auf und spien blaue Funken und Blitze; und Holroyd fluchte. Aber im allgemeinen lief alles so glatt und rhythmisch wie der Atem eines gesunden Menschen. Das Band zischte kreischend über die Spule, und während man dasaß und beobachtete, ertönte unablässig das satte Bumbum des Kolbens. Und so lebte der Dynamo tagaus, tagein in der großen, luftigen Maschinenhalle – mit Azuma-zi und Holroyd als seinen Dienern. Er war nicht eingesperrt und mußte keine Sklavenarbeit verrichten, etwa ein Schiff treiben, wie andere Maschinen, die Azuma-zi kannte, er war eine Herrschermaschine. Die beiden kleinen Dynamos verachtete Azuma-zi selbstverständlich, allein wegen des Größenunterschiedes, die große aber taufte er bei sich den Herrn der Dynamos. Die kleinen waren launisch und unregelmäßig. Die große war zuverlässig. Wie riesig sie war! Wie gelassen und leicht sie arbeitete! Größer noch und ruhiger als die Buddhas, die er in Rangun gesehen hatte. Und dabei doch nicht unbewegt – sondern lebendig! Die großen, schwarzen Drahttaue wirbelten in einem fort, die Ringe unter den Bürsten liefen immer im Kreis – und der tiefe Ton des Herzschlags trug das Ganze. Er übte einen ganz seltsamen Einfluß auf Azuma-zi aus.

Azuma-zi liebte die Arbeit nicht. Sobald Holroyd wegging, etwa um den Torwächter zu überreden, ihm Whisky zu beschaffen, hockte er herum und besah sich den Herrn der Dynamos, obgleich sein Platz gar nicht vorn in der Maschinenhalle, sondern hinter den Kesseln war und er obendrein, wenn Holroyd ihn beim Herumlungern erwischte, mit einem dicken Kupferdrahtseil Prügel dafür bekam. Oft stellte er sich ganz dicht neben den Koloß und schaute empor zu dem großen Lederriemen, der über ihm dahinsauste. Es war da eine schwarze Stelle auf dem Riemen, die immer wiederkehrte, und es machte Azuma-zi Spaß, in all dem Gedröhne immer aufs neue auf ihr Erscheinen zu warten. Seltsame Gedanken kreisten in ihm mit ihrem Wirbellauf. Gelehrte berichten, daß die Wilden den Steinen und Bäumen eine Seele zusprechen – und wieviel tausendmal lebendiger als ein Stein oder ein Baum ist eine Maschine! Und Azuma-zi war im Grunde noch ein Wilder. Der Firnis der Zivilisation ging bei ihm nicht tiefer als sein Heizeranzug, die Risse in seiner Haut und der Kohlenstaub auf seinem Gesicht und seinen Händen. Sein Vater hatte einstens einen Meteorstein angebetet; mag sein, daß verwandtes Blut auch die breiten Räder des Molochs besprengt hatte.

Er ergriff jede Gelegenheit, die Holroyd ihm ließ, die große Maschine, die ihn im Bann hielt, zu berühren, zu betasten. Er polierte und putzte an ihr herum, bis ihre Metallteile in der Sonne funkelten. Irgendwie, auf geheimnisvolle Art, fühlte er sich während dieser Tätigkeit als Priester. Manchmal trat er zu ihr und rührte leise an die sausenden Drähte. Die Götter, zu denen er gebetet hatte, waren fern. Und die Menschen in London versteckten ihre Götter.

Schließlich wurden seine unklaren Gefühle deutlicher und nahmen Formen an, erst in Gedanken, zuletzt in Taten. Eines Morgens, als er in das dröhnende Maschinenhaus kam, machte er eine tiefe Verneigung vor dem Herrn der Dynamos. Und später, als Holroyd weg war, ging er zu der donnernden Maschine hin und flüsterte ihr zu, er sei ihr Diener, er bete zu ihr, sie möge sich seiner erbarmen und ihn von Holroyd erlösen. Ein vereinzelter Lichtstrahl drang durch das offene Tor des dröhnenden Maschinenhauses, während er das tat, und der Herr der Dynamos erstrahlte, während er wirbelte und donnerte, in hellem Gold. Und da wußte Azuma-zi, daß seine Gebete seinem Herrn angenehm waren. Von diesem Moment an fühlte er sich nicht mehr so verlassen wie bisher; und er war sehr, sehr einsam gewesen in London. Auch wenn er einmal Freizeit hatte, was selten genug vorkam, trieb er sich um das Maschinenhaus herum.

Als Holroyd ihn wieder mißhandelte, ging Azuma-zi nachher zum Herrn der Dynamos und flüsterte: »Du siehst es, o Herr!« Und das zornige Schwirren der Maschine schien ihm zu antworten. Dann kam es ihm so vor, als ob in die verschiedenen Geräusche der Maschine eine neue Note käme, sooft Holroyd ins Maschinenhaus kam. »Mein Herr und Gott harrt seiner Zeit!« sagte sich Azuma-zi. »Noch ist die Missetat des Toren nicht reif!« Und er wartete und hoffte auf den Tag der Abrechnung. Eines Nachmittags gab es einen Kurzschluß, und die Maschine versetzte Holroyd, als er sie ziemlich unvorsichtig untersuchte, einen bösen Schlag. Azuma-zi, der hinten stand, sah ihn abspringen und auf den heimtückischen Draht fluchen.

»Er ist gewarnt!« sagte sich Azuma-zi. »Mein Herr und Gott ist sehr langmütig!«

Holroyd hatte seinen »Nigger« anfangs insoweit in die Grundbegriffe der Konstruktion seiner Dynamos eingeweiht, daß er ihm während seiner zeitweiligen Abwesenheit das Maschinenhaus anvertrauen konnte. Als er aber bemerkte, in welcher Weise Azuma-zi das Ungeheuer umschlich, wurde er argwöhnisch. Es ging ihm die undeutliche Vorstellung auf, daß sein Heizer irgend etwas im Schilde führte, und indem er ihm vorwarf, die Drähte mit einem Öl eingeschmiert zu haben, das an einer Stelle den Lack zerfressen hätte, erließ er sofort ein Verbot, das er ihm über das Getöse hinweg zubrüllte: »Komm du mir nicht mehr der großen Maschine zu nahe, Pooh-bah, oder ich zieh dir das Fell über die Ohren!« Und überhaupt – wenn es Azuma-zi Spaß machte, sich in der Nähe des großen Dynamos herumzutreiben, so war es eine selbstverständliche Anstandspflicht, ihn daran zu hindern!

Azuma-zi gehorchte für den Augenblick; aber später erwischte ihn Holroyd, wie er vor dem Herrn der Dynamos seine Verneigung machte. Holroyd drehte ihm den Arm um und versetzte ihm noch ein paar Fußtritte. Als Azuma-zi gleich darauf hinter dem Kessel stand und den Rücken des verhaßten Holroyd anstarrte, erklangen die Geräusche der Maschine in neuem Rhythmus und lauteten wie vier Worte seiner heimatlichen Sprache.

Es ist schwer, Verrücktheit genau zu definieren. Ich glaube, daß Azuma-zi verrückt war. Das unablässige Dröhnen und Summen des Maschinenhauses mag seinen kleinen Vorrat an Wissen und seinen großen Schatz an abergläubischen Vorstellungen nach und nach zu einer Art Wahnwitz durcheinandergerüttelt haben. Jedenfalls – als der Gedanke, Holroyd seinem Fetisch, dem Dynamo, zu opfern, ihm wie eine Eingebung kam, erfüllte er ihn mit einem ganz seltsamen Aufruhr erwartungsvoller Erregung. In dieser Nacht waren die zwei Männer und ihre schwarzen Schatten allein miteinander im Maschinenhaus. Es war durch eine große Bogenlampe erleuchtet, die purpurn flammte und flackerte. Die Schatten lagen schwarz hinter den Dynamos, die Anker der Motoren wirbelten zwischen Licht und Dunkel hin und her, die Kolben stampften laut und regelmäßig. Die Außenwelt, die man durch das offene Tor sah, erschien unglaublich verschwommen, fern und völlig stumm, weil das Toben der Maschinen jeglichen Laut von draußen übertäubte. Ganz hinten erhob sich das schwarze Gitter des Hofes, mit grauen, schattenhaften Häusern jenseits; und darüber lag der nachtblaue Himmel mit bleichen kleinen Sternen. Azuma-zi schritt plötzlich durch die Mitte des Schuppens, ging unter den Lederriemen durch und verschwand im Schatten des großen Dynamos. Holroyd vernahm ein Schnappen, und das Sausen der Armatur wechselte.

»Was hast du da an dem Hebel zu schaffen?« brüllte er erstaunt. »Hab ich dir nicht gesagt –«

Doch als der Schwarze aus dem Schatten auf ihn zukam, sah er den entschlossenen Ausdruck in Azuma-zis Augen.

Im nächsten Moment rangen die beiden Männer wütend vor dem großen Dynamo.

»Du kaffeeköpfiger Esel!« keuchte Holroyd unter dem Griff der braunen Hand an seiner Gurgel, »weg von den Kontaktrollen!«

Im nächsten Augenblick wurde er zurückgeschleudert und taumelte gegen den Herrn der Dynamos. Instinktiv ließ er seinen Gegner los, um sich vor der Maschine zu retten...

Der Bote, der sofort von der Eisenbahnstation ausgesandt wurde, um nachzusehen, was denn in der Maschinenhalle geschehen war, begegnete Azuma-zi beim Wächterhaus am Tor. Azuma-zi versuchte, ihm etwas zu erklären; aber der Bote konnte aus dem zusammenhanglosen Englisch des Schwarzen nicht klug werden und hastete weiter in den Maschinenschuppen. Die Maschinen arbeiteten alle lautstark, nichts schien in Unordnung. Bloß ein sonderbarer Geruch von versengtem Haar war zu bemerken. Dann sah er eine merkwürdige klumpige Masse vorn an der großen Maschine hängen, und als er näher trat, erkannte er die entstellten Überreste Holroyds.

Der Mann riß die Augen auf und zögerte eine Sekunde. Dann sah er das, was Holroyds Gesicht gewesen war und schloß die Augen wieder krampfhaft. Er drehte sich um, ehe er sie wieder öffnete, damit er Holroyd nicht noch einmal sehen mußte, und verließ das Maschinenhaus, um Hilfe herbeizuholen.

Als Azuma-zi Holroyd in den Krallen des großen Dynamos umkommen sah, befiel ihn doch so etwas wie Schreck vor den Folgen seiner Tat. Trotzdem hatte er ein seltsam erhebendes Gefühl; er wußte, die Gnade des Gottes Dynamo war mit ihm. Als er dem Mann, der von der Station kam, begegnete, war sein Plan schon gemacht, und der Oberingenieur, der gleich darauf auf dem Schauplatz erschien, stellte ohne Zögern Selbstmord fest. Dieser Sachverständige beachtete Azuma-zi kaum und stellte nur ein paar Fragen an ihn. Ob er gesehen hätte, wie Holroyd sich umbrachte? Azuma-zi erklärte, er sei am Kohlenbehälter der Maschine gewesen, bis er eine Veränderung im Arbeitsgeräusch gehört hätte. Es war kein gründliches Verhör, weil überhaupt kein Verdacht auf ihn fiel.

Die zermalmten Überreste Holroyds, die ein Elektrotechniker von der Maschine löste, wurden vom Wächter so rasch wie möglich mit einem kaffeebefleckten Tischtuch zugedeckt. Irgend jemand hatte die glückliche Eingebung, einen Arzt zu holen. Dem Ingenieur lag hauptsächlich daran, die Maschine wieder in Gang zu bringen; denn schon waren sieben oder acht Züge mitten in den dumpfen Tunnels der elektrischen Bahn steckengeblieben. Azuma-zi, der die Fragen der Leute, die entweder aus dienstlichen Gründen oder aus Neugier ins Maschinenhaus gekommen waren, teils beantwortete, teils mißverstand, wurde vom Oberingenieur wieder in den Heizraum geschickt. Natürlich sammelte sich draußen, vor den Toren der Halle, eine Menschenmenge an. Gott weiß weshalb, aber in London lungert immer eine Menschenmenge ein oder zwei Tage lang am Schauplatz eines plötzlichen Todesfalls herum! Zwei oder drei Reporter drangen bis in das Maschinenhaus, einer sogar bis zu Azuma-zi; aber der Oberingenieur, der sich als Hobbyjournalist betätigte, trieb sie schleunigst wieder hinaus.

Bald darauf wurde die Leiche fortgeschafft, und mit ihr verzog sich auch das öffentliche Interesse. Azuma-zi blieb ganz still in seinem Heizraum; er sah immer und immer wieder in den Kohlen eine Gestalt, die sich heftig wand und krümmte und schließlich still wurde. Eine Stunde nach dem Mord mußte das Maschinenhaus für jeden, der hereinkam, genauso aussehen, als wäre überhaupt nie etwas Besonderes geschehen. Als der Schwarze nach einer Weile aus dem Heizraum guckte, sah er den Gott Dynamo neben seinen kleinen Brüdern kreisen und wirbeln; die Triebräder sausten, der Dampf in den Kolben pochte – genau wie einige Stunden zuvor. Schließlich war es – vom mechanischen Gesichtspunkt aus – ein sehr unbedeutendes Vorkommnis gewesen – ein zeitweiliger Stromausfall! Nur ging jetzt die schlanke Gestalt des Oberingenieurs an Stelle der massiven Umrisse Holroyds in dem Lichtpfad auf dem vibrierenden Boden unter den Riemen zwischen den Maschinen und Motoren auf und ab und warf ihren Schatten.

»Hab ich nicht meinem Herrn gedient?« fragte Azuma-zi unhörbar aus seiner Finsternis heraus; und der Klang des großen Dynamos ertönte voll und klar. Und während er den riesigen, wirbelnden Mechanismus betrachtete, gewann der seltsame Zauber, der seit Holroyds Tod ein bißchen zurückgedrängt gewesen war, wieder seine alte Herrschaft.

Nie hatte Azuma-zi einen Mann so rasch und erbarmungslos töten sehen. Die riesige dröhnende Maschine hatte ihr Opfer erschlagen, ohne auch nur eine Sekunde lang in ihrem gleichmäßigen Pulsieren zu stocken. Wahrlich, es war ein gewaltiger Gott!

Der ahnungslose Oberingenieur wandte ihm den Rücken zu und kritzelte etwas auf ein Stück Papier. Sein Schatten lag am Sockel des Ungeheuers.

Ob der Gott noch immer hungrig war? Sein Diener war bereit!

Azuma-zi tat einen verstohlenen Schritt vorwärts. Dann hielt er inne. Der Oberingenieur hörte plötzlich auf zu schreiben, ging durch die Halle bis zur hintersten Maschine und fing an, ihre Bürsten zu untersuchen.

Azuma-zi zauderte; dann schlüpfte er geräuschlos in den Schatten neben dem Hebel und wartete. Gleich darauf hörte er die Schritte des Oberingenieurs zurückkommen. Dieser blieb an seinem vorigen Platz stehen, ahnungslos, daß der Heizer nahe bei ihm kauerte. Dann zischte plötzlich der große Dynamo auf, und im nächsten Augenblick sprang Azuma-zi ihn aus der Dunkelheit an.

Erst fühlte sich der Oberingenieur um den Leib gepackt und zum großen Dymano hingezerrt; dann stieß er mit dem Knie um sich und drückte den Kopf seines Gegners mit den Händen nieder, machte sich frei und sprang von der Maschine zurück. Doch der Schwarze packte ihn wieder, indem er ihm seinen lockigen Kopf gegen die Brust stemmte, und sie rangen und keuchten – jahrhundertelang, wie es ihm schien! Endlich kam dem Oberingenieur die Idee, mit den Zähnen eines der schwarzen Ohren zu packen und heftig zuzubeißen. Der Schwarze stieß ein fürchterliches Geheul aus.

Sie rollten ineinander verkrallt über den Fußboden, und der Schwarze, der sich irgendwie von den schraubstockartigen Zähnen befreit oder vielleicht auch ein Stück seines Ohrs darin zurückgelassen hatte – der Oberingenieur überlegte sich das noch mitten im Kampf –, versuchte ihn zu erwürgen. Der Oberingenieur machte ein paar hilflose Anstrengungen, sich mit den Händen irgendwo festzuhalten und mit den Füßen auszuschlagen, als plötzlich der erlösende Klang von Schritten ertönte. Im nächsten Augenblick sprang Azuma-zi auf und stürzte sich auf die große Maschine. Ein Zischen erklang mitten durch das Getöse.

Der Beamte der Gesellschaft, der eben eingetreten war, stand still und starrte Azuma-zi an, der die nackten Stangen mit den Händen packte, sich in einem einzigen, schrecklichen Krampf zusammenzog und dann mit grauenhaft verzerrtem Gesicht regungslos von der Maschine herabhing.

»Ich bin verdammt froh, daß Sie gerade jetzt gekommen sind«, sagte der Oberingenieur, der noch auf der Erde hockte.

Er blickte zu der schwarzen Gestalt hinüber. »Ein schöner Tod ist's augenscheinlich nicht. Aber ein rascher.« Der Beamte starrte noch immer den Leichnam an. Er war ein Mensch von langsamem Begriffsvermögen.

Es entstand eine Pause.

Der Oberingenieur rappelte sich mühsam auf. Er fuhr sich nachdenklich mit den Fingern unter dem Kragen um den Hals und bewegte seinen Kopf wiederholt her und hin. »Armer Holroyd! Jetzt begreife ich...« Dann trat er fast mechanisch zu dem Hebel im Schatten und leitete den Strom wieder in die Leitungen für die Bahn. Während er das tat, löste sich der versengte Leichnam von der Maschine und fiel vornüber aufs Gesicht. Der Herzschlag des Dynamos dröhnte laut und klar, und der Anker schlug durch die Luft.

So ging der Kult des Gottes Dynamo vorzeitig zu Ende – wohl eine der kurzlebigsten Religionen. Doch kann sie immerhin einen Märtyrer und ein Menschenopfer für sich in Anspruch nehmen.

In der Tiefe

Der Leutnant stand vor der stählernen Kugel und nagte an einem Stückchen Fichtenholz. »Was halten Sie davon, Steevens?« fragte er.

»Es ist immerhin eine Idee«, erwiderte Steevens in einem Tonfall, als ob er sich nicht festlegen wollte.

»Ich glaube, das Ding wird plattgedrückt!« sagte der Leutnant.

»Er scheint alles ganz genau berechnet zu haben«, sagte Steevens emotionslos.

»Aber bedenken Sie bloß den Druck!« meinte der Leutnant. »Auf der Oberfläche des Wassers beträgt er vierzehn Pfund auf den Quadratzoll; dreißig Fuß tiefer das Doppelte; sechzig – das Dreifache; neunzig – das Vierfache; neunhundert – das Vierzigfache; fünftausenddreihundert – also eine Meile – macht es zweihundertundvierzigmal vierzehn Pfund; also – warten Sie mal – dreißigmal Hundertgewicht – anderthalb Tonnen, Steevens! Anderthalb Tonnen auf den Quadratzoll. Und der Ozean – an der Stelle, wo er sich hinunterläßt, ist das Wasser fünf Meilen tief. Macht siebeneinhalb –«

»Es klingt freilich nach ziemlich viel!« sagte Steevens. »Aber der Stahl ist doch ziemlich stark …«

Der Leutnant erwiderte nichts mehr, sondern kaute weiter an seinem Fichtensplitter. Der Gegenstand ihrer Unterhaltung war eine riesige Stahlkugel von ungefähr neun Fuß Durchmesser. Sie sah aus wie das Geschoß eines ungeheuren Artilleriegeschützes und war sorgfältig in ein Riesengerüst eingebettet, das auf dem Deck des Schiffes montiert war. Die riesenhaften Kräne, die die Kugel über Bord hieven sollten, verliehen dem Heck des Schiffes sein seltsames Aussehen, das die Neugier jedes anständigen Seglers erregt hatte, vom Hafen von London bis zum Wendekreis des Steinbocks. Übereinander lagen zwei kreisrunde Fenster aus unerhört dickem Glas in der Stahlwand eingebettet. Eines war momentan aus seinem äußerst soliden Stahlrahmen geschraubt. Die beiden Männer hatten an diesem Morgen zum erstenmal das Innere der Kugel gesehen. Sie war sorgfältig mit Luftkissen ausgepolstert; zwischen den schwellenden Polstern waren kleine Knöpfe angebracht, mittels deren der einfache Mechanismus des Apparats zu bedienen war. Alles war so sorgfältig gepolstert – sogar der Myer-Apparat, der die Kohlensäure aufsaugen und den vom Insassen der Kugel eingeatmeten Sauerstoff ersetzen sollte, sobald jener durch die Glasluke hereingekrochen und eingeschraubt war. So sorgsam war alles ausgepolstert, daß sich ein Mensch ganz ruhig und unbeschadet damit aus einer Kanone hätte abfeuern lassen können. Und das war auch notwendig. Denn in kurzer Zeit wollte ein Mann sich durch die Luke hineinzwängen. Sie würde hinter ihm dicht verschlossen und mit ihrem Insassen zu Wasser gelassen werden. Sie würde hinuntersinken, immer tiefer, bis in eine Tiefe von fünf Meilen, wie der Leutnant sagte. Er war besessen von dieser Vorstellung. Die ganze Offiziersmesse ödete er damit an. Und Steevens, der eben erst an Bord gekommen war, erschien ihm wie vom Himmel gesandt, einzig und allein zu dem Zweck, daß er mit ihm darüber sprechen konnte.

»Meiner Meinung nach«, sagte der Leutnant, »wird das Glas sich unter einem derartigen Druck einfach nach innen biegen und sich verformen und zerbersten. Daubrée hat ganze Felsen unter ungeheurem Druck vor sich hergetrieben wie Wasser. Und glauben Sie mir –«

»Und wenn das Glas zerspränge?« sagte Steevens. »Was dann?«

»Das Wasser würde hineinschießen wie ein Strahl von Eisen. Haben Sie jemals einen kerzengraden Strahl Wasser unter Hochdruck gespürt? Es würde wie ein Geschoß auf den Mann wirken, es würde ihn glatt zerschmettern und plattdrücken und ihm durch die Kehle und in die Lungen dringen; es würd ihm die Ohren zerreißen –«

»Was für eine detaillierte Phantasie Sie haben!« wehrte Steevens, der immer alles lebendig vor sich sah, ab.

»Es ist einfach eine Feststellung des Unvermeidlichen«, sagte der Leutnant.

»Und die Kugel?«

»Würde einfach ein paar kleine Blasen werfen und sich dann ganz gemütlich zwischen den Schlingpflanzen auf dem Meeresgrund einnisten und da bis zum Jüngsten Tag liegen, mit dem armen Elstead über die zerfetzten Polster hingeschmiert – wie Butter auf einem Stück Brot.«

Er wiederholte den Satz, als gefiele er ihm ganz ausnehmend. »Wie Butter auf einem Stück Brot!«

»Na, Sie sehen sich wohl meinen Kreisel an?« sagte eine Stimme, und Elstead stand zwischen ihnen, in makellosem Weiß, eine Zigarette zwischen den Zähnen. Seine Augen lächelten aus dem Schatten seiner breiten Hutkrempe hervor. »Was war das eben mit Brot und Butter, Weybridge? Sie schimpfen wohl mal wieder über die schlechte Besoldung der Marineoffiziere? Jetzt dauert es höchstens noch einen Tag, bis es losgeht. Heute wollen wir die Ladebäume klarmachen. Dies klare Wetter und die leichte Brise sind gerade das richtige, um ein Dutzend Tonnen Blei und Eisen über Bord zu werfen, was?«

»Sie werden nicht viel davon spüren«, sagte Weybridge.

»Nein. Siebzig oder achtzig Fuß tief – und das werd ich in zehn Sekunden sein – wird sich kein Grashalm mehr regen, und ob sich droben der Sturm heiser brüllt und die Wellen fast bis an die Wolken hebt – nein, dort unten –« Er ging zur Reling, und die zwei andern folgten ihm. Sie lehnten sich über Bord und starrten hinab in das gelbgrüne Wasser.

»Frieden!« beendete Elstead seinen Gedankengang.

»Sind Sie auch ganz sicher, daß das Uhrwerk sich bewähren wird?« fragte Weybridge nach einer Weile.

»Es hat sich fünfunddreißigmal bewährt«, sagte Elstead. »Es muß sich ganz einfach bewähren.«

»Und wenn nicht?«

»Warum sollte es nicht?«

»Ich würde mich in dem verdammten Ding nicht hinunterlassen«, sagte Weybridge, »nicht für zwanzigtausend Pfund.«

»Sie verstehen's, einem Mut zu machen!« sagte Elstead und spuckte gelassen auf eine Schaumkrone.

»Ich begreife noch nicht recht, wie Sie die ganze Geschichte handhaben wollen«, sagte Steevens.

»Also als erstes lasse ich mich in die Kugel einschrauben«, erklärte Elstead; »und wenn ich dreimal hintereinander das elektrische Licht an- und ausgedreht habe, zum Zeichen, daß alles in Ordnung ist, hieven sie mich dort mit dem Kran über das Heck – mit all den großen Bleigewichten unter mir. Das oberste trägt eine Rolle mit einem hundert Faden langen, starken, aufgewickelten Tau; das ist das einzige, was die Gewichte mit der Kugel verbindet – mit Ausnahme der Halteseile, die durchgeschnitten werden, sobald das ganze Zeug im Wasser liegt. Wir nehmen lieber Tau statt Drahtseil, weil es sich leichter durchschneiden läßt und weil es elastischer ist – zwei wichtige Punkte, wie Sie gleich sehen werden.

Alle Bleigewichte sind durchlöchert, sehen Sie? Und durch dieses Loch wird ein eiserner Stab gesteckt, der unten sechs Fuß vorsteht. Wenn der Stab unten auf Widerstand trifft, schlägt er auf einen Hebel und setzt dadurch das Uhrwerk an der Seite des Zylinders in Gang, auf dem das Tau läuft. Gut so. Dann wird alles behutsam ins Wasser gesenkt, und die Schlingen werden durchgeschnitten. Die Kugel schwimmt, denn durch die eingeschlossene Luft ist sie leichter als Wasser; aber die Bleigewichte gehen sofort in die Tiefe, und das Tau rollt ab. Wenn es zu Ende ist, geht auch dieKugel unter, weil das Tau sie hinunterzieht.«

»Aber wozu das Tau?« fragte Steevens. »Weshalb werden die Gewichte nicht unmittelbar an der Kugel befestigt?«

»Wegen des Aufpralls auf dem Meeresgrund. Die ganze Sache wird in einem geradezu unsinnigen Tempo in die Tiefe stürzen, Meile um Meile. Ich würde ohne das Seil einfach drunten in Stücke zerschmettert werden. Aber die Gewichte berühren den

Grund zuerst, und im selben Augenblick wirkt die Elastizität der Kugel. Sie wird immer langsamer und langsamer sinken, schließlich stillstehen und dann wieder nach oben schwimmen. Doch jetzt setzt das Uhrwerk ein. Sobald die Gewichte auf den Meeresboden treffen, brechen die Eisenstangen mitten durch und setzen dadurch das Uhrwerk in Gang, das das Tau wieder auf die Rolle aufwindet. So werde ich langsam hinuntergelassen. Dann bleibe ich eine halbe Stunde mit aufgedrehtem elektrischem Licht unten und sehe mich um. Nach Ablauf dieser Zeit löst das Uhrwerk die Feder eines Messers aus, das Tau wird durchschnitten, und ich treibe wieder nach oben – wie eine Sodawasserblase. Zusätzlich beschleunigt das gestraffte Tau meine Fahrt nach oben.«

»Und wenn Sie nun zufällig auf ein Schiff stießen?« sagte Weybridge.

»Ich käme so schnell emporgeschnellt, daß ich es glatt durchbohren würde – wie eine Kanonenkugel. Darum machen Sie sich bloß keine Sorge.«

»Und wenn dann nun aber zum Beispiel irgendein vorwitziges Krustentier sich in Ihr Uhrwerk hineinbohren würde –«

»Das wäre dann wohl eine nachdrückliche Einladung, unten zu bleiben«, sagte Elstead. Er drehte sich um und starrte seine Kugel nachdenklich an.

Ungefähr um elf hievten sie Elstead über Bord. Der Tag war wundervoll hell und still, der Horizont verschwamm im Dunst. Das elektrische Licht hinter den kleinen Luken glühte dreimal fröhlich auf. Dann ließen sie ihn langsam auf das Wasser nieder, und in der Hecktakelage hing ein Matrose, bereit, das Tau durchzuschneiden, das die Bleigewichte mit der Kugel verband. Die Kugel, die auf Deck so kolossal ausgesehen hatte, schien jetzt, unter dem Heck des Schiffs, geradezu winzig. Sie rollte ein bißchen, und ihre zwei dunklen Fenster, die nach oben gerichtet waren, sahen aus wie Augen, die in runder Verwunderung emporstarrten nach den Menschen, die sich an der Reling drängten. Jemand fragte, wie wohl Elstead das Rollen bekommen mochte… »Klar bei den Leinen?« rief der Kommandant.

»Leinen klar!« kam die Antwort.

»Los!«

Das Tau straffte sich unter dem Messer und wurde durchgeschnitten; eine Welle spülte über den stählernen Ball. Irgend jemand winkte mit einem Taschentuch, ein einsames Hurra ertönte. Ein Matrose zählte langsam: acht – neun – zehn. Noch einmal rollte das Ding, dann stand es mit einem Ruck und einem Plätschern still. Zumindest schien es einen Augenblick lang, doch es wurde immer kleiner. Dann schloß sich über ihm das Wasser, und man sah die Kugel unter der Wasserfläche, durch die Strahlenbrechung und das Glitzern vergrößert. Ehe man noch bis drei zählen konnte, war sie verschwunden. Tief unten im Wasser blinkte noch ein weißes Licht auf, ein Fleck – dann nichts mehr. Nichts mehr als die Tiefe des Wassers, die sich in der Schwärze verlor, durch die ein Hai schwamm.

Plötzlich fing die Schraube des Kreuzers an zu arbeiten, das Wasser schäumte auf, der Hai verschwand in den tosenden Wellen, und Gischt stürzte über die kristallene Klarheit hinweg, die Elstead verschlungen hatte. »Was ist los?« fragte einer.

»Wir steuern ein paar Meilen westwärts«, hieß es, »damit er uns nicht rammt, wenn er auftaucht.«

Langsam dampfte das Schiff davon. Fast jeder Mann an Bord, der sonst nichts zu tun hatte, beobachtete unausgesetzt die Meeresstelle, in der die Kugel versunken war. In der nächsten halben Stunde wurde kaum ein Wort gesprochen, das nicht irgendwie auf Elstead Bezug hatte. Die Dezembersonne stand hoch am Himmel; die Hitze war beträchtlich.

»Kühl genug wird's ihm da drunten sein«, sagte Weybridge. »Es heißt, unterhalb einer gewissen Tiefe sei das Meerwasser immer auf dem Gefrierpunkt.«

»Wo soll er wieder heraufkommen?« fragte Steevens. »Ich hab ganz die Richtung verloren.«

»Dort! Das ist die Stelle!« erklärte der Kommandant, der sich viel auf sein Wissen einbildete. Und er deutete nach Südosten. »Und«, setzte er fort, »es wird jetzt auch grade an der Zeit sein. Fünfunddreißig Minuten ist er jetzt drunten.«

»Wie lang dauert es, bis man den Meeresgrund erreicht?« fragte Steevens.

»Für eine Tiefe von fünf Meilen, wenn man, wie wir, auf die Sekunde eine Schnelligkeitserhöhung von zwei Fuß rechnet – braucht man genau fünfundvierzig Sekunden.«

»Also ist er überfällig!« sagte Weybridge.

»Fast!« sagte der Kommandant. »Wahrscheinlich dauert es eine Weile, bis sein Tau wieder aufgewunden ist.«

»Freilich – daran hab ich nicht gedacht«, sagte Weybridge, augenscheinlich erleichtert.

Und jetzt begann das Warten. Langsam verstrich eine Minute... keine Kugel tauchte über dem Wasser auf. Eine zweite Minute... Nichts unterbrach die flache, ölige Dünung. Die Matrosen sprachen voller Eifer vom Aufrollen des Taus, das doch immerhin nicht ganz genau zu berechnen war; die Reling und die Takelage waren dicht besetzt mit erwartungsvollen Gesichtern. »Hallo, Elstead! Herauf!« rief ein ungeduldiger Matrose mit behaarter Brust. Worauf alle andern einstimmten und laut schrien, als handle es sich um das Aufgehen eines Theatervorhangs.

Der Kommandant sah ärgerlich zu ihnen hin.

»Selbstverständlich – wenn die Beschleunigung weniger als zwei beträgt«, sagte er, »dauert es länger. Wir sind nicht absolut sicher, daß das die richtige Zahl war. Ich kann überhaupt nicht sklavisch an Berechnungen glauben.« Steevens stimmte wortkarg zu. Zwei Minuten lang sprach niemand auf dem Hinterdeck.

Als die Sonne einundzwanzig Minuten später den Zenit erreichte, warteten sie noch immer auf das Auftauchen der Kugel. Nicht ein Mann an Bord hatte auch nur flüsternd auszusprechen gewagt, daß es keine Hoffnung mehr gäbe. Weybridge war der erste, der dieser Überzeugung Ausdruck verlieh.

»Ich hab diesem Fenster nie getraut!« sagte er ganz plötzlich zu Steevens.

»Großer Gott!« erwiderte Steevens, »Sie glauben doch nicht –«

»Wer weiß!« sagte Weybridge. Das weitere überließ er der Phantasie des andern.

»Ich glaube nicht sehr an Berechnungen«, bemerkte der Kommandant, »und habe darum die Hoffnung noch nicht ganz aufgegeben.« Um Mitternacht noch kreiste das Kriegsschiff langsam um die Stelle, wo der stählerne Ball versunken war, und der weiße Strahl des Suchscheinwerfers strich hierhin und dorthin, ehe er dann rastlos weiter über die Einöde der phosphoreszierenden Wasser unter den kleinen Sternen leuchtete.

»Wenn sein Fenster nicht gesprungen ist und ihn zerschmettert hat«, sagte Weybridge, »sieht die Geschichte noch viel böser aus. Denn dann hat sein Uhrwerk versagt, und er ist noch am Leben, fünf Meilen unter uns, tief drunten, im Dunkel und in der Kälte, ist dort in seine kleine Blase gesperrt, in einer Tiefe, in die kein Lichtstrahl je gedrungen ist, in der kein menschliches Wesen geatmet hat, seit die Wasser sich gesammelt haben. Und dort ist er nun, ohne Nahrung, hungrig, durstig und voller Angst, und er fragt sich, ob er verhungern muß oder ersticken! Eins von beiden! Sein Atemgerät wird jetzt wohl bald versagen. Wie lang wird es noch dauern? Herrgott!« rief er aus, »was für Zwerge wir doch sind! Was für tollkühne winzige Wagehalse! Meilen und Meilen Wasser unter uns – nichts als Wasser, und um uns diese Wasseröde und der Himmel! Abgründe!« Er streckte die Hand aus, und im selben Augenblick schoß ein kleiner weißer Streif lautlos in den Himmel empor, wurde langsamer, blieb stehen, wurde zu einem reglosen Punkt, stand wie ein neuer Stern am Himmel. Dann fiel er wieder zurück und verlor sich zwischen den Reflexen der Sterne und dem weißen Schein des Meeresleuchtens.

Weybridge blieb regungslos stehen, mit ausgestrecktem Arm und offenem Mund. Dann schloß er den Mund, öffnete ihn wieder und schwenkte ungeduldig die Arme. Darauf wandte er sich um, brüllte der ersten Wache zu: »Elstead ahoi!« und stürzte zu Lindley und dem Scheinwerfer. »Ich hab ihn gesehen!« rief er. »Dort – Steuerbord! Sein Licht brennt – eben ist er aus dem Wasser geschossen! Leuchtet das Gebiet ab! Wir müssen ihn treiben sehen, wenn eine Welle ihn hochhebt!«

Aber es wurde Tagesanbruch, ehe sie den Forscher fanden. Dann freilich überfuhren sie ihn beinahe. Der Kran wurde ausgeschwungen, und einige Matrosen machten die Kette an der Kugel fest. An Bord schraubten sie die Luke auf und spähten in das dunkle Innere.

Drinnen war es sehr heiß; der Gummiring, der um die Luke lag, war ganz weich. Alle ängstlichen Fragen blieben ohne Antwort. Elstead lag regungslos und zusammengekauert auf dem Boden. Der Schiffsarzt kletterte hinein, hob ihn auf und reichte ihn hinaus. Einen Augenblick wußten sie überhaupt nicht, ob Elstead noch lebte oder tot war. Im gelben Licht der Schiffslaterne glänzte sein Gesicht schweißnaß. Sie trugen ihn in seine Kabine.

Er war nicht tot, wie sich bald herausstellte, doch in einem Zustand völliger nervlicher Erschöpfung und außerdem furchtbar verwundet und zerschlagen. Ein paar Tage lang mußte er vollständig ruhig liegen. Erst nach etwa einer Woche vermochte er von seinen Erlebnissen zu erzählen.

Seine ersten Worte waren, daß er die Sache noch einmal machen würde. Die Kugel müßte umgebaut werden, damit er nötigenfalls das Tau ganz abwerfen könnte. Sonst übte er keine Kritik. Er hatte die wunderbarsten Abenteuer erlebt. »Ihr habt alle geglaubt, ich würde unten nur Schlamm finden!« sagte er. »Ihr habt mich ausgelacht wegen meiner Forschungen! Und ich habe eine neue Welt entdeckt!« Im übrigen erzählte er seine Geschichte zusammenhanglos und begann meistens am Schluß, so daß sie sich unmöglich mit seinen Worten wiedergeben läßt. Ich will versuchen, seine Schilderungen zusammenzufassen.

Es fing schrecklich an, denn ehe das Tau abgelaufen war, drehte sich die Kugel fortwährend. Er kam sich vor wie ein Frosch in einem Fußball. Er konnte nur den Kran und ein Stück Himmel sehen und dann und wann ein paar Menschen an der Reling. Es ließ sich absolut nicht berechnen, nach welcher Richtung das Ding im nächsten Augenblick rollen würde. Auf einmal riß es seine Beine in die Höhe, und er rollte kopfüber und kopfunter auf der Polsterung herum. Jede andere Form der Kabine wäre vorzuziehen gewesen. Und doch war die Kugelform die einzig verläßliche, die dem ungeheuren Druck der Tiefe standhalten konnte. Plötzlich hörte das Schwanken auf. Die Kugel schnellte in die Höhe, und nachdem Elstead sich wieder aufgerappelt hatte, sah er ringsumher grünlich-blaues Wasser, durch das von oben immer schwächer werdendes Licht sickerte; ein Schwarm kleiner Lebewesen flutete – so schien es ihm – an ihm vorüber, dem Licht zu. Und während er so hinausblickte, wurde es immer dunkler und dunkler, bis das Wasser über ihm finster war wie ein mitternächtlicher grüner Himmel, das Wasser unter ihm hingegen schwarz. Kleine, durchsichtige Gegenstände im Wasser schimmerten schwach und schossen wie undeutliche grünliche Blitze an ihm vorüber.

Dabei hatte er das Gefühl zu fallen! Es war wie das Gefühl in einem Lift, behauptete er, bloß daß es länger dauerte. Man muß sich vorstellen, was das bedeutet – es dauerte länger! Das war der einzige Augenblick, in dem Elstead seine Waghalsigkeit bereute. Er sah plötzlich alle Gefahren, die ihn bedrohten, in ganz neuem Licht. Er dachte an die großen Tintenfische, die, wie man wußte, in mittlerer Tiefe existieren – Geschöpfe, die man ab und zu in halbverdautem Zustand in Walen oder tot und verwest und von Fischen angenagt auf den Wellen schwimmend findet. Wenn einer ihn angriff? Und nicht mehr entkommen ließ! War das Uhrwerk wirklich zur Genüge erprobt? Aber – ob er nun weiter wollte oder lieber umgekehrt wäre – das hatte jetzt überhaupt nichts mehr zu bedeuten.

Binnen fünfzig Sekunden war draußen alles nachtschwarz. Nur der Strahl seines Lichtes drang da und dort durchs Wasser und beleuchtete dann und wann einen Fisch oder sonst irgend etwas. Zu rasch blitzte alles an ihm vorüber, als daß er es erkennen hätte können. Einmal kam er, glaubte er, an einem Hai vorbei. Dann erhitzte sich die Kugel allmählich durch die Reibung. Wie es scheint, war das etwas, was man überhaupt nicht genügend in Betracht gezogen hatte. Das erste, was ihm auffiel, war, daß er schwitzte. Dann hörte er unter sich ein immer lauter werdendes Zischen und sah eine Unmenge von winzigen Wasserblasen wie einen Fächer im Wasser aufsteigen. Dampf! Er tastete nach dem Fenster. Es war heiß. Er wandte sich zu dem kleinen Glühlicht, das den Hohlraum, in dem er sich befand, erleuchtete, und blickte auf die gepolsterte Uhr zwischen den Knöpfen. Zwei Minuten war er jetzt unterwegs. Dann fiel ihm ein, daß das Fenster durch den Wechsel der Temperatur zerspringen könnte.

Plötzlich schien es, als drückte der Boden der Kugel gegen seine Sohlen. Der Aufstieg der Wasserblasen draußen wurde immer schwächer, das Zischen hörte auf. Die Kugel rollte noch eine Weile. Das Fenster war nicht zersprungen – nichts hatte sich verändert; und er wußte, daß wenigstens die Gefahren des Abstiegs vorüber waren. In ein oder zwei Minuten würde er auf dem Grund der Tiefe sein. Er dachte, erzählte er, an Steevens und Weybridge und alle die andern, die fünf Meilen über ihm waren – höher über ihm, als die entferntesten Wolkengebilde über uns hingleiten; er dachte, wie sie langsam kreisen und hinabstarren würden und sich fragen, was wohl aus ihm geworden sein mochte.

Er spähte zu seinem Fenster hinaus. Keine Blasen mehr; auch das Zischen hatte aufgehört. Draußen sah er nur schweres Schwarz – so schwarz wie schwarzer Samt, außer dort, wo das elektrische Licht das leere Wasser durchdrang und seine Farbe zeigte, ein gelbliches Grün. Darauf schwammen drei Gegenstände wie Feuergebilde hintereinander durchs Wasser. Ob sie klein und nah waren oder groß und fern, das vermochte er nicht zu sagen.

Jedes war von einem bläulichen Licht umgeben. Das Licht gab eine Art Dunst von sich und war fast so hell wie die Lampen eines Fischerbootes. Entlang der Seiten liefen Streifen wie die erleuchteten Luken eines Schiffs. Als sie in den Bereich seiner Lampe kamen, erlosch ihre Phosphoreszenz, und er sah, daß es kleine fremdartige Fische waren, mit riesigen Köpfen, ungeheuren Augen und verkümmerten Rümpfen und Schwänzen. Alle Augen waren ihm zugewandt, und er hatte das Gefühl, als verfolgten sie ihn. Vermutlich zog der Lichtschimmer sie an.

Bald darauf kamen noch andere, ähnliche dazu. Je weiter hinunter er kam, desto fahler wurde das Wasser. Kleine Pünktchen flimmerten im Strahl seines Lichts wie Staubpartikel im Sonnenlicht. Vermutlich kam das von den Wolken von Schlamm und Schmutz, die seine Bleigewichte aufgerührt hatten.

Als sie ihn endlich ganz auf den Grund zogen, befand er sich in einem dicken, weißen Nebel, den sein elektrisches Licht höchstens auf ein paar Fuß im Umkreis durchdringen konnte. Minuten vergingen, bis die schwebenden Wolken des aufgerührten Bodensatzes sich wieder setzten. Schließlich konnte er mit seinem eigenen Licht und der Phosphoreszenz eines fernen Fischschwarms unter der unendlichen Finsternis der darüberliegenden Wasser eine wellige Fläche grauweißen Schlammes unterscheiden, aus der da und dort wirre Dickichte von Seelilien wuchsen, die gierige Tentakel emporreckten.

In einiger Entfernung standen die anmutigen, durchsichtigen Umrisse einer Gruppe von Riesenschwämmen. Und über diesem Untergrund war eine Anzahl flacher, stachliger, dunkelpurpurner und schwarzer Gegenstände verstreut, die seiner Meinung nach eine Art Seeigel sein mußten. Dazwischen gab es kleine, großäugige oder auch blinde Lebewesen, die eine seltsame Ähnlichkeit mit Krebsen oder auch Blattläusen hatten und langsam durch den Lichtkreis krochen, um, furchige Spuren hinterlassend, wieder im Dunkel zu verschwinden.

Dann schwenkte auf einmal der ganze Schwarm kleiner Fische um und kam auf ihn zu wie ein Flug Sperlinge. Sie zogen über ihn weg wie phosphoreszierender Schnee, und hinter ihnen sah er etwas Größeres sich der Kugel nähern. Zuerst konnte er es nur undeutlich sehen – eine dahintreibende Erscheinung, die von fern an einen gehenden Menschen erinnerte. Dann geriet das Ding in den Lichtstrahl seiner Lampe. Als der Schein es traf, schloß es geblendet die Augen. Dann glotzte es in reglosem Staunen.

Es war ein fremdartiges Wirbeltier. Der dunkelpurpurne Kopf gemahnte ungefähr an ein Chamäleon; dabei aber hatte es eine so hohe Stirn und eine Hirnschale, wie sie sonst kein Reptil aufzuweisen hat. Sein vertikal geschnittenes Gesicht verlieh ihm eine ganz merkwürdige Menschenähnlichkeit.

Zwei große, hervorstehende Augen starrten chamäleonhaft aus ihren Höhlen hervor; das Tier hatte unter kleinen Nasenlöchern ein breites Reptilienmaul. Statt der Ohren besaß es zwei riesige Kiemendeckel, aus denen ein Büschel korallenartiger Fasern quoll, ähnlich den verästelten Kiemen, die ganz junge Rochen und Haie haben.

Aber dieses menschenähnliche Gesicht war noch nicht das Merkwürdigste an dem Geschöpf. Es war ein Zweifüßer. Sein annähernd kugelförmiger Rumpf ruhte auf einem Dreigestell von zwei froschähnlichen Beinen und einem langen, dicken Schwanz, und die Vorderglieder, die auf groteske Weise wie ein Frosch menschliche Hände karikierten, hielten einen langen, beinernen Schaft mit einer Kugelspitze daran. Die Farbe des ganzen Geschöpfes war nicht überall gleich; Kopf, Hände und Beine waren purpurn, während die Haut, die lose wie Kleider darüber hing, von phosphoreszierendem Grau war.

So stand es da – vom Licht geblendet.

Schließlich öffnete das unbekannte Geschöpf der Tiefe blinzelnd die Augen, beschattete sie mit seiner einen freien Hand, öffnete den Mund und stieß einen Ruf aus, der beinahe wie ein menschlicher Laut klang und sogar durch die stählerne Hülle und die Polster der Kugel drang. Wie man überhaupt ohne Lungen schreien kann, das versuchte Elstead gar nicht erst zu erklären. Dann begab sich das Geschöpf aus dem Lichtschimmer in das umliegende geheimnisvolle Dunkel, und Elstead fühlte mehr als er sah, daß es sich ihm näherte. Da er dachte, daß das Licht es anzöge, drehte er die Lampe ab. Im nächsten Augenblick tastete etwas Weiches über den Stahl, und die Kugel schwankte...

Wieder ertönte ein Ruf; und es schien ihm, als antwortete ein fernes Echo. Auch das Tasten wiederholte sich, und die Kugel schwankte und zerrte an der Rolle, über die das Tau lief. Elstead stand im Dunkeln und spähte hinaus in die ewige Nacht der Tiefe. Und bald sah er – schwach und von fern – weitere phosphoreszierende menschenähnliche Gestalten auf ihn zueilen.

Er tastete in seinem schwankenden Gefängnis blind nach dem Schalter des äußeren elektrischen Lichts und erwischte ganz zufällig den der kleinen, in die Polsterung eingelassenen Glühlampe. Die Kugel drehte sich und zog ihn dann abwärts; er hörte Ausrufe der Überraschung, und als er wieder auf den Beinen stand, sah er zwei Stielaugen, die durch das untere Fenster spähten und das Licht widerspiegelten.

Im nächsten Augenblick fingerten leidenschaftliche Hände an der Außenfläche der Stahlkugel herum, es klang – was für ihn, in seiner Lage, schrecklich genug war –, als ob heftig gegen den Metallmantel des Uhrwerks gehämmert würde. Nun fiel ihm tatsächlich das Herz in die Hosen, denn wenn es den seltsamen Lebewesen gelingen sollte, das Uhrwerk zu zerstören, so wäre für ihn alles zu Ende. Er hatte den Gedanken noch nicht zu Ende gedacht, als er fühlte, wie die Kugel heftig rollte und der Boden gegen seine Füße stieß... Er schaltete die kleine Glühlampe, die das Innere erleuchtete, ab und ließ den Strahl des Hauptlichts in der separierten Zelle durch das Wasser blitzen. Der Meeresgrund und die menschenähnlichen Geschöpfe waren verschwunden; bloß ein paar Fische, die einander jagten, schossen vor dem Fenster in die Tiefe.

Sofort kam ihm auch der Gedanke, daß die seltsamen Tiefseebewohner das Tau zerrissen hatten und er frei war. Er trieb immer schneller und schneller aufwärts, doch plötzlich blieb er stehen. Es gab einen Ruck, der ihn gegen das gepolsterte Dach seines Gefängnisses schleuderte. Eine halbe Minute lang war er überhaupt zu sehr benommen, um nachdenken zu können.

Dann fühlte er, daß die Kugel langsam rotierte und daß sie augenscheinlich durchs Wasser gezogen wurde. Er kauerte sich dicht ans Fenster, um das Gleichgewicht zu stören, und es gelang ihm auch, die Kugel zum Abwärtskippen zu bringen. Doch er konnte nur den blassen Lichtstrahl sehen, der ins Dunkel hinausleuchtete. Dann kam ihm der Gedanke, vielleicht mehr sehen zu können, wenn er die Lampe überhaupt abdrehte und seine Augen an das tiefe Dunkel gewöhnte.

Das war eine gute Idee. Nach ein paar Minuten wurde das samtene Dunkel durchsichtig, und dann erblickte er unter sich Gestalten, die sich bewegten – ganz in der Ferne und so schwach wie das Zodiakallicht eines nordischen Sommerabends. – Er vermutete, daß diese Wesen sein Kabel durchschnitten hatten und ihn am Meeresgrund entlang schleppten.

Dann sah er – über den welligen Meeresboden hinweg – fern und undeutlich etwas Neues: einen weiten Horizont schwachen Lichts, der sich nach rechts und nach links erstreckte, so weit überhaupt sein kleines Guckloch ihm die Sicht ermöglichte. Dorthin schleppten sie ihn nun, so wie ein Fesselballon aus dem freien Gelände in eine Stadt geschleppt wird. Sehr langsam kam er dem Ziel näher, und sehr langsam nahm der undeutliche Schimmer bestimmte Formen an.

Es war fast fünf Uhr, als er das erleuchtete Gebiet erreichte, und er vermochte jetzt Straßen und Häuser zu erkennen, die sich um etwas wie ein riesiges dachloses Gebäude gruppierten, das in grotesker Weise an eine Klosterruine erinnerte. Wie eine Landkarte lag alles unter ihm. Die Häuser waren alle dachlose Mauergevierte, und da sie – wie er später feststellte – aus phosphoreszierenden Knochen gezimmert waren, sah das Ganze aus, als wäre es aus ertrunkenem Mondschein gebaut...

Zwischen den Innenräumen des seltsamen Orts streckten schwankende Seelilien ihre Fangarme aus, und hohe, schlanke, durchsichtige Glasschwämme hoben sich wie schimmernde Minaretts und Blüten aus dunstigem Licht aus dem Lichtermeer der Stadt. Auf den offenen Stellen und Plätzen bemerkte er wimmelnde Regsamkeit, wie von Menschenmengen; aber er befand sich zu hoch über ihnen, als daß er die Individuen hätte unterscheiden können. Dann zogen sie ihn langsam hinab, und er erfaßte die Einzelheiten des wunderbaren Ortes immer deutlicher.

Er sah, daß die Linien der wolkenhaften Gebäude mit runden Gegenständen wie mit Perlen geschmückt waren; und er bemerkte auch an verschiedenen großen Plätzen Gebilde, die wie überwachsene Schiffsrümpfe aussahen.

Langsam und unaufhaltsam wurde er nach unten gezogen, und die Formen unter ihm wurden heller, klarer und deutlicher. Er erkannte jetzt, daß man ihn zu dem großen Gebäude im Mittelpunkt der Stadt zerrte, und ab und zu sah er sogar einen Augenblick die durcheinanderwimmelnden Gestalten, die das Tau zogen, an dem er hing. Er bemerkte mit Staunen, daß das Takelwerk eines der Schiffe, die einen so auffallenden Bestandteil dieser Stadt bildeten, dicht besetzt war mit gestikulierenden Gestalten, die ihn alle anstarrten. Dann erhoben sich schweigend die Mauern des großen Gebäudes um ihn und entzogen die Stadt seinem Blickfeld.

Und was für Mauern das waren! Mauern aus wasserdurchtränktem Holz und verbogenem Drahtseil und eisernen Sparren, aus Kupfer und aus den Gebeinen und Schädeln toter Menschen. Die Schädel liefen in Zickzacklinien und Spiralen und phantastischen Kurven über das Gebäude hin; durch ihre Augenhöhlen und über den ganzen Ort hin schwammen und schnellten Massen von kleinen silbernen Fischen hin und her.

Plötzlich erfüllte schwaches Geschrei und ein Geräusch wie lautes Hörnerblasen seine Ohren. Darauf folgte ein phantastischer Chorgesang. Immer tiefer sank die Kugel, vorüber an den riesigen Spitzbogenfenstern, durch die er verschwommen eine große Zahl der seltsamen, geisterhaften Geschöpfe sah, die ihn anstarrten. Schließlich blieb sie still auf einer Art Altar liegen, der – so schien es ihm – in der Mitte des Gebäudes errichtet war.

Von hier aus vermochte er die fremdartigen Bewohner der Tiefe noch einmal deutlich zu sehen. Zu seinem Erstaunen bemerkte er, daß sich alle vor ihm niederwarfen. Nur einer, der ein Gewand aus großen Schuppen trug und mit einem funkelnden Diadem gekrönt war, blieb aufrecht stehen. Er öffnete und schloß ständig sein Reptilienmaul, als führe er den Chor der Betenden an.

Seine Neugier veranlaßte Elstead, seine kleine Lampe wieder anzuschalten, so daß er für die Geschöpfe der Tiefe sichtbar wurde, während sie für ihn dadurch in die Finsternis tauchten. Als sie ihn so plötzlich erblickten, wandelte sich der fromme Gesang in aufgeregtes Geschrei. Elstead drehte sein Licht wieder ab, um sie beobachten zu können, und entschwand ihren Blicken. Eine Weile war er jedoch zu sehr geblendet, um irgend etwas unterscheiden zu können, und als er sie schließlich wieder sah, knieten sie. Und so beteten sie ihn ohne Rast und ohne Pause drei volle Stunden lang an.

Elstead berichtete in allen Einzelheiten von der erstaunlichen Stadt und ihrer Bevölkerung, diesen Geschöpfen ewiger Nacht, die weder Sonne, Mond noch Sterne, weder grünes Wachstum noch lebendige, luftatmende Wesen je gesehen haben, die nichts wissen von Feuer oder Licht, die nur das phosphoreszierende Licht lebendiger Dinge kennen...

So seltsam diese Geschichte auch klingen mag, noch seltsamer ist es, daß Männer der Wissenschaft – von der hervorragenden Bedeutung eines Adams, eines Jenkins – keineswegs etwas Unglaubliches daran finden. Sie versichern, daß es keinen Grund gibt, weshalb intelligente, wasseratmende Wirbelgeschöpfe, die an niedrige Temperaturen und ungeheuren Druck gewöhnt und von so schwerem Bau sind, daß sie weder tot noch lebendig schwimmen können, nicht auf dem Grund der Tiefsee leben sollten – unerwartete Verwandte, wie wir dem ausgehenden Paläozoikum entstammend.

Sie allerdings wüßten von uns – als von einer Art seltsamer meteorgleicher Geschöpfe, die ab und zu plötzlich tot aus dem geheimnisvollen Schwarz ihres Wasserhimmels niederstürzen. Und nicht nur wir selber, sondern auch unsere Schiffe, unsere Metalle, alles, was zu unserem Leben gehört, kommt aus der Nacht auf sie hinabgeregnet. Manchmal kommt irgendein sinkender Gegenstand und wirft sie nieder, zermalmt sie wie das Strafgericht einer unsichtbaren Macht; dann wieder kommen Dinge von erlesener Schönheit, von hohem Nutzen, oder Formen, die sie zu neuem

Fortschritt anstacheln. Am leichtesten kann man sich ihr Betragen beim Erscheinen eines lebenden Menschen vergegenwärtigen, wenn man sich vorstellt, was ein Volk von Barbaren etwa anstellen möchte, wenn plötzlich ein glanzumflossenes, leuchtendes Wesen aus der Luft zu ihnen herabkäme...

Elstead hat vermutlich den Offizieren der *Ptarmigan* nach und nach jede Einzelheit seines zwölfstündigen Abenteuers in der Tiefe erzählt. Es ist sicher, daß er auch alles aufschreiben wollte, doch dazu kam es nicht mehr. So müssen wir eben die einzelnen Teile seines Berichts nach den Erinnerungen Simmons', des Kommandanten, Weybridges, Steevens', Lindleys und der andern zusammensetzen.

So sehen wir alles nur dunkel und bruchstückhaft vor uns: den riesigen, geisterhaften Tempel, die knienden, psalmensingenden Geschöpfe mit ihren dunklen, chamäleonhaften Köpfen und schwach leuchtenden Gewändern, und Elstead, der sein Licht wieder angeknipst hat und ihnen vergeblich klarzumachen versucht, daß sie das Haltetau seiner Kugel loslassen müssen... Minute um Minute vergeht, und Elstead bemerkt, als er auf die Uhr sieht, voll Entsetzen, daß er nur noch für vier Stunden Sauerstoff hat. Doch das Psalmensingen zu seiner Ehre geht weiter, immer weiter, als wäre es ein Trauermarsch auf seinen nahen Tod.

Wie er eigentlich loskam, begreift er selbst nicht; augenscheinlich muß das Tau, das von der Kugel herunterhing, sich an einer Kante des Altars durchgerieben haben. Auf einmal rollte die Kugel, und er entschwebte der Unterwasserwelt wie ein in Leere gehülltes Geschöpf des Äthers durch unsere Atmosphäre wieder in den Äther, aus dem es geboren war, zurückschweben würde. Wie eine Kohlensäureblase im Wasserglas aufsteigt, muß er ihren Blicken entschwunden sein. Es muß für sie eine merkwürdige Himmelfahrt gewesen sein.

Die Kugel schoß viel schneller aufwärts, als sie vorhin, von den Bleigewichten gezogen, gesunken war. Sie wurde glühendheiß. Die Fenster lagen noch oben, und Elstead entsinnt sich noch, wie ein Strom von Blasen am Glas vorüberschoß. Jeden Augenblick erwartete er, daß es zerspringen würde. Dann begann sich in seinem Kopf ein riesiges Rad zu drehen, der gepolsterte Raum wirbelte um ihn herum, und er verlor das Bewußtsein. Seine nächste Wahrnehmung war die Stimme des Arztes.

Das ist im wesentlichen der Inhalt der merkwürdigen Geschichte, die Elstead den Offizieren der *Ptarmigan* nach und nach erzählte. Er versprach, sie später niederzuschreiben. Für den Augenblick beschäftigten sich seine Gedanken hauptsächlich mit der Verbesserung seines Apparates, die in Rio durchgeführt wurde.

Es bleibt nur noch zu berichten, daß er sich am 2. Februar 1896 – mit dem verbesserten Apparat – zum zweitenmal in die Tiefe des Ozeans wagte. Wie es ablief, werden wir aller Wahrscheinlichkeit nie erfahren, denn er kehrte nicht wieder zurück. Die *Ptarmigan* kreiste dreizehn Tage lang um die Stelle, an der man ihn hinabgelassen hatte – vergeblich! Dann kehrte sie nach Rio zurück, und die Freunde Elsteads wurden telegraphisch benachrichtigt. Einstweilen ruht die Angelegenheit, doch es wird sicher irgendwann ein weiterer Versuch unternommen werden, diese seltsame Geschichte von jenen unbekannten Städten in der Tiefsee zu untersuchen.

Der Gasfang

Die Nacht war heiß und dunstig, ein roter Streif vom langsamen Sonnenuntergang des Mittsommers säumte den Himmel. Sie saßen am offenen Fenster, in der Hoffnung, daß die Luft dort frischer sei. Starr und dunkel standen die Bäume und Büsche im Garten. Drüben auf der Straße brannte eine Gaslaterne hellorange gegen das trübe Blau des Abends; dahinter die drei Lichter der Eisenbahnsignale. Der Mann und die Frau redeten leise miteinander.

»Er schöpft keinen Verdacht?« fragte der Mann ein bißchen nervös.

»Er?« entgegnete sie verstimmt, als verärgere sie allein schon die Frage. »Er denkt nur an seine Hochöfen und die Kohlepreise. Er hat keine Phantasie, nichts Poetisches.«

»Daran mangelt es all diesen Männern aus Stahl«, sagte er sentenziös. »Sie haben kein Herz.«

»Er jedenfalls nicht«, fügte sie hinzu. Sie wandte ihr mißmutiges Gesicht zum Fenster. Ein fernes Rattern und Rauschen drang näher und nahm an Stärke zu. Das Haus zitterte, man hörte das metallische Rasseln des Tenders. Dann fuhr der Zug vorbei – ein blitzender Schein und ein wirbelndes Rauchgestöber: ein, zwei, drei, vier, fünf, sechs, sieben, acht schwarze Rechtecke – acht Kohlewagen fuhren über das undeutliche Grau des Dammes und nacheinander in den Schlund des Tunnels, der, mit dem letzten Wagen, Zug, Rauch und Lärm mit einem einzigen, jähen Aufschnappen zu verschlingen schien.

»Dieses Land war einmal unberührt und schön«, sagte er. »Und jetzt – ein Gehenna ist daraus geworden. Da hinunter – nichts als Hochöfen und Schornsteine, die Flammen und Asche in den Himmel speien... Aber was bedeutet das schon? Es wird ein Ende haben... all diese Barbarei wird ein Ende haben... Schon *morgen*!« Das letzte Wort war nur noch ein Flüstern.

»*Morgen*«, wiederholte sie, ebenfalls flüsternd und immer noch aus dem Fenster starrend.

»Liebste!« sagte er und legte seine Hand auf die ihre.

Sie fuhr auf, und ihre Augen begegneten einander. Ihr Blick wurde sanft.

»Liebster!« sagte sie, und dann: »Es ist mir fast unbegreiflich, daß du einfach so in mein Leben getreten bist, um –« sie machte eine Pause.

»Um?« fragte er.

»Um mir diese wundervolle Welt zu zeigen…«, sie zögerte und fuhr mit noch weicherer Stimme fort, »diese Welt der *Liebe*.«

Da fiel plötzlich die Tür ins Schloß. Sie wandten beide den Kopf; er fuhr hastig zurück. Im Dunkel des Zimmers stand eine hohe, schattenhafte Gestalt – ganz ruhig. Schwach sahen sie im Zwielicht das Gesicht mit den ausdruckslosen dunklen Flecken unter den buschigen Brauen. Jeder Muskel in Rauts Körper straffte sich. Wann konnte die Tür gegangen sein? Wieviel hatte er gehört? Alles womöglich? Hatte er etwas gesehen? Ein Gewirr von Fragen.

Nach endlos langer Zeit kam die Stimme des Neuankömmlings.

»Nun?«

»Ich fürchtete schon, ich hätte dich verfehlt, Horrocks!« sagte der Mann am Fenster und faßte mit der Hand nach dem Sims. Seine Stimme klang unsicher.

Die grobschlächtige Gestalt Horrocks' kam aus dem Dunkel näher. Er reagierte nicht auf Rauts Bemerkung. Einen Moment lang stand er über ihnen.

Die Frau erstarrte bis ans Herz. »Ich sagte Mr. Raut, du würdest wahrscheinlich bald kommen«, sagte sie mit ihrer stets festen Stimme.

Plötzlich setzte sich Horrocks, immer noch schweigend, in einen Stuhl neben ihrem Arbeitstischchen. Seine klobigen Hände waren geballt; nun konnte man das Brennen seiner Augen unter den dunklen Brauen sehen. Mühsam holte er Atem. Seine Augen wanderten von der Frau, der er vertraut hatte, zum Freund, dem er vertraut hatte, und wieder zur Frau zurück.

In diesem Augenblick verstanden die drei einander. Aber keiner wagte ein Wort zu sagen, das sie von den geheimen Gedanken, die sie zu ersticken drohten, erlöst hätte.

Es war die Stimme des Ehemanns, die schließlich das Schweigen brach.

»Du wolltest zu mir?« fragte er Raut.

Raut fuhr auf. »Ja, ich wollte zu dir«, sagte er, entschlossen, bis zum letzten zu lügen.

»Ja?« sagte Horrocks.

»Du hast versprochen, mir einige schöne Kontrastwirkungen von Mondlicht und Rauch zu zeigen!«

»Ich hab versprochen, dir einige schöne Kontrastwirkungen von Mondlicht und Rauch zu zeigen«, wiederholte Horrocks mit tonloser Stimme.

»Und ich dachte, ich könnte dich heute abend noch antreffen, bevor du zu den Hüttenwerken gehst«, fuhr Raut fort, »und dich begleiten.«

Eine weitere Pause folgte. Wollte der Mann die Sache gleichgültig hinnehmen? Wußte er überhaupt etwas? Wie lange war er schon im Zimmer gewesen? Aber ihre Haltung, als sie die Tür hörten? Horrocks blickte auf das Profil der Frau, das schattenhaft-bleich im Zwielicht schimmerte. Dann blickte er zu Raut und schien sich mit einem Ruck zu fassen. »Natürlich!« sagte er, »ich hab versprochen, dir die Hüttenwerke in der geeignet spannungsgeladenen Atmosphäre zu zeigen. Wie ich das nur vergessen konnte.«

»Wenn ich dir Umstände mache...« begann Raut.

Horrocks fuhr wieder zusammen. Ein eigenartiges Leuchten trat plötzlich in die leidenschaftliche Düsterkeit seiner Augen. »Nicht im geringsten«, sagte er.

»Hast du Raut schon von den Kontrasteffekten zwischen Flammen und Schatten erzählt, die du so schön findest?« Die Frau, die nun ihre Sicherheit zurückgewonnen hatte, wandte sich zum ersten Mal ihrem Mann zu. Ihre Stimme klang eine Spur zu hell. »Von deiner schrecklichen Theorie, daß alles, was Maschine heißt, schön sei und alles andere häßlich. Ich habe gewußt, daß er Sie damit nicht verschonen würde, Mr. Raut. Es ist *seine* große Theorie... Seine *ureigenste* Entdeckung auf dem Gebiet der Kunst.«

»Ich tauge nicht besonders dazu, Entdeckungen zu machen«, erwiderte Horrocks grimmig, so daß sie jäh verstummte. »Aber was ich entdecke...« Er hielt inne.

»Nun?« fragte sie.

»Nichts!« Er stand hastig auf.

»Ich habe versprochen, dir die Hüttenwerke zu zeigen«, wandte er sich an Raut und legte dem Freund seine große, derbe Hand auf die Schulter. »Paßt es dir jetzt?«

»Sicher!« antwortete Raut und erhob sich. Wieder trat eine Pause ein. Jeder der drei starrte durch das undeutliche Zwielicht auf die beiden anderen. Horrocks' Hand lag immer noch auf Rauts Schulter. Halb war Raut geneigt, die ganze Sache als bedeutungslos abzutun. Aber Mrs. Horrocks kannte ihren Gatten besser. Sie kannte diese grimmige Ruhe in seiner Stimme, und die Unsicherheit, in der sie sich befand, steigerte sich fast zu physischem Schmerz. »Gut!« sagte Horrocks, nahm seine Hand von Rauts Schulter und wandte sich zur Tür.

»Mein Hut?« Raut schaute sich im Dämmerlicht um.

»Das ist mein Arbeitskorb«, sagte Mrs. Horrocks mit einem hysterischen Auflachen. Ihre Hände trafen einander hinter der Stuhllehne. »Da ist er!« sagte er. Sie verspürte das Bedürfnis, ihn leise zu warnen, brachte aber kein Wort heraus. »Geh nicht!« oder: »Nimm dich in acht vor ihm!« schoß es ihr durch den Kopf, und schon war der kurze Moment vorüber.

»Hast du ihn?« fragte Horrocks unter der halboffenen Tür.

Raut ging auf ihn zu. »Du verabschiedest dich besser gleich von Mrs. Horrocks!« sagte der Hüttenmeister mit noch grimmigerer Ruhe in der Stimme.

Raut fuhr zusammen und drehte sich um. »Guten Abend, Mrs. Horrocks!« sagte er, und ihre Hände berührten einander.

Horrocks hielt mit steifer Höflichkeit, die ihm sonst im Umgang mit Männern fremd war, die Tür auf. Raut ging hinaus, der Ehemann folgte ihm mit einem wortlosen Blick auf die Frau. Sie stand reglos, während Rauts leichter Schritt und ihres Gatten schwerfälliges Stapfen wie Baß und Diskant zusammen im Korridor verklangen. Die Haustür fiel krachend ins Schloß. Langsam ging die Frau ans Fenster und wartete vornübergebeugt. Einen Augenblick tauchten die beiden Männer an der Toreinfahrt auf, gingen unter der Laterne vorbei und verschwanden hinter dem dunklen Buschwerk. Der Laternenschein fiel kurz auf ihre Gesichter – blasse, ausdruckslose Flecken, die nichts von dem verrieten, was sie befürchtete und argwöhnte und vergebens zu ergründen versuchte. Dann sank sie in den großen Lehnstuhl und starrte zusammengekauert mit weitaufgerissenen Augen nach den roten Lichtern der Hochöfen, die in den Himmel flackerten. Eine Stunde später saß sie immer noch – in kaum veränderter Haltung – dort.

Die drückende Stille des Abends lastete schwer auf Raut. Schweigend gingen sie Seite an Seite die Straße hinunter, und schweigend bogen sie in den aschebestreuten Seitenweg, der bald darauf den Ausblick auf das Tal freigab.

Ein blauer Dunst – halb Staub, halb Nebel – verlieh dem Tal etwas Geheimnisvolles. Dahinter lagen Hamley und Etruria – graue und schwarze Schatten – zart durchädert von den spärlichen goldenen Punkten der Straßenlaternen; da und dort ein gaserleuchtetes Fenster oder der gelbe Schein einer Fabrik mit Nachtbetrieb oder eines vollen Wirtshauses. Aus den Schatten erhob sich, schlank und deutlich gegen den Abendhimmel, eine Vielzahl hoher Schornsteine, die meisten rauchend, einige – einer momentanen Arbeitseinstellung wegen – außer Betrieb. Ab und zu markierten ein fahler Fleck und gespenstisch verzerrte Bienenkorbformen die Stelle, wo eine Dammgrube lag, oder ein Rad, schwarz und scharf vom glühenden, tieferen Himmel abgehoben, zeigte ein Kohlelager an, wo die irisierende Kohle emporgeschafft wurde. Etwas näher lag die breite Bahnstrecke, und undeutlich sichtbar keuchten Züge vorüber – ein ununterbrochenes Rattern und Schnauben, mit jedem Zug eine dröhnende Erschütterung, eine rhythmische Folge von Stößen und eine Kette abgerissener weißer Dampfwolken, die den weiteren Blick versperrten. Und zur Linken, zwischen der Bahn und dem dunklen Buckel des Hügels dahinter, alles beherrschend, mächtig, tintenschwarz und von Rauch und flackernden Flammen gekrönt, die riesigen Zylinder der »Jeddah-Company«-Hochöfen, der Hauptanlage der großen Eisenwerke, deren Direktor Horrocks war. Massig und drohend standen sie da, mit dem ständigen Getümmel von Flammen und zischendem, geschmolzenem Eisen, unten ratterten Walzwerke, der Dampfhammer stampfte wuchtig und ließ die Eisenfunken nach allen Seiten hinausstieben. Eben, als sie hinsahen, wurde ein Rollwagen Koks in einen der Riesen geschoben, und die roten Flammen glühten heraus, und ein Wirbel von Rauch und schwarzem Staub stieg brodelnd in den Himmel.

»Eure Öfen zeigen manchmal wirklich außerordentlich schöne Farbeffekte«, unterbrach Raut das Schweigen, das schon beklemmend geworden war.

Horrocks knurrte etwas. Die Hände in den Taschen blickte er finster auf die dampfende Eisenbahn und die betriebsamen Eisenwerke dahinter, stirnrunzelnd, als brüte er über einem schwierigen Problem.

Raut sah zu ihm hin, dann auf die Seite. »Dein Mondlichteffekt ist noch nicht ganz, was er sein sollte«, sagte er, mit dem Blick nach oben, »das letzte Tageslicht schwächt den Schein des Mondes noch ab.«

Horrocks starrte ihn an wie einer, der aus dem Schlaf aufschreckt. »Das letzte Tageslicht? ...Ach ja! Natürlich!« Auch er blickte jetzt zum Mond hinauf, der noch blaß am Mittsommerhimmel stand. »Komm weiter!« sagte er plötzlich, ergriff Raut am Arm und zog ihn zum Fußweg, der zur Bahnlinie führte.

Raut zögerte. Die beiden Männer blickten einander an, und ihre Augen gewahrten in einer Sekunde tausend Dinge, die ihre Lippen mühsam verschwiegen. Horrocks' Griff wurde fester und lockerte sich dann. Seine Hand fiel herab, und ehe Raut sich versah, schlenderten sie – der eine äußerst widerstrebend – den Weg hinunter.

»Siehst du, wie schön sich die Bahnsignale gegen Burslem zu machen?« Horrocks zeigte sich plötzlich gesprächig, während er rasch ausschritt und die Ellbogen fester anzog. »Kleine grüne Lichter und rote und weiße Lichter, alle im Dunst. Du hast ein Auge für Lichteffekte, Raut. Das ist ein besonders schöner. Und meine Hochöfen – wie sie vor uns in die Höhe wachsen, während wir den Hügel herunterkommen. Der rechte ist mein Liebling. Dreißig Meter hoch. Ich habe ihn selbst errichtet, und fünf lange Jahre brodelt er nun schon vergnügt mit dem Eisen in seinen Eingeweiden. Für den habe ich eine ganz besondere Schwäche. Diese Linie Rot dort – du würdest es ein reizendes, warmes Orange nennen, Raut – das sind die Puddelöfen, und dort, in dem grellen Licht – die drei schwarzen Formen – hast du vorhin das weiße Aufspritzen des Dampfhammers gesehen? – das sind die Walzwerke. Komm weiter! Klirr! Krach! – wie es über den Boden rattert! Eisenblech! Raut! – erstaunliches Material! Spiegel sind nichts dagegen, wenn das aus den Walzwerken kommt. Klatsch! – Da geht der Hammer wieder. Komm weiter!«

Er mußte innehalten, um Atem zu holen. Er hielt Rauts Arm mit lähmendem Druck umklammert. Wie ein Besessener schritt er jetzt den dunklen Pfad zur Eisenbahn hinunter. Raut hatte kein Wort gesprochen, sondern sich nur mit aller Kraft gegen Horrocks' Zerren gestemmt. Nun sagte er – mit nervösem Auflachen, aber mit einem gereizten Unterton in der Stimme: »Weshalb zum Teufel reißt du mir den Arm aus, Horrocks, und schleppst mich so durch die Gegend?«

Endlich ließ Horrocks los. Wieder schlug sein Verhalten plötzlich um. »Dir den Arm ausreißen?« fragte er. »Tut mir leid! Aber das hab ich von dir, so freundschaftlich mit jemandem umzugehen.«

»Dann hast du die Feinheiten daran noch nicht begriffen«, sagte Raut und lachte wieder gezwungen. »Himmel! Ich bin ganz grün und blau!« Horrocks unternahm keinen Versuch, sich zu entschuldigen. Nun standen sie fast am Fuß der Anhöhe, dicht an der Absperrung der Bahnlinie. Je näher sie kamen, desto größer und weitläufiger wurden die Hüttenwerke. Sie blickten jetzt zu den Hochöfen hinauf statt hinunter, wie vorhin. Etruria und Hamley waren während des Abstiegs nach und nach ihren Blicken entschwunden. Neben dem Bahnübergang vor ihnen stand eine Warntafel, darauf – noch undeutlich sichtbar und durch Spritzer von Kohleschlamm halb verdeckt – die Worte: »Achtung Züge!«

»Wunderbare Effekte!« sagte Horrocks und schwenkte den Arm in der Luft. »Da kommt ein Zug. Die Rauchwolke, die orangefarbene Glut, das runde Lichtauge vorn, das klangvolle Rattern. Wunderbare Effekte. Aber meine Hochöfen waren schöner, früher, bevor wir ihnen Gasfänge in den Schlund gesteckt haben, um Gas zu sparen.«

»Wieso?« fragte Raut. »Gasfänge?«

»Gasfänge, mein Bester, jawohl, Gasfänge. Ich werde dir einen aus der Nähe zeigen. Früher brachen die Flammen aus dem offenen Schlund, riesige – wie sagt man gleich – Wolkensäulen bei Tag, roter und schwarzer Rauch und Feuersäulen bei Nacht. Jetzt wird es in Röhren geleitet und verbrannt, um das Gebläse zu heizen, und dann die Öffnung mit einem Gasfang geschlossen. Er wird dich interessieren, dieser Gasfang.«

»Aber manchmal«, sagte Raut, »bricht doch Feuer und Rauch heraus.«

»Der Gasfang ist nicht vollständig befestigt, sondern hängt an einer Kette an einem Hebel und wird durch ein Gegengewicht im Gleichgewicht gehalten. Du wirst es aus der Nähe sehen. Sonst würde man das Ding ja überhaupt nicht feuern können. Manchmal kippt der Gasfang, und die Flammen schießen heraus.«

»Ach so«, sagte Raut. Er blickte über die Schulter zurück. »Der Mond wird heller«, bemerkte er.

»Komm!« sagte Horrocks unvermittelt, indem er ihn wieder an der Schulter packte und ihn plötzlich zum Bahnübergang zog.

Und dann folgte einer jener kurzen Augenblicke, die lebhaft eindrucksvoll sind, aber so schnell vorbei, daß sie einen doch voller Zweifel und halb benommen zurücklassen. Als die beiden zur Hälfte drüben waren, schloß sich Horrocks' Hand plötzlich krampfhaft um Rauts Schulter und riß ihn mit einer halben Kehrtwendung zurück auf die Geleise. Eine Kette erleuchteter Wagen kam rasch heran, und die roten und gelben Lichter einer Lokomotive wurden größer und größer, je näher sie kamen. Als Raut begriff, was das zu bedeuten hatte, wandte er sein Gesicht zu Horrocks und zerrte mit aller Kraft an dem Arm, der ihn auf den Schienen festhielt. Der Kampf dauerte keine Sekunde. Und so gewiß es war, daß Horrocks ihn festgehalten hatte, so gewiß war es auch, daß er der Gefahr mit Gewalt entrissen wurde. »Aus dem Weg!« stieß Horrocks schweratmend hervor, während der Zug vorbeiratterte und sie keuchend an der Absperrung zu den Eisenwerken standen.

»Ich hab ihn nicht kommen sehen«, sagte Raut mit einem Versuch, auch jetzt noch, trotz seiner bangen Befürchtungen, den Schein eines ganz alltäglichen Zusammentreffens zu wahren.

Horrocks antwortete wieder mit einem Knurren. »Der Gasfang«, sagte er, und darauf – wie einer, der sich wieder unter Kontrolle bringt: »Ich dachte, du hättest ihn nicht gehört.«

»Hab ich auch nicht«, erwiderte Raut.

»Um nichts in der Welt hätte ich zugelassen, daß du hier überfahren wirst«, sagte Horrocks.

»Ich hab einen Augenblick den Kopf verloren«, entgegnete Raut. Eine halbe Minute lang stand Horrocks still, dann wandte er sich wieder den Eisenwerken zu. »Schau, wie schön diese Schlackehügel – meine prächtigen Haufen – in der Nacht aussehen. Und dort – der Rollwagen! Wie er hineinfährt und umkippt und die Schlacken ausleert! Schau, wie die zuckende rote Masse den Hang hinunterrutscht! Je näher wir kommen, desto höher wird der Hügel, verdeckt fast die Hochöfen. Schau, wie es auf dem großen flackert und zischt! Nein, nicht da! Dort – zwischen den Schlackehaufen! Das kommt in die Puddelöfen. Aber zuerst werde ich dir den Kanal zeigen.« Er faßte Raut am Ellbogen, und sie gingen Seite an Seite weiter. Raut antwortete Horrocks zerstreut. Was, so fragte er sich, war eigentlich auf den Schienen passiert? Spielte ihm seine Einbildung einen Streich, oder hatte Horrocks ihn tatsächlich auf der Bahnlinie festgehalten? War er wirklich mit knapper Not der Ermordung entgangen?

Wenn nun dieses schwerfällige, finstere Ungeheuer etwas wußte? Ein oder zwei Minuten lang fürchtete Raut wirklich um sein Leben, aber diese Anwandlung verflog, noch während er sich das alles überlegte. Schließlich brauchte Horrocks ja gar nichts gehört zu haben. Jedenfalls hatte er ihn noch rechtzeitig weggerissen. Sein seltsames Verhalten war vielleicht nichts als eine ungewisse Eifersucht, die er schon einmal gezeigt hatte. Eben redete er von den Aschehaufen und dem Kanal.

»Nicht wahr?« sagte Horrocks.

»Was?« entgegnete Raut. »Ja, wirklich! Dieser Dunstschleier im Mondlicht. Wunderbar!«

»Unser Kanal«, sagte Horrocks und blieb plötzlich stehen, »unser Kanal ist im Mondlicht und Feuerschein ganz außergewöhnlich effektvoll! Das hast du noch nie gesehen? Nicht möglich! Du hast viel zu viele Abende in Newcastle vertändelt. Ich sage dir, eine prachtvolle Farbenglut! – Aber du wirst ja sehen. Kochendes Wasser ...«

Als sie aus dem Labyrinth von Schlackehaufen und Kohle- und Erzhügeln traten, brach plötzlich der Lärm der Walzwerke über sie herein, laut und nah und überdeutlich. Drei schattenhafte Arbeiter gingen vorüber und grüßten Horrocks. Ihre Gesichter verschwammen in der Dunkelheit. Raut hatte das flüchtige Bedürfnis, sie anzureden, aber bevor er sich dazu aufraffen konnte, waren sie schon in den Schatten verschwunden. Horrocks deutete auf den Kanal, der jetzt dicht vor ihnen lag: ein unheimlicher Ort im blutroten Widerschein der Hochöfen. Etwa fünfzig Meter weiter oben schoß das heiße Wasser, das die Düsen kühlte – ein stürmischer, fast brodelnder Zufluß, und der Dampf stieg vom Wasser in ruhigen, weißen Schwaden und Streifen auf und legte sich feucht um sie, ein ununterbrochener Gespensterreigen, der aus den schwarzen und roten Wirbeln stieg, ein weißes Emporschweben, das einem die Besinnung raubte. Der glänzende, schwarze Turm des größeren Hochofens ragte aus dem Nebel, und sein dröhnender Lärm drang bis zu ihnen. Raut hielt sich vom Rand des Wassers ein wenig fern und beobachtete Horrocks.

»Hier ist er rot«, sagte Horrocks, »ein blutroter Dampf, rot und heiß wie die Sünde, aber dort hinten, wo das Mondlicht drauffällt und er über die Schlackehaufen kriecht, ist er weiß wie der Tod.«

Raut wandte einen Augenblick den Kopf, fuhr dann aber gleich wieder fort, Horrocks zu beobachten. »Komm weiter – zu den Walzwerken!« drängte Horrocks. Das Bedrohliche seines Griffs war diesmal weniger stark spürbar, und Raut faßte wieder Zutrauen. Aber trotzdem, was meinte Horrocks mit seinem ›weiß wie der Tod‹ und ›rot wie die Sünde‹? Zufall, vielleicht?

Sie gingen weiter und blieben eine kurze Weile hinter den Puddlern stehen, schritten dann durch die Walzwerke, wo der bedächtige Dampfhammer mit unaufhörlichem Gestampfe die Schlacke aus dem flüssigen Eisen schlug und schwarze halbnackte Titanen die Puddelstangen wie heißen Siegellack zwischen die Räder trieben. »Komm!« ertönte Horrocks Stimme an Rauts Ohr, und sie gingen zu der kleinen Gasluke hinter den Düsen und sahen die lodernden Flammen in der Feuerung des Hochofens zucken. Das Auge war lange noch davon geblendet. Darauf gingen sie, während blaue und grüne Flecken vor ihnen durch das Dunkel tanzten, zum Aufzug, der die Rollwagen voll Eisenerz und Heizmaterial und Kalk bis zur oberen Öffnung des großen Schachts brachte.

Und hier draußen, auf der engen Plattform über dem Hochofen befielen Raut wieder Zweifel. War es wirklich klug gewesen mitzugehen? Wenn Horrocks nun tatsächlich wußte – alles wußte? So sehr er auch dagegen ankämpfte, konnte er ein heftiges Zittern nicht unterdrücken. Unter ihnen lag eine Tiefe von ganzen zwanzig Metern. Es war ein gefährlicher Ort. Sie zwängten sich an einem Rollwagen vorbei, um zu dem Geländer zu gelangen, das das Ganze krönte. Der Dampf des Ofens, ein schwefliger, beißender Rauch schien die Hügellandschaft bis nach Hanley erzittern zu lassen. Der Mond brach nun, in halber Höhe am Himmel, aus einem Wolkengeschwader über den hügeligen Waldstreifen von Newcastle. Der dampfende Strom tauchte vor ihnen unter eine kaum sichtbare Brücke und verschwand im Nebeldunst über den flachen Feldern nach Burslem zu.

»Das ist der Gasfang, von dem ich dir erzählt habe!« schrie Horrocks. »Und darunter zwanzig Meter Feuer und geschmolzenes Metall und die Luft vom Gebläse, die durchzischt wie Kohlensäure im Sodawasser.«

Raut umklammerte krampfhaft das Geländer und starrte in den Gasfang. Die Hitze war fast unerträglich. Das Brodeln des Eisens und das Wirbeln des Gebläses untermalten als donnernde Begleitung Horrocks' Stimme. Aber jetzt mußte er durchhalten. Und vielleicht, trotz allem...

»In der Mitte«, brüllte Horrocks, »ist die Temperatur fast tausend Grad. Wenn man dich hineinwerfen würde... du würdest in Flammen aufgehen wie Pulver über einer Kerze. Streck einmal die Hand aus und fühl, wie heiß sein Atem ist. Sogar hier oben noch habe ich das Regenwasser an den Rollwagen glatt in Dunst aufgehen sehen. Und der Gasfang! Höllisch heiß. Nichts, um Kuchen darin zu backen. Auf dem höchsten Punkt dreihundert Grad.«

»Dreihundert Grad!« wiederholte Raut.

»Dreihundert Celsiusgrade nämlich!« sagte Horrocks. »Da kocht dir in einer Sekunde das Blut im Leibe!«

»Was?« fragte Raut und drehte sich um.

»Kocht dir das Blut im Leib... Nein, daraus wird nichts!«

»Laß mich los!« kreischte Raut. »Laß meinen Arm los!«

Er hielt zuerst mit einer, dann mit beiden Händen das Geländer fest umklammert. Einen Augenblick schwankten die beiden Männer. Dann riß Horrocks Raut mit einem gewaltigen Ruck vom Geländer los. Raut versuchte, sich an Horrocks festzuhalten, griff daneben, sein Fuß tappte ins Leere; mitten in der Luft überschlug er sich, dann prallte er mit Wange, Schulter und Knie gleichzeitig auf den heißen Gasfang.

Er klammerte sich an die Kette, die den Gasfang hielt, und das Ding senkte sich leicht. Ein Kreis glühendes Rot tauchte auf, und eine Flammenzunge, vom Chaos unter ihm aufgestiegen, flackerte zu ihm empor. Seine Knie durchfuhr ein stechender Schmerz, und er roch den Gestank der versengten Hände. Er taumelte hoch, versuchte, die Kette hinaufzuklettern, da schlug etwas gegen seinen Kopf. Schwarz und im Mondlicht glänzend stieg rings um ihn der Schlund des Ofens auf. Er sah Horrocks auf der Plattform über sich stehen, neben einem Wagen voll Koks. Die gestikulierende Gestalt schimmerte weiß im Mondlicht. Er hörte sie schreien: »Brate, du Narr! Brate, du Schürzenjäger! Du heißblütiger Hund! Brenne! Brenne! Dampfe!«

Und mit einem Male ergriff er eine Handvoll Kohlen aus einem der Rollwagen und warf sie langsam, Stück für Stück, auf Raut.

»Horrocks!« brüllte Raut. »Horrocks!« Er hing an der Kette und zog sich vom glühenden Gasfang hoch. Jedes Stück, das Horrocks schleuderte, traf. Seine Kleider glosten und glühten, und während er sich wand und bäumte, kippte der Gasfang, und eine Wolke heißen, erstickenden Dampfes quoll heraus, die in rasenden Feuergarben um ihn herum brannte.

Er verlor alle Menschenähnlichkeit. Als das lodernde Rot erloschen war, sah Horrocks eine verkohlte, rußige Gestalt, die sich mit blutüberströmtem Kopf noch immer an die Kette klammerte und sie abtastete und sich dabei im Todeskampf krümmte – ein verkohltes Tier, ein unmenschliches, monströses Geschöpf, das jetzt schluchzende, abgerissene Schreie ausstieß.

Bei diesem Anblick wich der Haß des Hüttenmeisters auf einen Schlag. Eine entsetzliche Übelkeit befiel ihn. Der betäubende Geruch von brennendem Fleisch drang zu ihm empor. Er fand seine Besinnung wieder. »Gott sei mir gnädig!« rief er aus. »Gott im Himmel, was habe ich getan!« Er wußte, das Ding da unten war, obwohl es sich noch regte, noch fühlte, schon ein toter Mann – er wußte, daß das Blut des armseligen Kerls jetzt in den Adern kochte. Die Vorstellung vom Todeskampf dieser Kreatur überkam ihn mit durchdringender Schärfe und löschte jede andere Regung aus. Einen Augenblick stand er zögernd – dann wandte er sich zu dem Rollwagen und kippte den Inhalt hastig über das zuckende Ding, das einmal ein Mensch gewesen war. Krachend fielen die Klumpen heraus und kollerten auf den Gasfang. Und mit dem Krachen hörte drunten das Schreien auf, und ein brodelnder Wirbel von Rauch, Staub und Flammen wälzte sich ihm entgegen. Danach war der Gasfang leer. Er taumelte zurück und stand zitternd da, beide Hände auf dem Geländer festgekrallt. Seine Lippen bewegten sich stumm.

Unten ertönte ein Geräusch von Stimmen und eiligen Schritten. Das Rasseln der Walzen im Schuppen verstummte jäh.

Der Zauberladen

Von weitem hatte ich den Zauberladen schon öfter gesehen; ein- oder zweimal war ich auch daran vorbeigekommen – ein Schaufenster voll von verführerischen kleinen Gegenständen – Zauberbällen, Zauberhennen, wundervollen Kegeln, bauchredenden Puppen, sämtlichem Zubehör zum Korbtrick, Kartenspielen, die *aussahen*, als wären sie ganz harmlos, und all solchem Zeug. Aber nie war mir der Gedanke gekommen hineinzugehen, bis mich eines Tages Gip ganz unversehens am Finger zu dem Fenster hinlotste und sich derartig aufführte, daß ich ihn einfach hineinführen *mußte*. Ich hatte, aufrichtig gesagt, gar nicht daran gedacht, daß der Laden hier sein könnte – eine bescheidene Front in der Regent Street, zwischen einer Kunsthandlung und einem Geschäft, wo Küken, die eben aus ihren Patent-Brutapparaten gekrochen sind, herumlaufen; aber es half nichts – er *war* da. Ich hatte immer geglaubt, er wäre weiter unten in der Nähe des Zirkus' oder um die Ecke in der Oxford Street oder gar in Holborn; jedenfalls hatte er mir immer ein bißchen aus dem Weg und nicht leicht zu erreichen geschienen – so eine Art von Fata-Morgana-Lage. Aber er war nun einmal hier, ganz unbestreitbar, und das dicke Ende von Gips Zeigefinger hämmerte gegen das Glas.

»Wenn ich reich wäre«, sagte Gip, mit dem Finger auf das »Unsichtbare Ei« deutend, »so würde ich mir *das* kaufen. Und das da« – nämlich »Das schreiende Wickelkind, völlig menschlich« – »und das da« – ein geheimnisvolles Etwas namens (wie ein sauberes kleines Schild besagte) »Kaufe mich und überrasche deine Freunde!«.

»Und da«, sagte Gip, »unter den Rollen da verschwindet alles, einfach alles. Ich hab es einmal in einem Buch gelesen. Und dort, Daddy, ist der ›Unsichtbare Groschen‹ – bloß daß sie es so rum hingelegt haben, und man nicht sieht, wie's gemacht wird.«

Gip, der liebe Junge, hat ganz die Wohlerzogenheit seiner Mutter geerbt; er machte nicht etwa den Vorschlag, den Laden zu betreten, indem er quälte und quengelte; er lotste mich bloß ganz instinktiv zu der Tür und zeigte sein Interesse recht deutlich.

»Das da«, sagte er und deutete auf die Zauberflasche.

»Wenn du das hättest...?« sagte ich, auf welche vielversprechende Frage hin er mit einem plötzlichen Aufstrahlen aufschaute.

»Dann könnte ich es Jessie zeigen!« sagte er, wie immer auch an andere denkend.

»Es sind nicht einmal mehr ganze hundert Tage bis zu deinem Geburtstag, Gibbles«, sagte ich und legte meine Hand auf die Türklinke.

Gip antwortete nicht; aber er packte meinen Finger fester, und wir betraten den Laden.

Es war wirklich kein gewöhnlicher Laden; es war ein Zauberladen. Und all die großartige Überlegenheit, die Gip sonst, wo es sich einfach um Spielsachen handelt, zeigte, ließ ihn hier gänzlich im Stich. Er überließ die ganze Last der Konversation mir.

Es war ein kleiner, enger, nicht besonders hell erleuchteter Laden; die Glocke an der Tür gab einen jämmerlichen Ton von sich, als wir hinter uns zumachten. Einen Augenblick waren wir beide allein und konnten uns umsehen. Auf dem Glasdeckel, der den niederen Ladentisch bedeckte, stand ein Tiger aus Papiermaché – ein ernsthafter, gutmütig aussehender Tiger, der unentwegt mit dem Kopf nickte; daneben ein paar Kristallkugeln, eine Porzellanhand, die Zauberkarten hielt, ein Satz Zauberfischgläser in verschiedenen Größen und ein recht aufdringlicher Zauberhut, der seine Federn schamlos preisgab. Auf dem Fußboden standen Zauberspiegel; einer, der lang und dünn machte, einer, in dem der Kopf aufquoll und die Beine gänzlich verschwanden, und wiederum einer, der einen ganz kurz und dick machte, wie eine Null. Und während wir uns noch daran belustigten, kam – so vermute ich wenigstens – der Ladeninhaber herein.

Jedenfalls stand er auf einmal hinter seinem Tisch. Ein merkwürdiger, brünetter, fahler Mensch – ein Ohr länger als das andere und ein Kinn wie die Spitze eines Stiefels.

»Womit kann ich dienen?« sagte er, seine langen Zauberfinger auf der Glasplatte ausspreizend. Worauf wir zusammenfuhren. Wir merkten erst jetzt, daß er da war.

»Ich möchte«, sagte ich, »ein paar einfache Tricks für meinen Kleinen.«

»Handgeschicklichkeiten?« fragte er. «Oder Mechanik? Für den Salon?«

»Irgendwas Lustiges«, sagte ich.

»Hm!« bemerkte der Verkäufer und kratzte sich den Kopf, als überlegte er. Dann zog er – ganz deutlich sichtbar – eine gläserne Kugel aus seinem Kopf. »Etwas von der Art?« sagte er und hielt sie uns hin.

Es kam mir ganz unerwartet. Ich hatte ja das Kunststück oft genug bei Vorstellungen ausführen sehen – es gehört einmal zum allgemeinen Programm der Zauberkünstler. – Aber hier war ich nicht darauf gefaßt gewesen. »Bravo!« sagte ich lachend.

»Nicht?« sagte der Ladenmensch.

Gip streckte seine freie Hand aus, um den Gegenstand an sich zu nehmen, fand aber nichts als eine leere Handfläche.

»Es ist in deiner Tasche!« sagte der Mann. Wo es auch wirklich war!

»Wieviel kostet das?« fragte ich.

»Glaskugeln berechnen wir nicht«, sagte der Mann höflich. »Wir beziehen sie« – er zog sich, während er sprach, eine aus dem Ellbogen – »gratis.« Darauf förderte er eine dritte aus seinem Nacken zutage und legte sie neben ihre Vorgängerin auf den Ladentisch. Gip besah sich seine Glaskugel aufmerksam, warf dann einen fragenden Blick auf die beiden anderen auf dem Ladentisch und richtete hierauf seine rundäugige Aufmerksamkeit auf den Mann, der lächelte. »Du darfst die da auch nehmen«, sagte er, »und wenn du magst, noch eine dazu aus meinem Mund. *Da*!«

Gip befragte mich einen Augenblick stumm um Rat, schob dann unter tiefem Stillschweigen die vier Bälle weg, kehrte zu meinem rettenden Finger zurück und bereitete seine Kräfte auf das nächste Ereignis vor.

»Unsere kleinen Tricks beziehen wir alle nur auf die Weise«, bemerkte der Mann.

Ich lachte, wie man über einen alten Witz lacht. »Statt zu einer Großhandelsfirma zu gehen«, sagte ich. »Selbstverständlich. Es kommt billiger.«

»Auf eine Art«, sagte der Mann. »Obschon wir schließlich doch bezahlen. Aber nicht so viel, wie die Leute meinen... Unsere größeren Tricks und unsere Tagesbedürfnisse und was wir sonst brauchen, beziehen wir hier aus dem Hut... Sie müssen wissen, Sir – entschuldigen Sie die Freiheit! – es *gibt keine* Großhandelsfirma – nicht für echte Zauberartikel, Sir! Ich weiß nicht, ob Sie unser Firmenschild gesehen haben – ›Der echte Zauberladen‹.« Er zog eine Geschäftskarte aus seiner Backe und händigte sie mir aus. »Der echte!« wiederholte er, mit dem Finger auf das Wort deutend, und fügte hinzu: »Kein Betrug – in keiner Weise, Herr!«

Der scheint den Scherz ja recht ernsthaft durchzuführen, dachte ich.

Darauf wandte er sich mit einem Lächeln von auffallender Beflissenheit an Gip. »Junge, weißt du, *du* bist von der rechten Sorte!«

Ich war überrascht ob seiner Sachkenntnis. Denn im Interesse der Disziplin halten wir das sogar bei uns zu Hause ziemlich geheim.

Gip dagegen nahm es mit unerschütterlichem Stillschweigen auf und sah ihn nur unentwegt fest an.

»Bloß Jungens von der rechten Sorte kommen überhaupt durch die Tür da!«

Und als eine Art Illustration zu diesem Ausspruch vernahmen wir im selben Augenblick ein Rutteln an der Tür und hörten eine schwächliche, piepsende, kleine Stimme: »Rein! Ich *will* aber rein, Daddy, ich *will* rein, rein!«, und darauf Töne eines mißhandelten Vaters, der tröstete und beschwichtigte.

»Es ist geschlossen, Edward!«

»Aber nein«, sagte ich.

»Doch, Sir!« entgegnete der Verkäufer, »immer – für *die* Sorte von Kindern«; und während er das sagte, tauchte draußen flüchtig ein kleines, weißes, von Süßigkeiten und Überfütterung aufgedunsenes und von schlechten Neigungen verzogenes, fahles Gesichtchen auf – der andere Junge, ein trotziger, kleiner Egoist, der gegen die verzauberte Ladenfensterscheibe hämmerte. »Hilft nichts, Sir!« sagte der Mann, als ich, von meiner angeborenen Menschenfreundlichkeit getrieben, auf die Tür zuging. Gleich darauf hörten wir, wie das verzogene Kind heulend abgeführt wurde.

»Wie bringen Sie denn das zuwege?« fragte ich aufatmend.

»Zauberei!« sagte der Mann mit einer gleichmütigen Handbewegung; und siehe da! Funken farbigen Feuers sprühten aus seinen Fingern und entschwanden im Dunkel des Ladens.

»Hast du nicht gesagt«, wandte er sich darauf an Gip, »bevor du hereinkamst, du möchtest gern eine Schachtel ›Kaufe mich und überrasche deine Freunde‹?«

Gip, nach einer tüchtigen Kraftanstrengung, sagte: »Ja.«

»Es ist in deiner Tasche.«

Und sich über den Ladentisch beugend – der Kerl hatte wirklich einen ganz außergewöhnlich langen Körper – förderte der erstaunliche Mensch den genannten Gegenstand zutage, ganz auf die Art des üblichen Zauberkünstlers. »Papier!« sagte er dann und holte einen Bogen aus dem leeren Hut mit den Federn. »Bindfaden!« Und siehe da, sein Mund war ein Bindfadenbeutel, aus dem er ein endloses Stück Schnur zog, das er schließlich, nachdem er das Paket zugebunden hatte, abbiß und worauf er – so wenigstens erschien es mir – den Bindfadenknäuel verschluckte. Darauf steckte er an der Nase einer Bauchrednerpuppe eine Kerze an, streckte den einen Finger (der rot wie Siegellack aussah) in die Flamme und versiegelte damit das Paket. »Dann war da noch das ›Unsichtbare Ei‹«, fuhr er fort, zog eins aus meiner Brusttasche und packte es ein; ebenso das »Schreiende

Wickelkind, völlig menschlich«. Und ich reichte jedes Paket, sobald es fertig war, Gip, der es innig an sich drückte.

Gesprochen hatte er nur wenig; aber um so beredter waren seine Augen. Auch die Art, wie er mich anfaßte, war recht beredt. Er war der Spielball unaussprechlichster Erregungen. Man bedenke: *echte* Zauberei!

Gleich darauf machte ich einen Luftsprung; ich entdeckte, daß sich in meinem Hut etwas bewegte – etwas Weiches, Flatterndes. Ich riß ihn vom Kopf, und eine zerzauste Taube – zweifellos eine Mitverschworene – fiel heraus und lief über den Ladentisch, um – wie ich glaube – in einer Pappschachtel hinter dem Papiermachétiger zu verschwinden.

»Ei, ei!« sagte der Ladenbesitzer und nahm mir gewandt meinen Hut aus der Hand. »Leichtsinniger Vogel! Und hat – so wahr ich lebe – gebrütet!«

Er schüttelte meinen Hut und schüttete in seine ausgestreckte Hand zwei oder drei Eier, eine große Murmel, eine Uhr, ungefähr ein halbes Dutzend der unvermeidlichen Glaskugeln und zuletzt zerknittertes, zusammengeknülltes Papier, immer mehr und mehr und mehr, wobei er die ganze Zeit darüber redete, wie nachlässig die Menschen ihre Hüte *innen* und außen ausbürsteten – höflich natürlich, aber doch mit einer gewissen persönlichen Anzüglichkeit. »Alle möglichen Dinge sammeln sich an, Sir... Ich meine nicht *Sie* im besonderen... aber fast bei jedem Kunden... Ganz erstaunlich, *was* sie alles mit sich herumschleppen...« Das zerknitterte Papier wogte und stieg auf dem Ladentisch, immer höher und höher, bis der Mann fast ganz verschwunden war, bis es ihn ganz und gar verdeckte; und immer noch ertönte die Stimme – fort und fort: »Keiner von uns weiß, was der äußere Schein eines menschlichen Wesens verbergen kann, Sir! Sind wir nicht alle nur glattgebürstete Außenseiten, weiße Grabmäler...« Seine Stimme verstummte – genau wie wenn man einen wohlgezielten Backstein nach dem Grammophon seines Nachbars wirft – dasselbe plötzliche Verstummen; das Rascheln des Papiers hörte auf, und alles war still...

»Sind Sie fertig mit meinem Hut?« sagte ich nach einer Pause.

Es kam keine Antwort.

Ich starrte Gip an, und Gip starrte mich an; und in den Zauberspiegeln standen unsere Zerrbilder und sahen ganz sonderbar und ernsthaft und still aus...

»Ich denke, wir gehen jetzt«, sagte ich. »Wollen Sie mir sagen, was ich schuldig bin?«

»Hören Sie?« sagte ich in etwas stärkerem Ton. »Ich möchte die Rechnung; und meinen Hut, bitte!«

Hinter dem Papier hervor kam etwas wie ein Schnuppern...

»Wir wollen hinter dem Ladentisch nachsehen, Gip«, sagte ich. »Er hält uns zum Narren.«

Ich führte Gip um den kopfnickenden Tiger herum. Und was glauben Sie, daß hinter dem Ladentisch war? Überhaupt niemand! Nichts als mein Hut auf dem Boden und ein gewöhnliches, stutzohriges, weißes Zauberkaninchen, das in tiefe Betrachtung versunken dasaß und so dumm und zerzaust aussah, wie bloß ein Zauberkaninchen aussehen kann. Ich hob meinen Hut auf, und das Kaninchen setzte mit einem kleinen, trägen Satz mir aus dem Weg.

»Daddy!« sagte Gip in schuldbewußtem Flüsterton.

»Was gibt's, Gip?« sagte ich.

»Der Laden *gefällt* mir, Daddy!«

»Mir auch«, sagte ich zu mir selbst, »wenn bloß nicht der Ladentisch auf einmal so lang würde, daß er einen von der Tür absperrt.« Aber darauf machte ich Gip nicht weiter aufmerksam.

»Pussy!« sagte er und streckte eine Hand nach dem Kaninchen aus, das an uns vorüberhopste. »Pussy, mach uns ein Zauberkunststückchen vor!« Und er verfolgte es mit den Blicken, während es sich durch eine Tür zwängte, die ich einen Augenblick zuvor noch gar nicht bemerkt hatte.

Die Tür öffnete sich weiter, und der Mann mit dem einen Ohr größer als dem anderen erschien wieder. Er lächelte noch immer, aber sein Auge begegnete dem meinen mit einem Ausdruck, der zwischen Belustigung und Herausforderung schwankte. »Vielleicht würde es Ihnen Spaß machen, unser Magazin zu sehen, Sir!« sagte er mit einer Art harmloser Beflissenheit.

Gip zerrte meinen Finger vorwärts. Ich sah nach dem Ladentisch und begegnete wieder dem Auge des Mannes. Ich fing an, den Zauber ein bißchen zu echt zu finden! «Sehr viel Zeit haben wir nicht«, sagte ich. Aber noch ehe ich das ausgesprochen hatte, waren wir schon irgendwie im Magazin drin.

»All unsere Ware ist von derselben Qualität«, sagte der Mann, seine geschmeidigen Hände reibend, »nämlich von der besten. Wir haben in diesem ganzen Raum nichts, was nicht echte Zauberei ist und für dessen Originalität wir nicht garantieren. Bitte um Entschuldigung, Sir!«

Ich fühlte, wie er an etwas zog, das an meinem Rockärmel hing; und dann sah ich ihn einen kleinen, sich krümmenden, roten Dämon am Schwanz halten – das kleine Wesen fauchte und schlug um sich und versuchte ihn in die Hand zu beißen – im nächsten Augenblick schleuderte er es gleichmütig hinter einen Tisch. Ohne Zweifel war das Ding ja nichts weiter als eine kleine Gummipuppe; aber so im Augenblick...! Und das ganze Gebaren des Mannes war genau so, als ob er ein ekles, bissiges, kleines Stück Ungeziefer in der Hand hielte. Ich blickte nach Gip, aber Gip besah sich eben ein Zauberschaukelpferd. Ich war froh, daß er das Ding nicht gesehen hatte. »Hören Sie mal«, sagte ich leise, mit meinen Augen auf Gip und den kleinen roten Teufel weisend, »Sie haben wohl nicht viel Derartiges hier, was?«

»Das war keiner von den unsern! Wahrscheinlich haben Sie ihn mitgebracht!« sagte der Mann, ebenfalls leise und mit strahlenderem Lächeln als je. »Ganz erstaunlich, was die Leute immer mit sich herumschleppen, ohne daß sie's merken!« Dann zu Gip: »Siehst du hier irgendwas, was dir gefällt?«

Es waren recht viele Dinge da, die Gip gefielen.

Er wandte sich mit einem Gemisch aus Zutraulichkeit und Respekt zu dem erstaunlichen Verkäufer: »Ist das ein Zauberschwert?« fragte er.

»Ein hölzernes Zauberschwert. Biegt sich nicht, bricht nicht, schneidet einen nicht in den Finger. Macht seinen Träger unbesiegbar in jedem Kampf gegen alle Menschen unter achtzehn Jahren. Von einer halben Krone bis zu sieben Schilling und Sixpence – je nach Größe. Die Pappendeckelrüstungen hier sind für jugendliche fahrende Ritter – äußerst praktisch – ein Sicherheitsschild – Siebenmeilenstiefel – ein Tarnhelm.«

»Oh, Daddy!« stieß Gip atemlos heraus.

Ich versuchte ausfindig zu machen, was diese Gegenstände kosteten; aber der Mann beachtete mich gar nicht. Er hatte jetzt Gip glücklich erwischt; hatte ihn von meinem Finger weggelotst und hatte sich Hals über Kopf in die Vorführung all seiner verwünschten Herrlichkeiten gestürzt; ich konnte ihn nicht aufhalten. Bald bemerkte ich mit einem angstvollen Gefühl des Mißtrauens und mit etwas, was ganz verteufelt wie Eifersucht aussah, daß Gip den Finger dieses Menschen gepackt hatte, so wie er sonst meinen packt. Na ja, interessant war der Kerl ja, dachte ich, und er hatte auch einen ganz interessant aufgemachten Haufen von Waren, wirklich *gut* aufgemachte Ware; immerhin...

Ich wanderte hinter den beiden drein, sagte fast gar nichts, behielt aber den gauklerischen Kerl immer im Auge. Schließlich – Gip hatte sein Vergnügen daran. Und wenn es Zeit war zu gehen, so konnten wir zweifellos auch ohne Schwierigkeit fort.

Es war ein langer, unregelmäßig gebauter Raum, dieses Magazin – eine Art von Galerie, die voll von Tischen und Schränken und Buden und Pfeilern war, mit schmalen Gängen, die wieder in andere Abteilungen führten, in denen sehr seltsam aussehende Gehilfen herumlungerten und einen anstarrten, und mit einer verwirrenden Menge von Spiegeln und Vorhängen. So verwirrend, daß ich in der Tat bald nicht mehr imstande war, die Tür zu erkennen, durch die wir hereingekommen waren.

Der Mann zeigte Gip Zauber-Eisenbahnzüge, die ohne Dampf oder Federmechanismus hierhin und dahin fuhren, je nachdem die Signale aufgezogen wurden, und dann ein paar ganz außerordentlich wertvolle Schachteln mit Bleisoldaten, die, sobald man den Deckel abhob, alle lebendig wurden und sagten... Ich selber habe kein so besonders scharfes Gehör, und es klang geradezu zungenbrecherisch, was sie sagten, aber Gip (der das Gehör seiner Mutter hat) verstand es augenblicklich.

»Bravo!« sagte der Verkäufer, indem er die Soldaten ohne weiteres in ihre Schachtel zurückpackte und diese Gip überreichte. »Na also?« Und im Nu hatte Gip sie sämtlich wieder lebendig gemacht.

»Sie nehmen die Schachtel?« fragte der Mann.

»Wir nehmen sie«, sagte ich, »aber nur, wenn Sie nicht den vollen Preis berechnen. Man müßte ja ein Magnat sein.«

»Du liebe Zeit! Bitte!« Und der Mann warf die kleinen Männchen wieder in ihre Schachtel, klappte den Deckel zu, schwenkte das Ganze einmal durch die Luft – und siehe da! Er überreichte es uns, in braunes Papier gewickelt, verschnürt und *mit Gips vollem Namen und voller Adresse auf dem Papier!*

Der Mann lachte über mein Erstaunen.

»Das ist echte Zauberei«, sagte er. »Das Wahre!«

»Ein bißchen *zu* echt für meinen Geschmack!« sagte ich.

Darauf begann er Gip allerhand Kunststücke vorzuführen – seltsame Kunststücke, die noch seltsamer wurden durch die Art, wie er sie vorführte. Er erklärte sie – er zeigte ihren ganzen Mechanismus – und mein lieber, kleiner Kerl stand daneben und nickte wer weiß wie weise und verständnisinnig mit seinem kleinen, eifrigen Köpfchen dazu.

Ich kann nicht sagen, daß ich so besonders gut aufgepaßt hätte. »Hei! Presto!« sagte der Zaubermann – und gleich darauf kam dann das kleine, helle »Hei! Presto!« des Jungen. Aber meine Aufmerksamkeit wurde durch andere Dinge abgelenkt. Immer mehr kam es mir zum Bewußtsein, wie ganz ungewöhnlich seltsam der ganze Raum doch war. Geradezu durchtränkt von einem Gefühl der Seltsamkeit. Sogar über der Architektur – der Decke, dem Fußboden –, über den wie zufällig verteilten Stühlen lag etwas Seltsames. Ich hatte eine sonderbare Empfindung – als ob sie, sobald ich sie nicht fest ansah, umtaumelten und sich bewegten und hinter meinem Rücken ein lautloses Blindekuhspiel trieben. Und die Wandbekleidung wies ein Schlangenmuster mit Larven auf, die bei weitem ausdrucksvoller waren, als es für Gip gut war.

Plötzlich wurde meine Aufmerksamkeit von einem der sonderbar aussehenden Gehilfen gefesselt. Er stand ein Stück weit von mir und wußte augenscheinlich nichts von meiner Gegenwart – ich erblickte so ungefähr drei Viertel seiner Länge durch einen Säulenbogen über einem Stapel von Spielsachen, er lehnte augenscheinlich an einem Pfeiler und schnitt die scheußlichsten Grimassen. Ganz besonders scheußlich war, was er mit seiner Nase trieb. Und er machte es so ganz einfach, als hätte er eben nichts anderes zu tun und amüsiere sich bloß ein bißchen. Zuerst war es eine ganz kurze Kartoffelnase; dann plötzlich schoß sie heraus wie ein Teleskop, schoß und schoß und wurde dünner und dünner, bis sie aussah wie eine lange, rote, biegsame Gerte. Wie ein Alpdrücken war es! Und er fuhr mit ihr herum und schwang sie wie ein Angler seine Rute.

Mein erster Gedanke war, daß Gip das nicht sehen dürfte. Ich wandte mich um; Gip war völlig in Anspruch genommen von dem Verkäufer und ahnte nichts Böses. Sie redeten leise miteinander und blickten dabei auf mich. Gip stand auf einem kleinen Sessel, und der Mann hielt eine Art großer Trommel in der Hand.

»Versteckspielen, Daddy!« rief Gip. »Du bist dran!«

Und ehe ich es hindern konnte, hatte der Mann seine große Trommel über ihn gestülpt.

Ich sah sofort, was los war. »Weg mit dem Ding!« rief ich. »Aber sofort! Sie erschrecken den Jungen ja! Weg damit, sage ich!«

Der Mann mit den ungleichen Ohren gehorchte ohne ein Wort zu sagen und hielt mir den großen Zylinder entgegen, um mir zu zeigen, daß er leer war. Und auch der kleine Sessel war leer. War wirklich in diesem einzigen Augenblick mein Junge ganz und gar verschwunden?…

Fast jedermann kennt wohl das unheimliche Etwas, das

manchmal wie eine Hand aus dem Unsichtbaren kommt und einem das Herz packt. Es löscht das eigentliche, gewöhnliche Ich aus und macht einen durch und durch gespannt und zielbewußt. Weder schwerfällig noch überrascht, weder zornig noch furchtsam. So war es mit mir.

Ich ging zu dem grinsenden Kerl hin und stieß mit dem Fuß seinen Stuhl beiseite.

»Hören Sie auf mit Ihrem Unsinn!« sagte ich. »Wo ist mein Junge?«

»Sie sehen«, sagte er, mir noch immer das Innere der Trommel hinhaltend, »es ist kein Betrug dabei...«

Ich streckte die Hand aus, um ihn zu packen; aber mit einer geschickten Bewegung wich er meinem Griff aus. Ich faßte wieder nach ihm, er wandte sich ab und stieß eine Tür auf, um zu entwischen.

»Halt!« sagte ich, und er lachte und verschwand. Ich machte einen Satz – hinter ihm drein – in die schwarze Finsternis... Bumm!

»Donnerwetter! Ich habe Sie gar nicht kommen sehen, Sir!«

Ich war in der Regent Street und war eben mit einem anständig aussehenden Arbeiter zusammengeprallt. Einen Schritt davon – ein bißchen verwirrt und unsicher aussehend, stand Gip. Ich stammelte eine Entschuldigung, und gleich darauf hatte Gip sich umgedreht und kam auf mich zu, mit einem sonnigen Lächeln, als ob er mich einen Augenblick lang verloren hätte.

Und er trug vier Pakete im Arm!

Er bemächtigte sich sofort meines Fingers.

Einen Moment lang fand ich mich nicht zurecht. Ich starrte um mich – auf der Suche nach der Zauberladentür. Sie war nirgends zu sehen. Keine Tür, kein Laden, nichts, bloß der gewohnte Pfeiler zwischen dem Laden, wo sie Kunstgegenstände verkaufen, und dem Fenster mit den Küken!...

Ich tat das einzige, was in diesem innerlichen Aufruhr zu tun war: Ich stellte mich an den Rand des Gehsteigs und hielt den Schirm in die Höhe, um eine Droschke herbeizuwinken.

»Droschken!« sagte Gip im Tone höchsten Frohlockens.

Ich setzte ihn in die Droschke, rief mit einer gewissen Anstrengung mir meine eigene Adresse ins Gedächtnis zurück und stieg ebenfalls ein. Etwas Ungewohntes wurde plötzlich in meiner Rocktasche fühlbar. Ich sah nach und entdeckte eine Glaskugel. Übellaunig warf ich sie auf die Straße.

Gip sagte nichts.

Eine ganze Weile sprach keiner von uns ein Wort.

»Daddy«, sagte schließlich Gip, »das *war* ein famoser Laden!«

Damit brachte er mich zu der Frage, was er eigentlich von der Sache halte. Er sah einstweilen gänzlich unversehrt aus. Er war weder bestürzt noch verwirrt; er war ganz einfach ungeheuer befriedigt von seinem Nachmittagsausflug; und in seinen Armen hielt er die vier Pakete.

Zum Donnerwetter! Was mochte drin sein?

»Hm!« bemerkte ich. »Kleine Jungens können wirklich nicht jeden Tag in solche Läden mitgenommen werden!«

Er nahm meine Worte mit gewohntem Gleichmut auf, und einen Augenblick tat es mir wahrhaft leid, daß ich sein Vater war und nicht seine Mutter; sonst hätte ich ihn, hier in der Droschke, *coram publico*, abgeküßt. Na, jedenfalls, dachte ich, so schlimm ist die Geschichte nicht.

Aber ganz beruhigt war ich doch erst, als wir die Pakete aufgemacht hatten. Drei davon enthielten Schachteln mit Soldaten, ganz gewöhnlichen Bleisoldaten, aber so gut gemacht, daß Gip darüber gänzlich vergaß, daß eigentlich in den Paketen Zauberkunststücke, echte Zauberkunststücke sein sollten; und im vierten war ein Kätzchen, ein kleines, lebendiges weißes Kätzchen von ausgezeichnetem Wohlbefinden und Temperament...

Ich sah diesem Auspacken mit einer Art provisorischer Erleichterung zu... Ich trieb mich wer weiß wie lang immer wieder in der Nähe des Kinderzimmers herum...

Das war vor sechs Monaten. Und jetzt fange ich wirklich an zu glauben, daß alles in Ordnung ist. Das Kätzchen hat lediglich den Zauber, der allen jungen Katzen eigen ist, und die Soldaten bilden eine so zuverlässige Truppe, wie nur je ein Oberst sie sich wünschen kann. Und Gip?

Der erfahrene Vater wird begreifen, daß ich mit Gip sehr vorsichtig sein muß.

Aber *soweit* hab ich mich eines Tages doch einmal verstiegen. Ich sagte: »Was würdest du dazu sagen, Gip, wenn deine Soldaten auf einmal lebendig würden und von selber marschierten?«

»Das tun meine!« sagte Gip. »Ich brauche nur ein einziges Wörtchen zu sagen, bevor ich die Schachtel aufmache.«

»Dann marschieren sie von selber?«

»Aber natürlich, Daddy! Wenn sie *das* nicht könnten, *möcht* ich sie gar nicht!«

Ich bezeugte keinerlei unziemliches Erstaunen und habe mir seither angewöhnt, so hie und da ganz plötzlich im Kinderzimmer zu erscheinen, wenn er mit seinen Soldaten spielt. Aber einstweilen habe ich sie noch nie bei irgendeiner auch nur im entferntesten an Zauberei erinnernden Vorführung ertappt...

Es läßt sich da schwer was sagen...

Dann ist da auch noch die finanzielle Frage. Ich habe die unheilvolle Angewohnheit, meine Schulden zu bezahlen. Ich bin wer weiß wie oft durch die Regent Street gegangen, auf und ab, und habe nach dem Laden gesucht. Und ich bin nun geneigt zu denken, daß der Ehre in dieser Angelegenheit Genüge getan ist, und daß ich, da Gips Name und Adresse den Leuten bekannt sind, es ruhig ihnen überlassen kann – wer sie auch sein mögen! – mir die Rechnung zu schicken – wenn es ihnen paßt!

»Haben diese Gebeine je gelebt?«

Kann irgend etwas dem Laien annähernd so tot, stumm und ausdruckslos erscheinen wie die gelbbraunen Knochenfragmente und die zersplitterten Feuersteine, die ältesten Spuren, die menschliche Wesen auf der Welt hinterlassen haben? In den Vitrinen der Museen sind sie zu sehen, nach Systemen geordnet, die wir nicht verstehen, und mit seltsamen Namen bezeichnet. Zumeist wurden sie nach den Orten, wo man die ersten Stücke fand, benannt, nach Chelles, La Moustier, Solutre und so weiter. Die meisten Menschen schauen diese Überreste flüchtig durch die Scheiben an, sind einen Augenblick erstaunt über diese halb wilde, halb tierische Vergangenheit unserer Rasse und gehen weiter. »Primitive Menschen«, sagen wir, »Feuersteinwerkzeuge. Das Mammut hat die Urmenschen gejagt.« Die wenigsten Menschen sind sich klar darüber, wie viel die scharfsinnige, unermüdliche Arbeit der Wissenschaftler in den letzten Jahren aus diesen vermoderten, verblaßten Überresten herausgelesen hat.

Eines der verblüffendsten Resultate dieser Arbeit ist die allmähliche Erkenntnis, daß große Mengen dieser Feuersteingeräte und auch einige der älteren Knochenfragmente nicht, wie man annahm, von Menschen herrühren, sondern von Wesen, die wohl in vielem sehr menschenähnlich gewesen sein müssen, aber nicht wirklich zur Spezies Mensch gehört haben. Wissenschaftler nennen diese verschwundenen Rassen »Mensch« (homo), gerade so wie sie Löwen und Tiger »Katze« (felis) nennen, aber es gibt die triftigsten Gründe, um anzunehmen, daß diese frühen sogenannten Menschen nicht unseres Blutes waren, nicht unsere Ahnen, sondern ein merkwürdiges, ausgestorbenes Tier, mit uns verwandt, uns ähnlich und doch von uns verschieden, wie das Mammut dem Elefanten verwandt, ihm ähnlich und doch von ihm verschieden war. Feuerstein- und Knochenwerkzeuge werden in geologischen Schichten von recht beträchtlichem Alter gefunden; wir haben in unserem Museum Überreste, die eine Million Jahre alt sein mögen und auch mehr, aber die Spuren wirklich menschlicher Wesen, die geistig und anatomisch uns gleichen, sind höchstens zwanzig- oder dreißigtausend Jahre zurück zu verfolgen. Damals erschienen die echten Menschen in Europa, aber wir wissen nicht, woher sie kamen. Diese anderen werkzeuggebrauchenden, feuerschlagenden Tiere, die den Menschen ähnlich und doch keine Menschen waren, gingen angesichts der wirklichen Menschen zugrunde.

Wissenschaftliche Autoritäten unterscheiden bereits vier Spezies dieser Pseudomenschen, und es ist sehr wahrscheinlich, daß wir von Zeit zu Zeit von neuen Spezies hören werden. Eine dieser Rassen verfertigte die Werkzeuge, die man in Chelles gefunden hat. Es sind hauptsächlich flache Steinklingen, die man aus drei- bis vierhunderttausend Jahre alten Schichten zutage gefördert hat. Werkzeug aus Chelles ist in jedem großen Museum zu sehen. Es sind riesenhafte Geräte, *vier- oder fünfmal so groß als alle jene, die von wirklichen Menschen stammen* und gar nicht übel gemacht. Ganz bestimmt hat ein denkendes Wesen sie erzeugt; sicher haben große, ungeschlachte Hände diese felsigen Klumpen umklammert und sich ihrer bedient. Aber bis jetzt hat man nur ein einziges kleines Fragment eines Skeletts aus jenem Zeitalter gefunden, einen sehr massiven kinnlosen Unterkiefer, mit Zähnen, die sogar *besser* ausgebildet sind als die der heutigen Menschen. Wir können nur ahnen, was für ein seltsamer Vorbote der menschlichen Gestalt einst mit diesem Kiefer gegessen und auf seine Feinde mit diesen großen, aber nicht unhandlichen Feuersteinklingen losgeschlagen hat. Es muß wohl ein riesiger Kerl gewesen sein, sicherlich bedeutend größer als ein Mensch. Er war gewiß imstande, einen Bären beim Genick zu packen und den säbelzahnigen Löwen an der Kehle. Wir wissen nichts Genaues von ihm, wir haben nur diese großen Steinklingen, dieses massive Stück Kiefer – und die Freiheit, unsere Phantasie spielen zu lassen.

Das faszinierendste unter allen Rätseln der prähistorischen Zeit, der Zeit vor dem Erscheinen des echten Menschen, ist wohl das Rätsel des Mousterianers; der existierte wahrscheinlich noch, als der wirkliche Mensch in Europa einwanderte. Die Mousterianer lebten viel später als die unbekannten Riesen von Chelles, etwa vor dreißig- oder vierzigtausend Jahren – ein Gestern im Vergleich zur Zeit von Chelles. Die Mousterianer werden auch Neandertaler genannt. Bis vor ganz kurzem nahm man an, sie seien wirkliche Menschen gewesen, wie wir selbst. Jetzt aber beginnt man zu erkennen, daß sie anders gewesen sind, so verschieden von uns, daß es ausgeschlossen scheint, daß sie uns nah verwandt sein könnten. Sie hatten einen eigentümlich schlenkernden Gang, konnten ihren Kopf nicht zum Himmel wenden und ihre Zähne waren ganz anders als Menschenzähne. Es ist sonderbar, daß sie in ein oder zwei Dingen weniger affenähnlich waren als wir. Der Augenzahn, der dritte Zahn von der Mitte, der beim Gorilla außerordentlich groß ist, beim Menschen spitz und ganz verschieden von den übrigen Zähnen, ist beim Neandertaler nicht besonders gekennzeichnet. Er hatte ein sehr gleichmäßiges Gebiß, auch seine Backenzähne waren ganz anders und weniger affenähnlich als unsere. Der untere Teil des Gesichtes war länger, die Stirne niederer als beim Menschen, aber das läßt nicht darauf schließen, daß er weniger Hirn hatte. Sein Gehirn war so groß wie das eines modernen Menschen, nur hatte es eine andere Form, es war hinten größer, vorne kleiner, so daß er wahrscheinlich anders dachte, sich anders benahm als wir. Vielleicht hatte er ein besseres Gedächtnis und weniger Urteilskraft als der wirkliche Mensch oder vielleicht mehr nervliche Energie und weniger Intelligenz. Er hatte kein Kinn, und die Art, wie seine Kiefer zusammenschließen, läßt es sehr zweifelhaft erscheinen, ob er solche Laute hervorbringen konnte wie wir. Vermutlich konnte er gar nicht sprechen. Er hätte keine Nadel zwischen den Fingern und dem Daumen halten können. Je mehr man über diesen Tiermenschen erfährt, desto seltsamer erscheint er, und desto unähnlicher wird er dem australoiden Wilden, für den man ihn früher gehalten hat.

Und je deutlicher man erkennt, daß eine nahe Verwandtschaft zwischen diesem häßlichen, starken, plumpen Tiermenschen und dem Menschengeschlecht ausgeschlossen ist, desto unwahrscheinlicher wird es, daß er eine glatte Haut hatte und Haare wie wir. Er dürfte anders ausgesehen haben, war vielleicht stachlig oder behaart, wie es nie ein Mensch gewesen ist, in der Art seiner Zeitgenossen, des haarigen Elefanten und des wolligen Rhinozeros. Gleich ihnen lebte er in einem öden Land an der Grenze von Schnee und Gletschern, die sich damals schon immer mehr nach Norden zurückzogen. Haarig oder zottig, das große Gesicht maskengleich, mit dicken Augenbrauenwülsten, ohne Stirne, einen riesigen Feuerstein umklammernd, lief er wie ein Pavian daher, den Kopf vorwärts, nicht wie ein Mensch aufwärts gerichtet. Unseren Vorvätern muß er erschreckend genug vorgekommen sein, als sie auf ihn stießen.

Es ist fast sicher, daß sie einander begegnet sind, diese Grizzlymenschen und die wirklichen Menschen. Der Mensch dürfte in das Gebiet des Neandertalers eingedrungen sein; als die beiden einander trafen, kämpften sie miteinander. Eines Tages wird man vielleicht die Spuren dieser Fehde finden.

In Westeuropa, dem einzigen Teil der Welt, wo man bisher mit einer gewissen Gründlichkeit nach den Überresten der Urmenschen gesucht hat, wurde es langsam, langsam wärmer; die Gletscher, die einmal den halben Kontinent bedeckt hatten, zogen sich zurück, und weite Strecken von Sommerweidegrund, kümmerlichste Fichten- und Birkenwälder breiteten sich langsam über das einst vereiste Land aus. Südeuropa sah damals so aus wie heute Nordlabrador. Wenige verwegene, zähe Tiere hielten es inmitten von Eis und Schnee aus. Die Bären hielten Winterschlaf. Mit dem Frühlingsgrün kamen große Rentierherden, das wilde Pferd, Mammut, Elefant und Rhinozeros zogen nordwärts, verließen die Hänge des warmen Tales, das jetzt mit Wasser gefüllt ist und Mittelmeer heißt. In jenen Tagen, bevor die Fluten des Ozeans in das Mittelmeerbecken einbrachen, nahmen die Schwalben und eine Unzahl anderer Vögel die Gewohnheit an, nach Norden zu fliegen, eine Gewohnheit, die sie heute noch dazu drängt, den Flug über das gefahrenvolle Meer zu wagen, über das wogende Meer, das die verlorenen Geheimnisse der alten mittelländischen Täler birgt. Die Grizzlymenschen freuten sich über das wiedererwachende Leben, sie kamen aus den Höhlen hervor, in denen sie sich vor dem Winter versteckt hatten, und erhoben ihren Zoll von den Tieren.

Diese Grizzlys müssen sehr einsam lebende Geschöpfe gewesen sein.

Die Winternahrung war zu karg für Gemeinschaften. Ein männliches Wesen dürfte mit einem weiblichen zusammengelebt haben; vielleicht haben sie sich im Winter voneinander getrennt, sich im Sommer wieder vereinigt. Wenn die Söhne groß genug geworden waren, um dem Grizzly den Rang streitig zu machen, hat er sie getötet oder davongejagt. Im ersten Fall hat er sie wohl auch gegessen. Wenn die Söhne ihm entfliehen konnten, mögen sie später zurückgekommen sein, um ihn zu töten. Es ist möglich, daß die Grizzlys ein sehr gutes Gedächtnis hatten und ihre Vorsätze erbarmungslos ausführten.

Die wirklichen Menschen kamen von irgendwoher aus dem Süden nach Europa – man weiß nicht, von wo. Als sie in Europa auftauchten, waren sie so geschickt mit den Händen wie wir; sie konnten Bilder zeichnen, die wir noch heute bewundern, sie konnten malen und schnitzen; die Geräte und Werkzeuge, die sie verfertigten, waren kleiner als die der Mousterianer, bedeutend kleiner als die aus Chelles, aber besser ausgeführt und vielfältiger. Was sie an Kleidern trugen, war nicht der Rede wert, aber sie bemalten ihren Körper. Wahrscheinlich konnten sie auch sprechen. Und sie kamen in kleinen Trupps, sie waren schon geselliger als die Neandertaler; auch Gesetze hatten sie, denen sie sich fügen mußten. Sie hatten schon ein großes Stück des Weges voll Anpassung und Selbstverleugnung zurückgelegt, der zu dem verwickelten Seelenleben des modernen Menschen führt, diesem Seelenleben voll geheimer Wünsche, voll Verwirrung und Gelächter, voll Phantasie und Traum. Schon jene Menschen wurden durch die geheimnisvollen Bande des Tabu vereint und in Ordnung gehalten.

Noch waren sie Wilde, jeder Gewalttat fähig und ihren eigenen Wünschen und Begierden unterworfen; aber so gut sie es vermochten, befolgten sie die Gesetze und Gebräuche, die ihnen schon uralt erschienen, und fürchteten Strafen für Übeltaten. Wer sich noch an die Angst, die Wünsche, die Phantasien und abergläubischen Vorstellungen seiner Kindheit erinnert, wird sich auch vorstellen können, was in diesen Urmenschen vorging. Ihre moralischen Kämpfe glichen den unseren – in roherer Form. Sie waren von unserer Art. Die Grizzlys aber können wir nicht verstehen, wir können nicht erfassen, was für seltsame Ideen einander in diesen merkwürdig geformten Hirnen jagten. Genauso könnten wir versuchen, zu träumen und zu fühlen wie ein Gorilla.

Wir können uns vorstellen, wie die Urmenschen aus den verlorenen Tälern des Mittelmeerbeckens nordwärts zogen. Sie wanderten durch Spaniens Hochtäler, durch Süd- und Mittelfrankreich und weiter nach England – damals gab es keinen Kanal zwischen England und Frankreich –, sie wanderten ostwärts ins Rheinland und in die große Wildnis, die heute die Nordsee und die deutsche Tiefebene darstellt. Die verschneite Welt der Alpen, die damals viel höher und von riesigen Gletschern bedeckt waren, ließen sie zu ihrer Rechten liegen, zogen weiter nach Norden, aus dem einfachen Grunde, weil sie sich ständig vermehrten, die Nahrung aber immer spärlicher wurde. Fehde und Kampf herrschte unter ihnen. Sie hatten keine festen Heimstätten, sie waren es gewohnt, der Jahreszeit nachzuwandern. Ab und zu wurde ein Trupp von Hunger oder Angst noch weiter nach Norden, ins Unbekannte getrieben.

Wir können uns vorstellen, wie so eine kleine Gruppe von Wanderern, unsere Vorfahren, über einen grasbewachsenen Kamm ins Nordland eindrang. Es mag im späten Frühjahr oder im Frühsommer gewesen sein, und sie sind wahrscheinlich einer grasenden Herde von Rentieren oder Pferden gefolgt.

Durch eine Menge verschiedener Methoden waren unsere Anthropologen imstande, das Aussehen und das Gehaben dieser frühen Pilgerväter des Menschengeschlechtes bis in Einzelheiten zu rekonstruieren.

Die Gruppe, von der wir erzählen, war nicht sehr zahlreich, denn wäre sie es gewesen, sie hätte sich nicht aus ihren alten Weidegründen nach Norden vertreiben lassen. Zwei oder drei ältere Männer um dreißig, acht oder zehn Frauen und Mädchen, ein paar kleine Kinder und einige Burschen zwischen vierzehn und zwanzig, die hatten wohl die ganze Gemeinschaft ausgemacht. Es waren dunkle, braunäugige Leute mit welligem, dunklem Haar; das Blond der Europäer und das straffe, blauschwarze Haar der Chinesen haben sich erst späterhin entwickelt. Die älteren Männer dürften die Gruppe geführt haben, Frauen und Kinder wurden durch komplizierte strenge Tabus beiseite gehalten, von enger Gemeinschaft mit den Männern und Jünglingen ausgeschlossen. Die Führer suchten die Fährte der Herde, die sie verfolgten. Im Suchen und Finden von Fährten zeigte sich damals die höchste Stufe der Vollendung des Menschengeschlechtes. Aus Zeichen und Spuren, die für jedes modern-zivilisierte Auge unsichtbar bleiben müßten, konnten sie genau erkennen, was die Herde kleiner starker Pferde vor ihnen am Vortag erlebt hatte. Die Männer waren so geschickt, daß sie fast ohne Zögern von einem Zeichen zum andern gingen, wie ein Hund, der einer Witterung folgt.

Die Pferde, die sie einholen wollten, waren ihnen nicht weit voraus – das lasen die Männer aus den Spuren –, sie waren sehr zahlreich und ganz unbekümmert. Sie bewegten sich nur sehr langsam vorwärts, weder wilde Hunde noch andere Feinde störten ihre Ruhe. Ein paar Elefanten zogen auch nach Norden, und zweimal kreuzte unser kleiner Menschenstamm auch die Fährte des wolligen Rhinozeros.

Die Menschen reisten ohne Beschwerden. Sie waren fast nackt, aber alle waren mit weißem, schwarzem, gelbem und rotem Ocker bemalt. Für uns ist es heute schwer zu sagen, ob sie auch tätowiert waren, aber vermutlich war das nicht der Fall. Die

Frauen trugen die kleinen Kinder in Säcken aus Tierhäuten auf dem Rücken; wahrscheinlich hatten alle Mäntel und Lendentücher aus Fell, Beutel und Gürtel aus Leder. Die Männer trugen Speere mit Steinspitzen und geschärfte Feuersteine in den Händen.

Es gab bei diesem Stamm keinen Ältesten, der Herr, Meister und Vater gewesen wäre. Vor einigen Wochen war der Älteste in einem weit entfernten Sumpfland von einem mächtigen Stier angegriffen und zu Brei zertrampelt worden. Dann waren zwei Mädchen von jungen Männern eines größeren Stammes geraubt und entführt worden. Wegen dieser Verluste suchten die Überlebenden jetzt neue Jagdgründe.

Die Landschaft, die sich vor den Augen der kleinen Schar ausbreitete, als sie den Hügel erstiegen hatte, war eine ödere, trostlosere, mit einem Wort unkultiviertere Version der Landschaft des heutigen Westeuropa. Ein grasbewachsener Kessel lag vor ihnen, erfüllt vom melancholischen Geschrei der Kiebitze. Jenseits erstreckte sich ein breites Tal, von purpurnen Hügeln begrenzt, auf denen die Schatten der Aprilwolken einander jagten. Fichtenwald und Heidekraut zeigten an, wo die Hügel sandig wurden; das Tal war voll von bräunlichem Gestrüpp, in den Mulden lagen die mit hellgrünen Flecken bedeckten Sümpfe und große Tümpel stehenden Wassers. Im Dickicht lauerte ungesehen so manches Tier, und wo die abfließenden Ströme ihren gewundenen Weg in die Erde geschnitten hatten, gab es Klüfte und Höhlen. Weit vorne, auf den nördlichen Abhängen der Hügelkette, sah man die wilden Pferde grasen.

Auf ein Zeichen der beiden Führer machte das versprengte Menschenhäuflein halt, und eine Frau, die ganz leise zu ihrem kleinen Mädchen gesprochen hatte, verstummte. Die Brüder betrachteten ernsthaft die weite Landschaft.

»Uff!« sagte einer plötzlich und deutete auf etwas.

»Uff!« rief sein Bruder.

Die Augen des ganzen Stammes folgten der Richtung des Fingers.

Erstarrt blieben alle stehen, Überraschung hatte sie in eine gespannte Gruppe von Statuen verwandelt.

Dort unten, am Fuße des Abhangs, stand, den Körper im Profil, den Kopf ihnen zugewandt, starr vor Staunen wie sie selbst, eine bucklige graue Gestalt, breiter und kleiner als ein Mensch. Er war hinter einer Bodenwelle hervorgekrochen, um nach den Ponies zu sehen; plötzlich hatte er sich umgedreht und die Gruppe erblickt. Sein Kopf glich dem eines Pavians, in der Hand trug er, so schien es den Menschen, einen großen Felsen.

Eine kleine Weile ließ die gegenseitige Prüfung die Entdecker und den Entdeckten bewegungslos verharren. Dann begannen einige Frauen und Kinder sich zu rühren, sie wollten das seltsame Wesen besser sehen. »Mann!« sagte eine alte Frau, »Mann!« Als die Frauen und Kinder sich bewegten, machte der Grizzly kehrt und lief ungeschickt die wenigen Meter bis zu einem Dickicht von Birken und knospendem Dornengesträuch. Dann hielt er an, um nochmals die Ankömmlinge zu betrachten, machte eine merkwürdige Bewegung mit einem Arm und stürzte sich dann in das schützende Gestrüpp.

Der Schatten des Dickichts nahm ihn auf, und während er verschwand, schien er gewaltige Dimensionen anzunehmen. Er verwandelte sich in das Dickicht, das nun die Menschen mit seinen Augen beobachtete. Die Äste der Birken wurden lange silbrige Glieder, ein gefallener Baum duckte sich und starrte auf die Gruppe.

Es war noch früh am Morgen, die Führer des Stammes hatten gehofft, die wilden Ponies im Laufe des Tages erreichen zu können; eines wollten sie dann von der Herde abschneiden, es in eine Falle zwischen Gebüsch und Sumpf locken, es verwunden, verfolgen und töten. Dann hätten sie ein Festmahl gehalten, gewiß hätten sie irgendwo unten im Tal auch Wasser gefunden und trockenes Farnkraut, um Streu für Nachtlager bereiten und ein Feuer anzünden zu können. Bis zu diesem Augenblick hatten sie alle voll Freude und Hoffnung dem Tag entgegengesehen. Jetzt waren sie aus der Fassung gebracht. Diese graue Gestalt hatte das lächelnde Antlitz des sonnigen Morgens in eine schreckliche, unverständliche Grimasse verwandelt.

Die ganze Expedition starrte der Erscheinung nach, dann wechselten die zwei Führer ein paar Worte. Waugh, der Ältere, zeigte mit dem Finger, Click, sein Bruder, nickte mit dem Kopf. Sie wollten weitergehen, aber statt den Abhang gegen das Dickicht hinunterzusteigen, hielten sie sich oben auf dem Kamm.

»Kommt«, sagte Waugh, und die kleine Schar setzte sich wieder in Bewegung. Jetzt aber marschierten sie schweigend. Wenn eines der Kinder eine Frage stellen wollte, brachte es die Mutter durch eine Drohung zum Schweigen. Alle schauten immer wieder nach dem Dickicht unten auf der Talsohle.

Auf einmal schrie ein Mädchen gellend auf und zeigte auf etwas. Alle schraken zusammen und blieben stehen.

Dort war das graue Etwas wieder. Es rannte über eine Lichtung, rannte fast auf allen vieren, in ungeschickten Sprüngen. Es hatte einen Höcker, es war sehr groß, ein graues, haariges, wolfähnliches Ungetüm. Manchmal berührten seine langen Arme fast den Boden. Es war jetzt näher als zuvor. Wieder verschwand es im Gebüsch, es schien sich zwischen rotem, abgestorbenem Farnkraut niedergeworfen zu haben…

Waugh und Click hielten Rat.

Eine Meile entfernt war der Talschluß; von dort nahm das Dickicht seinen Ausgang. Jenseits erhoben sich unbewaldete Wiesen, dort gab es keine Deckung. Die Pferde grasten dort, und weiter im Norden wurde jetzt auf einem Kamm eine Herde wolliger Rhinozerosse sichtbar, ihre gewölbten Rücken sahen aus wie eine Schnur schwarzer Perlen.

Wenn der Stamm den Weg über den Höhenrücken nähme, so mußte der lauernde Räuber entweder zurückbleiben oder sein Versteck verlassen. Käme er ins Freie, dann würden die Jünglinge und Männer des Stammes schon wissen, wie sie ihm zu begegnen hätten.

Sie gingen also auf dem Kamm weiter. Die kleine Schar arbeitete sich zum Taleingang durch, dort blieben die Männer auf dem

Hügel stehen, während Frauen und Kinder den Vorstoß ins offene Gelände wagten.

Eine Zeitlang blieben die Beobachter unbeweglich stehen, dann machte Waugh eine Gebärde des Hohns, und Click überbot ihn noch. Man rief nach dem verborgenen Beobachter, und ein junger Kerl machte sich ein Vergnügen daraus, das hüpfende Laufen des grauen Wesens zu kopieren. Die Angst verwandelte sich in Heiterkeit.

In jenen Tagen war Lachen eine soziale Angelegenheit. Die Menschen konnten lachten, aber dem Grizzly, der im Schatten beobachtete und staunte, war kein Gelächter gegeben. Er wunderte sich. Die Männer wälzten sich herum, lachten, brüllend, schlugen sich und den anderen auf die Schenkel. Tränen rannen über ihre Wangen.

»Yahah«, sagten die Männer. »Yahah! Bzzzz. Yahah!«

Sie vergaßen ganz, welche Angst sie ausgestanden hatten.

Und als Waugh fand, daß Frauen und Kinder sich genügend weit entfernt hätten, ordnete er an, daß die Männer ihnen folgen sollten.

So irgendwie wird sich wohl die erste Begegnung der Menschen, unserer Ahnen, mit dem Grizzly, dem Ureinwohner der westeuropäischen Wildnis, abgespielt haben...

Die beiden Rassen sollten bald in nähere Berührung miteinander kommen.

Die Eindringlinge bahnten sich ihren Weg in das Land der Grizzlys. Bald tauchte da und dort wieder eine lauernde, halb menschliche Gestalt auf, etwas Graues rannte hüpfend durch die Dämmerung. Eines Morgens fand Click lange schmale Fußspuren, die rund um das Lager liefen...

Dann wagte sich eines Tages ein Kind zu weit fort von den anderen. Es war damit beschäftigt, die kleinen, grünen Dornenknospen, die unsere englischen Bauernkinder als Brot und Käse bezeichnen, zu verzehren. Man hörte einen Schrei, ein Handgemenge, einen dumpfen Fall, und etwas Graues, Haariges schleppte seine Beute durchs Dickicht davon. Waugh und drei junge Männer nahmen sofort leidenschaftlich die Verfolgung auf und trieben den Feind in eine enge, stark überwachsene Wasserrinne. Diesmal hatten sie nicht einen einzelnen Neandertaler vor sich. Aus dem Gebüsch kam ein riesiger männlicher Grizzly, um die Flucht seiner Genossin zu decken; er schleuderte ein Felsstück nach einem der jungen Männer, der dabei so schwer verletzt wurde, daß er bis an sein Lebensende hinkte. Aber Waugh traf mit seinem Wurfspeer das graue Ungetüm an der Schulter, so daß es brummend stehenblieb.

Das gestohlene Kind gab keinen Laut mehr von sich.

Die Grizzlyfrau zeigte sich einen Augenblick am Rande der Rinne, knurrend, blutbefleckt – ein schrecklicher Anblick. Die Männer standen unschlüssig da; sie fürchteten sich, die Verfolgung fortzusetzen, und wollten sie doch nicht aufgeben. Einer humpelte schon zurück und hielt das verletzte Knie mit der Hand.

Wie ging dieser erste Kampf aus?

Vielleicht zuungunsten der Männer unserer Rasse. Vielleicht ist der riesige Neandertaler mit furchtbar gesträubter Mähne durch die Bachrinne zurückgekommen, brüllend wie der Donner, in jeder Hand ein großes Felsstück. Wir wissen nicht, ob er mit diesen gewaltigen Feuersteinscheiben geworfen oder ob er damit geschlagen hat. Vielleicht wurde Waugh damals auf der Flucht erschlagen. Vielleicht erlitt der kleine Stamm eine schwere Niederlage. Zweier Mitglieder beraubt, liefen sie, so rasch sie nur konnten, über die Hügel davon. Den Verwundeten ließen sie allein zurück, so daß er in einsamer Angst ihrer Fährte nachhinken mußte.

Nehmen wir an, daß er endlich doch, nach Stunden des Entsetzens, zum Stamm zurückfand.

Nun, da Waugh gefallen war, wurde Click zum Ältesten ernannt, und er ließ das Lager für diese Nacht auf einem hohen Hügel mitten im Heidekraut aufschlagen. Dort wurde das Feuer angezündet, weit entfernt von dem Dickicht, in dem die Grizzlys lauerten.

Was die Grizzlys über die Menschen dachten, wissen wir nicht, aber was die Menschen über die Grizzlys dachten, können wir uns vorstellen; sie suchten zu erraten, wie ihre Feinde sich in der oder jener Situation benehmen würden, und bemühten sich, ihnen zuvorzukommen. Click hat wohl als erster die Idee gehabt, in die Schlucht, wo sich das Lager der Grizzlys befand, von oben einzudringen. Denn, wie schon gesagt, der Neandertaler konnte nicht nach oben blicken. Dann würden die Menschen einen großen Felsblock über den Grizzly rollen können oder mit feurigen Wurfgeschossen das trockene Farnkraut in Brand setzen.

Wir wollen gerne annehmen, daß der Sieg auf der Seite der Menschen war. Dieser Click, den wir uns da erfunden haben, war in panischer Angst vor einem Angriff des Grizzly davongelaufen, aber als er in dieser Nacht brütend beim Feuer saß, hörte er im Geiste wieder den Schrei des verlorenen Kindes, und Zorn erfüllte ihn. Im Schlaf sah er den Grizzly, kämpfte mit ihm und fuhr bleich vor Wut aus dem Traum empor. Die Schlucht, in der Waugh getötet worden war, zog ihn magisch an. Es zwang ihn, zurückzugehen und nach den Grizzlys Ausschau zu halten, ihrer Spur zu folgen, sie aus dem Hinterhalt zu belauern. Er konnte feststellen, daß die Neandertaler nicht so gut klettern konnten wie die Menschen, daß sie nicht so gut hörten und sich nicht so geschickt bewegten. Diese Grizzlys mußte man behandeln wie Bären; man lief vor ihnen davon und zerstreute sich, um hinter ihrem Rücken einen neuen Angriff zu rüsten.

Aber es ist zweifelhaft, ob diese ersten Menschen, die ins Grizzlyland kamen, klug genug waren, um die Probleme der neuen Kriegsführung zu lösen. Vielleicht sind sie nach Süden zurückgewandert, in die freundlichen Regionen, aus denen sie gekommen waren, und haben sich dort ihren Brüdern angeschlossen oder sind von ihnen getötet worden. Vielleicht sind auch alle in dem Land der Grizzlys, in das sie eingedrungen waren, zugrunde gegangen. In Wahrheit werden sie sich wohl dort behauptet und vermehrt haben. Starb einer, so waren andere seiner Rasse da, um seinen Platz auszufüllen und einem glücklicheren Schicksal entgegenzuleben.

Für die kleinen Kinder des Menschenstammes begann eine Zeit des Schreckens. Sie wußten sich belauert.

Auf Schritt und Tritt wurden sie verfolgt. Die Märchen von Menschenfressern und bösen Riesen, die alle Kinder ängstigen, stammen wohl aus jenen längst vergangenen Tagen der Furcht. Für die Neandertaler begann damals ein ununterbrochener Kampf, der nur mit ihrer Vernichtung enden konnte.

Die Neandertaler, wenn auch nicht so gewandt und aufrecht wie die Menschen, waren doch gewaltiger und stärker; aber sie waren dumm, und sie lebten einsam, höchstens zu zweit oder zu dritt. Die Menschen waren rascher, klüger und geselliger – sie kämpften nach vorbedachten Plänen. Sie schwärmten aus, sie umzingelten den Feind und beunruhigten und beschossen ihn von allen Seiten. Sie kämpften gegen die Grizzlys wie Hunde gegen Bären. Sie riefen einander zu, was jeder tun sollte, der Neandertaler aber konnte nicht sprechen, er verstand nicht, was sie sagten. Sie bewegten sich zu rasch für ihn und kämpften zu listig.

Zahlreich und zäh waren die Zweikämpfe und die Schlachten, die diese beiden Rassen in jenem dunklen Zeitalter vor dreißig- oder vierzigtausend Jahren auf den windigen Steppen austrugen. Sie konnten sich miteinander nicht vertragen. Jede wollte die Höhlen am Flußufer, wo die großen Feuersteine zu finden waren, für sich haben. Sie kämpften um die großen Mammuts, die in den Sümpfen ertrunken waren, um die Rentiere, die in der Brunftzeit getötet worden waren. Wenn ein menschlicher Stamm Spuren der Grizzlys in der Nähe seiner Höhle oder seines Lagerplatzes fand, mußte er alles daransetzen, die Feinde zu stellen und zu töten; die Sicherheit des Stammes, die Sicherheit der Kinder konnte nur dadurch gewährleistet werden. Die Neandertaler hielten die kleinen Menschenkinder für ein begehrenswertes Wild, für eine köstliche Speise.

Wie lange die Grizzlys noch nach dem Eindringen der wirklichen Menschen in jener eisigen Welt von Tannen und Silberbirken, zwischen Steppen und Gletschern gelebt haben, wissen wir nicht. Sie mögen sich noch Jahrhunderte erhalten haben; je geringer ihre Zahl wurde, desto mehr wuchs ihre List, ihre Gefährlichkeit. Die Menschen folgten ihrer Fährte, hielten Ausschau nach dem Rauch ihrer Feuer, raubten ihnen ihre kärgliche Nahrung.

Große Helden erstanden in jener vergessenen Welt, Männer, die den offenen Kampf mit dem grauen Menschentier wagten und bestanden. Sie fertigten lange Holzspeere an, deren Spitzen sie im Feuer härteten; sie trugen Schilde aus Tierhaut zum Schutz gegen die mächtigen Schläge der Grizzlys. Sie schlugen ihn mit Steinen, die sie an Stricke gebunden hatten, mit Steinen, die sie aus Schleudern nach ihnen warfen. Nicht nur die Männer bekämpften den grauen Feind, auch die Frauen stellten sich gegen ihn. Sie beschützten ihre Kinder, sie machten mit den Männern gemeinsame Sache gegen dieses unheimliche menschenähnliche Wesen, das doch so ganz anders war als die Menschen. Wenn die *Gelehrten* uns nicht ganz falsch berichten, so ist den Frauen das Entstehen der größeren Stämme zu danken, zu denen die menschlichen Familien schon zu jenen alten Zeiten anwuchsen. Der Frauen zarter, liebender Sinn schützte ihre Söhne vor dem Zorn des Ältesten, sie lehrten die Kinder, die Eifersucht und den Zorn des Vaters nicht zu reizen. Ihn wieder überredeten sie, die Söhne zu dulden und sich Helfer gegen den grauen Feind zu erziehen. Atkinson behauptet, daß eine Frau zu Beginn aller menschlichen Kultur die ersten Tabus lehrte; der Sohn mußte seiner Stiefmutter ausweichen, eine Frau aus einem anderen Stamm nehmen, um den Frieden in der Familie zu erhalten. Die Frau stellte sich zwischen kämpfende Brüder und war die erste Friedensstifterin. Die menschliche Gesellschaft war von Anfang an das Werk der Frau, sie brauchte sie als Gegengewicht gegen das große, wilde Einsamkeitsbedürfnis des erwachsenen Mannes. Die Frau lehrte die Männer die ursprüngliche Zusammengehörigkeit von Vätern, Söhnen, Brüdern. Die Grizzlys hatten nicht einmal die einfachsten Begriffe von Zusammengehörigkeit, als die Menschen schon die Anfänge einer Zusammenarbeit kannten, die eines Tages den ganzen Erdball umspannen wird. Die Menschen lebten in Dutzenden, in Scharen zusammen, und die einsamen Grizzlys wurden umzingelt und erschlagen, bis kein einziger mehr auf der Erde zu finden war.

Durch viele Generationen, durch viele Menschenalter hindurch dauerte der Existenzkampf zwischen diesen nicht ganz menschlichen Wesen und unseren Vorfahren, die aus dem Süden nach Westeuropa eingewandert waren. Ungezählte Kämpfe und Verfolgungen, Mord und wilde Flucht gab es in den Höhlen und im Dickicht dieser eisigen, sturmgepeitschten Welt an der Wende der Eiszeit und unseres eigenen wärmeren Zeitalters. Bis endlich der letzte arme Grizzly gestellt wurde und den Speeren seiner Verfolger voll Wut und Verzweiflung gegenüberstand.

Wieviel herzzerreißenden Jammer mag es wohl während jener langen Kriegszeit gegeben haben, wieviel Schrecken und Triumph, Opfermut und Wunder an Tapferkeit! Aber das Geschlecht der Sieger war unser Geschlecht; wir stammen von jenen sonnengebräunten, buntbemalten Wesen ab, die liefen, kämpften, einander halfen; das Blut, das in unseren Adern fließt, glühte in jenen Kämpfen, gefror in den Schrecken der vergessenen Vergangenheit. Denn sie war wirklich vergessen. Bis auf eine unbestimmte Angst in unserem Traumleben, bis auf verborgene Elemente in den Kindermärchen hat unsere Rasse die Erinnerung an jene längst vergangene Zeit verloren. Aber nichts auf der Welt kann wirklich verlorengehen. Vor etwa siebzig oder achtzig Jahren schöpften einige neugierige *Gelehrte* den Verdacht, daß die behauenen Feuersteine, die Knochenreste, die sie in alten Kiesschichten fanden, eine geheimnisvolle Bedeutung haben mochten. In letzter Zeit erst haben andere Gelehrte entdeckt, daß diese uralten Erlebnisse in unseren Träumen wieder auftauchen. Nach und nach erwachen diese trockenen Gebeine wieder zum Leben.

Die Wiederbelebung der Vergangenheit ist eines der wunderbarsten Ereignisse des menschlichen Geistes. Die Menschheit verfolgt das Wühlen der Wissenschaft in diesen alten Überresten, wie jemand die vergilbten Seiten eines längst vergessenen Tagebuches aus der Jugendzeit durchblättert. Die tote Jugend wird wieder lebendig. Noch einmal tauchen alte Erlebnisse auf, das alte Glück kehrt wieder. Doch die alten, einst flammenden Leidenschaften geben jetzt nur mehr milde Wärme, alte Angst, alte Verzweiflung sind bedeutungslos geworden.

Aber ein Tag mag kommen, an dem diese wiedergefundenen Erinnerungen so lebendig werden, als wären wir in eigener Person dabeigewesen und hätten jene längst verflossenen Schreckenstage miterlebt; ein Tag mag kommen, an dem die großen Tiere der Vergangenheit in unserer Phantasie wieder lebendig werden, an dem wir durch verschwundene Landschaften wandeln, bemalte Körper sehen, die längst zu Staub zerfallen sind, und die Sonne fühlen, die vor einer Million Jahren geschienen hat.

Der Mann, der Wunder tun konnte

Es ist nicht mit Sicherheit festzustellen, ob die Fähigkeit angeboren war. Meiner Meinung nach ist sie ihm eines schönen Tages zugeflogen. Tatsächlich war er bis zu seinem dreißigsten Jahr Skeptiker und glaubte nicht an geheimnisvolle Kräfte. Hier ist wohl die geeignetste Stelle zu erwähnen, daß er klein war, dunkelbraune Augen hatte, sehr borstiges rotes Haar, einen Schnurrbart, dessen Enden er aufzwirbelte, und Sommersprossen. Er hieß George McWhirter Fotheringay – der Name läßt keineswegs Wunder erwarten – und war bei Gomshott angestellt. Er war ein großer Freund von apodiktischen Behauptungen. Gerade während er rechthaberisch die Möglichkeit von Wundern bestritt, kündigten sich seine außerordentlichen Kräfte zum erstenmal an. Diese folgenschwere Diskussion fand im Wirtshaus »Zum langen Drachen« statt, und Toddy Beamish führte die Opposition mit den eintönigen, aber wirkungsvollen Worten: »Das behaupten *Sie*«, die Mr. Fotheringays Geduld auf die härteste Probe stellten.

Außer den beiden Genannten waren noch ein sehr staubiger Radfahrer, Cox, der Wirt, und Miss Maybridge, die sehr ehrenwerte und eher wohlbeleibte Kellnerin des »Drachen« anwesend. Miss Maybridge wandte Mr. Fotheringay den Rücken zu und spülte Gläser; die anderen beobachteten ihn, mehr oder weniger amüsiert von der sichtlichen Unwirksamkeit seiner Beharrlichkeit. Aufgestachelt durch Mr. Beamishs Torres-Vedras-Taktik, entschloß sich Mr. Fotheringay zu einer ungewöhnlichen rhetorischen Anstrengung. »Hören Sie zu, Mr. Beamish«, sagte Mr. Fotheringay, »wir müssen uns erst einmal darüber klarwerden, was ein Wunder ist. Es ist etwas dem natürlichen Lauf der Dinge Entgegengesetztes, durch Willenskraft hervorgerufen.«

»Das behaupten *Sie*«, sagte Mr. Beamish abweisend.

Mr. Fotheringay wandte sich an den Radfahrer, der bisher schweigend zugehört hatte und ihm nun, mit einem zögernden Räuspern und einem Blick auf Mr. Beamish, zustimmte. Der Wirt wollte keine Meinung äußern, und Mr. Fotheringay, zu Mr. Beamish zurückkehrend, entnahm der zögernden Zustimmung eine bedingte Anerkennung seiner Erklärung für Wunder.

»Zum Beispiel«, sagte Mr. Fotheringay mit neuem Mut, »das wäre gleich ein Wunder. Diese Lampe könnte im natürlichen Verlauf der Dinge nicht von oben nach unten brennen, nicht wahr, Beamish?«

»*Sie* behaupten, daß sie's nicht könnte«, sagte Beamish.

»Und Sie?« fragte Fotheringay. »Sie wollen doch nicht sagen, daß – eh?«

»Nein«, sagte Beamish widerstrebend.

»Also gut«, sagte Mr. Fotheringay. »Da kommt also jemand daher, zum Beispiel ich, steht zum Beispiel so da und sagt zu der Lampe, mit größter Willenskraft, nun etwa – ›dreh dich von unten nach oben, zerbrich nicht und brenn ruhig weiter‹ und – hallo!«

Alle sagten hallo! Das Unmögliche, das Unglaubliche war eingetreten. Die Lampe hing umgekehrt in der Luft und brannte weiter, ruhig, mit abwärtsgerichteter Flamme. Sie war so wirklich, so unbestreitbar wirklich wie nur je eine Lampe, die prosaische, gewöhnliche Lampe beim Drachenwirt.

Mr. Fotheringay stand mit ausgestrecktem Zeigefinger und mit gerunzelter Stirn da, in Erwartung eines katastrophalen Krachs. Der Radfahrer, der dicht bei der Lampe saß, duckte sich und sprang über den Schanktisch. Alle fuhren mehr oder weniger in die Höhe. Miss Maybridge drehte sich um und kreischte. Fast drei Sekunden lang blieb die Lampe ruhig. Mr. Fotheringay stieß einen leisen Seufzer seelischer Qual aus. »Ich kann nicht mehr«, sagte er und taumelte zurück. Die umgedrehte Lampe flackerte auf, fiel auf die Ecke des Schanktisches, prallte ab, schmetterte auf den Fußboden und erlosch.

Zum Glück hatte sie einen Metallkessel, sonst wäre das Zimmer in Flammen gestanden. Mr. Cox sprach als erster, und seine Bemerkung, von überflüssigem Beiwerk befreit, bezeichnete Fotheringay als Narren. Der war nicht einmal imstande, einer so grundlegenden Behauptung zu widersprechen. Er war zutiefst erstaunt über das Ereignis. Auch das nachfolgende Gespräch brachte absolut kein Licht in die Sache, soweit sie Fotheringay betraf. Die anderen schlossen sich der Meinung Mr. Cox' vollinhaltlich und mit heftigen Worten an. Alle beschuldigten Fotheringay, ein dummes Taschenspielerstückchen ausgeführt zu haben, und bezeichneten ihn als närrischen Zerstörer von Behagen und Sicherheit. In seinem Kopf tobte ein Wirbelsturm, er war selbst geneigt, ihnen recht zu geben, und er setzte ihrem Vorschlag, sich zu entfernen, bemerkenswert geringen Widerstand entgegen.

Er ging nach Hause, erregt und erhitzt, mit zerknittertem Mantelkragen, roten Ohren und glühenden Augen. Er musterte nervös jede der zehn Straßenlampen auf seinem Weg. Erst als er sich allein in seinem kleinen Schlafzimmer in Church Row befand, war er fähig, sich ernstlich mit dem Vorfall zu beschäftigen und sich zu fragen: »Was ist denn, um Himmels willen, geschehen?«

Er hatte Rock und Schuhe ausgezogen, saß auf dem Bett, die Hände in den Hosentaschen, und wiederholte seine Verteidigungsrede zum siebzehnten Mal. »Ich habe nicht gewollt, daß das verdammte Zeug sich auf den Kopf stellt!« Da fiel ihm ein, daß er im selben Augenblick, als er die befehlenden Worte ausgesprochen hatte, auch unbewußt gewollt hatte, was er sagte, und als er die Lampe in der Luft hängen sah, fühlte er, daß es nur von ihm abhing, sie dort zu halten, ohne klar zu wissen, wie das geschehen sollte. Er besaß keinen geschulten Verstand, sonst hätte er sich eine Weile mit dem »unbewußt gewollt« beschäftigt, da dies doch die unverständlichsten Willenskraftprobleme miteinschließt, so aber kam ihm die Idee in ihrer Unklarheit ganz annehmbar vor. Und indem er von da weiter einen, wie ich gestehen muß, keineswegs logischen Pfad verfolgte, kam er dazu, seine Kräfte noch einmal in einem Experiment auszuprobieren.

Er zeigte entschlossen auf seine Kerze und sammelte seine Gedanken, obwohl er fühlte, daß er etwas ganz Verrücktes tue. Aber nach einer Sekunde verschwand dieses Gefühl. »Erhebe dich!« sagte er. Die Kerze wurde emporgehoben, hing einen erregenden Augenblick lang in der Luft, und als Mr. Fotheringay nach Atem rang, fiel sie mit einem Krach auf seinen Waschtisch und ließ ihn im Finstern, bis auf das verendende Glimmen des Dochtes.

Eine Zeitlang saß Mr. Fotheringay ganz ruhig im Finstern. »Es ist doch geschehen«, sagte er. »Aber wie ich's erklären soll, weiß ich nicht.« Er seufzte schwer und suchte in seinen Taschen nach einem Zündholz. Er konnte keines finden, stand auf und tastete auf seinem Waschtisch herum. »Ich wollte, ich hätte ein Zündhölzchen«, sagte er. Er suchte noch in seinem Mantel, da waren auch keine, da dämmerte es ihm, daß Wunder auch mit Zündhölzern möglich sein müßten. Er streckte die Hand aus und sah sie im Finstern mürrisch an. »Ein Zündhölzchen soll in dieser Hand sein!« sagte er. Er fühlte, wie ein leichter Gegenstand auf seine Handfläche fiel, und seine Finger schlossen sich um ein Zündholz.

Nach einigen erfolglosen Versuchen, es anzuzünden, bemerkte er, daß es ein Sicherheitszündholz war. Er warf es weg, da fiel ihm ein, daß er es mit Willenskraft anzünden könnte. Er tat dies, und schon brannte es mitten auf der Matte vor seinem Waschtisch. Er hob es schnell auf, und es erlosch. Er ahnte immer größere Möglichkeiten, suchte die Kerze und steckte sie wieder in den Leuchter. »So, jetzt brenne du!« sagte Mr. Fotheringay. Sofort flackerte die Kerze auf, und er sah ein kleines, schwarzes Loch in der Matte, von dem ein dünner Rauchfaden aufstieg. Eine Weile starrte er vom Loch in die kleine Flamme und zurück, dann blickte er auf und sah seinen eigenen Blick im Spiegel. Mit seinem Spiegelbild führte er ein stummes Zwiegespräch.

»Wie steht es jetzt also mit Wundern?« wandte Mr. Fotheringay sich schließlich an den Spiegel. Seine weiteren Erwägungen waren streng, aber verworren. Soweit er es überblicken konnte, war es eine reine Willenssache. Die Art seiner ersten Erfahrungen hatte eine Abneigung gegen unvorsichtige Experimente in ihm erweckt. Aber er ließ ein Blatt Papier sich erheben, färbte ein Glas Wasser rosa und dann grün, er erschuf eine Schlange, die er auf wunderbare Weise wieder vernichtete, und verschaffte sich eine wunderschöne neue Zahnbürste. Irgendwann nach Mitternacht war er zu der Erkenntnis gelangt, daß seine Willenskraft von besonders seltener und bedeutender Art sein müßte; er hatte das früher wohl geahnt, aber nicht gewußt. Der Schreck und die Überraschung, die seine erste Entdeckung in ihm ausgelöst hatten, wurden gemildert durch den Stolz auf diesen Beweis seiner Einzigartigkeit und durch die unklare Ahnung von Vorteilen, die sich ihm bieten würden. Er hörte, daß die Kirchenuhr eins schlug, und da es ihm nicht einfiel, daß er durch ein Wunder seiner täglichen Pflichten bei Gomshott enthoben werden könnte, fuhr er fort, sich auszukleiden, um ohne weiteren Aufschub ins Bett zu kommen. Als er mit seinem Hemd kämpfte, das sich nicht über den Kopf ziehen lassen wollte, hatte er eine herrliche Idee. »Ich will im Bett liegen«, sagte er, und schon lag er drin. »Ausgezogen!« befahl er; und da das Leintuch kalt war, fügte er schnell hinzu: »und in meinem Nachthemd! – nein, in einem weichen, wollenen Nachthemd. Ah!« sagte er mit ungeheurem Genuß, »und jetzt will ich gut schlafen...«

Er wachte zur gewohnten Stunde auf und war während des ganzen Frühstücks nachdenklich; zu gerne hätte er gewußt, ob sein nächtliches Erlebnis nicht nur ein ganz besonders lebhafter Traum gewesen sein konnte. Schließlich entschloß er sich, es nochmals vorsichtig zu probieren. Zum Beispiel hatte er drei Eier zum Frühstück; zwei hatte seine Hausfrau bereitgestellt, sie waren gut, aber so, wie man sie im Geschäft zu kaufen bekommt, eines aber war ein köstlich frisches Gänseei, dank seiner erstaunlichen Willenskraft gelegt, gekocht und serviert. Er eilte zu Gomshott in tiefster, aber gut überspielter Erregung, und erinnerte sich erst an die Schale des dritten Eis, als seine Hausfrau abends davon sprach. Dieses überraschende neue Wissen um seine Kraft ließ ihm den ganzen Tag keine Ruhe zur Arbeit, aber dies verursachte ihm keine Unannehmlichkeiten, denn er holte alles in den letzten zehn Minuten mit einem Wunder nach.

Im Laufe des Tages wurde seine Stimmung immer besser, wandelte sich von Erstaunen in Entzücken, obwohl die Begleitumstände seines Abschieds vom »Langen Drachen« eine unangenehme Erinnerung waren und obwohl ein entstellter Bericht über die Angelegenheit seine Kollegen erreicht und Anlaß zu einigen Hänseleien gegeben hatte. Es war klar, er mußte vorsichtig sein, wenn er zerbrechliche Gegenstände sich erheben ließ, aber andererseits versprach seine Gabe immer mehr, je länger er über sie nachdachte. Er beschloß unter anderem, seinen Privatbesitz durch unauffällige Schöpfungsakte zu vermehren. Er ließ ein Paar herrliche Diamantknöpfe entstehen, vernichtete sie aber schleunigst wieder, als Gomshott jun. durchs Kontor auf sein Pult zukam. Er fürchtete, daß Gomshott jun. sich dafür interessieren könnte, woher er die Knöpfe hatte. Er erkannte, daß die Anwendung seiner Gabe Vorsicht und Wachsamkeit erforderte, aber soweit er die Schwierigkeiten beurteilen konnte, die auf dem Weg zur vollkommenen Beherrschung lagen, schienen sie ihm nicht größer als die ihm schon durch das Radfahrstudium bekannten. Diese Analogie, vielleicht ebenso stark wie das Gefühl, daß er im »Langen Drachen« nicht willkommen sein würde, führte ihn nach dem Abendessen hinaus auf den Weg jenseits der Gaswerke, wo er ungestört einige Wunder probieren wollte.

Vielleicht zeigten seine Versuche einen gewissen Mangel an Originalität, denn abgesehen von seiner Willenskraft war an Mr. Fotheringay nichts Ungewöhnliches. Das Wunder von Moses' Stab fiel ihm ein, aber die Nacht war finster und für die richtige Kontrolle großer Wunderschlangen ungeeignet. Dann erinnerte er sich an die Geschichte von Tannhäuser, die er auf der Rückseite eines Konzertprogramms gelesen hatte. Die schien ihm besonders anziehend und gefahrlos. Er steckte seinen Spazierstock – ein sehr hübsches Malakkarohr – in den Rasen, durch den der Fußweg lief, und befahl dem trockenen Holz zu blühen. Sofort war die Luft von Rosenduft erfüllt, und mit Hilfe eines Zündholzes konnte er sich überzeugen, daß dieses prächtige Wunder wirklich geschehen war. Seine Freude wurde durch herannahende Schritte gestört. Voll Furcht vor einer vorzeitigen Entdeckung seiner Kräfte sprach er hastig zu dem blühenden Stock: »Geh zurück!« Eigentlich wollte er sagen: »Vewandle dich zurück«, aber er war begreiflicherweise sehr verwirrt. Der Stock ging mit beträchtlicher Geschwindigkeit zurück, und sogleich hörte man einen zornigen Ausruf und ein häßliches Wort von der herankommenden Person. »Was werfen Sie denn da mit Dornensträuchern herum, Sie Narr?« schrie eine Stimme. »Und gerade auf mein Schienbein!«

»Es tut mir leid, mein Lieber«, sagte Mr. Fotheringay, dann aber wurde er sich der Ungeschicklichkeit dieser Erklärung bewußt und zerrte nervös an seinem Schnurrbart. Er sah Winch, einen der drei Schutzleute von Immering, auf sich zukommen.

»Was glauben Sie eigentlich?« fragte der Schutzmann. »Hallo! Also Sie sind das! Der Kerl, der die Lampe im ›Langen Drachen‹ zerbrochen hat!«

»Ich glaube gar nichts«, sagte Mr. Fotheringay, »nicht das geringste.«

»Warum machen Sie's dann?«

»Oh, Teufel noch einmal!« sagte Mr. Fotheringay.

»Ja, Teufel noch einmal! Wissen Sie, daß das sehr weh getan hat? Warum machen Sie solche Sachen?«

Im Augenblick konnte Mr. Fotheringay sich nicht darauf besinnen, warum er es getan hatte. Sein Schweigen schien Mr. Winch zu ärgern. »Sie haben diesmal einen Polizisten tätlich angegriffen, junger Mann, wissen Sie das?«

»Hören Sie, Mr. Winch«, sagte Mr. Fotheringay verwirrt und bestürzt, »es tut mir leid. Nämlich –«

»Nun?«

Er sah keinen anderen Ausweg, als die Wahrheit zu sagen. »Ich habe ein Wunder getan.« Er versuchte ungezwungen zu sprechen, aber das war ihm nicht möglich.

»Ein Wunder –! Hören Sie einmal, quatschen Sie nicht. Wunder tun, so was! Wunder! Das ist einmal ein guter Witz. Aber Sie sind doch der Mensch, der nicht an Wunder glaubt... Wahrscheinlich ist das wieder so ein dummes Zauberkunststück von Ihnen, so wird es sein und nicht anders. Also, ich sage Ihnen –«

Aber Mr. Fotheringay hörte niemals, was Mr. Winch hatte sagen wollen. Er erkannte, daß er sich ihm ausgeliefert hatte, sein kostbares Geheimnis hatte er in alle Winde gestreut. Ein heftiger Zornausbruch ließ ihn handeln. Wütend wandte er sich dem Schutzmann zu. »So«, sagte er, »jetzt hab ich genug, meiner Treu! Ich werd Ihnen Ihre dummen Zauberkunststücke schon zeigen! Fahren Sie zum Hades! Vorwärts! Aber gleich!«

Er war allein!

In dieser Nacht vollführte Mr. Fotheringay keine Wunder mehr, er gab sich nicht einmal die Mühe nachzusehen, was aus seinem blühenden Stock geworden war. Er ging zurück in die Stadt, erschrocken und sehr kleinlaut kam er in sein Schlafzimmer. »Mein Gott«, sagte er, »es ist eine mächtige Gabe – eine außerordentlich mächtige Gabe. Ich wollte das doch gar nicht, wirklich nicht. Eigentlich möchte ich gerne wissen, wie es im Hades aussieht.«

Er saß auf dem Bett und zog die Schuhe aus. Da kam ihm ein glücklicher Gedanke, er versetzte den Schutzmann nach San Francisco, und ohne jeden Konflikt mit der gewöhnlichen Umwelt ging er bescheiden zu Bett. In der Nacht träumte er von Winchs Wut.

Am nächsten Tag hörte Mr. Fotheringay zwei interessante Neuigkeiten. Irgend jemand hatte herrliche Kletterrosen am Privathaus von Mr. Gomshott sen. in Lullaborough Road gepflanzt, und der Fluß sollte bis hinunter zu Rawlings Mühle nach Schutzmann Winch durchsucht werden.

Mr. Fotheringay war den ganzen Tag zerstreut und nachdenklich und vollführte keine Wunder, außer daß er Winch mit einigen Mitteln versah und daß er sein Tagewerk mit vollkommener Pünktlichkeit beendete, trotz des Bienenschwarms von Gedanken, der durch seinen Kopf summte. Sein außerordentlich zerstreutes und gedrücktes Wesen wurde von einigen Leuten bemerkt, die ihre Späße darüber machten. Er aber dachte meistens an Winch.

Sonntag abends ging er in die Kirche, und merkwürdigerweise predigte Mr. Maydig, der sich einigermaßen für Okkultismus interessierte, über »Dinge, die außerhalb der Norm liegen«. Mr. Fotheringay war kein regelmäßiger Kirchenbesucher, aber seine skeptische Weltanschauung, die ich schon angedeutet habe, war jetzt stark erschüttert. Der Inhalt der Predigt warf ein ganz anderes Licht auf seine neuen Gaben, und er entschloß sich plötzlich, Mr. Maydig um Rat zu fragen. Sobald er den Beschluß gefaßt hatte, staunte er, daß er's nicht schon früher getan hatte.

Mr. Maydig, ein hagerer, reizbarer Mensch mit außergewöhnlich langem Hals und ebensolchen Gliedern, war hocherfreut, daß ein junger Mann, dessen Nachlässigkeit in religiösen Dingen Anlaß zu Stadtgesprächen gab, ihn um eine Privatunterredung bat. Sowie er frei war, führte er ihn ins Arbeitszimmer des an die Kirche stoßenden Pfarrhauses und bot ihm einen bequemen Sessel an. Mr. Maydig selbst stand vor dem lustig brennenden Feuer, seine Beine warfen einen spitzbogenförmigen Schatten an die gegenüberliegende Wand, und er forderte Mr. Fotheringay auf, sein Anliegen vorzubringen.

Zuerst war Mr. Fotheringay ein bißchen verlegen, es machte ihm Schwierigkeiten, einen richtigen Anfang zu finden. »Ich fürchte, Mr. Maydig, daß Sie mir kaum glauben werden –« So ging es eine ganze Weile. Endlich versuchte er es mit einer Frage und wollte Mr. Maydigs Meinung über Wunder hören.

Mr. Maydig begann gerade: »Nun«, in einem äußerst kennerhaften Ton, als Mr. Fotheringay ihn auch schon wieder unterbrach: «Sie glauben natürlich nicht, daß irgendein ganz gewöhnlicher Mensch – wie ich zum Beispiel –, der hier vor Ihnen sitzt, irgendein verzwicktes Zeug in sich hat, das ihn befähigt, durch seine Willenskraft allerlei zu machen.«

»Es ist schon möglich«, sagte Mr. Maydig. »Irgend etwas Derartiges kann es schon geben.«

»Wenn ich so frei sein darf, so kann ich Ihnen, glaube ich, durch eine Art Experiment zeigen, was ich meine«, sagte Mr. Fotheringay. »Also, zum Beispiel nehmen wir den Tabakstopf auf dem Tisch. Was ich wissen möchte, ist, ob das, was ich jetzt mit ihm machen werde, ein Wunder ist oder nicht. Bitte, nur eine halbe Minute, Mr. Maydig.«

Er runzelte die Stirn, zeigte auf den Tabakstopf und sagte: »Sei eine Schale voll Veilchen!«

Der Tabakstopf tat, wie ihm befohlen.

Mr. Maydig erschrak heftig über die Veränderung und blickte vom Wundertäter zur Blumenschale. Er sagte gar nichts. Dann wagte er, sich über den Tisch zu beugen, um an den Veilchen zu riechen; sie waren frisch gepflückt und besonders schön. Dann starrte er neuerlich Mr. Fotheringay an.

»Wie haben Sie das gemacht?« fragte er.

Mr. Fotheringay zerrte an seinem Schnurrbart. »Ich hab's ihm nur gesagt – da haben Sie die Bescherung. Ist das also ein Wunder, oder ist es Schwarze Magie oder was sonst? Und was, glauben Sie, ist mit mir los? Das wollte ich Sie fragen.«

»Es ist ein höchst bemerkenswerter Vorfall.«

»Noch heute vor einer Woche habe ich nichts davon gewußt, daß ich solche Sachen machen kann. Ganz plötzlich ist das gekommen. Meiner Ansicht nach ist da etwas Besonderes mit meinem Willen, mehr kann ich nicht sagen.«

»Ist das – das einzige? Oder könnten Sie noch andere Sachen machen?«

»Du meine Güte, gewiß!« sagte Mr. Fotheringay. »Alles, was es gibt.« Er dachte nach, und auf einmal fiel ihm eine Zaubervorstellung ein, die er gesehen hatte. »Also!« Er deutete auf die Schale. »Verwandle dich in eine Fischschale – nein, nicht so, verwandle dich in eine Glasschale voll Wasser, darin sollen Goldfische schwimmen. So ist's besser! Sehen Sie das, Mr. Maydig?«

»Es ist erstaunlich, es ist ganz unglaublich. Entweder Sie sind ein ganz raffinierter – aber nein –«

»Ich könnte es in alles und jedes verwandeln, alles, was es gibt«, sagte Mr. Fotheringay. »Also, sei eine Taube, ja?«

Im nächsten Moment flatterte eine blaue Taube im Zimmer herum, und Mr. Maydig duckte sich, sooft sie in seine Nähe kam. »Bleib still, wo du bist!« sagte Mr. Fotheringay, und die Taube hing regungslos in der Luft. »Ich kann sie wieder in eine Schale mit Blumen zurückverwandeln«, sagte er, und nachdem er die Taube auf den Tisch gestellt hatte, tat er auch dieses Wunder. »Ich nehme an, daß Sie bald Ihre Pfeife werden rauchen wollen«, sagte er und ließ den Tabakstopf wieder erscheinen.

Mr. Maydig hatte alle diese Veränderungen mit fassungslosem Schweigen verfolgt. Er starrte Mr. Fotheringay an, hob den Tabakstopf sehr behutsam auf, untersuchte ihn und stellte ihn auf den Tisch zurück. »So etwas!« sagte er, das war die einzige Äußerung seiner Gefühle.

»Nachdem Sie das gesehen haben, ist es leichter, Ihnen zu erklären, warum ich gekommen bin«, sagte Mr. Fotheringay und begann einen langen und verwickelten Bericht über seine sonderbaren Erfahrungen. Er fing mit der Geschichte von der Lampe im »Langen Drachen« an, wiederholte Anspielungen auf Winch komplizierten die Erzählung. Während er sprach, verschwand der flüchtige Stolz, den Mr. Maydigs Verblüffung in ihm hervorgerufen hatte; er wurde wieder der ganz gewöhnliche, alltägliche Mr. Fotheringay. Mr. Maydig hörte gespannt zu, den Tabakstopf in der Hand, und sein Verhalten änderte sich im Lauf der Erzählung. Dann, als Mr. Fotheringay das Wunder mit dem dritten Ei berichtete, unterbrach ihn der Geistliche mit einer Bewegung seiner zitternd ausgestreckten Hand.

»Es ist möglich«, sagte er. »Es ist glaublich. Kein Zweifel, es ist höchst erstaunlich, aber es bringt eine Reihe von Problemen in Einklang. Die Macht, Wunder zu tun, ist eine Gabe, eine besondere Eigenschaft, wie Genie oder zweites Gesicht – bis jetzt ist sie nur sehr selten und an außerordentliche Menschen verliehen worden. In diesem Fall aber – Ich habe immer über die Wunder Mohammeds gegrübelt und über die Yogiwunder und über die der

Madame Blavatsky. Aber natürlich! Es ist ganz einfach eine Gabe. Es bestätigt so großartig die Beweisführungen unseres großen Denkers« – hier senkte Mr. Maydig die Stimme –, »Seiner Hoheit, des Herzogs von Argyll. Hier stoßen wir auf ein tieferes Gesetz, tiefgründiger selbst als die gewöhnlichen Naturgesetze. Ja, ja. Erzählen Sie jetzt weiter!«

Mr. Fotheringay fuhr fort, von seinem Mißgeschick mit Winch zu erzählen, und Mr. Maydig, der nicht länger verängstigt und verschreckt war, begann hektisch zu gestikulieren und unterbrach ihn von Zeit zu Zeit mit Ausrufen der Überraschung. »Das hat mir nämlich am meisten Sorgen gemacht«, fuhr Mr. Fotheringay fort, »und da brauche ich am dringendsten Rat; er ist ja jetzt in San Francisco – wo immer San Francisco auch sein mag –, aber es ist doch unbequem für ihn und für mich, das werden Sie gleich sehen, Mr. Maydig. Ich kann mir nicht vorstellen, daß er verstehen kann, was mit ihm geschehen ist, und er ist gewiß fürchterlich erschrocken und außer sich und versucht, mich zu erwischen. Sicher ist er schon hierher unterwegs. Ich schicke ihn alle paar Stunden durch ein Wunder zurück, wenn ich gerade daran denke, das kann er natürlich auch nicht verstehen, bestimmt ist es ihm aber sehr peinlich; und wenn er jedesmal eine Fahrkarte lösen muß, kostet es ihn doch eine Menge Geld. Ich habe für ihn getan, was ich konnte, aber für ihn ist es natürlich schwer, sich in meine Lage zu versetzen. Nachträglich ist mir eingefallen, daß seine Kleider vielleicht versengt worden sind – wenn der Hades so ist, wie man sich's vorstellt –, bevor ich ihn versetzt habe. In diesem Fall wird man ihn wohl in San Francisco eingesperrt haben. Ich habe ihm natürlich gleich, als es mir einfiel, neue Kleider angewünscht. Aber Sie sehen, daß ich in einer verteufelten Klemme stecke –«

Mr. Maydig sah ernsthaft drein. »Ich sehe, daß Sie in einer Klemme stecken. Ja, es ist eine schwierige Situation. Wie Sie das zu Ende bringen sollen ...« Er beendete den Satz nicht und dachte an etwas anderes.

»Nun, wir wollen Winch ein wenig beiseite lassen und uns mit der wichtigeren Frage beschäftigen. Ich glaube nicht, daß dies ein Fall von Schwarzer Magie oder dergleichen ist. Ich glaube nicht, daß auch nur der Schatten eines Verbrechens dabei ist, Mr. Fotheringay, nicht eine Spur, außer Sie verschweigen mir wichtige Tatsachen. Nein, es sind Wunder, reine Wunder, Wunder allerhöchster Klasse, wenn ich so sagen darf.«

Er ging vor dem Feuer auf und ab und gestikulierte lebhaft, während Mr. Fotheringay am Tisch saß, den Kopf in die Hand stützte und bekümmert aussah. »Ich weiß nicht, was ich mit Winch machen soll«, sagte er.

»Die Gabe, Wunder zu tun – anscheinend eine sehr mächtige Gabe«, sagte Mr. Maydig, »wird schon einen Ausweg für Winch finden, machen Sie sich keine Sorgen. Mein lieber Herr, Sie sind ein sehr bedeutender Mann – ein Mann mit den erstaunlichsten Möglichkeiten. Als Beweis die Beispiele hier. Und was Sie sonst noch machen können...«

»Ja, mir sind schon ein, zwei Sachen eingefallen«, sagte Mr. Fotheringay. »Aber – manches kommt ein bißchen verdreht heraus. Sie haben doch vorhin die Fische gesehen? Falsche Schale und falsche Fische. Deshalb habe ich mir gedacht, daß ich jemand fragen muß.«

»Ein richtiger Weg«, sagte Mr. Maydig, »ein sehr richtiger Weg – ja, der einzig richtige Weg.« Er schwieg und blickte Mr. Fotheringay an. »Es ist tatsächlich eine Gabe ohne Grenzen. Wir wollen Ihre Kräfte ausprobieren. Ob sie wirklich sind – ob sie wirklich alles das sind, was sie zu sein scheinen.«

Und so unglaublich das klingen mag, Sonntag, den 10. November 1896, abends, begann Mr. Fotheringay im Studierzimmer des kleinen Hauses hinter der Kongregationskirche Wunder zu tun, ermuntert und angefeuert von Mr. Maydig. Die Aufmerksamkeit des Lesers wird besonders und nachdrücklich auf das Datum gelenkt. Er wird einwenden, hat wahrscheinlich schon eingewendet, daß gewisse Momente in dieser Geschichte unwahrscheinlich sind, daß, wenn irgend etwas von den geschilderten Dingen sich wirklich ereignet hätte, es vor einem Jahr in allen Zeitungen gestanden wäre. Die unmittelbar folgenden Details wird er besonders schwer glauben wollen, denn unter anderem bringen sie die Schlußfolgerungen mit sich, daß der Leser vor einem Jahr in gewaltsamer, noch nie dagewesener Weise getötet worden ist. Im weiteren Verlauf dieser Geschichte wird alles vollkommen klar und glaubhaft werden, jeder gerechte und vernünftige Leser wird das zugeben. Aber wir sind noch nicht so weit, um schon das Ende dieser Geschichte zu erzählen, sie ist gerade erst ein Stückchen über die Mitte hinaus gediehen. Zuerst waren Mr. Fotheringays Wunder klein und bescheiden – kleine Kunststücke mit den Schalen und der Zimmereinrichtung, so schwächlich wie die Wunder der Theosophen, aber trotzdem wurden sie von seinem Mitarbeiter mit Ehrfurcht aufgenommen. Mr. Fotheringay hätte es vorgezogen, die Angelegenheit Winch endgültig zu erledigen, doch Mr. Maydig ließ es nicht zu. Aber nachdem sie ein Dutzend solcher häuslicher Belanglosigkeiten ausgeführt hatten, wuchs ihr Machtbewußtsein, ihre Erfindungskraft wurde angeregt, und ihr Ehrgeiz stieg. Das erste bedeutende Unternehmen entsprang dem Hunger der beiden und der Nachlässigkeit von Mrs. Minchin, der Wirtschafterin. Die Mahlzeit, zu der der Geistliche Mr. Fotheringay einlud, war lieblos zubereitet und keine sehr einladende Erfrischung für zwei emsige Wundertäter; aber sie nahmen Platz, und Mr. Maydig verbreitete sich mehr bekümmert als ärgerlich über die Unzulänglichkeit seiner Wirtschafterin, ehe Mr. Fotheringay sich seiner Möglichkeiten entsann. »Glauben Sie nicht, Mr. Maydig«, sagte er, »daß ich so frei sein darf…«

»Mein lieber Mr. Fotheringay! Aber natürlich! Nein, ich habe gar nicht daran gedacht.«

Mr. Fotheringay bewegte die Hand. »Was wollen wir essen?« fragte er großzügig, und nach Mr. Maydigs Wünschen unterzog er das Nachtessen einer gründlichen Verbesserung.

»Ich für mein Teil«, sagte er und betrachtete, was Mr. Maydig gewählt hatte, »ich habe immer am liebsten einen Krug starkes Bier und ein Stück Wurst, das werde ich mir bestellen. Ich habe keine große Vorliebe für Burgunder«, und sofort erschienen Bier und Wurst auf dem Tisch. Lange saßen sie beim Nachtessen und sprachen wie Gleichgestellte über die Wunder, die sie demnächst tun würden. Mr. Fotheringay wurde sich dessen plötzlich mit Erstaunen und Befriedigung bewußt. »Apropos, Mr. Maydig«, sagte Mr. Fotheringay, »vielleicht kann ich Ihnen auch in Ihren häuslichen Angelegenheiten helfen.«

»Ich verstehe Sie nicht ganz«, sagte Mr. Maydig und goß sich ein Glas wunderbaren alten Burgunders ein.

Mr. Fotheringay bestellte aus Zerstreutheit ein zweites Stück Wurst und steckte einen Bissen in den Mund. »Ich habe gedacht«, sagte er kauend, »daß ich vielleicht ein Wunder an Mrs. Minchin tun könnte und sie in eine bessere Frau verwandeln.«

Mr. Maydig stellte sein Glas nieder und sah zweifelnd vor sich hin. »Sie ist – sie läßt sich absolut nicht dreinreden, Mr. Fotheringay. Und überhaupt ist doch elf Uhr lange vorbei, sie ist sicher schon zu Bett gegangen und schläft. Glauben Sie denn –«

Mr. Fotheringay dachte über die Einwände nach. »Ich sehe nicht ein, warum es nicht getan werden sollte, während sie schläft.«

Zuerst widersetzte sich Mr. Maydig dieser Idee, dann gab er nach. Mr. Fotheringay gab seine Befehle, und die zwei Herren setzten ihre Mahlzeit fort, vielleicht mit etwas weniger Behaglichkeit als zuvor. Mr. Maydig erging sich in so optimistischen Vermutungen über die Veränderungen, die er am nächsten Tag an seiner Wirtschafterin entdecken würde, daß selbst Mr. Fotheringays übersinnlicher Verstand sie ein wenig übertrieben fand. Da hörten sie von oben eine Reihe verworrener Geräusche. Sie blickten einander fragend an, dann verließ Mr. Maydig rasch das Zimmer. Mr. Fotheringay hörte, wie er seine Wirtschafterin rief und dann leise über die Treppe zu ihr hinaufging.

Nach knapp einer Minute kam der Geistliche zurück, leichten Schrittes und mit strahlendem Gesicht. »Wunderbar!« sagte er. »Und rührend. Wirklich rührend.«

Er ging wieder vor dem Feuer auf und ab. »Reue – rührendste

Reue. Durch den Türspalt habe ich's gesehen. Arme Frau! Eine ganz wunderbare Verwandlung. Sie ist aufgestanden, sie muß gleich aufgestanden sein. Aus dem Schlaf ist sie aufgestanden, um eine Privatflasche Schnaps, die sie in ihrem Kasten hatte, zu zerbrechen. Und gestanden hat sie's auch! Aber das gibt uns – das eröffnet ja höchst erstaunliche Ausblicke auf neue Möglichkeiten. Wenn wir sogar sie so wunderbar verwandeln können …«

»Die Sache scheint wirklich keine Grenzen zu haben«, sagte Mr. Fotheringay, »und was Mr. Winch betrifft –«

»Ganz und gar unbegrenzt.« Auf dem Kaminteppich stehend, entwickelte Mr. Maydig eine Reihe wunderbarer Pläne, die ihm erst nach und nach während des Redens einfielen. Die Schwierigkeit mit Winch überging er ganz.

Welcher Art diese Pläne waren, ist für diese Geschichte unwesentlich. Genug, daß sie im Geiste unendlichen Wohlwollens entworfen wurden, jenes Wohlwollens, das man nach einem guten Essen fühlt, genug auch, daß das Problem Winch ungelöst blieb. Es ist auch nicht nötig zu berichten, welche dieser Pläne ausgeführt wurden. Es gab verblüffende Veränderungen. In später Nacht rannten Mr. Maydig und Mr. Fotheringay im Hochgefühl des Wundertäters über den frostigen Marktplatz, der still im Mondlicht lag. Mr. Maydig flatterte und gestikulierte, der kleine zerzauste Mr. Fotheringay war gar nicht mehr bedrückt von seiner Größe. Sie hatten alle Trunkenbolde in ihrem Wahlkreis geheilt, hatten alles Bier und allen anderen Alkohol in Wasser verwandelt – in diesem Punkt hatte Mr. Maydig Mr. Fotheringay überstimmt –, zudem hatten sie die Eisenbahnverbindungen ihrer Stadt wesentlich verbessert, hatten Flinders Sumpf trockengelegt, hatten den Boden auf einem nahen Hügel fruchtbar gemacht und die Warze des Vikars zum Verschwinden gebracht. Und jetzt wollten sie sehen, was mit dem beschädigten Damm von Southbridge zu machen wäre. »Der Ort«, keuchte Mr. Maydig, »wird morgen nicht mehr der gleiche sein. Wie überrascht und dankbar werden alle Leute sein!« Gerade in diesem Augenblick schlug die Kirchenuhr drei.

»Oho«, sagte Mr. Fotheringay, »drei Uhr ist's! Ich muß schauen, daß ich nach Hause komme. Um acht Uhr muß ich im Geschäft sein. Und außerdem würde Mrs. Wimms –«

»Wir fangen erst an«, sagte Mr. Maydig, berauscht von der unbeschränkten Macht. »Wir fangen gerade erst an. Denken Sie an all das Gute, das wir tun. Wenn die Leute aufwachen –«

»Aber –« sagte Mr. Fotheringay.

Mr. Maydig packte ihn plötzlich am Arm. Seine Augen glühten wild. »Mein lieber Freund«, sagte er, »es hat keine Eile. Schauen Sie nur –« er wies auf den Mond im Zenit –, »Josua!«

»Josua?« sagte Mr. Fotheringay.

»Josua«, sagte Mr. Maydig. »Warum nicht? Halten Sie ihn auf.«

Mr. Fotheringay starrte den Mond an.

»Das geht ein bißchen weit«, sagte er nach einer Pause.

»Warum nicht?« sagte Mr. Maydig. »Er bleibt natürlich nicht stehen. Halten Sie die Drehung der Erde auf, und die Zeit bleibt stehen. Damit tun wir doch nichts Schlimmes.«

»Hm!« sagte Mr. Fotheringay. »Gut.« Er seufzte. »Ich will es versuchen. Also –«

Er schloß alle Knöpfe an seinem Rock, nahm sein ganzes Selbstvertrauen zusammen und wandte sich an den bewohnbaren Erdball. »Hör jetzt auf, dich zu drehen, ja?« sagte Mr. Fotheringay.

Sogleich flog er Hals über Kopf durch die Luft, mit einer Geschwindigkeit von vielen Dutzend Meilen in der Minute. Trotz der zahllosen Kreise, die er in einer Sekunde beschrieb, dachte er noch, denn das Denken ist etwas Wunderbares, manchmal so träge wie flüssiges Pech, manchmal geschwind wie das Licht. Er dachte in einer Sekunde und befahl: »Ich will heil und gesund hinunterkommen, was auch immer geschehen mag, ich will heil und gesund hinunterkommen!«

Mr. Fotheringay hatte das gerade im richtigen Moment befohlen, denn seine Kleider waren von seinem rasenden Flug durch die Luft schon versengt. Er fiel also und landete mit einem heftigen, aber keineswegs schmerzhaften Krach auf etwas, was ein frisch aufgeworfener Erdhaufen zu sein schien. Eine gewaltige Masse aus Metall und Stein, außerordentlich ähnlich dem Glockenturm, der sonst in der Mitte des Marktplatzes stand, fiel neben ihm auf die Erde, prallte ab und zersplitterte wie eine platzende Bombe in Steine, Ziegel und Mauerwerk. Eine herumwirbelnde Kuh stieß an einen der größeren Blöcke und zerbarst wie ein Ei. Es gab einen Krach, der auch den heftigsten Lärm, den er bis jetzt erlebt hatte, wie das Aufprallen von Sandkörnern erscheinen ließ, dann krachte es noch mehrmals hintereinander, leiser und abflauend! Ein gewaltiger Sturm heulte über Himmel und Erde hinweg, so daß er kaum den Kopf heben konnte, um zu schauen. Eine Zeitlang war er zu atemlos und überrascht, um zu erfassen, wo er sich befand oder was geschehen war. Seine erste Bewegung war, sich an den Kopf zu greifen und sich zu versichern, daß dieses flatternde Haar ihm gehörte.

»Mein Gott!« keuchte Mr. Fotheringay, dem der Orkan das Sprechen schwer machte. »Da bin ich aber noch glücklich durchgerutscht. Was ist denn eigentlich los? Sturm und Gewitter, und noch vor einer Minute war so eine schöne Nacht. Maydig hat mich in die Geschichte hineingehetzt. Was für ein furchtbarer Sturm! Wenn ich weiter solche Verrücktheiten mache, wird mir sicher etwas Schreckliches geschehen. Wo ist eigentlich Maydig? Warum ist denn alles in so einem verdammten Durcheinander?«

Er blickte sich um, so gut sein flatternder Rock es ihm erlaubte. Das Aussehen aller Dinge war mehr als sonderbar. »Am Himmel ist doch alles in Ordnung«, sagte Mr. Fotheringay. »Aber mir scheint, nur dort oben, und auch dort sieht es aus, als ob ein schweres Unwetter käme. Aber da oben ist doch der Mond, genauso wie früher, hell wie am Tag. Aber alles andere – wo ist das Dorf? Wo, wo ist alles? Und was, um Himmels willen, hat diesen Sturm erregt – ich habe doch keinen befohlen!«

Mr. Fotheringay bemühte sich vergeblich, sich aufzurichten, und nach einem mißlungenen Versuch klammerte er sich mit allen vieren an den Boden. Er musterte die mondbeschienene Welt, den Rücken gegen den Wind, und die Enden seines Rockes flatterten über seinem Kopf. »Irgend etwas ist ernstlich in Unordnung geraten«, sagte Mr. Fotheringay. »Gott mag wissen, was.«

In dem grellweißen Lichtschein, durch den Staubschleier, den der heulende Sturm vor sich her trieb, war weit und breit nichts zu sehen als durcheinandergeworfene Erdmassen und Haufen von neuentstandenen Ruinen. Keine Bäume, keine Häuser, keine vertrauten Formen, nur ein wildes Chaos – aber jetzt verschwand auch das in der Finsternis, zwischen wirbelnden Staubsäulen und Wolkenfetzen, unter Blitzen und Donnerschlägen eines heranbrausenden Gewitters. Neben ihm, in dem fahlen Schein, lagen die Überreste einer Ulme, eine zerschmetterte Masse von Holzsplittern, geborsten von der Wurzel bis zum Gipfel, und daneben erhob sich eine ineinandergekeilte Menge von Eisentraversen aus dieser aufgehäuften Wirrnis – nur zu deutlich erkannte er den Viadukt.

Als Mr. Fotheringay die Drehung der festen Erde aufgehalten hatte, hatte er die unbedeutenden beweglichen Dinge auf ihrer Oberfläche vergessen. Die Erde dreht sich so schnell, daß ihre Oberfläche am Äquator bedeutend mehr als tausend Meilen in der Stunde zurücklegt, in unseren Breiten noch mehr als die Hälfte dieser Zahl. So waren das Dorf, Mr. Maydig, Mr. Fotheringay und alles und jedes mit einer Geschwindigkeit von neun Meilen in der Sekunde weggeschleudert worden – das heißt viel heftiger, als wenn man sie aus einer Kanone geschossen hätte. Und jedes menschliche Wesen, jede lebende Kreatur, jedes Haus und jeder Baum – die ganze uns bekannte Welt – war so weggeschleudert worden und zerschmettert und vollständig zerstört. Das war alles.

Diese Dinge konnte Mr. Fotheringay natürlich nicht voll erfassen, aber er bemerkte, daß sein Wunder schlecht ausgegangen war, und ihn erfaßte ein heftiger Widerwille gegen Wunder. Er stand jetzt im Finstern, denn die Wolken hatten sich zusammengezogen und hielten jeden Mondstrahl fern, und die Luft war erfüllt von krampfhaft kämpfenden, gequälten Hagelgeistern. Ein gewaltiges Brausen von Sturm und Gewässern erfüllte Himmel und Erde, und als er vorsichtig unter seinem Arm hervor durch Staub und Hagel in den Orkan schaute, sah er im zuckenden Licht der Blitze eine riesige Wasserwand auf sich zustürzen.

»Maydig!« kreischte Fotheringays schwache Stimme mitten im Aufruhr der Elemente. »Hierher, Maydig! Halt!« schrie er dem näher kommenden Wasser zu. »Halt, um Himmels willen! Nur einen Augenblick«, sagte er zu Blitz und Donner. »Wartet nur einen Augenblick, bis ich meine Gedanken gesammelt habe. Was soll ich jetzt machen? Was soll ich nur machen? Mein Gott! Wenn nur Maydig in der Nähe wäre! Wenn ich nur um Himmels willen dieses eine Mal noch alles in Ordnung bringen könnte!« Er blieb auf allen vieren und stemmte sich gegen den Sturm, eifrigst bemüht, alles in Ordnung zu bringen.

»Oh«, sagte er, »nichts, was ich befehle, soll geschehen, ehe ich ›Los‹ sage... Warum habe ich nur nicht früher daran gedacht?«

Er erhob seine schwache Stimme gegen den Wirbelwind, er schrie lauter und lauter, in dem vergeblichen Bestreben, sich sprechen zu hören. »Also jetzt! Jetzt fange ich an! Nicht vergessen, was ich gerade gesagt habe. Zuallererst, wenn alles, was ich zu sagen habe, geschehen ist, will ich meine Wunderkraft verlieren, mein Wille soll so werden wie jeder andere, und alle diese gefährlichen Wunder sollen aufhören. Ich mag sie nicht. Mir wäre lieber, sie wären nicht geschehen. Viel lieber. Das ist einmal das erste. Das zweite ist – ich will wieder dort sein, wo ich war, ehe die Wunder begannen, alles soll so sein wie vor der Umdrehung der verdammten Lampe. Es ist ein großer Auftrag – aber es ist der letzte. Verstanden? Keine Wunder mehr, alles wie es war – ich wieder im ›Langen Drachen‹ mit meinem Bier in der Hand. So soll es sein! Ja!«

Er krallte sich in der Erde fest, schloß die Augen und sagte: »Los!«

Alles wurde vollkommen ruhig. Er bemerkte, daß er aufrecht stand.

»Das behaupten *Sie*«, sagte eine Stimme.

Er öffnete die Augen. Er war im Wirtshaus »Zum langen Drachen« und debattierte mit Toddy Beamish über Wunder. Er hatte flüchtig das Gefühl, etwas Wichtiges vergessen zu haben, aber das ging augenblicklich vorüber. Bis auf den Verlust seiner wunderbaren Kräfte war alles wieder so, wie es gewesen war; sein Verstand und sein Gedächtnis waren also genauso wie am Anfang der Geschichte, so daß er nicht das geringste von allem, was hier erzählt wurde, wußte, so daß er bis zum heutigen Tag nicht das geringste davon weiß. Und unter anderem glaubt er natürlich noch immer nicht an Wunder.

»Ich sage Ihnen, daß Wunder, in des Wortes wahrer Bedeutung, unmöglich geschehen können«, sagte er, »und ich bin bereit, meine Meinung bis aufs Messer zu verteidigen.«

»Das glauben *Sie*«, sagte Toddy Beamish, und: »Beweisen Sie's, wenn Sie können.«

»Hören Sie doch, Mr. Beamish«, sagte Mr. Fotheringay, »wir müssen uns zuerst darüber klarwerden, was ein Wunder ist. Es ist etwas dem natürlichen Lauf der Dinge Entgegengesetztes, durch Willenskraft hervorgerufen...«

Pyecrafts Kur

Da sitzt er – keine zehn Schritt von mir! Wenn ich über die Schulter schaue, seh ich ihn. Und wenn ich seinem Blick begegne, was immer wieder geschieht, so liegt darin ein seltsamer Ausdruck – irgendwie flehentlich, aber doch auch ein wenig mißtrauisch.

Hol der Kuckuck dieses Mißtrauen! Wenn ich ihn verpetzen wollte, hätte ich es ja längst getan. Aber ich bin kein altes Waschweib, er könnte wirklich friedlich sein. Na ja, als ob so ein dicker, fetter Kerl überhaupt friedlich sein könnte. Übrigens – wer würde mir die Geschichte überhaupt glauben, wenn ich sie erzählte?

Armer alter Pyecraft! Großer, dicker, ewig unruhiger Wackelpeter! Der fetteste Klubmensch in ganz London!

Da sitzt er an einem der kleinen Klubtische in dem großen Erker neben dem Kamin. Und futtert. Was stopft er eigentlich wieder in sich hinein? Ich blicke scharf hinüber und erwische ihn, wie er eben ein großes Stück von einem warmen Butterkuchen abbeißt, dabei unentwegt den Blick auf mich gerichtet. Der Kuckuck soll ihn holen! Immer hält er den Blick auf mich gerichtet!

Aber weißt du, lieber Pyecraft, das schlägt denn doch dem Faß den Boden aus! Wenn du wirklich so gemein sein mußt, wenn du dich absolut gebärden mußt, als wäre ich kein Ehrenmann, na gut! Hier, direkt unter deiner fettumpolsterten Nase, will ich die Geschichte niederschreiben, offen und schonungslos, die wahre Geschichte von Pyecrafts Kur! Die Geschichte dieses Menschen, dem ich geholfen hab, den ich beschützt hab und der mir zum Dank dafür meinen Klub verleidet hat – absolut verleidet! Einfach durch seine ewige schwammige Anwesenheit! Einfach durch sein ewiges flehentliches Anstarren: Verpetz mich nicht!

Und überhaupt, warum muß denn der Kerl immerzu fressen? Jetzt soll die Wahrheit ans Licht.

Ja! Die reine Wahrheit, und nichts als die Wahrheit!

Also – Pyecraft… Seine Bekanntschaft machte ich in ebendiesem Rauchzimmer. Ich war damals ein neues Klubmitglied, jung und nervös. Und das bemerkte er. Ich saß ganz allein und wünschte doch mehr Menschen hier zu kennen. Da kam er plötzlich auf mich zu, eine große, fette Masse, ein Kinn und ein Bauch. Er grunzte irgend etwas und setzte sich auf einen Stuhl dicht neben mich. Darauf schnaufte er eine Weile, riß ein Streichholz an, steckte seine Zigarre in Brand und redete mich schließlich an. Was er sagte, hab ich vergessen – irgendwas wie, daß die Streichhölzer nichts taugten. Und auch später, als er immer weiter sprach, unterbrach er sich, sooft ein Kellner vorbeikam, um sich mit seiner dünnen Fistelstimme über die Streichhölzer zu beklagen. Na, jedenfalls – so ungefähr fing unsere Bekanntschaft an. Er redete von allem möglichen und kam schließlich auf den Sport. Und von da auf meine Figur und meinen Teint. »Sie müßten ein guter Kricketspieler sein!« sagte er. Es stimmt ja, ich bin schlank – so schlank, daß manche es schon hager nennen würden. Und ziemlich dunkel bin ich auch, glaub ich. Ich schäme mich auch nicht meiner Hindu-Urgroßmutter, aber ich mag es auch nicht besonders, wenn fremde Menschen das so auf den ersten Blick herausfinden. So war ich wirklich von Anfang an gegen Pyecraft ziemlich eingenommen.

Der aber sprach bloß von mir, um auf sich selbst zu kommen. »Wahrscheinlich«, sagte er, »machen Sie auch nicht mehr Bewegung als ich und essen auch kaum weniger.« Wie alle ganz besonders gefräßigen Menschen bildete er sich ein, praktisch nichts zu essen. »Und doch«, lächelte er verschmitzt, »sind wir so verschieden.«

Und damit fing er an und sprach von seiner Korpulenz, endlos von seiner Korpulenz; von allem, was er gegen seine Korpulenz tue und was er noch gegen seine Korpulenz tun wolle, was ihm die Leute geraten hätten, gegen seine Korpulenz zu tun, und was dem Hörensagen nach andere gegen ihre Korpulenz getan hätten. »A priori«, sagte er, »sollte man doch denken, Ernährungsfragen durch Diät beikommen zu können und Stoffwechselproblemen durch Mittel.« Es war zum Ersticken! Es war zum Platzen. Es machte mich krank, ihm zuzuhören.

So was läßt man sich schließlich, wenn's unbedingt sein muß, in einem Klub einmal gefallen. Aber es kam eine Zeit, in der ich doch das Gefühl hatte, ich ließe mir zuviel gefallen. Es war zu verdächtig, wie er sich an mich hängte! Sobald ich ins Rauchzimmer trat, kam er auch schon auf mich zugeschwabbelt; und oft kam er während meines Lunchs und schlemmte neben mir. Manchmal schien er sich förmlich an mich zu klammern. Der Kerl war unausstehlich, wenn sich seine Unausstehlichkeit auch nicht allein auf mich konzentrierte. Aber von Anfang an lag in seinem ganzen Benehmen etwas, als erriete er, daß für ihn in mir eine ganz ferne, außergewöhnliche Möglichkeit lag, die ihm niemand sonst zu bieten hatte...

»Alles würde ich drum geben, wenn ich abnehmen könnte«, sagte er immer wieder. »Alles!« Und dabei blinzelte er mich über seine aufgeblähten Backen hinweg an und schnaufte.

Armer alter Pyecraft! Eben hat er geklingelt, zweifelsohne will er noch einen Butterkuchen bestellen!

Eines Tages kam er endlich zur Sache. »Unsere Arzneikunde«, sagte er, »unsere abendländische Arzneikunde ist weit entfernt von den letzten Erkenntnissen der medizinischen Wissenschaft. Im Orient, hab ich mir sagen lassen –« Er verstummte und stierte mich an. Ich kam mir vor wie in einem Aquarium.

Ein plötzlicher Zorn gegen ihn überkam mich. »Sagen Sie mal«, sagte ich, »wer hat Ihnen von den Rezepten meiner Urgroßmutter erzählt?«

»Wieso?« versuchte er auszuweichen.

»Seit acht Tagen, sooft wir zusammen waren – und wir waren oft genug zusammen, wahrhaftig! –, haben Sie nichts anderes getan, als auf diesem meinem kleinen Privatgeheimnis herumzureiten!«

»Na schön!« sagte er. »Die Katze ist ja doch einmal aus dem Sack. Also ja – ich geb's zu. Ich weiß es von –«

»Von Pattison?«

»Indirekt«, sagte er. Das war natürlich gelogen! »Ja.«

»Pattison«, sagte ich, »hat das Zeug allein auf seine eigene Verantwortung geschluckt!«

Er kniff die Lippen zusammen und machte mir eine Verbeugung.

»Die Rezepte meiner Urgroßmutter«, fuhr ich fort, »sind wirklich nicht ganz so einfach anzuwenden. Mein Vater war drauf und dran, mir das Versprechen abzunehmen –«

»Und hat er's getan?«

»Nein. Aber er hat mich gewarnt. Er hat selber einmal eins verwendet. Ein einziges Mal.«

»Ah! Aber was meinen Sie? Wenn – wenn also zum Beispiel zufällig eins dabei wäre, das...«

»Es sind sonderbare Dokumente, die Dinger!« sagte ich. »Schon allein, wie sie riechen... Nein!«

Aber da er mich nun doch mal so weit hatte, war Pyecraft auch fest entschlossen, mich noch weiter zu treiben. Ich muß gestehen, irgendwie hatte ich immer Angst, er könnte, wenn ich seine Geduld auf eine gar zu harte Probe stellte, einmal über mich herfallen und mich erdrücken. Nun ja, ich war ja feige, ich geb's zu. Aber Pyecraft erboste mich auch! Ich war nach und nach so weit gekommen, daß ich die größte Lust hatte zu sagen: »Na bitte, so riskieren Sie's doch!« Die kleine Sache mit Pattison, auf die ich angespielt habe, war überhaupt etwas ganz anderes gewesen. Was, ist nicht wichtig. Jedenfalls wußte ich, daß das Rezept, das ich damals anwendete, harmlos war. Von den übrigen wußte ich weiter nicht viel; aber ihre Harmlosigkeit schien mir immerhin mehr als zweifelhaft.

Und doch – wenn Pyecraft sich damit vergiftete! Ich muß gestehen, Pyecraft zu vergiften, das erschien mir plötzlich als eine enorme Aufgabe.

Noch am selben Abend holte ich den merkwürdigen geheimnisvoll duftenden Sandelholzkasten aus meinem Tresor und blätterte die raschelnden Pergamente durch. Der alte Herr, der die Rezepte für meine Urgroßmutter aufschrieb, hatte augenscheinlich eine Schwäche für Häute der winzigsten Tiere besessen, und seine Schrift war klein und fast unleserlich. Ja, manches war tatsächlich vollständig unleserlich für mich, obgleich in meiner Familie durch ihre Beziehungen zum indischen Kolonialdienst die Kenntnis des Hindustani von Generation zu Generation weitergegeben worden ist. Ganz klar und verständlich war überhaupt keins. Trotzdem fand ich das eine, von dessen Vorhandensein ich wußte, relativ bald. Eine ganze Weile hockte ich auf dem Boden und sah es mir an.

»Sehen Sie her«, sagte ich am nächsten Tag zu Pyecraft und rettete das Pergament gerade noch vor seinem gierigen Griff. »Soviel ich davon verstehe, ist das ein Rezept, um abzunehmen.« – »Ha!« sagte Pyecraft. »Aber ganz sicher bin ich nicht«, fuhr ich fort. »Aber ich glaube, es ist so. Und wenn ich einen guten Rat geben darf, so lassen Sie die Finger davon! Denn sehen Sie, Pyecraft – in Ihrem Interesse rede ich sogar schlecht über meine Vorfahren. Sie waren, soviel ich weiß, ein bißchen verschroben, verstehen Sie?«

»Ich möcht's versuchen!« sagte Pyecraft.

Ich lehnte mich in meinem Stuhl zurück. Meine Phantasie versuchte, sich zu einer mächtigen Leistung aufzuschwingen, ließ mich aber völlig im Stich. »Wie, um Himmels willen, stellen Sie sich das vor, Pyecraft«, fragte ich, »wie Sie aussehen werden, wenn Sie mager sind?«

Aber da halfen keinerlei Vernunftgründe. Ich nahm ihm also das Versprechen ab, nie wieder, was auch immer geschähe, mir gegenüber ein Wort über seine widerliche Korpulenz zu verlieren – nie wieder. Daraufhin überließ ich ihm das Pergamentstück.

»Ekliges Zeug ist es«, sagte ich.

»Einerlei«, sagte er. Und nahm die Schrift. Er glotzte es an. »Aber… aber…« stotterte er. Er hatte eben entdeckt, daß es nicht Englisch war.

»Ich werde Ihnen, so gut ich kann, die Geschichte übersetzen«, erwiderte ich. Ich übersetzte es auch – so gut ich konnte. Daraufhin redeten wir vierzehn Tage lang überhaupt nicht miteinander. Sooft er sich mir näherte, runzelte ich die Stirn und bedeutete ihm, mir vom Leib zu bleiben. Und er respektierte unsere Abmachung. Aber nach den vierzehn Tagen war er so dick wie eh und je. Schließlich bestand er darauf zu reden.

»Ich muß reden«, sagte er. »Die Geschichte stimmt nicht. Irgendwas ist nicht in Ordnung. Es hat nicht geholfen. Sie haben Ihrer Urgroßmutter unrecht getan!«

»Wo ist das Rezept?«

Er zog es behutsam aus der Brieftasche.

Ich überflog die einzelnen Zutaten. »War das Ei verfault?« fragte ich.

»Nein. Hätte es das sein sollen?«

»Das«, erwiderte ich, »versteht sich ganz von selbst in allen Rezepten meiner geliebten Urgroßmutter. Wo besondere Vorschriften bezüglich der Qualität und ähnlichem fehlen, müssen Sie immer das Schlechteste nehmen. Wenn sie etwas besaß, dann war es ein Sinn fürs Drastische. Dann gibt es – bei ein paar anderen Dingen – noch allerhand Möglichkeiten. Sie haben frisches Klapperschlangengift genommen?«

»Ja. Ich habe mir eine Klapperschlange verschafft. Sie kostete über –«

»Na ja, das ist Ihre Sache! Und hier – diese letzte Zutat –«

»Ich weiß einen Mann, der –«

»Jawohl. Hm, schön, ich werde alles noch einmal aufschreiben. Soweit ich's verstehe, sind die Zutaten gerade zu dem Rezept besonders scheußlich. Übrigens, Hund – das soll hier wahrscheinlich Paria-Hund heißen.«

Von da ab sah ich Pyecraft vier Wochen lang täglich im Klub – so fett und so sorgenvoll wie je. Er hielt zwar unseren Vertrag ein, brach ihn aber doch von Zeit zu Zeit im Geist, indem er verzweifelt den Kopf schüttelte. Dann, eines Tages, in der Garderobe, sagte er: »Ihre Urgroßmutter –«

»Bitte! Kein Wort!« Und er gab wieder Frieden.

Schon dachte ich fast, er sei von der Sache abgekommen; eines Tages sah ich ihn sogar drei neuen Klubmitgliedern gegenüber von seiner Korpulenz sprechen, als ob er wieder auf der Jagd nach neuen Rezepten wäre. Da kam ganz unerwartet seine Depesche.

»Mr. Formalyn!« kreischte ein Page, dicht unter meiner Nase. Ich nahm das Telegramm und öffnete es sofort.

»Um Himmels willen, kommen Sie! Pyecraft.«

»Hm!« sagte ich. Ehrlich gestanden – ich freute mich so über die Ehrenrettung meiner Urgroßmutter, daß ich mir daraufhin einen ganz besonders guten Lunch leistete.

Vom Portier erfuhr ich Pyecrafts Adresse. Er bewohnte den Oberstock eines Hauses in Bloomsbury, und sobald ich meinen Kaffee und Likör zu mir genommen hatte, begab ich mich dorthin. Nicht einmal meine Zigarre rauchte ich zu Ende.

»Mr. Pyecraft?« fragte ich an der Haustür.

Er sei krank, hieß es; schon seit zwei Tagen sei er nicht ausgegangen.

»Ich werde erwartet«, sagte ich. Darauf wurde ich nach oben gewiesen. An der Glastür klingelte ich.

»Na ja, er hätt es eben lassen sollen!« dachte ich. »Ein Mensch, der frißt wie ein Schwein, der darf auch aussehen wie ein Schwein!«

Eine ungeheuer würdevolle Dame mit sorgenvollem Gesicht und schiefsitzender Haube erschien hinter der Glastür und begutachtete mich. Ich nannte meinen Namen, und sie öffnete, nicht ohne Mißtrauen. »Nun?« sagte ich, als wir endlich nebeneinander in Pyecrafts Korridor standen.

»Er hat gesagt, Sie möchten hineinkommen«, erwiderte sie. Dabei starrte sie mich an, machte jedoch keinerlei Anstalten, mich irgendwohin zu führen. Nach einer Weile fügte sie vertraulich hinzu: »Er hat sich eingeschlossen.«

»Eingeschlossen?«

»Eingeschlossen – gestern morgen – und hat seither niemanden zu sich gelassen. Und fluchen tut er dabei manchmal. O Gott!«

Ich blickte zur Tür, die ihr Augenaufschlag zu bezeichnen schien. »Da drin?« fragte ich.

»Ja.«

»Was ist denn los?«

Sie schüttelte kummervoll den Kopf. »Er schreit bloß in einem fort nach Essen. Möglichst schwere und fette Sachen will er. Ich tu ja, was ich kann. Schweinebraten hab ich ihm gebracht und Pudding und Wurst und frisches Brot. All so was. Alles vor die Tür gestellt – bitte! Ich selber muß immer weggehen. Essen tut er – ganz fürchterlich!«

Ein hysterisches Kreischen kam durch die Tür. »Formalyn?«

»Pyecraft?« rief ich. Ich lief an die Tür und klopfte.

»Schicken Sie sie weg.« Das tat ich denn. Darauf vernahm ich ein sonderbares Tappen an der Tür, als ob jemand im Dunkeln nach der Klinke tastete, und dazwischen Pyecrafts wohlbekanntes Gebrummel.

»Stimmt schon!« sagte ich. »Sie ist fort.« Trotzdem dauerte es noch lange, bis die Tür aufging. Endlich drehte sich der Schlüssel um, und Pyecrafts Stimme sagte: »Kommen Sie!«

Ich drückte die Klinke nieder und öffnete die Tür. Selbstverständlich erwartete ich, Pyecraft vor mir zu sehen.

Und – na ja, er war nicht da!

Mein Lebtag bin ich nicht so bestürzt gewesen! Sein Wohnzimmer, ja, das lag da vor mir, in einem Zustand greulicher Unordnung, zwischen Büchern und Papieren standen Teller und Schüsseln, ein paar Stühle waren umgeworfen. Aber Pyecraft –?

»Schon recht, alter Freund! Machen Sie die Tür zu!« sagte er. Und jetzt endlich entdeckte ich ihn.

Da droben hing er – in der Ecke, am Türsims, als hätte ihn jemand an die Zimmerdecke genagelt. Angstvoll und empört sah er aus. Und er schnaufte und gestikulierte. »Machen Sie die Tür zu!« wiederholte er. »Wenn das Frauenzimmer erst dahinterkommt...«

Ich schloß die Tür, trat ins Zimmer und starrte zu ihm hinauf. »Wenn die Geschichte da oben bricht und Sie herunterfallen, Pyecraft«, sagte ich, »so brechen Sie sich garantiert den Hals.«

»Ich wollt, ich könnt's!« wimmerte er.

»Ein Mann in Ihrem Alter und von Ihrem Gewicht macht solche kindischen Geschichten!«

»So seien Sie doch still!« sagte er mit verzweifelter Miene. »Ihre verdammte Urgroßmutter«, fing er an und gestikulierte dabei wie wild.

»Hüten Sie sich«, warnte ich ihn. »Und überhaupt – wie halten Sie sich da oben fest?«

Und dann wurde mir plötzlich klar, daß er sich gar nicht festhielt, sondern daß er einfach da oben schwebte, wie ein gasgefüllter Ballon unter der Decke schwebte. Er machte einen verzweifelten Versuch, loszukommen und an der Wand zu mir herunterzuklettern.

»Das Rezept!« schnaufte er. »Ihre Urgroß –«

Während er sprach, packte er unvorsichtigerweise einen gerahmten Stahlstich an der Wand. Der gab nach, und Pyecraft flog wieder zur Decke empor, während das Bild herunterfiel. Bumms! Da hing er wieder unter der Decke. Und jetzt wußte ich auch, warum er an allen hervorstehenden Teilen seines Körpers so kalkweiß war! Dann versuchte er, vorsichtig am Kamin herunterzuklettern.

Es war wirklich ein ganz merkwürdiger Anblick – dieser große, dicke, zum Schlagfluß neigende Mann, der kopfüber von der Decke auf den Fußboden zu gelangen strebte. »Ihr Rezept!« sagte er. »Hat zu gut gewirkt.«

»Wieso?«

»Beinahe völlige Abnahme des Gewichts!«

Jetzt begriff ich natürlich.

»Herr des Himmels, Pyecraft!« sagte ich. »Sie wollten eine Kur gegen Korpulenz! Aber Sie haben immer vom Gewicht gesprochen. Immer haben Sie vom Gewicht gesprochen –«

Ich weiß nicht warum, aber ich freute mich ganz diebisch. Fast konnte ich Pyecraft in diesem Moment leiden. »Kommen Sie, ich will Ihnen helfen!« sagte ich, indem ich seine Hand ergriff und ihn herunterzog. Er strampelte mit den Beinen und versuchte, irgendwo einen Halt zu finden. Es war genauso, als ob man an einem windigen Tag eine Fahne hielte…

»Der Tisch dort«, sagte er, »ist aus massivem Mahagoni und sehr schwer. Wenn Sie mich unter den hinunterziehen könnten.«

Das tat ich; und da schaukelte er nun herum wie ein gefesselter Ballon, während ich vor seinem Kamin stand und mich mit ihm unterhielt.

Zuerst steckte ich mir eine Zigarre an. »Jetzt erzählen Sie mal«, sagte ich dann, »was eigentlich geschehen ist.«

»Ich hab es genommen«, begann er.

»Wie schmeckte es?«

»Einfach gräßlich!«

Ich glaube, so schmecken alle. Ob man die einzelnen Zutaten betrachtet oder die etwaige Mischung oder die möglichen Resultate, fast alle Mittel meiner Urgroßmutter kommen mir, milde gesagt, merkwürdig wenig einladend vor. Was mich betrifft –

»Erst nahm ich bloß einen kleinen Schluck.«

»Ja?«

»Und als mir nach einer Stunde leichter und besser zumute war, entschloß ich mich, das ganze Gesöff zu nehmen.«

»Aber, lieber Pyecraft!«

»Ich hab mir die Nase zugehalten«, erklärte er. »Und dann wurde ich nach und nach immer leichter und leichter – und hilflos, wissen Sie –« Und in einem plötzlichen leidenschaftlichen Ausbruch rief er: »Was, um Gottes willen, soll ich machen?«

»Eins jedenfalls ist ziemlich klar«, sagte ich, »was Sie nicht machen dürfen. Wenn Sie sich zum Haus hinauswagen, so steigen Sie einfach auf. Immer höher und höher.« Und ich wies zur Decke. »Man müßte Ihnen Santos-Dumont nachschicken, um Sie wieder herunterzuholen.«

»Aber es wird doch mit der Zeit wieder vergehen?«

Ich schüttelte den Kopf. »Ich glaube, damit dürfen Sie nicht rechnen«, sagte ich.

Daraufhin folgte ein weiterer leidenschaftlicher Wutanfall. Er stieß mit den Füßen nach sämtlichen Stühlen, die in der Nähe standen, und hämmerte mit den Fäusten auf den Boden. Kurz, er benahm sich ganz so, wie ich es von einem großen, dicken, undisziplinierten Kerl seiner Art unter widrigen Verhältnissen erwartet hätte – nämlich außerordentlich schlecht. Von mir und meiner Urgroßmutter sprach er in Ausdrücken, die jegliches Zartgefühl vermissen ließen.

»Ich hab Sie nicht gebeten, das Zeug zu nehmen!« sagte ich. Ich überhörte großmütig die Beleidigungen, die er auf mich häufte, setzte mich in seinen Lehnstuhl und fing an, ihm ganz ruhig und vernünftig und freundlich zuzureden. Ich machte ihn darauf aufmerksam, daß er sich sein Mißgeschick lediglich selber zuzuschreiben hätte, und daß fast eine Art poetischer Gerechtigkeit darin läge. Er hätte zu viel gegessen. Das bestritt er; und eine Weile erörterten wir diesen Punkt.

Schließlich wurde er heftig und ausfallend, und ich ließ diesen Aspekt fallen. «Fernerhin«, sagte ich, »haben Sie die Sünde des Euphemismus begangen. Sie nannten es nicht Fett, wie es zwar unrühmlich, aber richtig wäre, sondern Gewicht. Sie –«

Er unterbrach mich und gab zu, er sähe dies alles ja ein. Aber was er tun solle?

Ich deutete an, er müsse sich eben seinen neuen Verhältnissen anpassen. Und nun kamen wir endlich zu der einzig vernünftigen Seite der Geschichte. Ich deutete weiter an, es müßte gar nicht so schwer für ihn sein zu lernen, auf den Händen an der Decke herumzulaufen.

»Aber ich kann nicht schlafen!« sagte er.

Das war jedoch weiter keine Schwierigkeit. Ich machte ihn darauf aufmerksam, daß es sehr gut möglich wäre, unter einer Sprungfedermatratze ein Bett zurechtzumachen, die unteren Teile mit Bändern zu befestigen und Leintuch, Decke und Kissen an den Seiten festzuknöpfen. Er müsse eben seine Haushälterin ins Vertrauen ziehen.

Nach einigem Hin- und Hergerede erklärte er sich damit auch einverstanden. Später war es wirklich eine wahre Freude zu sehen, wie selbstverständlich und praktisch die wackere Dame sich in all die merkwürdigen Veränderungen fand. Er schaffte sich eine Bibliotheksleiter an, seine Mahlzeiten wurden ihm oben auf seinem Bücherschrank serviert. Wir erfanden auch einen genialen Plan, wie er jederzeit auf den Fußboden gelangen konnte, indem er die zehnte Auflage der Encyclopaedia Britannica auf die offenen Fächer verteilte. Er brauchte bloß zwei Bände zu packen und sich daran festzuhalten, und war auch schon unten. Und unten am Paneel wurden eiserne Griffe angebracht, an denen er sich halten konnte, wenn er sich in den tieferen Regionen bewegen wollte.

Je sorgfältiger wir die Geschichte planten, desto lebhafter wurde mein Interesse. Ich rief selber die Haushälterin herein, weihte sie in die Sachlage ein und brachte eigenhändig das hängende Bett an. Zwei volle Tage verbrachte ich ganz und gar in Pyecrafts Wohnung. Ich habe überhaupt eine Schwäche für alles, was handwerkliches Geschick erfordert, und laufe ewig mit Hammer und Schraubenzieher herum. – Und so erfand ich alle möglichen genialen Hilfsmittel für ihn. Ich legte einen Draht, damit er seine Klingeln erreichen konnte, stellte die elektrischen Lampen um, nach oben, statt nach unten – und so weiter. Die ganze Geschichte hatte für mich etwas ungeheuer Merkwürdiges und Interessantes, und es war geradezu eine Wonne, sich Pyecraft vorzustellen, wie er gleich einer großen, dicken Hummel an seiner Zimmerdecke herumkroch und an den Türvorsprüngen von einem Zimmer ins andere kletterte – und nie, nie, nie wieder in den Klub kommen würde.

Und dann, na ja, dann überrumpelte mich meine eigene Erfindungsgabe. Ich saß ruhig am Kamin und ließ mir seinen Whisky munden, und er hockte in seiner Lieblingsecke hinter dem Kaminaufsatz und befestigte einen türkischen Teppich an der Decke, als mir ganz plötzlich ein Gedanke kam. »Herrgott, Pyecraft!« rief ich. »Das alles ist ja doch ganz unnötig!« Und noch ehe ich selber die Folgen meines Einfalls so recht übersehen konnte, platzte ich heraus: »Unterkleider aus Blei!« Und das Unheil war geschehen!

Pyecraft war fast zu Tränen gerührt. »Wieder auf den Füßen stehen!« stammelte er.

Und noch ehe ich selber begriff, wohin das führen mußte, hatte ich ihm mein Geheimnis schon verraten. »Sie kaufen Bleiblech«, sagte ich, »und schneiden kleine Platten daraus. Die nähen Sie in Ihre Unterkleider ein – so viel wie nötig ist. In Ihre Stiefel legen Sie Bleisohlen, tragen eine Handtasche voll massivem Blei mit sich herum, und die Sache ist perfekt! Statt hier gefangen zu sein, können Sie wieder überall hingehen, Pyecraft, Sie können reisen…«

Noch ein glücklicherer Gedanke kam mir da: »Sie müssen sich nie vor einem Schiffbruch ängstigen. Sie brauchen bloß ein paar von Ihren Kleidungsstücken abzuwerfen – oder alle, das nötige Gepäck in die Hand zu nehmen, und schon schweben Sie hinauf in die Luft.«

In seiner Erregung ließ er den Hammer fallen – einen Zoll näher, und er hätte mich getroffen. »Herrgott!« sagte er. »Und ich werde wieder in den Klub kommen können!«

Mir stand der Atem still. »Herrgott! Ja!« erwiderte ich stotternd. »Ja. Natürlich!«

Und er kam. Und er kommt. Da sitzt er, in diesem Augenblick, hinter mir, und stopft sich voll! Donnerwetter, ja, er frißt schon wieder! Eine dritte Portion Butterkuchen! Und kein Mensch auf der ganzen Welt, außer mir und seiner Haushälterin, weiß, daß er tatsächlich nichts wiegt. Nichts! Daß er nichts ist als eine bloße widerliche Masse von aufgeschwemmtem Stoff, eine substanzlose Wolke, die irgendwie in einem modernen Anzug steckt, *niente, nefas*, der unbedeutendste aller Menschen! Da sitzt er und wartet, bis ich aufhöre zu schreiben. Und dann wird er mich abfangen, wenn er kann, wird sich auf mich zuwälzen…

Und er wird mir wieder einmal alles von vorn erzählen, was für ein Gefühl das ist – und was für ein Gefühl es nicht ist; und wie er doch manchmal hofft, daß es ein bißchen vergeht. Und immer wieder – von Zeit zu Zeit – taucht es in seinem fetten, endlosen Geschwätz auf: »Es bleibt doch unter uns, was? Wenn irgend jemand dahinterkäme, ich würde mich ja zu Tode schämen! Ich stünde ja da wie ein Narr, nicht? An der Zimmerdecke herumkriechen... und all so was...«

Und jetzt nichts wie weg. Vielleicht kann ich Pyecraft entwischen, trotz seiner strategisch günstigen Position zwischen mir und der Tür.

Das unerfahrene Gespenst

Der Ort, wo Clayton seine letzte Geschichte erzählte, steht mir plötzlich ganz lebhaft vor Augen. Dort, in der Ecke jener Ruhebank, am geräumigen offenen Kamin saß er fast die ganze Zeit, und Sanderson saß neben ihm und rauchte die Broseleytonpfeife, die seinen Namen trug. Evans war auch da, und dieses Wunder unter den Schauspielern, Wish, der auch ein bescheidener Mensch ist. Wir waren alle an diesem Samstagmorgen zum Mermaidklub hinausgefahren, nur Clayton hatte dort schon übernachtet, und dies hatte ihm den Stoff für seine Geschichte geliefert. Wir hatten Golf gespielt, bis es dunkel wurde, hatten gespeist und befanden uns nun in jener ruhig wohlwollenden Stimmung, in der man eine Geschichte ertragen kann. Als Clayton zu erzählen begann, nahmen wir natürlich an, er löge. Es ist möglich, daß er wirklich log – darüber wird der Leser selbst bald ebensogut urteilen können wie ich. Er begann seine Erzählung zwar in der Art einer nüchternen Anekdote, aber das hielten wir für einen seiner unvermeidlichen Kunstgriffe.

»Gebt einmal acht!« sagte er, nachdem er lange den Funkenregen betrachtet hatte, der von dem Holzklotz aufstob, den Sanderson angestoßen hatte. »Ihr wißt, daß ich die letzte Nacht allein hier war?«

»Ausgenommen die dienstbaren Geister«, sagte Wish.

»Die in einem anderen Flügel schlafen«, sagte Clayton. «Ja. Nun –« er sog eine kleine Weile an seiner Zigarre, als zögerte er noch, uns ins Vertrauen zu ziehen. Dann sagte er, ganz ruhig: »Ich habe ein Gespenst gefangen!«

»Ein Gespenst gefangen, ist das möglich?« fragte Sanderson. »Wo ist es?«

Und Evans, der Clayton ungeheuer bewundert und vier Wochen in Amerika gewesen ist, rief: »*Gefangen*, ein Gespenst hast du gefangen, Clayton? Wirklich? Wie ich mich freue! Erzähl uns nur gleich alles darüber!«

Clayton sagte, gleich würde er es tun, und bat ihn, die Tür zu schließen.

Er sah mich Entschuldigung heischend an. »Es gibt hier natürlich keine Horcher an der Wand, aber wir wollen doch unsere ausgezeichnete Dienerschaft nicht durch irgendwelche Gerüchte über Gespenster hier im Haus beunruhigen. Es gibt hier viel zu viele dunkle Ecken und Eichentäfelungen, als daß man mit solchen Dingen scherzen dürfte. Und dieses Gespenst war kein gewöhnliches, wißt ihr. Ich glaube nicht, daß es jemals wiederkommen wird.«

»Willst du damit sagen, daß du es nicht behalten hast?« sagte Sanderson.

»Das konnte ich nicht übers Herz bringen«, sagte Clayton.

Sanderson äußerte sein Erstaunen.

Wir lachten, aber Clayton sah bekümmert aus.

»Ihr lacht«, sagte er mit dem Anflug eines Lächelns, »aber Tatsache ist, daß es wirklich ein Gespenst *war* – so gewiß, wie ich jetzt mit euch spreche. Ich spaße nicht. Ich meine es wirklich so.«

Sanderson tat einen tiefen Zug aus seiner Pfeife, sah Clayton mit seinen geröteten Augen von der Seite an und stieß dann einen dünnen Rauchfaden aus, der beredter war als viele Worte.

Clayton überging seinen Kommentar.

»Es ist die merkwürdigste Sache, die mir in meinem ganzen Leben passiert ist. Ihr wißt, daß ich nie an Geister oder etwas Derartiges geglaubt habe, nie; und dann, auf einmal, fand ich einen in einer Ecke und habe die Bescherung.«

Er versank noch tiefer in Grübelei, holte eine zweite Zigarre hervor und begann sie mit einem sonderbaren kleinen Instrument anzubohren.

»Hast du mit ihm gesprochen?« fragte Wish.

»Vielleicht eine Stunde.«

»War er geschwätzig?« fragte ich und gesellte mich zur Partei der Skeptiker.

»Der arme Teufel war in Verlegenheit«, sagte Clayton, und es klang ein ganz klein wenig vorwurfsvoll.

»Hat er gestöhnt?« fragte jemand.

Clayton seufzte ehrlich bei dem Gedanken daran. »Guter Gott, ja.« Und dann: »Armer Kerl! Ja!«

»Wo bist du auf ihn gestoßen?« fragte Evans mit seinem schönsten amerikanischen Akzent.

»Ich habe nie gewußt«, sagte Clayton, ohne ihn zu beachten, »was für ein armseliges Wesen ein Gespenst sein kann.« Und er ließ uns wieder eine Zeitlang warten, während er Streichhölzer in der Tasche suchte und seine Zigarre anzündete.

»Ich habe die günstige Gelegenheit benützt«, meinte er letztlich.

Keiner von uns war ungeduldig. »Ein Charakter bleibt sich immer gleich«, sagte er, »auch wenn er die Körperlichkeit verliert. Das vergessen wir nur allzu oft. Leute mit einer gewissen Stärke und Festigkeit in ihren Entschlüssen haben auch Geister, die stark und fest in ihren Entschlüssen sind. Die meisten spukenden Geister müssen wohl von einer fixen Idee besessen sein wie Monomanen und eigensinnig wie Maulesel, daß sie immer wieder kommen. Dieses arme Geschöpf war nicht so.« Er blickte plötzlich ganz sonderbar auf, und seine Augen durcheilten das Zimmer. »Ich will ihm nichts Böses nachsagen, aber ich spreche die reine Wahrheit. Gleich beim ersten Blick fiel mir auf, daß er ein Schwächling ist.«

Er unterstrich seine Worte mit der Zigarre.

»Ich traf ihn nämlich auf dem langen Gang. Er wandte mir den Rücken zu, ich sah ihn also zuerst. Ich wußte es sofort, er war ein Gespenst. Er war durchsichtig und weißlich; deutlich konnte ich durch seine Brust den schwachen Lichtschein des Fensters am Ende des Ganges sehen. Und nicht nur sein Körperbau, auch sein Verhalten erschien mir sogleich schwächlich. Er sah nämlich so aus, als wüßte er nicht im entferntesten, was er zu tun beabsichtigte. Eine Hand lag auf der Wandtäfelung, die andere hob er unsicher an den Mund, ungefähr – *so*!«

»Wie war sein Körperbau?« fragte Sanderson.

»Dürftig. Ihr kennt diese Jünglingsnacken, die zwei tiefe Furchen gegen den Rücken zu haben, hier und hier. Und ein kleiner, gewöhnlicher Kopf mit struppigem Haar und ziemlich häßlichen Ohren. Eingefallene Schultern, schmaler als die Hüften; Umlegekragen, fertiggekaufter, kurzer Rock, Harmonikahosen, an den Fersen etwas ausgefranst. Das war mein erster Eindruck. Ich kam sehr ruhig über die Stiegen hinauf. Ihr müßt wissen, daß ich kein Licht trug – die Kerzen stehen auf dem Tisch des Treppenabsatzes, dort ist doch die Lampe –, ich hatte meine Pantoffeln an, und als ich hinaufkam, erblickte ich ihn. Ich blieb wie angewurzelt stehen und nahm sein Bild in mich auf. Ich hatte nicht ein bißchen Angst. Ich meine, daß man bei den meisten derartigen Affären nicht annähernd so erschrocken und aufgeregt ist, wie man vorher glauben würde. Ich war überrascht und neugierig. Ich dachte: ›Mein Gott! Da ist endlich einmal ein Gespenst! Und ich habe doch in den letzten fünfundzwanzig Jahren nicht eine Sekunde lang an Geister geglaubt!‹«

»Hm«, sagte Wish.

»Ich glaube, er bemerkte mich in dem Augenblick, als ich den Treppenabsatz betrat. Er wandte sich jäh nach mir um, und ich sah das Gesicht eines unreifen jungen Mannes, eine unbedeutende Nase, einen struppigen, kleinen Schnurrbart, ein schwaches Kinn. Er schaute über seine Schulter zu mir herüber – so standen wir einen Augenblick und betrachteten einander. Dann schien er sich seiner hohen Sendung zu besinnen. Er drehte sich um, gab sich einen Ruck, streckte das Gesicht vor, hob die Arme, spreizte die Finger in bewährter Geisterart – kam auf mich zu. Während er dies tat, öffnete sich sein kleiner Unterkiefer klaffend, und er stieß ein schwaches, langgezogenes ›Buuh!‹ aus. Nein, es war wirklich nicht im geringsten fürchterlich. Ich hatte zu Abend gegessen, ich hatte eine Flasche Champagner getrunken und, da ich ganz allein gewesen war, zwei oder drei, vielleicht sogar vier oder fünf Gläser Whisky. Ich stand so fest wie ein Felsen und war nicht mehr geängstigt, als wenn mich ein Frosch angefallen hätte. ›Buuh!‹ sagte ich, ›Unsinn, Sie gehören nicht hierher. Was machen Sie hier?‹

Ich sah, wie er zusammenzuckte. ›Buu-uuh!‹ sagte er.

›Buuh – zum Henker mit Ihrem Buuh! Sind Sie Mitglied des Klubs?‹ sagte ich. Und um ihm zu zeigen, wie gleichgültig er mir war, ging ich durch eine Ecke von ihm hindurch und wollte meine Kerze anzünden. ›Sind Sie Mitglied des Klubs?‹ wiederholte ich und sah ihn von der Seite an.

Er bewegte sich ein wenig, wie um unberührt von mir zu stehen, und seine Haltung neigte zur Niedergeschlagenheit. ›Nein‹, sagte er als Antwort auf die hartnäckige Frage in meinem Blick, ›ich bin nicht Mitglied – ich bin ein Gespenst.‹

›Schon gut, das gibt Ihnen aber doch noch nicht das Recht, im Mermaidklub herumzuspazieren. Ist hier irgend jemand, den Sie sehen wollen, oder sonst etwas dergleichen?‹ Und so ruhig, wie nur möglich, aus Angst, daß er die durch den Whisky hervorgerufene Unsicherheit für Verwirrung aus Furcht halten könnte, zündete ich meine Kerze an. Ich wandte mich ihm zu, die Kerze in der Hand. ›Was machen Sie hier?‹ fragte ich.

Er hatte die Hände sinken lassen und hatte aufgehört, Buuh zu machen. Da stand er nun, verlegen und linkisch, der Geist eines schwachen, einfältigen, willenlosen, jungen Mannes. ›Ich spuke‹, sagte er.

›Das kommt Ihnen gar nicht zu‹, sagte ich mit ruhiger Stimme.

›Ich bin ein Gespenst‹, sagte er, wie um sich zu rechtfertigen.

›Das kann schon sein, aber es kommt Ihnen doch nicht zu, hier zu spuken. Das ist ein anständiger Privatklub; oft wohnen Leute mit Kindermädchen und Kindern hier, und da Sie so unbedacht hier herumgehen, könnte doch leicht so ein kleines Wesen Ihnen begegnen und zu Tode erschrecken. Ich nehme an, daß Sie daran nicht gedacht haben.‹

›Nein, Sir‹, sagte er, ›daran habe ich wirklich nicht gedacht.‹

›Sie hätten aber daran denken sollen. Sie haben gar kein Anrecht auf diesen Ort, nicht wahr? Sie sind hier weder ermordet worden, noch sonst etwas dergleichen?‹

›Nichts dergleichen, Sir; aber ich habe gedacht, weil es alt ist und eichengetäfelt –‹

›Das ist *keine* Entschuldigung!‹ Ich blickte ihn fest an. ›Es ist ein Versehen, daß Sie hierher gekommen sind‹, sagte ich dann mit freundlicher Überlegenheit. Ich tat, als ob ich meine Zündhölzer suchte, und sah ihn dann offen an. ›Wenn ich Sie wäre, würde ich nicht auf den Hahnenschrei warten – ich würde schnurstracks verschwinden.‹

Er sah verlegen aus. ›Die Sache ist nämlich die, Sir‹, fing er an.

›Ich würde verschwinden‹, beharrte ich.

›...nämlich die: ich kann nicht.‹

›Sie können nicht?‹

›Nein, Sir, irgend etwas habe ich vergessen. Jetzt treibe ich mich hier seit gestern Mitternacht herum – verstecke mich in den Schränken der leeren Schlafzimmer und dergleichen. Ich bin schon ganz verwirrt, ich habe noch nie vorher gespukt, es bringt mich ganz aus der Fassung.‹

›Es bringt Sie aus der Fassung?‹

›Ja, Sir. Jetzt habe ich's schon mehrmals versucht, aber es will nicht gehen. Irgendeine Kleinigkeit ist mir entfallen, und ich kann nicht zurück.‹

Dieses Geständnis hat mich einfach umgeschmissen. Er sah mich so jämmerlich an, daß ich nicht um die Welt die bedrohliche Haltung beibehalten konnte, die ich angenommen hatte. ›Das ist merkwürdig‹, sagte ich, und während ich sprach, vermeinte ich unten jemanden zu hören. ›Kommen Sie in mein Zimmer und erzählen Sie mir mehr davon‹, sagte ich. ›Was Sie mir jetzt gesagt haben, konnte ich nicht verstehen.‹ Und ich versuchte, ihn am Arm zu fassen. Aber ich hätte natürlich genausogut nach einer Rauchwolke greifen können. Ich glaube, ich hatte meine Zimmernummer vergessen. Auf alle Fälle kann ich mich erinnern, daß ich in einige Schlafzimmer gegangen bin, bis ich meine Sachen sah – glücklicherweise wohnte außer mir keine Menschenseele in diesem Flügel. ›Da sind wir‹, sagte ich und setzte mich in den Lehnstuhl. ›Setzen Sie sich und erzählen Sie mir alles Nähere.

Mir scheint, Sie sind da in eine hübsche Patsche geraten, mein Lieber!«

Er sagte, daß er sich nicht niedersetzen wolle; er würde es vorziehen, im Zimmer herumzugeistern, wenn ich nichts dagegen hätte. Das tat er auch, und nach einer kleinen Weile waren wir in ein langes und ernstes Gespräch vertieft. Bald verflüchtigte sich etwas von den Whisky-Sodas, und es wurde mir langsam klar, in was für eine verteufelt sonderbare und unheimliche Sache ich mich da eingelassen hatte. Da war er, halb durchsichtig – genau wie man sich das konventionelle Gespenst vorstellt, geräuschlos bis auf eine Andeutung von Stimme – und geisterte in diesem hübschen, sauberen, kattunbespannten Schlafzimmer herum. Man konnte durch ihn die kupfernen Leuchter hindurchschimmern sehen, und die Lichtreflexe auf dem Messinggitter des Kamins und die Ecken der gerahmten Stiche an der Wand. Und er erzählte mir die ganze Geschichte seines armseligen, kleinen Lebens, das vor kurzem auf der Erde zu Ende gegangen war. Ihr müßt wissen, daß er nicht gerade ein besonders ehrliches Gesicht hatte, aber da er durchsichtig war, konnte er es natürlich nicht vermeiden, die Wahrheit zu sprechen.«

»Eh?« sagte Wish und richtete sich plötzlich in seinem Sessel auf.

»Was?« fragte Clayton.

»Da er durchsichtig war, konnte er es nicht vermeiden, die Wahrheit zu sagen – das verstehe ich nicht«, sagte Wish.

»Ich verstehe es auch nicht«, sagte Clayton mit unnachahmlicher Überzeugtheit. »Aber daß es so *ist*, kann ich euch nichtsdestoweniger versichern. Ich glaube nicht, daß er auch nur einmal um Haaresbreite von der reinen Wahrheit abgewichen ist. Er erzählte mir, wie er ums Leben gekommen war – er war in London mit einer Kerze in einen Keller gegangen, um nach einem Gasgebrechen zu sehen. Er war Englischlehrer an einer Londoner Privatschule gewesen, als die Erlösung kam.«

»Armer Teufel«, sagte ich.

»Das habe ich mir auch gedacht, und je mehr er mir erzählte, desto mehr dachte ich's. So war er, erfolglos im Leben und erfolglos im Tod. Er sprach in eher häßlichem Ton von seinem Vater, von seiner Mutter, von seinem Schullehrer und von allen Leuten, die ihm je auf der Welt etwas bedeutet hatten. Er war zu empfindsam gewesen, zu nervös. Kein Mensch hätte ihn je richtig verstanden oder geschätzt, meinte er. Ich glaube, er hat nie im Leben einen wirklichen Freund gehabt, niemals einen Erfolg. Bei Sport und Spielen hatte er sich gedrückt, bei Prüfungen war er durchgefallen. ›Manchen Leuten geht es so‹, sagte er, ›wann immer ich ins Prüfungszimmer oder sonstwo hinkam, schien alles schiefzugehen.‹ Er war natürlich verlobt gewesen – ich nehme an mit einer ebenfalls überempfindlichen Person –, als die Unachtsamkeit mit dem ausströmenden Gas seiner Verbindung ein Ende bereitete. ›Und wo sind Sie jetzt?‹ fragte ich. ›Doch nicht in –‹

Über diesen Punkt drückte er sich nicht klar aus. Was er sagte, erweckte in mir die Vorstellung von einem unbestimmten Zwischenstadium, von einem besonders reservierten Aufenthalt für Seelen, die zu wesenlos waren für irgend etwas so Positives wie Sünde oder Tugend. Ich weiß es wirklich nicht. Er war viel zu egozentrisch, zu unaufmerksam, um mir ein klares Bild von der Art des Ortes oder des Landes im Jenseits geben zu können. Wo immer er sein mochte, er scheint dort auf eine Gesellschaft verwandter Seelen gestoßen zu sein, Gespenster schwächlicher, kleinbürgerlicher junger Leute, die auf so gutem Fuße miteinander standen, daß sie einander beim Vornamen ansprachen. Unter ihnen gab es sicherlich viel Gerede über ›spuken gehen‹ und ähnliche Dinge. Ja, spuken gehen! Sie schienen ›spuken‹ für ein ungeheures Abenteuer zu halten, und die meisten von ihnen hielten sich aus Angst davon fern. So vorbereitet, war er gekommen.«

»Im Ernst?« sagte Wish, zum Feuer gewandt.

»Zumindest hatte ich diesen Eindruck«, sagte Clayton bescheiden. »Ich mag ja in einem sehr unkritischen Zustand gewesen sein, aber nach seinen eigenen Angaben war das so sein Milieu. Er huschte immerfort hin und her, seine dünne Stimme stöhnte ohne Unterbrechung – er sprach und sprach über sein jämmerliches Selbst, und vom Anfang bis zum Ende hörte ich nicht ein klares, entschlossenes Wort von ihm. Er war dünner und geistloser, als wenn er wirklich und lebendig gewesen wäre. Nur wäre er wohl nicht in meinem Schlafzimmer hier gewesen – wenn er gelebt *hätte*. Ich hätte ihn hinausgeworfen.«

»Es *gibt* Sterbliche dieser Art«, meinte Evans.

»Und sie haben dieselben Möglichkeiten, Gespenster zu werden, wie wir anderen«, stimmte ich zu.

»Was ihm doch ein wenig Farbe gab, war der Umstand, daß er sich innerhalb gewisser Grenzen über sich selbst im klaren war. Daß er das Spuken so verpfuscht hatte, deprimierte ihn fürchterlich. Man hatte ihm gesagt, es wäre ein großer Spaß. In dieser Erwartung war er gekommen, und nun war es wieder nur ein Mißerfolg geworden, einer mehr in seinem Register. Er erklärte, er sei durch und durch ein Mißerfolg. Er sagte – und ich glaube es ihm aufs Wort –, er habe sein Leben lang nie etwas begonnen, ohne es total zu verhauen – und daß es immer so weitergehen werde, in alle Ewigkeit. Wenn jemand ihn bemitleidet hätte, dann vielleicht – er machte eine Pause, blieb stehen und sah mich an.

Dann meinte er, so seltsam mir das auch vorkommen möge, noch nie hätte ihm jemand so viel Mitgefühl gezeigt wie ich eben jetzt. Ich verstand sofort, was er wollte und beschloß auch gleich, ihn abzuwimmeln. Vielleicht bin ich ein gefühlloser Kerl, aber daß ich der ›einzige, wahre Freund‹, der Empfänger vertraulicher Mitteilungen eines egozentrischen Schwächlings, sei er Gespenst oder Mensch, sein sollte, das war mehr, als ich physisch ertragen konnte. Ich stand energisch auf. ›Grübeln Sie nicht so viel über diese Sachen‹, sagte ich. ›Das einzige, was Sie jetzt zu tun haben, ist zu verschwinden, und zwar sofort. Nehmen Sie sich zusammen und versuchen Sie's!‹ – ›Ich kann nicht‹, sagte er. ›Versuchen Sie's‹, wiederholte ich. Und er versuchte es.«

»Versuchen?« sagte Sanderson. *»Wie?«*

»Kombinierte Schritte«, sagte Clayton.

»Schritte?«

»Komplizierte Kombinationen aus Schritten und Gebärden.

So war er erschienen, und so sollte er wieder verschwinden. Mein Gott, war das eine Geschichte!«

»Aber wie kann *irgendeine* Schrittkombination –« begann ich.

»Mein lieber Freund«, sagte Clayton, wandte sich mir zu und legte großen Nachdruck auf gewisse Worte, »du willst *alles* klar haben. Ich weiß nicht, *wie*. Ich weiß nur, daß es möglich *ist*, und daß *er* es zum Schluß auch konnte. Nachdem er fürchterlich lang probiert hatte, setzte er seine Schritte endlich richtig und war plötzlich verschwunden.«

»Hast du die Schritte beobachtet?« fragte Sanderson langsam.

»Ja«, sagte Clayton und schien nachzudenken, »es war unerhört merkwürdig. Da waren wir beide, ich und das dünne, farblose Gespenst, in diesem stillen Zimmer, in diesem stillen, leeren Gasthaus, in dieser stillen, kleinen, nächtlichen Stadt. Kein Laut außer unseren Stimmen und einem schwachen Keuchen, wenn er sich bewegte. Es brannte nur die Kerze auf dem Nachtkästchen und eine auf dem Toilettentisch, hie und da zuckte die eine oder die andere einen Augenblick lang auf zu einer langen, dünnen, erstaunten Flamme. Seltsame Dinge ereigneten sich! ›Ich kann nicht‹, sagte er, ›nie werde ich mehr –!‹ Und plötzlich setzte er sich auf einen kleinen Sessel am Fußende des Bettes und begann zu schluchzen und zu schluchzen. Mein Gott! Was für ein herzzerreißendes, wimmerndes Stück Elend war er doch!

›Nehmen Sie sich zusammen‹, sagte ich, versuchte ihm auf die Schulter zu klopfen, aber meine verflixte Hand ging durch ihn durch. Ihr müßt wissen, daß ich in diesem Moment nicht annähernd so furchtlos war wie früher auf dem Treppenabsatz. Jetzt erfaßte ich die Seltsamkeit der Situation ganz und gar. Ich erinnere mich, daß ich meine Hand mit einem kleinen Schauder sozusagen aus ihm herausriß und daß ich zum Toilettentisch hinüberging. ›Nehmen Sie sich zusammen‹, sagte ich, ›und versuchen Sie's.‹ Und um ihn zu ermutigen und ihm zu helfen, begann ich's auch zu versuchen.«

»Was!« fragte Sanderson, »die Schritte?«

»Ja, die Schritte.«

»Aber«, sagte ich, von einem Gedanken bewegt, der mir jedoch sogleich wieder entschlüpfte.

»Das ist interessant«, sagte Sanderson, mit dem Finger in seinem Pfeifenkopf. »Du willst also sagen, daß dir dein Gespenst verraten hat, wie es –«

»Sich die größte Mühe gab zu verraten, wie man die Schranken durchbrechen konnte? Ja, das war es.«

»Das hat er nicht getan«, sagte Wish, »das konnte er nicht tun. Sonst wärst du auch dort hinüber gegangen.«

»Ja, ja, das ist's«, sagte ich. Mein entschlüpfter Gedanke war für mich in Worte gekleidet worden.

»Ja, gerade das ist es«, sagte Clayton und blickte gedankenvoll ins Feuer.

Eine kleine Weile blieb es still.

»Und schließlich hat er's doch getroffen?« fragte Sanderson.

»Schließlich hat er's doch getroffen. Ich mußte ihn ordentlich dazu anhalten, aber zum Schluß hat er's doch getroffen – ziemlich plötzlich. Er war schon am Verzweifeln, wir hatten eine heftige Szene miteinander, da stand er ganz unvermutet auf und verlangte von mir, daß ich ihm die ganze Bewegungsabfolge langsam vorführen sollte, so daß er zusehen könnte. ›Ich glaube‹, sagte er, ›wenn ich es *sehen* kann, werde ich sofort herausfinden, was daran falsch ist.‹ Und so geschah's. ›Jetzt weiß ich's‹, sagte er. ›Was wissen Sie?‹ fragte ich. ›Jetzt weiß ich's‹, wiederholte er. Dann sagte er mürrisch: ›Ich *kann's* nicht, wenn Sie mir zuschauen – wirklich nicht; das war die ganze Zeit schuld daran. Ich bin so nervös, daß Sie mich ganz aus der Fassung bringen.‹ Daraufhin hatten wir eine kleine Auseinandersetzung. Ich wollte selbstverständlich zuschauen, aber er war eigensinnig wie ein Maulesel, und auf einmal gab ich nach, hundemüde – er hatte mich erschöpft. ›Also gut‹, sagte ich, ›ich werde Ihnen nicht zuschauen‹, und drehte mich um, dem Spiegel zu, der am Kleiderkasten neben dem Bett war.

Er begann in großer Eile. Ich versuchte, ihn im Spiegel zu beobachten, um zu sehen, wo er steckengeblieben war. Seine Arme und Hände kreisten, so und so und so, und mit einem Ruck kam er zur allerletzten Bewegung – man steht aufrecht und öffnet die Arme –, und so, seht ihr, stand er da. Und dann stand er nicht mehr da! Nicht mehr! Ich drehte mich vom Spiegel weg zu ihm. Nichts war da! Ich war allein mit den flackernden Kerzen und meinem äußerst bestürzten Gemüt. Was war geschehen? War überhaupt etwas geschehen? Hatte ich geträumt? Und dann, mit einem aller Vernunft widersprechenden Klang von Endgültigkeit, schlug die Uhr auf dem Treppenabsatz *Eins*, als hätte sie gefunden, daß die Zeit dafür eben reif geworden sei. So – kling! Ich war so ernst und nüchtern wie ein Richter, der ganze Champagner und Whisky waren in selige Höhen entschwebt. Ein komisches Gefühl hatte ich, verdammt *komisch*! Guter Gott!«

Er sah die Asche seiner Zigarre einen Augenblick an. »Das ist alles«, sagte er.

»Bist du dann schlafen gegangen?« fragte Evans.

»Was hätte ich sonst tun sollen?«

Ich sah Wish in die Augen. Wir hätten uns gerne lustig gemacht, aber da war etwas, etwas in Claytons Stimme und Gehaben, das uns hemmte.

»Und was war mit den Schritten?« fragte Sanderson.

»Ich glaube, ich könnte sie nachmachen.«

»Oh!« sagte Sanderson, zog ein Taschenmesser hervor und begann die Tabakreste aus seinem Pfeifenkopf zu kratzen.

»Warum machst du sie nicht?« fragte er dann und ließ sein Taschenmesser zuschnappen.

»Bin schon dabei«, sagte Clayton.

»Sie werden wirkungslos bleiben«, meinte Evans.

»Wenn aber doch –« warf ich ein.

»Weißt du, mir wäre lieber, du tätest es nicht«, sagte Wish und streckte seine Beine aus.

»Warum?« fragte Evans.

»Mir wäre lieber, er täte es nicht«, wiederholte Wish.

»Aber er kann sie ja gar nicht richtig«, sagte Sanderson und stopfte viel zuviel Tabak in seine Pfeife.

»Das ist ganz gleichgültig, mir wäre lieber, er täte es nicht«, sagte Wish.

Wir diskutierten mit Wish. Er sagte, es käme der Verhöhnung einer sehr ernsten Angelegenheit gleich, wollte Clayton seine Bewegungen nachahmen. »Aber du glaubst doch nicht –?« fragte ich. Wish sah Clayton an, der ins Feuer starrte und irgend etwas überlegte. »Ich glaube daran – zumindest halb und halb«, sagte Wish.

»Clayton«, sagte ich, »du bist uns ein zu guter Lügner. Das meiste war ja schön und gut. Aber dieses Verschwinden... das war fast überzeugend. Sag uns, daß es ein Kindermärchen war.«

Er stand auf, ohne mich zu beachten, stellte sich in die Mitte des Kaminteppichs und wandte mir das Gesicht zu. Einen Augenblick sah er gedankenvoll auf seine Füße, dann aber starrte er die ganze Zeit auf die Wand gegenüber. Er hob beide Hände langsam bis zur Augenhöhe und begann...

Nun ist Sanderson Freimaurer, Mitglied der Loge der Vier Könige, die sich so erfolgreich dem Studium und der Aufklärung aller Geheimnisse der vergangenen und gegenwärtigen Maurerei widmet. Unter den Jüngern dieser Loge ist Sanderson keineswegs der schlechteste. Er verfolgte Claytons Bewegungen mit ungewöhnlichem Interesse in seinen rötlichen Augen. »Das ist nicht schlecht«, sagte er, als es vorüber war, »du stellst die Sachen wirklich überraschend gut dar, Clayton. Aber ein kleines Detail fehlt.«

»Das weiß ich«, sagte Clayton. »Ich glaube, ich kann dir sagen, was du meinst.«

»Nun?«

»Das hier«, sagte Clayton und drehte, wand und verflocht seine Hände auf eine seltsame Art.

»Ja.«

»Nämlich das hat *er* nicht richtig herausbekommen«, sagte Clayton. »Aber wieso weißt *du* –?«

»Den größten Teil, und besonders wie du's erfunden hast, verstehe ich ganz und gar nicht«, sagte Sanderson. »Aber gerade diese Phase verstehe ich.« Er dachte nach. »Das ist zufällig eine

Bewegungsabfolge, die zu einem gewissen Zweig der esoterischen Freimaurerei in Beziehung steht. Das weißt du gewiß, denn *wie* könntest du sonst –?« Er dachte wieder nach. »Ich glaube nicht, daß ich etwas Unrechtes tue, wenn ich dir die richtige Verflechtung zeige. Schließlich, wenn du's weißt, so weißt du's, wenn nicht, so nicht.«

»Ich weiß nichts«, sagte Clayton, »außer was mir der arme Teufel letzte Nacht gezeigt hat.«

»Nun, gleichviel«, sagte Sanderson und legte seine Pfeife sehr vorsichtig auf die Kaminplatte. Dann gestikulierte er sehr schnell mit den Händen.

»So?« fragte Clayton und machte es ihm nach.

»So!« sagte Sanderson und nahm seine Pfeife wieder.

»Ah«, sagte Clayton, »*jetzt* versteh ich das Ganze.«

Er stand vor dem verlöschenden Feuer und lächelte uns allen zu. Aber ich glaube, es lag ein leises Zögern in seinem Lächeln. »Wenn ich beginne –« sagte er.

»Ich würde nicht beginnen«, sagte Wish.

»Schon gut«, meinte Evans. »Die Materie ist unzerstörbar. Ich glaube doch nicht, daß so ein Hokuspokus Clayton ins Reich der Schatten entführen kann. So etwas gibt's doch nicht. Wenn es auf mich ankommt, so kannst du es versuchen, Clayton, bis dir die Arme aus den Gelenken fallen.«

»Das glaub ich nicht«, sagte Wish, stand auf und legte den Arm um Claytons Schulter. »Du hast mich irgendwie dazu gebracht, dir deine Geschichte halb und halb zu glauben, und ich möchte nicht, daß die Sache gemacht wird.«

»Du meine Güte«, sagte ich. »Wish hat Angst.«

»So ist es«, sagte Wish, mit wirklicher oder trefflich gespielter Vehemenz. »Ich glaube, wenn er alle diese Bewegungen richtig macht – wird er *verschwinden*.«

»Aber das ist ja gar nicht möglich!« rief ich. »Es gibt für Menschen doch nur einen Weg aus dieser Welt hinaus, und von dem ist Clayton noch dreißig Jahre weit entfernt. Außerdem... Und so ein Gespenst! Glaubt ihr denn –?«

Wish unterbrach mich durch eine Bewegung. Er verließ den Kreis, den unsere Sessel bildeten und blieb neben dem Tisch stehen. »Clayton«, sagte er, »du bist ein Narr!«

Clayton lächelte ihm zu, seine Augen blitzten übermütig. Er sagte: »Wish hat recht, und ihr anderen habt unrecht. Ich werde zum Ende dieser Schrittfolge kommen, und wenn die letzte Schwingung durch die Luft saust, Presto! – wird dieser Kaminteppich leer und das Zimmer von sprachlosem Erstaunen erfüllt sein: ein besser gekleideter Herr, zweihundert Pfund schwer, plumpst in das Reich der Schatten. So wird es sein, und so werdet ihr dabei aussehen. Ich lehne jede weitere Diskussion ab. Man muß es versuchen.«

»*Nein*«, sagte Wish, machte einen Schritt vor und stand wieder still, und Clayton hob die Hände, um noch einmal das Verschwinden des Gespenstes zu zeigen.

Wir waren damals alle schon sehr erregt, hauptsächlich weil Wish sich so merkwürdig benahm. Wir saßen alle da, die Augen auf Clayton gerichtet, und ich für mein Teil hatte das Gefühl, ganz steif und angespannt zu sein, als sei mein Körper von der Rückseite meines Schädels bis zur Mitte der Schenkel in Stahl verwandelt. Und da beugte sich Clayton und neigte sich und winkte mit den Händen, ernst, aber unerschütterlich gefaßt. Als er sich dem Ende näherte, wurde das Gruseln immer stärker, die Haare standen uns zu Berg. Die letzte Gebärde, das habe ich schon erwähnt, war: die Arme weit geöffnet zu schwingen, das Gesicht aufwärts gerichtet. Und als er endlich zu dieser Schlußgeste ausholte, stockte mir der Atem. Natürlich war es lächerlich, aber man kennt dieses Gefühl beim Anhören von Geistergeschichten. Es war nach dem Essen, in einem seltsamen, alten, düsteren Haus. Würde er am Ende –?

Da stand er, einen erstaunlichen Moment lang, mit geöffneten Armen, nach oben gewandtem Gesicht, fest und heiter im Licht der Hängelampe. Wir durchlebten diesen Moment, als dauerte er ein Menschenalter, und dann entrang sich uns allen ein Laut, halb war es ein Seufzer unendlicher Erleichterung, halb war es ein beruhigtes *»Nein!«* Denn es war offenbar – er verschwand nicht. Alles war Unsinn gewesen, er hatte eine dumme Geschichte erzählt, hatte uns alle fast überzeugt, das war alles!... Und da, in dem Augenblick veränderte sich Claytons Gesicht.

Es veränderte sich. Es veränderte sich, wie ein erleuchtetes Haus sich verändert, wenn die Lichter plötzlich erlöschen. Seine Augen waren plötzlich starr geworden, das Lächeln schien auf seinen Lippen festgefroren, er stand ganz still da. Er stand da und schwankte kaum merklich.

Auch dieser Augenblick dauerte eine Ewigkeit. Und dann auf einmal scharrten die Sessel, alles mögliche fiel auf die Erde, und wir alle waren in Bewegung. Claytons Knie schienen nachzugeben, er fiel nach vorne, Evans stand auf und fing ihn in seinen Armen auf.

Es lähmte uns alle. Eine Minute lang sagte wohl keiner von uns etwas Zusammenhängendes, wir glaubten es und konnten es doch nicht glauben. Als ich aus meiner wirren Betäubung zu mir kam, kniete ich an seiner Seite, seine Weste und sein Hemd waren aufgerissen, und Sandersons Hand lag auf seinem Herzen...

Nun, die einfache Tatsache hier vor uns konnte warten, bis es uns beliebte; wir hatten keine Eile zu verstehen. Er lag eine Stunde dort; bis zum heutigen Tage breitet er sich schwarz und bedrückend über meine Erinnerung. Clayton war wirklich in jene andere Welt hinübergegangen, die so nah und so fern der unseren ist, er hatte den einzigen Weg genommen, den wir Sterbliche einschlagen können. Aber ob er wirklich kraft der Beschwörungen des armen Geistes hinübergekommen ist oder ob er plötzlich mitten in einer Schauergeschichte vom Schlage getroffen wurde (wie der Leichenbeschauer uns glauben machen wollte) – das entzieht sich meiner Beurteilung. Es ist auch eines jener unerklärlichen Rätsel, die ungelöst bleiben müssen bis zur endgültigen Auflösung. Eines nur weiß ich bestimmt: Genau in dem Moment, in der Sekunde, als er diese Schritte beendet hatte, erbleichte er, wankte, fiel nieder – tot!

»Nicht jeder ist einmal ein Gott gewesen«, sagte der braungebrannte Mann. »Aber mir ist es passiert – unter anderem.«

Ich gab ihm zu verstehen, daß ich seine gnädige Herablassung zu würdigen wußte.

»Da bleibt einem nicht mehr viel, worauf man seinen Ehrgeiz noch richten könnte, nicht wahr?« sagte der Braungebrannte.

»Ich war einer von den Geretteten des ›Ocean Pioneer‹. Himmel, wie die Zeit vergeht! Zwanzig Jahre ist das her. Sie werden wohl kaum mehr etwas vom ›Ocean Pioneer‹ wissen.«

Der Name kam mir bekannt vor, und ich versuchte, mich zu erinnern, wo und wann ich ihn gelesen hatte.

Der ›Ocean Pioneer‹? »Irgend etwas mit Goldstaub«, sagte ich unsicher, »aber Genaueres ...«

»Ganz recht!« erwiderte er. »In einem verdammten kleinen Kanal, wo er gar nichts zu suchen hatte – hinter Piraten her. Das war noch, bevor sie dazu ihre eigenen Leute hatten. Es gab einmal Vulkane dort, oder ähnliches, denn alle Felsen waren übereinander gestürzt. Es gibt Stellen in der Nähe von Soona, wo man einfach den Felsen nachfahren und zusehen muß, wo es hingeht. Zwanzig Faden tief sank er hinunter, bevor man noch ein Spiel Karten hätte austeilen können, mit vierzigtausend Pfund Gold in verschiedenster Gestalt – so behauptet man wenigstens.«

»Gab es Überlebende?«

»Drei.«

»Jetzt kann ich mich daran erinnern«, sagte ich. »Man hat irgend etwas von Bergung gemunkelt –«

Als das Wort Bergung fiel, stieß der Braungebrannte so wüste Flüche hervor, daß ich entgeistert verstummte. Schließlich ließ er sich wieder zu geläufigeren Verwünschungen herab und faßte sich dann abrupt. »Verzeihen Sie!« sagte er. »Aber – Bergung!«

Er beugte sich zu mir. »Ich war mit dabei«, sagte er. »Versuchte, einen reichen Mann aus mir zu machen. Statt dessen hat man einen Gott aus mir gemacht. Schließlich habe ich ja auch Gefühle... Es ist nicht gerade ein Honiglecken, ein Gott zu sein«, sagte der braungebrannte Mann und bediente sich eine Zeitlang ähnlich kerniger, aber ebenso nutzloser Ausdrücke wie vorhin. Schließlich nahm er seine Erzählung wieder auf.

»Ich war dabei«, fuhr er fort, »und ein Forschungsreisender namens Jacobs, und Always, der erste Steuermann des ›Ocean Pioneer‹. Dieser war es, der alles angezettelt hat. Ich seh ihn vor mir, in dem kleinen Boot, wie er uns den Vorschlag mit wenigen Worten unterbreitete. Er verstand sich wunderbar darauf, den Leuten Grillen in den Kopf zu setzen. ›Vierzigtausend Pfund‹, sagte er, ›warten auf dem Schiff, und ich allein kann die Stelle angeben, wo es gesunken ist.‹ Es brauchte nicht viel Hirn, weiter zu denken... Und er hat alles geleitet, von Anfang bis Ende. Er sicherte sich die Sanders und ihre Brigg; sie waren Brüder, und die Brigg war die ›Pride of Banya‹; er kaufte auch den Taucheranzug – einen übertragenen, mit einem Sauerstoffgerät statt einer Pumpe. Auch das Tauchen hätte er noch selbst besorgt, wäre ihm beim Sinken nicht schlecht geworden. Und während dieser ganzen Zeit trödelten die Leute der Bergungsmannschaft todernst in Starr Race – hundertzwanzig Meilen entfernt – herum, mit einer Seekarte, die er höchstpersönlich zusammengepfuscht hatte.

Ich sage Ihnen, wir waren vielleicht ein fröhlicher Haufen an Bord der Brigg! Späße und Saufgelage und große Hoffnungen die ganze Zeit über. Alles schien in Ordnung und sauber und einfach zu sein – eben was man ein ›bombensicheres Ding‹ nennt. Und wir malten uns immer aus, wie die anderen Kerle, die eigentliche Bergungsmannschaft, die zwei Tage vor uns ausgelaufen waren, weiterkamen, bis uns vor Lachen der Bauch ganz schön weh tat. Wir aßen alle miteinander in der Kajüte der Sanders – eine komische Besatzung, lauter Offiziere und keine Mannschaft – und daneben stand der Taucheranzug und wartete auf seinen Einsatz.

Der junge Sanders war ein Witzbold – sicher, es hatte ja etwas Lachhaftes, das verdammte Ding mit seinem großen, runden Kopf und den Glotzaugen. Und Sanders machte uns auch immer wieder darauf aufmerksam. ›Jimmy Goggles‹ , nannte er es und redete mit ihm wie mit einem Christenmenschen. Fragte es, ob es verheiratet sei, wie es Mrs. Goggles gehe und all den kleinen Goggles. Einfach zum Brüllen! Und jeden Tag, den Gott schenkte, tranken wir Rum auf Jimmy Goggles' Gesundheit, schraubten eins von seinen Augen heraus und schütteten ein Glas Rum in ihn hinein, bis er statt dieses scheußlichen Gummigestanks einen Geruch ausströmte wie ein Rumfaß. Tolle Zeiten waren das, ich schwör's Ihnen – wir ahnten ja nicht, wir armen Kerle, was kommen sollte! Wir waren klug genug, wissen Sie, unsere Chancen nicht durch allzu großen Eifer aufs Spiel zu setzen. Einen ganzen Tag brachten wir damit zu, uns zu der Stelle zu manövrieren, wo der ›Ocean Pioneer‹ gesunken war. Wir mußten ungefähr eine halbe Meile weitersteuern, um einen sicheren Ankerplatz zu finden, und es gab einen ordentlichen Krach, als es darum ging, wer an Bord bleiben sollte. Und da lag er, der ›Ocean Pioneer‹, genau so, wie er gesunken war – man sah deutlich die Spitzen der Masten, die noch aufrecht standen. Der Krach endete damit, daß alle ins Boot kamen. Ich tauchte Freitag morgen, sobald es hell wurde, im Taucheranzug hinunter. Was war das für eine Überraschung! Ich sehe noch immer alles ganz deutlich vor mir. Es war eine seltsam aussehende Gegend. Gerade brach das Licht der Dämmerung durch. Die Leute hier glauben, überall in den Tropen gäbe es flachen Strand, Palmen und Brandung. Bewahre! Dort zum Beispiel war nichts dergleichen. Keine gewöhnlichen, vom Wasser ausgehöhlten Felsen, sondern große, seltsam gewundene Felsbänke wie Haufen aus Eisenschlacke – mit grünem Schlamm an den Rändern und dornigen Büschen, die da und dort überhingen; und das Wasser gläsern ruhig und klar, eine grauschwarz schimmernde Fläche, mit riesigen, flammend rotbraunen Wasserpflanzen bewegungslos ausgefächert und von krabbelnden und flitzenden Dingern durchwimmelt. Weit entfernt hinter den Gräben und Tümpeln und Buckeln zog sich ein Wald an der Bergflanke entlang, der nach den Flammen und Ascheregen des letzten Ausbruches wieder emporwuchs. Und auf der anderen Seite ebenfalls Wald und eine Art geborstenen – wie nennt man es gleich – Amphitheaters von schwarzer, rostiger Schlacke, das aufragte. Und in der Mitte – wie eine Bucht – das Meer.

Wie gesagt – die Dämmerung brach eben herein, und alles war eher farblos, und weit und breit kein menschliches Wesen außer uns. Nur die ›Pride of Banya‹ lag hinter aufgetürmten Felsen.

Kein menschliches Wesen zu sehen«, wiederholte er und hielt inne. »Ich weiß nicht, woher sie gekommen sind, keine blasse Ahnung. So sicher fühlten wir uns, daß der arme junge Sanders zu singen begann. Ich steckte in Jimmy Goggles, nur der Helm fehlte. ›Vorsicht!‹ sagte Always. ›Da ist der Mast!‹ Ich schaute noch einmal über die Brüstung und wäre fast hineingefallen, während der ältere Sanders das Boot drehte. Nachdem man die Fenster dichtgemacht und alles in Ordnung gebracht hatte, schloß ich das Ventil des Luftgürtels, damit ich sinken konnte, und sprang über Bord – mit den Füßen voran – eine Leiter hatten wir nicht. Das Boot neigte sich, und alle starrten mir nach, während mein Kopf zwischen Seetang und Nacht, die den Mast umgaben, hinuntersank. Ich glaube, kein Mensch – nicht einmal der allervorsichtigste Kerl, hätte an diesem abgeschiedenen Ort Wachsamkeit gezeigt. Es stank geradezu nach Verlassenheit. Natürlich müssen Sie bedenken, daß ich im Tauchen Anfänger war. Keiner von uns hatte Übung darin. Wir mußten die größten Anstrengungen machen, um überhaupt zurechtzukommen, und es war das erste Mal, daß ich tiefer tauchte. Ein verteufeltes Gefühl. Die Ohren tun entsetzlich weh. Ich weiß nicht, ob Sie das kennen, diesen stechenden Schmerz manchmal beim Schneuzen oder Niesen – so ist es, nur zehnmal ärger. Und ein Schmerz über der Stirn – hier! – und im Kopf ein Gefühl wie bei starkem Fieber. Und auch in der Lunge, ja eigentlich überall ist einem nicht gerade wohl zumute. Und beim Sinken ist es fast, als wäre man in einem Aufzug, nur daß es immer weitergeht. Man kann den Kopf nicht heben, um hinaufzuschauen, genausowenig kann man sich vorbeugen, um zu sehen, was unter einem passiert, ohne daß es weh tut. Natürlich ist in dieser Tiefe auch alles dunkel, ganz abgesehen von der Schwärze der Asche und des Schlammes auf dem Grund. Es war, als kehre man sozusagen aus der Dämmerung in die Nacht zurück.

Der erste Mast tauchte wie ein Geist aus der Schwärze auf und gleich darauf eine Menge Fische, dann ein Gewirr flatternden, roten Seetangs. Schließlich landete ich mit einem Aufprall auf dem Deck des ›Ocean Pioneer‹, und die Fische, die an den Leichen knabberten, schwärmten um mich herum. Ich ließ wieder Luft aus dem Sauerstoffgerät, denn der Anzug war ein bißchen stickig und wie eine Gummihaut – trotz des Rums –, und stand eine Weile still, um neue Kräfte zu sammeln. Es war kalt da unten, das milderte die Stickigkeit ein wenig.

Als ich mich etwas erholt hatte, begann ich Umschau zu halten. Ein seltsamer Anblick bot sich mir. Sogar das Licht war merkwürdig – rötliches Zwielicht, das durch die Tangbüschel hervorgerufen wurde, die zu beiden Seiten des Schiffes emporfächelten. Und hoch oben ein mondlichtähnliches, tiefes Grünblau. Das Schiffsdeck lag – abgesehen von einer schwachen Neigung steuerbordwärts – eben, dunkel und langgezogen zwischen dem Tang. Es war unbeschädigt bis auf die Masten, die durch das Seitwärtskippen abgebrochen waren. Das Vorderdeck verschwand im Dunkel. Keine Toten befanden sich auf dem Deck – die meisten hingen vermutlich irgendwo im Tang. Später fand ich zwei Skelette in der Passagierkabine, wo diese Leute der Tod überrascht hatte. Es war seltsam, so auf dem Deck zu stehen und nach und nach alles wiederzuerkennen; eine Stelle an der Reling, wo ich gerne im Sternenlicht geraucht hatte, und die Ecke, wo der alte Kerl aus Sydney gewöhnlich mit einer Witwe geflirtet hatte. Was für ein wohlgenährtes Pärchen noch einen Monat zuvor, und jetzt hätte sich nicht einmal mehr ein winziger Krebs an den beiden sattfressen können.

Ich habe immer schon ein bißchen zu philosophischen Spekulationen geneigt und habe mich wohl mindestens fünf Minuten tiefgründigen Gedanken hingegeben, bevor ich hinunterging, um den verdammten Goldstaub zu suchen. Es war ein mühseliges Suchen – zum größten Teil nur ein Herumtasten – stockdunkel, mit plötzlichen bläulichen Lichtern, die durch das Deckfenster einfielen. Und überall bewegte sich etwas, da ein Stoß gegen meine Gläser, dort ein Zwicken an meinem Bein. Krebse wahrscheinlich. Ich stolperte fortwährend über herumliegende Gegenstände, die ich nicht identifizieren konnte, bückte mich und hob etwas auf, das Bögen und Zacken hatte. Was meinen Sie, was es war? Rückenwirbel! Aber ich hatte ja nie ein besonderes Gespür für Knochen. Wir hatten die Sache genau durchbesprochen, und Always wußte, wo sich die Ladung befand. Da war sie dann auch. Ich hob eine der Kisten sogar ein wenig hoch.«

Er brach seine Erzählung ab. »Ich hab sie hochgehoben«, sagte er. »So hoch! Vierzigtausend Pfund in purem Gold! Gold! Ich schrie in meinem Helm auf – ein Hurra! –, daß mir die Ohren weh taten. Ich war mit der Zeit verdammt müde und benommen geworden – fünfundzwanzig Minuten oder länger muß ich da unten gewesen sein – und dachte, das sei fürs erste genug! Ich stieg wieder durch die Kajütenluke hinauf, und eben als ich mich auf Augenhöhe des Verdecks befand, machte ein riesiger Krebs einen hysterischen Sprung und krabbelte seitwärts davon. Einen ordentlichen Schrecken versetzte mir das! Dann stand ich wieder auf dem Deck, schloß das Ventil hinten am Helm, damit sich die Luft sammelte und ich emporgetragen wurde. Ich bemerkte zwar einen dumpfen Schlag über mir, als werde das Wasser durch Ruder bewegt, schenkte dem aber keine weitere Beachtung. Ich nahm an, es handle sich um das Signal zum Auftauchen.

Auf einmal schoß etwas neben mir herab – etwas Schweres – und blieb zitternd in den Planken stecken. Ich schaute hin – es war ein langes Messer, das ich oft beim jungen Sanders gesehen hatte. Denk ich, er hat es fallengelassen und schimpfe ihn noch einen verdammten Narren – denn ich hätte ernstlich verletzt werden können –, als ich schon nach oben treibe, dem Tageslicht entgegen. Ungefähr in der Höhe der Mastspitzen – plötzlich – krach! – ich prallte gegen etwas, das absank, und ein Stiefel schlug gegen meinen Helm. Dann noch etwas – furchtbar um sich schlagend. Eine schwere Last drückte mich tiefer, keine Ahnung, was es war, bäumte sich und ruderte wild. Wäre nicht der Stiefel gewesen, ich hätte es für einen Riesenkraken gehalten oder etwas in dieser Art. Aber Polypen tragen keine Stiefel. Alles spielte sich natürlich in Sekundenschnelle ab. Ich spürte, wie ich wieder hinuntersank, breitete meine Arme aus, um die Balance zu halten, und die ganze Masse rollte über mich weg und schoß in die Tiefe, während ich wieder aufstieg. –« Er machte eine Pause.

»Ich erblickte das Gesicht des jungen Sanders über einer nackten, schwarzen Schulter, ein Speer steckte in seiner Kehle, aus Mund und Hals quoll es wie Wolken rosa Nebels ins Wasser. Abwärts sanken sie, ganz ineinander verklammert, sich überschlagend, und beide schon zu weit hinüber, um sich noch loslassen zu können. Im nächsten Moment stieß mein Helm mit einem Krach, als würde er zersplittern, gegen das Kanu der Neger. Ja, es waren Neger! Zwei Kanus voll!

Augenblicke waren das, das sag ich Ihnen! Always ging über Bord mit drei Speeren in seinem Körper. Drei oder vier schwarze Kerle stießen mit ihren Beinen nach mir. Sehen konnte ich nicht viel, nur das eine war mir klar, daß es aus war! Ich drehte wie wild am Ventil, sank wieder in die Tiefe, dem armen Always nach – Sie werden sich vorstellen können, in welch einem Zustand des Entsetzens und der Bestürzung – vorbei am jungen Sanders und dem Neger, die gerade wieder hochtrieben, noch immer kämpfend, und im nächsten Moment stand ich im Dämmerlicht auf dem Deck des ›Ocean Pioneer‹.

›Himmel!‹ denk ich, ›jetzt sitz ich in der Klemme! Schwarze?‹ Zuerst schien mir nur die Wahl zu bleiben zwischen dem Ersticken unten und dem Durchbohrtwerden oben. Ich wußte nicht genau, wieviel Luft ich noch hatte, aber mein Gefühl sagte mir, daß ich nicht mehr lange durchhalten konnte. Mir war heiß und schwindlig, ganz zu schweigen von der Angst, die ich ausstand. Mit diesen verdammten Eingeborenen, diesen lausigen Papuas, hatten wir nicht gerechnet. An Ort und Stelle aufzutauchen hatte absolut keinen Sinn, aber irgend etwas mußte geschehen. Also kletterte ich, ohne lange zu zögern, über die Reling in den Seetang hinein und machte mich so schnell wie möglich davon. Nur einmal hielt ich an, kniete nieder und hob mühsam den Kopf, um nach oben zu schauen. In dem außergewöhnlich hellen Grünblau über mir schaukelten die beiden Kanus und das Boot, winzig klein und weit entfernt, in einer Formation, die aussah wie ein verzerrtes H. Wenn ich daran dachte, was das Schwanken und Drehen der drei bedeutete, wurde mir beim Hinaufschauen übel.

Es waren so ungefähr die entsetzlichsten zehn Minuten, die ich jemals erlebt habe: das Herumirren in der Dunkelheit – ein schreckliches Beklemmungsgefühl, als sei ich unter Sand begraben, ein dumpfer Schmerz im Brustkorb, krank vor Angst, und zum Atmen, so schien es, nichts als Rum- und Gummigestank. Himmel! Nach einer Weile merkte ich, daß ich einen ziemlich steilen Hang hinaufkletterte. Ich schaute noch einmal nach oben, ob die Kanus und das Boot noch sichtbar waren, dann kletterte ich weiter. Als ich nur mehr einen Fußbreit unter der Oberfläche war, hielt ich an, um herauszufinden, welche Richtung ich genommen hatte. Natürlich war nichts zu sehen als die Reflexe des Meeresbodens. Dann stieß ich meinen Kopf heraus – wie durch einen Spiegel. Sobald ich die Augen aus dem Wasser hatte, sah ich, daß ich an einem Strand neben dem Wald herausgekommen war. Ich blickte mich um, aber die Eingeborenen und die Brigg waren durch einen aufgestauten Hügel erstarrter Lava verdeckt. Der geborene Schwachkopf, der ich nun einmal bin, beschloß ich, zum Wald zu laufen. Den Helm nahm ich nicht ab, öffnete aber eines der Fenster und watete aus dem Wasser. Sie machen sich keine Vorstellung davon, wie sauber und frisch die Luft roch.

Nun ja, mit vier Zoll Blei in den Schuhsohlen, den Kopf in einer Kupferkugel so groß wie ein Fußball und nach fünfunddreißig Minuten unter Wasser kann man kein Wettrennen gewinnen. Ich lief wie ein Ackerknecht, der den Pflug führt. Auf halbem Weg zum Wald sah ich ein Dutzend Neger oder mehr, die mir mit offenem Mund staunend entgegenkamen…

Ich blieb wie angewurzelt stehen und verwünschte meine Dummheit aus tiefster Seele. Ich hatte ebensoviel Chancen, ins Wasser zurückzukommen, wie eine auf dem Rücken liegende Schildkröte. Ich schraubte meine Fenster wieder zu, um wenigstens die Hände frei zu haben, und wartete auf die Schwarzen. Etwas anderes blieb mir ja auch gar nicht übrig.

Aber sie kamen nicht so recht vorwärts. Langsam dämmerte mir, weshalb. ›Jimmy Goggles‹, sagte ich, ›deinen Reizen habe ich das zu verdanken!‹ Ich wurde sogar ein bißchen leichtsinnig, wie mir scheint, all dieser Gefahren und des verdammten Luftdruckwechsels wegen. ›Was starrt ihr denn so?‹ fragte ich, als könnten diese Wilden mich verstehen. ›Für wen haltet ihr mich? Hängen will ich, wenn ich euch nicht einen Grund zum Starren liefern werde!‹ sagte ich, öffnete gleichzeitig das Sicherheitsventil und ließ Luft ausströmen, bis ich angeschwollen war wie ein aufgeblasener Frosch. Wirklich imposant muß das ausgesehen haben. Der Teufel soll mich holen, wenn sie auch nur einen Schritt näher gekommen sind. Dafür warfen sie sich nach und nach auf den Boden. Sie wußten nicht, was sie von mir halten sollten, und wählten deshalb die extrahöfliche Tour, was sehr klug und vernünftig von ihnen war. Halb überlegte ich, ob ich nicht zum Meer zurücklaufen sollte, aber das schien aussichtslos. Einen Schritt zurück, und sie hätten mich verfolgt. So begann ich aus reiner Verzweiflung, ihnen entgegenzugehen, mit gemessenen, schweren Schritten, meine aufgeschwollenen Arme schwenkend, in ganz würdevoller Art. In meinem Inneren freilich piepste ich vor Angst wie eine winzige Meise.

Aber nichts kann einem Mann leichter aus Schwierigkeiten helfen als eine eindrucksvolle Erscheinung, davon war ich immer schon überzeugt. Unsereiner, der von klein auf mit Taucheranzügen vertraut ist, kann sich gar nicht richtig vorstellen, wie ein solcher auf einfältige Wilde wirkt. Etliche liefen sogleich davon, die anderen begannen in höchster Eile, sich die Köpfe auf dem Boden wund zu schlagen. Und ich schritt dahin, so langsam und ehrwürdig und blöde geziert wie ein alter Dachdecker. Es lag auf der Hand: Sie hielten mich für etwas Ungeheuerliches.

Dann sprang einer auf und deutete auf mich, wobei er äußerst merkwürdige Gebärden vollführte. Alle anderen begannen nun, ihre Aufmerksamkeit abwechselnd auf mich und auf ein Etwas draußen auf dem Meer zu richten. ›Was ist jetzt wieder los?‹ fragte ich. Langsam – meiner Würde angemessen – drehte ich mich um, und da sah ich – eben um einen Felsen biegend – die arme alte ›Pride of Banya‹, an ein paar Kanus getäut. Der Anblick machte mich ganz krank. Offensichtlich lauerten sie auf ein Zeichen des Wiedererkennens von meiner Seite, deshalb schwenkte ich auch meine Arme auf eine überzeugend unverbindliche Art. Dann wandte ich mich um und stapfte wieder auf die Bäume zu. In diesem Moment betete ich wie verrückt, das weiß ich noch, wieder und immer wieder: ›Herr des Himmels, hilf mir da raus! Herr des Himmels, hilf mir da raus!‹ Nur Narren, die nichts von Gefahren wissen, können sich's leisten, über das Beten zu lachen.

Aber sie dachten nicht daran, mich gehen zu lassen. Sie begannen, um mich herumzutanzen und drängten mich auf einen Pfad durch den Wald. Eins war mir klar: Für einen Untertanen der britischen Krone hielten sie mich jedenfalls nicht, was sie auch sonst von mir denken mochten. Und ich für meinen Teil war nie weniger darauf erpicht gewesen, mich zu meinem guten, alten Vaterland zu bekennen.

Vielleicht werden Sie es nicht für möglich halten, es sei denn, Sie sind an den Umgang mit Wilden gewöhnt, aber diese armen, irregeleiteten, unwissenden Kreaturen brachten mich geradewegs zu einer Art Tempelplatz, um mich ihrem alten, schwarzen Steinfetisch vorzustellen. Zu diesem Zeitpunkt begann ich langsam, den ganzen Abgrund ihrer Unwissenheit zu ermessen, und sowie ich die Gottheit erblickte, wußte ich auch, was zu tun war. Ich stieß ein Geheul aus – wau-wau –, möglichst langgezogen, in gleichmäßigem Bariton, schwenkte die Arme, wälzte dann sehr langsam und sehr feierlich ihren Fetisch auf die Seite und setzte mich darauf. Ich hatte mir schon sehnlichst gewünscht, mich niedersetzen zu können, denn als Bekleidungsstück leistet so ein Taucheranzug in den Tropen recht wenig. Oder, um es anders auszudrücken – er leistete eine Spur zu viel. Es raubte ihnen den Atem, wie ich da auf ihrem Götzen saß, aber binnen einer Minute hatten sie sich gefaßt und gingen mit Eifer daran, mich anzubeten. Ich gestehe Ihnen, daß ich ein wenig erleichtert war über die Wendung, die die Dinge genommen hatten – trotz des Gewichtes auf meinen Schultern und in meinen Sohlen.

Was mich beunruhigte, war, was sich wohl die Kerle aus den Kanus denken würden, wenn sie zurückkamen. Wenn sie mich auf dem Boot gesehen hatten – sie könnten ja die ganze Nacht auf der Lauer gelegen und herumspioniert haben –, würden sie die Sache doch vermutlich mit etwas anderen Augen betrachten als die übrigen. Stundenlang befand ich mich deswegen in arger Bedrängnis, bis endlich das Spektakel der Ankunft begann.

Aber sie schluckten es – das ganze verdammte Dorf schluckte es. Um den Preis, beinahe ganze zwölf Stunden so steif und starr wie eben nur möglich dazusitzen, genau wie jene kauernden ägyptischen Standbilder, die man hin und wieder sieht, schaffte ich es schließlich doch noch, den Rummel zu überstehen. Sie werden sich kaum vorstellen können, was das in dieser Hitze und dem Gestank bedeutete. Ich glaube nicht, daß einer von denen auch nur im Traum daran dachte, daß da inwendig ein Mann steckte. Es war einfach ein wunderbarer, riesengroßer Lederfetisch, der da durch einen Glücksfall dem Wasser entstiegen war. Aber die Erschöpfung! Diese Gluthitze! Diese verteufelte Stickigkeit! Der Gummigeruch und der Rum! Und der Radau! Auf einer Lavaplatte zu meinen Füßen zündeten sie ein stinkendes Feuer an, brachten einen Haufen blutiges Zeug herbei – die ekelhaftesten Abfälle von dem, woran sie sich draußen gütlich taten, diese Bestien! – und verbrannten alles mir zu Ehren. Ich war ein bißchen hungrig geworden, aber seit damals verstehe ich, weshalb Götter ohne Essen auskommen – bei dem Geruch solcher Opfergaben. Dann schleppten sie Dinge an, die sie von der Brigg mitgebracht hatten, darunter – wie ich mit Erleichterung feststellte – eine Pumpe, die für diese Sauerstoff-Sache verwendet wird, und anschließend folgte ein Trupp von Burschen und Mädchen, die irgendwie unanständig um mich herumtanzten. Die Leute drückten ihre Ehrerbietung wirklich auf die unterschiedlichsten Arten aus. Hätte ich ein Beil gehabt, ich wäre auf dieses Pack losgegangen – so wild machten sie mich. Die ganze Zeit über saß ich so steif da, als sei ich in guter Gesellschaft, weil ich einfach keine andere Möglichkeit sah. Schließlich, als die Dämmerung einfiel und der umzäunte Fetischplatz für ihren Geschmack zu schattig wurde – diese Wilden fürchten sich ja vor der Dunkelheit, das dürfen Sie nicht vergessen – und ich ein Muh-Gebrüll anstimmte, errichteten sie draußen große Scheiterhaufen und ließen mich in meiner dunklen Hütte in Frieden, so daß ich endlich ungehindert meine Fenster etwas aufschrauben und meine Lage überdenken konnte und mich wirklich so erbärmlich fühlen durfte, wie mir eben zumute war. Und Herrgott! wie jämmerlich fühlte ich mich!

Ich war vollkommen geschwächt, hatte Hunger, mein Verstand gebärdete sich wie ein Insekt auf einer Nadel, ungeheuer rührig, ohne daß dabei etwas herausgekommen wäre. Dazu der Kummer über die Kameraden, verdammte Säufer, sicherlich – aber ein solches Schicksal hatten sie nicht verdient. Der junge Sanders mit dem Speer in der Kehle ging mir nicht aus dem Kopf. Dann der Schatz dort unten auf dem ›Ocean Pioneer‹, wie man ihn heben und sicherstellen, dann abhauen und ihn wieder holen könnte. Und auch die Frage, woher ich etwas zu essen kriegen sollte. Ich kam ganz schön ins Schwitzen, das sag ich Ihnen! Durch Zeichen etwas Nahrung verlangen wagte ich nicht, aus Angst, es könnte zu menschlich wirken. So blieb ich sitzen und hungerte bis fast zum Tagesanbruch. Dann wurde es im Dorf ein wenig ruhiger, und ich hielt es nicht mehr länger aus. Ich ging also und versorgte mich mit Artischocken und etwas saurer Milch. Was davon übrigblieb, legte ich unter dieses Opferzeug, um sie auf meine Geschmacksrichtung zu bringen. Und als sie am Morgen zur Anbetung kamen, fanden sie mich steif und ehrfurchtgebietend auf ihrem früheren Gott sitzen, genau wie sie mich am Vorabend verlassen hatten. Ich hatte den Rücken gegen den Mittelpfosten der Hütte gelehnt und schlief fast. Und so wurde ich ein Gott unter Heiden – ein falscher, zweifellos, und ein blasphemischer, aber man kann sich's eben nicht immer aussuchen. Nun ja – ich will mich als Gott nicht über Gebühr selbst loben, aber ich muß doch sagen, daß diese Leute, während ich ihr Gott gewesen bin, außerordentliche Erfolge verzeichnen konnten. Ich behaupte nicht, daß was dran ist, das möchte ich betonen. Aber sie gewannen einen Krieg gegen einen anderen Stamm – das brachte mir eine Menge Opfergaben ein, die ich gar nicht haben wollte –, ihre Fischzüge waren wunderbar ertragreich und ihre Ernte außerordentlich groß. Auch die Erbeutung der Brigg zählten sie zum Segen, den ich ihnen gebracht hatte. Ich möchte behaupten, daß das keine schlechte Leistung ist für einen blutigen Anfänger in diesem Gewerbe. Und – ich erwähne das, obwohl Sie es wahrscheinlich nicht entsprechend würdigen können – ich war für fast vier Monate der Stammesgott dieser verdammten Wilden.

Was sollte ich denn tun, Mann? Aber den Taucheranzug habe ich nicht die ganze Zeit über getragen. Ich ließ mir eine Art Allerheiligstes bauen, wobei es verteufelt schwer war, ihnen klarzumachen, was ich von ihnen wollte. Das war überhaupt das Schwierigste – ihnen meine Wünsche klarzumachen. Ich konnte mich ja schließlich nicht so weit erniedrigen, ihre Sprache zu radebrechen – auch wenn ich sie tatsächlich beherrscht hätte –, ebensowenig konnte ich ihnen andauernd mit wildem Gestikulieren kommen. Also schrieb ich Zeichen in den Sand, setzte mich daneben und brüllte wie ein Besessener. Manchmal machten sie dann alles richtig, manchmal machten sie alles falsch. Zugegeben, an gutem Willen fehlte es ihnen nicht. Die ganze Zeit über rätselte ich herum, wie ich diese leidige Angelegenheit regeln könnte. Immer vor Anbruch der Nacht marschierte ich in voller

Montur zu einer Stelle, von der aus der Kanal, in dem der gesunkene ›Ocean Pioneer‹ lag, sichtbar war. Einmal versuchte ich sogar, weiter hinauszuwaten, aber Tang und Felsen und Finsternis hinderten mich daran. Erst am hellichten Tag kehrte ich zurück und fand dieses dumme Negervolk am Strand, wo es um die Rückkehr des Meeresgottes betete. Ich war so wütend und erschöpft von all dem Herumstolpern und der sinnlosen Anstrengung, von diesem ewigen Auf und Ab, daß ich ihnen am liebsten ihre blöden Köpfe eingeschlagen hätte, als sie plötzlich in Jubel ausbrachen. Hängen will ich, wenn ich mir aus solchen Zeremonien etwas mache.

Und dann tauchte der Missionar auf. Himmel, dieser Missionar! Eines Nachmittags kam er an! Ich saß gerade in aller Feierlichkeit auf meinem äußeren Tempelplatz auf dem alten, schwarzen Stein. Zuerst vernahm ich draußen Lärm und Geschrei, dann seine Stimme, die zu einem Dolmetscher sprach. ›Sie beten Holz und Stein an!‹ sagte er, und sofort wußte ich, was los war. Ich hatte eines meiner Fenster geöffnet – aus Bequemlichkeitsgründen – und platzte, ohne lang zu überlegen, heraus: ›Holz und Stein!‹ ruf ich, ›kommen Sie nur herein, ich werd Ihnen den Kopf schon zurechtsetzen.‹ Zunächst wurde es still, dann erhob sich lautes Geschrei, und dann kam er tatsächlich herein, die Bibel in der Hand, wie es so ihre Art ist – ein kleiner, farbloser Wicht mit Brille und Tropenhelm. Ich darf mir schmeicheln, daß ihn mein Anblick, so wie ich da mit meinem kupfernen Schädel und den riesigen Glotzaugen im Schatten saß, zunächst einmal ganz erheblich beeindruckte. ›Nun‹, sag ich, ›wie geht das Geschäft mit der Baumwolle?‹ denn aufs Missionieren lasse ich mich gar nicht erst ein.

Ich hatte meinen Spaß mit diesem Missionar. Er war vollkommen unerfahren und einem Mann wie mir heillos unterlegen. Er stammelte mühsam, wer ich denn sei, worauf ich ihm riet, die Inschrift zu meinen Füßen zu lesen, wenn er das wissen wolle. Er beugt sich hinunter und liest, was sein Dolmetscher – abergläubisch wie alle diese Kerle – als Zeichen der Anbetung auffaßt und deshalb ebenfalls niederfällt wie ein Sack. Mein Volk stieß ein Triumphgeheul aus, und damit hatten diese Leute in meinem Dorf auch schon ausgespielt.

Natürlich war es dumm von mir, ihn so auf den Arm zu nehmen. Wenn ich auch nur ein bißchen Verstand gehabt hätte, hätte ich ihm von dem Schatz erzählt und ihm einen Anteil versprochen. Ich zweifle nicht im mindesten daran, daß er dieses Angebot angenommen hätte. Ein Kind wäre nach kurzem Nachdenken auf die Idee gekommen, daß zwischen dem Taucheranzug und dem gesunkenen ›Ocean Pioneer‹ ein Zusammenhang bestehen mußte. Eine Woche nach seiner Abreise ging ich eines Morgens an den Strand und sah die ›Motherhood‹, das Bergungsschiff von Starr Race, im Kanal sondieren. Damit war die ganze verdammte Sache zu Ende, und meine Mühe umsonst! Können Sie verstehen, wie wild ich war! In diesem blödsinnigen, stinkenden Anzug! Vier Monate!«

Wiederum sank die Erzählung des braungebrannten Mannes unter jedes Niveau. »Bedenken Sie«, sagte er, als er sich endlich zu sprachlicher Reinheit aufraffen konnte, »vierzigtausend Pfund in Gold!«

»Kam der kleine Missionar zurück?« fragte ich.

»Ja! Hol ihn der Teufel! Und er verwettete seinen Kopf, daß ein Mensch in diesem Götzen steckte und ging mit ungeheurer Umständlichkeit daran, das zu beweisen. Aber es steckte keiner drin – er war wieder der Geprellte. Immer schon habe ich Szenen und langwierige Erklärungen gehaßt; deshalb hatte ich mich auch lange vor seiner Rückkehr aus dem Staub gemacht – die Küste entlang heim nach Banya. Tagsüber versteckte ich mich im Gebüsch, in der Nacht stahl ich etwas Eßbares in den Dörfern. Die einzige Waffe – ein Speer. Keine Kleidung, kein Geld. Nichts. Nichts als meine schönen Augen, wie man so sagt. Und dabei um ein Haar achttausend Pfund in Gold – mein Anteil. Aber die Eingeborenen haben ihm übel mitgespielt – Gott sei Dank! –, denn sie glaubten, er hätte sie um ihr Glück gebracht.«

Der neue Akzelerator

Eines steht fest: wenn je ein Mensch, der eine Stecknadel suchte, einen Dukaten gefunden hat, so ist es mein guter Freund Professor Gibberne. Ich habe schon früher von Forschern gehört, die weit über ihr Ziel hinausgeschossen sind, aber noch niemals so weit wie er. Er hat diesmal wirklich etwas gefunden, das – ohne zu übertreiben – das menschliche Leben revolutionieren kann. Das geschah, als er einfach ein Mittel zur Anregung schwacher Nerven suchte, das es kraftlosen Menschen ermöglichen sollte, sich den Anforderungen unserer stürmischen Zeit gewachsen zu zeigen. Ich habe die Mixtur jetzt mehrmals versucht, und es wird das beste sein, wenn ich die Wirkung, die sie auf mich ausübte, beschreibe. Aus meinem Bericht wird deutlich hervorgehen, daß es noch immer erstaunliche Erlebnisse für sensationslüsterne Leute gibt.

Professor Gibberne ist, wie viele Leute wissen, mein Nachbar in Folkestone. Wenn mir mein Gedächtnis keinen Streich spielt, so sind seine Bilder aus verschiedenen Lebensaltern schon im *Strand Magazine* erschienen – es dürfte gegen Ende des Jahres 1899 gewesen sein; aber ich kann leider das genaue Datum nicht mehr feststellen, weil ich diesen Band jemandem geliehen habe, der ihn nie zurückgegeben hat. Manche Leser erinnern sich vielleicht an die hohe Stirne und die besonders langgezogenen schwarzen Augenbrauen, die dem Gesicht einen so mephistophelischen Zug geben. Gibberne bewohnt eines jener hübschen freistehenden Häuschen in gemischtem Stil, die das westliche Ende der Upper Sandgate Road so interessant machen. Sein Haus ist das mit den flämischen Giebeln und mit der maurischen Säulenhalle. In dem Zimmer mit dem geteilten Erkerfenster arbeitet er, wenn er hier draußen wohnt, und dort haben wir auch abends oft miteinander geraucht und geplaudert. Er ist ein großer Spaßvogel, aber er spricht auch gern mit mir über seine Arbeit; er gehört zu jenen Menschen, die im Gespräch Hilfe und Anregung finden, und so konnte ich die Entstehung des »Neuen Akzelerators« von allem Anfang an verfolgen. Natürlich werden die meisten Experimente nicht in Folkestone gemacht, sondern in der Gower Street, in dem schönen, neuen Laboratorium beim Spital, das Gibberne als erster benützt hat.

Wie jeder, zumindest jeder intelligente Mensch weiß, genießt Gibberne sein wohlverdientes Ansehen für seine Forschungsarbeiten über die Wirkung der Medikamente auf das Nervensystem. Man sagt, daß er von Schlafmitteln, Beruhigungs- und Betäubungsmitteln mehr versteht als jeder andere. Auch als Chemiker steht er auf beträchtlicher Höhe, und ich nehme an, daß es in dem subtilen und komplizierten Dschungel von Rätseln, der Ganglienzellen und Wirbelfasern umschließt, kleine, von ihm erhellte Gebiete gibt, Lichtungen, die jedem lebenden Menschen unzugänglich bleiben, ehe er nicht seine Forschungsergebnisse reif zur Veröffentlichung findet. In den letzten Jahren hatte er besonders ausdauernd an der Erforschung der Nervenreizmittel gearbeitet, und schon vor der Entdeckung des »Neuen Akzelerators« hatte er schöne Erfolge aufzuweisen. Die Medizin verdankt ihm zumindest drei verschiedene und absolut sicher wirkende Kräftigungsmittel, die einen Wert ohnegleichen für berufstätige Menschen haben. In Fällen von Erschöpfung hat das als »Gibbernes B-Sirup« bekannte Präparat sicher mehr Menschenleben gerettet als irgendein Rettungsboot an der Küste.

»Bisher befriedigt mich aber kein einziges dieser Mittel«, sagte er mir vor fast einem Jahr. »Entweder steigern sie die geistigen Energien, ohne auf die Nerven zu wirken, oder sie erhöhen einfach die vorhandene Tatkraft durch Herabsetzung der nervösen Leistungsfähigkeit; außerdem sind alle diese Mittel unverläßlich und haben nur lokale Wirkung. Eines regt Herz und Eingeweide an, aber das Gehirn bleibt dumpf, eines wieder wirkt wie Champagner aufs Gehirn, dafür gar nicht aufs Sonnengeflecht. Was ich aber erreichen will, und was ich auch erreichen werde, wenn es im Bereich des Menschenmöglichen liegt, ist ein Reizmittel, das den ganzen Körper gleichmäßig anregt, das einen Menschen vom Kopf bis zur Zehenspitze im selben Moment aufrüttelt und ihn zwei-, ja dreimal rascher sein läßt als alle anderen. Eh? Das ist die Sache, hinter der ich her bin.«

»Man wird dabei müde werden«, sagte ich.

»Sicher, zweifellos. Aber man wird zum Beispiel auch zwei- oder dreimal so viel essen. Denken Sie doch nur, was die Sache bedeuten würde. Stellen Sie sich vor, Sie hätten so eine kleine Phiole« – er hob ein Fläschchen aus grünem Glas hoch und unterstrich seine Worte damit –, »und in dieser kostbaren Phiole liegt die Macht, zweimal so schnell zu denken, sich zweimal so rasch zu bewegen, zweimal so viel in einer bestimmten Zeit zu arbeiten wie sonst.«

»Aber ist denn so etwas möglich?«

»Ich glaube schon. Wenn nicht, so habe ich ein Jahr lang meine Zeit verschwendet. Diese verschiedenen Präparate aus Hypophosphaten etwa scheinen zu beweisen, daß etwas Derartiges... Es wäre genug, wenn es auch nur eineinhalbmal beschleunigen würde.«

»Selbstverständlich«, sagte ich.

»Stellen Sie sich vor, Sie wären ein Staatsmann, vor eine wichtige Entscheidung gestellt, die Zeit drängt, es muß sofort etwas geschehen, eh?«

»Ich könnte in diesem Falle meinem Privatsekretär das Mittel geben«, sagte ich.

»Und doppelt Zeit gewinnen. Und denken Sie nur, Sie wollten zum Beispiel ein Buch fertigstellen.«

»Gewöhnlich wünsche ich, ich hätte es nie begonnen«, sagte ich.

»Oder ein Arzt, der zu Tode gehetzt ist, möchte sich niedersetzen und über einen Fall nachdenken. Oder ein Anwalt – oder ein Mensch, der für eine Prüfung büffelt.«

»Für solche Leute ist jeder Tropfen eine Guinee wert und noch mehr«, sagte ich.

»Oder bei einem Duell«, sagte Gibberne, »wo alles von der Geschwindigkeit abhängt, mit der man den Hahn abdrückt.«

»Oder beim Fechten«, echote ich.

»Sie sehen«, sagte Gibberne, »im großen und ganzen kann es wirklich gar keinen Schaden tun – außer vielleicht, daß es einen in unendlich geringem Maße rascher altern läßt. Man hat halt zweimal gelebt, während andere Leute nur einmal –«

»Ich glaube«, überlegte ich, »bei einem Duell – wäre das fair?«

»Das ist Sache der Sekundanten«, sagte Gibberne.

Ich ging noch näher an den Ausgangspunkt zurück. »Und Sie glauben wirklich, daß so etwas möglich ist?«

»Ebenso möglich«, sagte Gibberne und betrachtete etwas, das am Fenster vorbeiratterte, »wie ein Autobus. Nämlich –«

Er schwieg, lächelte mir geheimnisvoll zu und klopfte langsam mit der grünen Phiole an den Rand seines Schreibpults. »Ich glaube, ich kenne das Mittel... Ich bin schon ganz nah dran.« Sein nervöses Lächeln verriet mir die Ernsthaftigkeit seiner Enthüllung. Es kam selten vor, daß er über seine Versuche sprach, ehe sie so gut wie abgeschlossen waren. »Und es kann sein, es kann sein – ich wäre nicht überrascht – vielleicht geht's auch schneller als zweimal.«

»Es wird eine große Sache werden«, sagte ich auf gut Glück.

»Es wird eine große Sache werden, das glaube ich schon.«

Trotz alledem dürfte er nicht geahnt haben, wie groß die Sache sein würde.

Ich erinnere mich auch an einige spätere Gespräche über das Mittel. Er nannte es »Der neue Akzelerator«, und sooft er darüber sprach, wurden seine Mitteilungen zuversichtlicher. Manchmal sprach er aufgeregt über unerwartete physiologische Wirkungen, die dessen Anwendung mit sich bringen könnte, und wurde darüber ein bißchen unglücklich; manchmal betrachtete er es nur vom Standpunkt des Geldverdienens, und wir debattierten lang und eifrig darüber, wie das Präparat kommerziell am besten ausgenützt werden könnte. »Es ist eine gute Sache«, sagte Gibberne, »eine großartige Sache. Ich weiß, daß ich der Welt etwas gebe, und ich glaube, es ist nur vernünftig, von ihr zu erwarten, daß sie dafür zahlt. Die Würde der Wissenschaft in Ehren, aber ich denke, daß ich doch das Monopol auf das Mittel für – nun, etwa zehn Jahre haben muß. Ich sehe nicht ein, warum nur die Schinkenhändler den Spaß im Leben haben sollen.«

Mein eigenes Interesse an dem künftigen Heiltrank ließ mit der Zeit nicht nach, im Gegenteil. Ich habe immer eine seltsame Neigung für alles Metaphysische gehabt und für alles Paradoxe über Zeit und Raum, und jetzt schien es mir, daß Gibberne tatsächlich nichts weniger als die absolute Beschleunigung des Lebens vorbereitete. Angenommen, daß jemand wiederholt so ein Präparat gebraucht: Er würde gewiß ein tätiges Leben führen, erfüllt mit Höchstleistungen, aber er wäre mit elf Jahren erwachsen, mit fünfundzwanzig in mittleren Jahren und mit dreißig auf dem Weg zum senilen Verfall. Es schien mir, daß Gibberne für alle, die sein Mittel nehmen würden, nichts anderes bewirken würde, als die Natur für Juden und Orientalen getan hat. Die sind zwischen zehn und zwanzig reife Menschen, mit fünfzig Greise, und ihr Leben lang denken und handeln sie schneller als wir. Die wunderbare Wirkung gewisser Medikamente hat immer großen Eindruck auf mich gemacht. Man kann einen Menschen verrückt machen, ihn beruhigen, ihn unglaublich stark und geschickt machen oder zu einem hilflosen Klotz, man kann diese Leidenschaft aufstacheln, jene dafür besänftigen, alles mit Hilfe von Mitteln. Hier sollte nun ein neues Wunder dem Arsenal von Phiolen, das die Ärzte benützen, hinzugefügt werden! Aber Gibberne war viel zu sehr mit der technischen Vollendung beschäftigt, als daß er die Sache auch aus meinem Gesichtswinkel gründlich betrachtet hätte.

Am siebenten oder achten August sagte er mir, daß die Destillation, die für Gelingen oder Mißlingen ausschlaggebend sein müßte, während unseres Gesprächs im Gange sei. Am Zehnten teilte er mir mit, daß die Sache vollendet sei: der neue Akzelerator war greifbare Wirklichkeit geworden. Ich traf Gibberne, als ich Sandgate Hill hinauf gegen Folkestone ging – ich glaube, ich ging gerade zum Friseur. Er kam mir in großer Eile entgegen, ich nehme an, daß er mich aufsuchen wollte, um mir sofort von seinem Erfolg zu berichten. Ich erinnere mich, daß seine Augen ganz ungewöhnlich glänzten, seine Wangen waren gerötet, und ich bemerkte sogar die Beschwingtheit seiner Schritte.

»Es ist fertig«, rief er und packte mich bei der Hand. Er sprach sehr schnell. »Es ist mehr als fertig. Kommen Sie hinauf zu meinem Haus, und sehen Sie sich's an.«

»Wirklich?«

»Wirklich!« schrie er. »Ganz unglaublich! Kommen Sie sich's ansehen!«

»Und es wirkt – doppelt?«

»Mehr, viel mehr. Es macht mir fast angst. Kommen Sie hinauf, und schauen sie sich das Zeug an. Kosten Sie's! Versuchen Sie's! Es ist das wunderbarste Mittel auf der Welt.« Er hielt mich am Arm fest, und so schnell, daß ich laufen mußte, ging er mit mir den Hügel hinauf, während er ununterbrochen laut redete. Viele Menschen drehten sich nach uns um, wie es Müßiggänger eben tun. Es war einer jener heißen, klaren Tage, die in Folkestone so häufig sind, mit unwahrscheinlich leuchtenden Farben und ganz scharfen Konturen. Natürlich wehte auch eine Brise, aber sie konnte mich unter diesen Umständen nicht kühl und trocken erhalten. Ich bat atemlos um Erbarmen.

»Ich gehe doch wirklich nicht schnell«, schrie Gibberne und verlangsamte seine Schritte zu einem raschen Marschtempo.

»Sie haben von dem Mittel genommen«, keuchte ich.

»Nein«, sagte er, »allerhöchstens einen Tropfen von dem Wasser, das noch in einem Becher war, den ich von den letzten Spuren des Mittels gereinigt habe. Gestern abend habe ich etwas genommen, aber das gehört schon der Vergangenheit an.«

»Und verdoppelt es?« fragte ich und näherte mich schwitzend der Haustür.

»Es vertausendfacht, viele tausend Male!« schrie Gibberne mit einer theatralischen Geste und stieß das frühenglisch geschnitzte Eichentor auf.

»Uff!« sagte ich und folgte ihm zur Tür.

»Ich weiß nicht, wie oft es vervielfacht«, sagte er mit dem Haustorschlüssel in der Hand.

»Und Sie –«

»Es wirft ein ganz neues Licht auf die Physiologie der Nerven, es bringt die Theorie vom Sehen in eine ganz neue Situation! Weiß der Himmel, wievieltausendfach. Das werden wir alles erst später durch Versuche feststellen, wichtig ist, daß wir jetzt das Mittel ausprobieren.«

»Das Mittel ausprobieren?« sagte ich, als wir durch den Korridor gingen.

»Gewiß«, sagte Gibberne. Wir waren in seinem Studierzimmer angelangt. »Dort ist es, in der kleinen, grünen Phiole. Sie haben doch nicht am Ende gar Angst?«

Ich bin von Natur aus vorsichtig und nur in der Theorie abenteuerlustig. Ich hatte wirklich Angst. Aber anderseits ist man doch auch eitel.

»Aber«, sagte ich zögernd. »Sie sagen doch, daß Sie's schon versucht haben?«

»Ich hab's versucht«, sagte er, »sehe ich so aus, als ob es mir geschadet hätte? Nicht einmal gelbsüchtig bin ich geworden, und ich fühle –«

Ich setzte mich. »Geben Sie mir den Trank«, sagte ich. »Wenn es ganz schiefgeht, erspare ich mir wenigstens das Haareschneiden, das wohl eine der verabscheuungswürdigsten Pflichten eines Kulturmenschen ist. Wie nehmen Sie die Mixtur?«

»Mit Wasser«, sagte Gibberne und warf eine Wasserflasche um.

Er stand vor seinem Pult und sah mich an. Ich saß in seinem Lehnstuhl, und sein Gehaben erinnerte mich plötzlich an einen teuren Spezialisten aus der Harley Street. »Es ist ein verrücktes Mittel, wissen Sie«, sagte er.

Ich machte eine Handbewegung.

»Vor allem muß ich Sie darauf aufmerksam machen, daß Sie die Augen schließen müssen, sowie Sie es nur unten haben, erst nach ungefähr einer Minute öffnen Sie sie wieder – aber sehr vorsichtig. Man sieht noch immer. Das Sehgefühl hängt von der Dauer der Vibration ab, nicht von der Anzahl der Eindrücke; aber wenn die Augen offen sind, erfolgt eine Art Erschütterung der Netzhaut, ein scheußliches, schwindliges Durcheinander im Moment des Trinkens. Lassen Sie sie also geschlossen.«

»Geschlossen«, sagte ich, »gut!«

»Und dann ist wichtig, daß Sie ruhig bleiben. Fangen Sie nicht an herumzuschlagen; Sie könnten sich eklig anhauen, wenn Sie's täten. Denken Sie daran, daß Sie sich einige tausendmal schneller bewegen als sonst, Herz, Lunge, Muskeln, Hirn – alles –, und Sie können sich tüchtig anschlagen, ohne es zu wissen. Sie werden es nicht wissen, verstehen Sie? Sie werden sich genauso fühlen wie jetzt. Nur wird alles auf der Welt scheinbar unendlich viel langsamer gehen als je vorher. Das macht die Sache so verteufelt merkwürdig.«

»Mein Gott«, sagte ich, »und Sie glauben –«

»Sie werden schon sehen«, sagte er und ergriff ein Meßglas. Er sah die Gegenstände auf seinem Schreibtisch an. »Gläser, Wasser, alles hier. Man darf für den ersten Versuch nicht zuviel nehmen.«

Glucksend tropfte der kostbare Inhalt aus der kleinen Phiole. »Vergessen Sie nicht, was ich Ihnen gesagt habe«, sagte er und goß den Inhalt des Meßglases in ein Wasserglas, wie ein italienischer Kellner Whisky messen würde. »Bleiben Sie zwei Minuten mit fest geschlossenen Augen und absolut ruhig sitzen, dann werden Sie mich sprechen hören.«

Er fügte der Dosis in jedem Glas ein wenig Wasser zu.

»Übrigens«, sagte er, »stellen Sie das Glas nicht nieder. Behalten Sie's in der Hand, und stützen Sie die Hand aufs Knie. Ja – so. Und jetzt –«

Er erhob das Glas.

»Auf den ›Neuen Akzelerator‹«, sagte ich.

»Auf den ›Neuen Akzelerator‹«, wiederholte er, wir stießen miteinander an und tranken, und im gleichen Augenblick schloß ich die Augen.

Man kennt dieses leere Gefühl des Nichtexistierens, in das man versinkt, wenn man narkotisiert wird. Eine nicht meßbare Zeit lang war es so. Dann hörte ich, wie Gibberne mir sagte, daß ich aufwachen solle. Ich fuhr zusammen und öffnete die Augen. Dort stand er wie zuvor, das Glas hielt er noch in der Hand. Es war leer, das war der einzige Unterschied.

»Nun?« sagte ich.

»Nichts Besonderes?«

»Vielleicht. Vielleicht etwas gehobene Stimmung, sonst nichts.«

»Geräusche?«

»Alles ist still«, sagte ich. »Bei Gott, ja! Wie still es ist. Ich höre nur ein leises Tröpfeln, wie wenn Regen auf verschiedene Gegenstände fällt. Was ist das?«

Ich glaube, er sagte: »Analysierte Geräusche«, aber ganz sicher weiß ich's nicht. Er blickte das Fenster an. »Haben Sie jemals einen Vorhang so an einem Fenster befestigt gesehen?«

Ich folgte seinem Blick, da stand der Rand des Vorhangs, die Ecke in der Höhe, wie mitten im Hochflattern eingefroren.

»Nein«, sagte ich, »das ist komisch.«

»Und hier«, sagte er und öffnete die Hand, die das Glas hielt. Natürlich zuckte ich zusammen, weil ich erwartete, daß das Glas schmetternd auf den Boden fallen würde. Aber weit gefehlt – es schien sich nicht einmal zu bewegen, es hing bewegungslos in der Luft. »Auf unserem Breitengrad«, sagte Gibberne, »sollte ein Gegenstand mit einer Geschwindigkeit von ungefähr 16 Fuß in der ersten Sekunde fallen. Dieses Glas fällt tatsächlich 16 Fuß in der ersten Sekunde. Nur fällt es noch nicht einmal den hundertsten Teil einer Sekunde, das kann Ihnen eine Idee vom Tempo meines Akzelerators geben!« Er fuhr mit der Hand rund um das langsam sinkende Glas, von oben und von unten. Endlich ergriff er es und stellte es sehr vorsichtig auf den Tisch. »Eh?« sagte er zu mir und lachte.

»Das scheint ganz in Ordnung zu sein«, sagte ich und begann mich sehr bedächtig von meinem Stuhl zu erheben. Ich fühlte mich vollkommen wohl, sehr leicht und behaglich, und mein Geist war von Vertrauen erfüllt. Ich war durch und durch beschleunigt. Mein Herz zum Beispiel schlug tausendmal in der Sekunde, aber es verursachte mir nicht das mindeste Unbehagen. Ich schaute zum Fenster hinaus. Ein unbeweglicher Radfahrer mit gesenktem Kopf, hinter dem eine gefrorene Staubwolke schwebte, bemühte sich, einen Ausflüglerwagen zu überholen. Die Pferde lagen im Galopp, doch sie rührten sich nicht vom Fleck. Ich starrte verblüfft auf dieses unwahrscheinliche Schauspiel. »Gibberne«, schrie ich, »wie lang wirkt dieses verdammte Mittel?«

»Weiß der Himmel«, antwortete er. »Das letztemal bin ich ins Bett gegangen und hab es ausgeschlafen. Ich sage Ihnen, ich hatte Angst. Es kann ungefähr ein paar Minuten gedauert haben – mir schienen's Stunden. Aber ich glaube, nach einer Weile hört es plötzlich auf zu wirken.«

Ich stellte voll Stolz fest, daß ich keine Angst hatte – wahrscheinlich, weil wir zu zweit waren. »Warum gehen wir eigentlich nicht aus?« fragte ich.

»Warum nicht?«

»Man wird uns sehen.«

»Kein Mensch! Ausgeschlossen! Wir werden doch tausendmal schneller sein als das schnellste Taschenspielerkunststück. Vorwärts! Welchen Weg? Fenster oder Tür?« Und schon gingen wir durchs Fenster hinaus.

Von allen meinen seltsamen Erlebnissen, den wirklichen und den eingebildeten, und von allen wirklichen oder eingebildeten Erlebnissen anderer Leute, von denen ich gelesen habe, war wohl das seltsamste und verrückteste der kleine Streifzug in Folkestone mit Gibberne unter dem Einfluß des »Neuen Akzelerators«. Wir gingen durch das Gittertor auf die Straße, und dort nahmen wir eine genaue Untersuchung des statuenhaft vorüberziehenden Fuhrwerks vor. Der obere Teil der Räder und einige Beine der Pferde vor dem Wagen, das Ende der Peitschenschnur und der Unterkiefer des Schaffners – der gerade zu gähnen begann – waren sichtlich in Bewegung, aber sonst schien das ganze schwerfällige Vehikel bewegungslos zu sein. Und ganz geräuschlos, mit Ausnahme eines schwachen Rasselns, das aus dem Hals eines Mannes kam. Und Teile dieses gefrorenen Gebäudes waren ein Kutscher, ein Schaffner und elf Leute! Der Eindruck, den wir hatten, als wir um das Ding herumgingen, war zuerst rasend komisch, dann peinlich. Das waren Menschen wie wir und doch nicht wie wir, erstarrt in nachlässigen Stellungen, gefesselt inmitten irgendeiner Bewegung. Ein Mädchen und ein Mann lächelten einander zu, was bedrohlich genug so aussah, als sollte es nie mehr aufhören; eine Frau in einem schlaff herunterhängenden Umhang stützte den Arm auf die Lehne und starrte Gibbernes Haus an, ohne zu blinzeln, mit dem Blick der Ewigkeit; ein Mann strich seinen Schnurrbart wie eine Wachsfigur, und ein anderer erhob seine langweilig steife Hand mit ausgestreckten Fingern zu seinem Hut, der schiefgerutscht war. Wir starrten sie an, wir lachten sie aus, wir schnitten ihnen Gesichter, und dann ergriff uns eine Art Grauen vor ihnen, wir wandten uns ab und überholten den Radfahrer, der zum Strand fuhr.

»Mein Gott«, schrie Gibberne plötzlich, »schauen Sie doch dorthin!«

Er deutete mit dem Finger auf eine Biene, die mit langsam schlagenden Flügeln, mit der Geschwindigkeit einer besonders trägen Schnecke durch die Luft glitt.

So kamen wir hinunter an den Strand. Dort erschien uns alles noch toller als vorher. Die Musik spielte im oberen Pavillon, aber alles, was wir hören konnten, war ein leises, keuchendes Gerassel, wie ein langgedehntes, letztes Seufzen; von Zeit zu Zeit verwandelte es sich in ein Geräusch, das wie das langsame, gedämpfte Ticken einer Riesenuhr klang. Erstarrte Leute standen aufrecht da; merkwürdige, schweigende, befangen aussehende Puppen, labil aufgehängt inmitten eines Schrittes, einen Fuß in der Luft, promenierten auf dem Rasen. Ich kam dicht an einem Pudel vorbei, der mitten im Sprung schwebte, und ich konnte die langsame Bewegung seiner Beine beobachten, als er zu Boden sank. »Himmel, sehen Sie sich doch das an!« rief Gibberne, und wir blieben einen Moment stehen. Ein prächtiger Mann in weißem, zartgestreiftem Flanell, mit weißen Schuhen und einem Panamahut, drehte sich um und blinzelte zwei buntgekleideten Damen zu, an denen er gerade vorbeigekommen war. Blinzeln ist eine wenig anziehende Sache, wenn man es mit so viel Muße betrachten kann wie wir. Es verliert dann ganz die heitere Leichtigkeit, und man bemerkt, daß das blinzelnde Auge sich nicht vollständig schließt, daß unter dem sich senkenden Lid der untere Rand des Augapfels sichtbar wird und ein weißer Strich. »Gott gebe, daß ich mir das merke«, sagte ich, »nie wieder werde ich blinzeln.«

»Oder lächeln«, sagte Gibberne mit einem Blick auf die antwortenden Zähne der Damen.

»Es ist so heiß«, sagte ich, »gehen wir langsamer.«

»Oh, vorwärts!« sagte Gibberne.

Wir suchten unseren Weg zwischen den Strandkörben. Viele von den Leuten, die in den Körben saßen, erschienen in ihrer passiven Haltung fast natürlich. Aber die verkrümmten scharlachroten Musiker waren kein angenehmer Anblick. Ein Herr mit dunkelrotem Gesicht war erstarrt inmitten eines Kampfes, den er gegen den Wind ausfocht, um seine Zeitung zusammenlegen zu können; es waren viele Anzeichen dafür vorhanden, daß diese trägen Leute einer ganz anständigen Brise ausgesetzt waren, einer Brise, die für unser Gefühl nicht existierte. Wir gingen weiter, entfernten uns ein wenig von der Menge, dann drehten wir uns um und beobachteten sie. Es war unwahrscheinlich wunderbar, diese Leute alle in Bilder verwandelt zu sehen oder zu realistischen Wachsfiguren erstarrt. Es war natürlich absurd, aber es erfüllte mich mit einem unvernünftigen, frohlockenden Überlegenheitsgefühl! Es war wirklich wie ein Wunder! Alles, was ich gesagt, getan und gedacht hatte, seit das Mittel in meinen Adern zu wirken begonnen hatte, war für diese Leute, für die Welt im allgemeinen, im Handumdrehen geschehen. »Der ›Neue Akzelerator‹«, begann ich, aber Gibberne unterbrach mich.

»Dort ist dieses ekelhafte alte Weib!« sagte er.

»Was für ein altes Weib?«

»Meine Nachbarin«, sagte Gibberne. »Mit einem Schoßhund, der kläfft. Götter! Die Versuchung ist groß!«

Manchmal hat Gibberne etwas sehr Knabenhaftes und Impulsives an sich. Bevor ich mich mit ihm noch auseinandersetzen konnte, war er vorgestürzt, hatte das unglückliche Tier aus der sichtbaren Existenz fortgerissen und rannte ungestüm mit ihm auf die Klippen zu. Es war höchst merkwürdig. Die kleine Bestie bellte nicht, wedelte nicht mit dem Schwanz, gab nicht das geringste Lebenszeichen von sich. Sie blieb ganz steif in ihrer schläfrigen Ruhestellung. »Gibberne«, schrie ich, »lassen Sie ihn los!« Dann fiel mir etwas anderes ein. »Wenn Sie so rennen, Gibberne, werden Ihre Kleider Feuer fangen. Ihre Leinenhosen werden schon braun.«

Er schlug sich auf den Schenkel und blieb zögernd am Abhang stehen. »Gibberne«, schrie ich, als ich ihn erreicht hatte, »lassen Sie ihn los. Die Hitze ist zu arg! Weil wir so rennen! Zwei oder drei Meilen in der Sekunde. Der Luftwiderstand!«

»Was?« sagte er und schaute den Hund an.

»Der Luftwiderstand!« brüllte ich. »Dadurch entsteht Reibung! Wir sind zu schnell. Wie Meteore und dergleichen. Zu heiß! Und, Gibberne! Gibberne, es prickelt an meinem ganzen Körper, eine Art Transpiration. Ich sehe, wie die Leute sich langsam bewegen. Ich glaube, das Mittel hört auf zu wirken. Lassen Sie den Hund los!«

»Eh?« sagte er.

»Es hört auf zu wirken«, wiederholte ich. »Wir sind zu stark erhitzt, und das Mittel hört auf zu wirken! Ich bin durch und durch naß.«

Er starrte erst mich an, dann die Musikkapelle, deren keuchendes Gerassel nun schon rascher war. Dann schleuderte er mit gewaltigem Schwung den Hund von sich, der flog in die Höhe und hing schließlich über einer Gruppe von Sonnenschirmen, unter der eine Gruppe Menschen plauderte. Gibberne packte meinen Ellbogen. »Beim Zeus«, schrie er, »ich glaube es auch. Ein heißes Prickeln und – ja, der Mann dort bewegt sein Taschentuch! Deutlich zu sehen. Wir müssen schauen, daß wir fortkommen.«

Aber wir konnten nicht schnell genug verschwinden. Vielleicht zu unserem Glück. Denn wir wären wahrscheinlich gelaufen, und dann, glaube ich, wären wir wohl in Flammen aufgegangen. Wir wären sogar bestimmt in Flammen aufgegangen. An so etwas hatte nämlich keiner von uns gedacht ... Aber bevor wir noch loslaufen konnten, hörte die Wirkung des Mittels auf. Es geschah in einem winzigen Sekundenbruchteil. Die Wirkung des »Neuen Akzelerators« ging vorüber, so schnell, wie ein Vorhang zugezogen wird. Im Nu war sie vorbei. Ich hörte Gibbernes unendlich besorgte Stimme. »Setzen Sie sich«, sagte er, und bums, setzte ich mich auf den Rasen am Rande der Klippen – es gloste, als ich mich setzte. Noch heute ist dort, wo ich saß, ein verbrannter Fleck im Gras zu sehen. Die Erstarrung ringsum schien zu schwinden, während ich mich setzte, die unartikulierten Schwingungen der Musik vereinigten sich zu einem Sturm von Tönen, die Spaziergänger stellten ihre Füße nieder und gingen ihrer Wege, Zeitungen und Fahnen begannen zu flattern, Lächeln wurde zu Worten, der Blinzler beendigte sein Blinzeln und ging selbstzufrieden weiter, und alle die sitzenden Leute bewegten sich und redeten.

Die ganze Welt war wieder lebendig geworden und bewegte sich so schnell wie wir, oder, besser gesagt, wir bewegten uns nicht schneller als die übrige Welt. Es war wie das Langsamerwerden, wenn der Zug in die Station einfährt. Ein, zwei Sekunden lang schien sich alles im Kreis um mich zu drehen, ich hatte flüchtig das Gefühl von Seekrankheit – das war alles. Und der kleine Hund, der einen Augenblick dort in der Luft zu hängen schien, wohin ihn die Stoßkraft von Gibbernes Arm geschleudert hatte, fiel mit ungebremster Beschleunigung glatt durch den Schirm einer Dame.

Das war unsere Rettung. Außer einem korpulenten alten Herrn in einem Strandkorb, den unser Anblick in Erstaunen setzte und der uns auch später noch von Zeit zu Zeit mit finsterem Verdacht ansah und schließlich, wie ich glaube, etwas über uns zu seiner Pflegerin sagte, hat wohl kein anderer unser plötzliches Erscheinen bemerkt. Wir müssen aber auch unvermutet erschienen sein. Wir hörten fast sofort zu schwelen auf, trotzdem war der Rasen unter mir ungemütlich heiß. Die allgemeine Aufmerksamkeit, sogar die des Kurorchesters, das bei diesem Anlaß das einzige Mal in seiner Geschichte aus dem Takt kam, richtete sich auf das erstaunliche Ereignis. Noch erstaunlicher war das Gekläff und die Verwirrung, die die Tatsache hervorrief, daß ein würdiger, überfütterter Schoßhund, der ruhig im Schatten des Musikpavillons schlief, plötzlich auf der Westseite durch den Sonnenschirm einer Dame fiel – dank der außerordentlichen Geschwindigkeit seiner Bewegung durch die Luft in leicht versengtem Zustand. Und das geschah noch dazu in diesen absurden Zeiten, in denen wir alle versuchen, so spiritistisch, dumm und abergläubisch zu sein wie nur möglich! Die Leute sprangen auf, traten einander auf die Füße, Sessel wurden umgeworfen, der Strandwächter kam dahergerannt. Wie die Sache geordnet wurde, weiß ich nicht, wir waren vielmehr darauf bedacht, uns aus dem Staub zu machen und aus dem Gesichtskreis des alten Herrn im Strandkorb zu verschwinden, als genaue Erkundigungen einzuziehen. Sobald wir genügend abgekühlt waren und uns auch von Schwindel, Seekrankheit und unserer Verwirrung erholt hatten, standen wir auf, umgingen die Menge und lenkten unsere Schritte zurück zur Straße unterhalb des Hotels Metropole und zu Gibbernes Haus. Aber mitten durch den Lärm hörte ich ganz deutlich, wie der Herr, der neben der Dame mit dem zerrissenen Sonnenschirm gesessen war, einen der Sesselvermieter, auf dessen Kappe »Inspektor« stand, in unqualifizierter Weise beschimpfte. »Wer soll denn den Hund geworfen haben«, sagte er, »wenn nicht Sie?«

Die plötzliche Wiederkehr von Bewegung und gewohnten Geräuschen und unsere natürliche Besorgnis um uns selbst (unsere Kleider waren noch immer fürchterlich heiß, und Gibbernes weiße Hose war an den Schenkeln bräunlich versengt) hinderten mich leider daran, genaue Beobachtungen zu machen. Ich konnte tatsächlich auf dem Rückweg keine Beobachtung von irgendwelchem wissenschaftlichen Wert machen. Die Biene war natürlich verschwunden. Ich suchte den Radfahrer, aber er war schon außer Sicht oder durch andere Fuhrwerke verdeckt, als wir die Upper Sandgate Road erreichten; doch der Ausflüglerwagen mit seinen jetzt ganz lebendigen und beweglichen Insassen klapperte munter dahin und war fast schon bei der nächsten Kirche angelangt.

Wir stellten aber doch fest, daß das Fensterbrett, auf das wir beim Verlassen des Hauses gestiegen waren, leicht versengt war und daß wir auf dem Kiesweg ungewöhnlich tiefe Fußspuren zurückgelassen hatten.

Auf diese Art und Weise machte ich die erste Bekanntschaft mit dem »Neuen Akzelerator«. Tatsächlich waren wir herumgerannt und hatten alles mögliche gesagt und getan, im Zeitraum von etwa einer Sekunde. Wir hatten eine halbe Stunde gelebt, während das Orchester vielleicht zwei Takte gespielt hatte. Aber uns schien die ganze Welt stillzuhalten, damit wir sie bequem studieren konnten. In Anbetracht aller Umstände, besonders der Tollkühnheit, mit der wir das Haus verlassen hatten, hätten wir viel unangenehmere Erfahrungen machen können. Gewiß hat es sich erwiesen, daß Gibberne noch viel zu lernen hat, bevor sein Präparat praktisch verwendbar ist, aber daß er auf dem richtigen Weg ist, steht außer Zweifel.

Seit jenem Abenteuer arbeitet er daran, die richtige Dosierung zu finden, und ich habe schon mehrmals und ohne das mindeste schlechte Resultat unter seiner Anleitung dosierte Mengen genommen; ich muß aber gestehen, daß ich mich nicht wieder ins Freie gewagt habe; wenn ich unter dem Einfluß des Akzelerators stand. Ich darf aber zum Beispiel erwähnen, daß diese Geschichte mit seiner Hilfe in einem Zug und ohne Unterbrechung geschrieben wurde (nur ein wenig Schokolade habe ich geknabbert). Ich habe um 6 Uhr 25 begonnen, und meine Uhr zeigt jetzt fast genau eine Minute nach der halben Stunde. Die Annehmlichkeit, inmitten eines Tages voll von Verabredungen einer langen, ungestörten Arbeitszeit sicher zu sein, kann nicht hoch genug geschätzt werden. Gibberne arbeitet jetzt an der quantitativen Handhabung seines Präparates, mit besonderer Berücksichtigung seiner eigentümlichen Wirkungen auf verschiedene Konstitutionen. Er hofft, dann auch einen Retardierer zu finden, durch den die jetzige, ziemlich übermäßige Wirkung des Akzelerators abgeschwächt werden soll. Der Retardierer wird natürlich die dem Akzelerator entgegengesetzte Wirkung haben; allein angewendet, soll er es dem Patienten ermöglichen, einige Sekunden über viele Stunden gewöhnlicher Zeit auszudehnen und so eine apathische Untätigkeit, ein gletschergleiches Fehlen jeder Lebhaftigkeit beizubehalten, auch inmitten der animiertesten oder enervierendsten Umgebung. Die beiden Mittel zusammen werden natürlich eine vollständige Revolution des zivilisierten Lebens herbeiführen. Es ist der Beginn unserer Flucht aus dem »Zeitgewand«, von dem Carlyle spricht. Während der Akzelerator uns dazu befähigen wird, uns mit ungeheurer Intensität auf jeden Moment oder jede Gelegenheit, die unsere äußerste Aufmerksamkeit und Energie erfordern, zu konzentrieren, wird es uns der Retardierer ermöglichen, in passiver Ruhe unendliche Kümmernisse und Beschwerden zu erdulden. Vielleicht bin ich in bezug auf den Retardierer, der doch erst entdeckt werden muß, ein bißchen zu optimistisch, aber über den Akzelerator gibt es keinen wie immer gearteten Zweifel mehr. Sein Erscheinen auf dem Markt in zweckentsprechender, kontrollierbarer und assimilierbarer Form ist nur mehr eine Frage von Monaten. Er wird in kleinen grünen Flaschen in jeder Apotheke oder Drogerie erhältlich sein; der Preis wird hoch sein, aber in Anbetracht seiner außerordentlichen Qualitäten keineswegs übermäßig. »Gibbernes Nervenakzelerator« wird er heißen, und er möchte ihn in drei Stärken herstellen können: zweihundertfach, neunhundertfach und zweitausendfach, kenntlich durch gelbe, rosa respektive weiße Etiketten.

Ohne Zweifel wird die Anwendung des Mittels eine Menge ganz unwahrscheinlicher Dinge möglich machen; denn es können natürlich höchst bemerkenswerte, vielleicht sogar kriminelle Handlungen straflos ausgeführt werden, wenn man sie sozusagen in eine Zeitlücke hineinschwindelt. Wie mit allen wirksamen Präparaten wird auch mit diesem Mißbrauch getrieben werden. Wir haben natürlich auch diese Seite der Angelegenheit sehr gründlich besprochen und sind zu dem Resultat gekommen, daß das nur eine medizinisch-juristische Frage ist, die uns absolut nichts angeht. Wir werden den Akzelerator erzeugen und verkaufen. Welche Folgen sich daraus ergeben werden – wir werden es merken.

Nachweis

Die Erzählungen *Die seltsame Orchidee, Das Land der Blinden, Die Äpyornis-Insel, Die merkwürdige Geschichte von Davidsons Augen, Der Herr der Dynamos, In der Tiefe, Der Mann, der Wunder tun konnte, Pyecrafts Kur* und *Der neue Akzelerator* wurden dem Band ›Das Kristall-Ei‹ entnommen.

Die Erzählungen *Die Tür in der Mauer, Der Diamantenmacher, Der Zauberladen, Die Grizzlys* und *Das unerfahrene Gespenst* wurden dem Band ›Der Apfel vom Baum der Erkenntnis‹ entnommen.

Die Erzählungen *Der gestohlene Bazillus, Der Grasfang* und *Jimmy Goggles, der Gott* wurden dem Band ›Die Perle der Liebe‹ entnommen.

Die drei Bände erschienen 1979, 1980 und 1982 im Paul Zsolnay Verlag Ges. m. b. H., Wien.

H. G. Wells

Der Krieg der Welten

Roman. Aus dem Englischen von G. A. Crüwell
und Claudia Schmölders

H. G. Wells (1866–1946) – nach und mit Jules Verne Vater und Meister der Science-fiction und Weltfriedensphilosoph – schuf 1898 mit dem *Krieg der Welten* den ersten Roman einer interplanetarischen Invasion, der das Vorbild zahlloser Marsmenschen-Märchen wurde.
Orson Welles produzierte 1938 nach diesem SF-Klassiker das vielleicht berühmteste, sicher wirkungsvollste Hörspiel aller Zeiten: obwohl als Hörspiel angekündigt, brach Panik aus, die Menschen verließen fluchtartig die Städte, schrien, weinten, beteten und glaubten an das Ende der Welt.
H. G. Wells ging es weniger um solche Horror-Effekte, dennoch waren sie die Probe auf sein Exempel: wie im Ausnahmezustand die Zivilisations-Tünche abfällt und wie der Einbruch einer imperialistischen Macht auf den technisch Wehrlosen wirken muß.

»Die Schockwirkung, die das Buch auf die zeitgenössischen Leser ausübte, ist wohl nicht zuletzt darauf zurückzuführen, daß Wells mit exakten Orts- und Zeitangaben gearbeitet, die Handlung also im vertrauten Erlebnisraum seiner Landsleute angesiedelt hat. Er wollte sie aus ihrer viktorianischen Selbstgerechtigkeit aufschrecken, wollte ihnen die Kehrseite des technischen Fortschritts zeigen. Sie sollten verstehen lernen, wie es etwa den Eingeborenen einer Kolonie zumute war, wenn ein waffenstrotzendes englisches Kriegsschiff dort vor Anker ging.«
Kindlers Literatur Lexikon